青少年のための小説入門

久保寺健彦

集英社文庫

Contents

青少年のための小説入門

LESSON 1

登《のぼる》さんから葉書が届いたのは、ぼくが二度目のデビューを果たして四年目のことだ。打ちあわせにやってきた担当の編集さんが、お見せしようかどうか迷ったんですけど、と前置きして、革のトートバッグからそれをとり出した。

「気持ち悪かったら、こちらで破棄します。ちょっと変な葉書なんで」

そう言って渡された葉書は、確かに変だった。

表書きに、出版社の所在地と、ぼくのペンネームが記されている。ボールペンで書かれたその字が、異様に汚かったのだ。字を形成する個々のパーツの配置が、でき損ないの福笑いみたいにバランスが悪い上に、すべての線が何度もなぞりなおされ、てのひらでこすれたらしく、あちこち黒ずんでいた。

しかし、字の汚さより、差出人の名前にあっと思った。無意識に声が出て、編集さんに怪訝《けげん》そうな顔をされた。

「どうなさいました」

「いや、これ、よく知ってる人から」

葉書を裏返し、たった一行の文面をながめていたら、

「失礼ですけど、なにか障害をお持ちの方ですか」

あまりの字の汚さに、そう考えたのだろう。顔を起こし、逆にこっちから質問した。

「ぼくが昔、倉田健人《くらたけんと》っていうペンネームで一度デビューしたのは知ってます?」

「はい、インタビューで読みました。コンビで活動なさってたとか」

「田口《たぐち》登さんは、そのときのパートナーです」

「ああ、そうなんですか」

ぼくは初めて見る登さんの字に、あらためて目を落とした。

「登さんはディスレクシアなんです。学習障害の一種で、自由に読み書きできない。これ一枚書くのも、ものすごく苦労したと思いますよ」

それから、ディスレクシアについて説明した。脳の情報処理システムが通常と異なるため、字がゆがんだり、動いたり、いくつも固まって見えたりして読むのが著しく困難なことや、手本と首っ引きで書いても、しばしばありもしない字になってしまうことなどを。

「最近は補助的な学習ツールも出てきましたけど、当時はこの障害の存在自体、ほとんど知られてなかったですから」

「ディスレクシア。そういうのがあるんですね」

打ちあわせに移っても、ぼくは登さんのことを考えていた。葉書の裏には大きく、インチキじゃなかったぜ、と書かれていた。

それから間もなく、ぼくは葉書にあった住所に手紙を送った。表に押された消印は今年の日づけなのに、裏に記された日づけは、再デビュー作を刊行した三年前のものだった。なぜ今年になるまで出さなかったのか引っかかったけれど、うれしさが違和感を吹き飛ばした。

最初のデビュー作でお世話になった編集さんは、現在は同じ出版社で出版部門の統括部長を務めていて、二度目のデビュー作でまた一緒に仕事ができた。登さんの感想を聞くことはあきらめていたが、ちゃんと読んだ上に、障害をおしてわざわざ葉書までくれたのだ。

二週間ほどして、手紙を送った住所から、ゆうパックの箱が届いた。葉書とは異なるきれいな字で、田口カナと署名されている。奥さんの代筆だろうと思って箱を開けると、カセットテープが大量に出てきた。すべてのケースに桜のシールが貼られ、インデックスカードには「『百年の孤独』①　ガブリエル・ガルシア＝マルケス」とか、「『世界の終りとハードボイルド・ワンダーランド』①　村上春樹《むらかみはるき》」とか、二〇年以上前のぼくの字で記してあった。

箱には手紙も入っていた。読み始めて愕然《がくぜん》とした。登さんは三か月前に亡くなっていたのだ。

読み終えると、夜一一時を回っていた。遅すぎると思いつつ、末尾に記されている番号に電話をかけた。出てきたカナさんは、ハキハキした話し方と、登君という呼び方がちぐはぐで、若そうな人だった。遺品を整理する過程で、出さなかった葉書を見つけ、出版社へ送ることにしたという。登さんの口真似をしたのか、カナさんはぼくをペンネームではなく、本名で呼んだ。

「一真《かずま》さんの本は全部そろえてました。登君ってほら、障害あるじゃないですか」

「ええ」

「一真さんのデビュー作を渡されたとき、初めて聞かされたんです。二人で一緒に本を出したことがあるって。読み書きできないのにまさか、って思いました。嘘でしょってその場でググっちゃったりして。あの。ひとつ聞いてもいいですか」

「はい」

「本を一冊書くのって、どれぐらい時間かかるんですか」

「作家と、作品によります。ぼくはかなり時間がかかる方です。作品によっては、数年がかりになるかもしれません」

「そっかー」

カナさんがため息まじりに言った。

「楽しみにしてます。二人の本」

「え?」

「登君、言ってました。自分が死んだら、一真さんが二人の本を書くからって」

返答できなかった。そんな約束をした覚えがなかったからだ。そうそう、とカナさんが声の調子を変えた。

「朗読、上手ですね。テープ聴きました。ていうか、聴かされました。しつこく言うんですよ。一真さんはすごく朗読がうまかったって。死ぬほど読んだ、なんて言ってましたけど。そんなにたくさん読んだんですか?」

「読みました。何百冊も」

話しながらぼくは、当時のことをありありと思い出した。

たぐちは、町の駄菓子屋だった。踏み切り通りと呼ばれる道路に面した角地にあり、歩道にせり出した赤い日よけに、白いペンキでたぐちと書かれていた。日よけの下にアイスケースとジュース用の冷蔵庫が置かれ、おもちゃや文房具も扱っていて、小中学生のたまり場だった。

陳列ケースが並ぶ土間からあがった茶の間の掘りごたつで、白髪頭のおばあさんがいつも店番をしていた。子どもたちの名札に目をとめ、勝手なあだ名で呼びかけてきたが、ぼくが小学六年生のとき、何か月もシャッターがおりていたことがあって、再び店が開くとおばあさんはうまくしゃべれなくなり、右半身が麻痺していた。

そのころから、おばあさんがブザーを鳴らして奥へ引っこむあいだ、若い男性がかわりに店番をするようになった。それが登さんだ。

暴走族の幹部で、何度も鑑別所に送られたとか、ヤクザを半殺しにして、少年院に入れられたとかいう噂は、そういう世界とは無縁なぼくでも耳にしていた。身長はたぶん、一八〇センチちょっと。目もとがつり気味の、わりに整った顔立ちだった。形のいい頭に短めの髪をなでつけたオールバックで、血色のいい肌がつやつやしていた。

普通の子にとって登さんは、絶対にかかわりたくない存在だった。ところが、中学二年生になって間もなく、事情が変わってしまった。

きっかけは、クラスに神原《かんばら》という男子が転校してきたことだ。始業式の四日後にあらわれた神原は、がっちりした体に変形学ランをまとい、きついアイパーをあてて、眉を剃り落としていた。

ひと目見るなりげんなりした。クラスには、一度も登校しない女子もいた。噂によると、欠席が多すぎて進級できず、二年生にすえ置かれたという。

ぼくが通った区立中学はマンモス校で、一学級あたりの生徒は五〇人に迫り、ひのえうまの学年以外は一三クラス以上あった。それだけ人数が増えれば、いわゆる落ちこぼれも増える。くわしい事情は知らないけれど、神原と不良がかった連中のあいだで、ひとしきりいざこざがあったらしい。一週間もしないうちに、神原は顔中あざだらけになり、それと引きかえに学校での地位を確立していた。

そのあざが薄れてもいないある日の放課後、神原がぼくに声をかけてきたのは、とり巻きになった二人組から、情報を仕入れたせいだろう。ぼくは中学受験に失敗し、高校での巻き返しを目指していた。成績は常に学年トップクラスで、そこに自分の存在価値を見出していた。そういう生徒は目をつけられやすい。おい、と呼びかけてきた神原の横で、二人組はニヤニヤしていた。

「……なに？」

おっかなびっくり答えたら、小柄なぼくにのしかかるように、神原がグッと顔を近づけてきた。

「ツラ貸せよ」

連れこまれたのは、中学校と線路のあいだに広がる空き地だ。のちに二七階の高層マンションが建つそこは、サッカー場くらいの面積があり、大人の背丈を超すセイタカアワダチソウが、一面の雑草のあちこちに群生していた。その陰に入って、三人でぼくをとり囲むなり、神原が切り出した。

「お前、たぐちで万引きしてこい」

「えっ」

「やらねえとこの場でシメる」

二人組がうれしそうに言った。

「神原君、マジ鬼」

「田口さんにつかまったら、殺されるよこいつ」

神原がせせら笑った。

「殺すだけの根性ありゃ、いまごろムショだ。たかが駄菓子屋の店番だろ。そんなやつまくってやる」

突然、ぼくの太ももに容赦ない膝蹴りを入れてきた。

「おら、行くぞ」

神原たちに連行されて踏み切りを渡り、たぐちの前の歩道に立った。ガラス戸のむこうに雑然とした店内が見える。茶の間にいるのはおばあさん一人だった。

二人組と左右にわかれて立ち、行け、というように神原があごをしゃくった。姿が見えない登さんより、目の前の神原がこわかった。仕方なくガラス戸を引き開け、中に入る。おばあさんがもつれる舌で声をかけてきた。

「いらっしゃい」

中途半端に頭をさげておばあさんに背をむけ、陳列ケースに目を落とした。なるべく見えにくい店の隅へ移動し、チラッと肩越しにうかがう。おばあさんは座椅子にもたれかかり、音量を絞ったテレビをながめていた。

箱に入った梅ジャムをつまみあげ、開けっぱなしのガラス戸へむかう。そそくさ外へ出ようとした瞬間、二人組が店内にむかって声をそろえた。

「あー、七中《ななちゅう》の入江《いりえ》一真君が万引きしてるー」

その直後、背後でビーッとブザーの音が鳴り響いた。ぼくは飛びあがり、やみくもに逃げ出そうとした。が、数メートルはなれて歩道の左側に神原が、店の横の路地に二人組が立ちふさがっていた。逃げられるのは警報器を鳴らしている踏み切りの方しかない。そっちへむかって駆け出したけれど、たどり着く前に遮断機がおりてしまった。少しまごついてから、線路沿いの道を駅とは反対方向へ走り出した。ぼくは駅の上のマンションに住んでいた。自分の住まいを知られたくないという、犯罪者特有の心理が働いたわけだが、どのみち無駄なことだった。

のぼり電車とくだり電車が真横を走っていたせいで、近づいてくるサンダルの足音に気づかなかった。いきなり、斜めがけにした通学カバンの肩紐を引っ張られた。ガクッとのけぞり、びっくりして振り返ると、Tシャツにジーンズ姿の、長身の男性が見おろしていた。

「お前か、入江ってのは」

意外に高い声だった。登さんだ。恐怖で答えられずにいたら、

「なんとか言え」

「ごめんなさい」

反射的に謝ってしまった。電車が通過して、あたりが静かになった。握りしめていた梅ジャムをおずおずさし出すと、登さんはそれをひったくってジーンズのポケットにねじこみ、目を細めた。

「おれが店番するようになってから、万引きしたのはお前が初めてだ。いい度胸してんじゃねえか」

「違うんです、わけがあるんです」

「言ってみろ」

見逃してくれるかも、とかすかな希望を抱きつつ、万引きを強要されたことをしゃべった。すると、登さんの表情が変化した。瞳の明度が急に落ちたのだ。それにあわせたように、声まで低くなった。

「名前」

「え？」

「そいつらの名前。紙に書け」

ぼくはうろたえた。三人の名前を知った登さんが、そのままで済ませるとは思えない。登さんにやられたら、神原たちの怒りは告げ口したぼくにむけられるだろう。

どうしていいかわからず立ちつくしていると、登さんがゆるい詰襟の首もとに手を突っこんできた。強い力で引きずり寄せられ、つま先立ちになった。

「とっとと書け。泣かされてえのか。あ？」

暗いまなざしが間近に迫る。横を通行人が行き来するものの、見て見ぬふりだった。

そのとき、明瞭に理解した。

ぼくは神原たちの名前を言わされる。そのせいで三人にやられる。

だから区立はいやだったんだ、と思った。思ったとたん、涙がにじんできた。登さんが冷たく言った。

「まだなんもしてねえだろが。お前みてえなやつは、私立行けよ」

「……受けたけど、落ちた」

「あ？」

「滑り止めしか受からなかった」

破れかぶれになって打ち明けたら、涙があふれてきた。神原たちの名前でもなんでも言ってやるつもりになったが、なぜか登さんからリアクションがない。すすりあげながら上目づかいにうかがうと、なにか考えているようだった。いまの話のどこかに興味をひかれたらしい。再びかすかな希望を見出し、早口にしゃべり始めた。

「ぼくは滑り止めの学校でもよかったんだけど、ここからだと二時間くらいかかっちゃうから、中学は地元の区立にしなさいって、お母さんが」

「お前、頭いいのか」

「塾では御三家確実って言われてた」

「なんだ、御三家ってのは」

「麻布《あざぶ》、開成《かいせい》、武蔵《むさし》。三つとも超難関校」

値踏みするような目でぼくをながめていた登さんが、思い立ったようにきびすを返し、詰襟を引っ張って踏み切りの方へずんずん歩き出した。歩道に移り、たぐちの日よけをくぐると、ガラス戸は開けっぱなしのままだった。登さんに引きずられて入ってきたぼくを見るや、おばあさんが茶の間からまくし立てた。なにを言っているのかさっぱりわからない。ばあちゃん、と登さんが気安い調子で呼びかけた。

「返すぜ」

ジーンズのポケットから出した梅ジャムを箱に戻し、ぼくを追い立てて土間を移動すると、茶の間の前で立ち止まり、声をかけてきた。

「あがれ」

怪訝そうな顔をしたおばあさんに、登さんが話しかけた。

「こいつ、万引きさせられたんだと。使えそうなら許してやってもいいと思ってよ」

使えるってなんだ、と戦々恐々とするぼくと対照的に、おばあさんはその説明で納得したみたいだった。せかされて学校指定の運動靴を脱ぐと、登さんに茶の間へ押しあげられた。背中をぐいぐい押され、おばあさんのうしろを通って奥へ進む。部屋の隅に台に載った黒電話があり、台所に通じる鴨居の上には、色あせたおじいさんの写真がかかっていた。登さんはその手前でぼくのむきを変えさせ、せまくて急な階段をのぼらせた。

のぼり切った先に短い廊下があり、登さんに押しこまれたのは、踏み切り通りに面した六畳の和室だった。真横に大きなファンシーケースがある。南と西の窓から日光が射しこみ、明るい。そこには先客がいた。真っ赤なワンピースを着た女の人が、網戸にした窓の枠に座り、たばこをすっていたのだ。

「お帰り。なにその子」

「万引き小僧」

「なにー、万引きしたのー。駄目だよー、犯罪だよー」

ゆるい調子で言い、女の人が煙を吐いた。登さんが通学カバンをつかんで強引にぼくを座らせてから、あぐらをかき、顔を寄せてきた。どんな目にあわされるのかと全身がこわばった。すると登さんが、予想外なことを言い出した。

「お前、朗読うめえか」

「え」

「学校で読まされんだろ。うめえのか」

「……まああ」

登さんがあぐらをかいたまま長い腕を伸ばし、女の人の足もとに転がっていた文庫本を拾いあげて、こっちへ放った。あごでうながされて拾いあげると、夏目漱石《なつめそうせき》の『坊っちゃん』だった。

「頭っから読め」

登さんは無表情だった。灰皿でたばこを押し消した女の人は、おもしろそうにぼくを見ている。とにかくつかえたらまずい、と思った。『坊っちゃん』は幸い、ジュニア版で読んだことがあった。本文の一ページ目を開き、慎重に読み始めた。

親譲りの無鉄砲で小供《こども》の時から損ばかりして居る。小学校に居る時分学校の二階から飛び降りて一週間ほど腰を抜かした事がある。なぜそんな無闇をしたと聞く人があるかも知れぬ。別段深い理由でもない。新築の二階から首を出して居たら、同級生の一人が冗談に、いくら威張《いば》っても、そこから飛び降りる事は出来まい。弱虫やーい。と囃《はや》したからである。小使に負ぶさって帰って来た時……

「ストップ」

大きな声がかかり、ギョッとした。顔をあげたら、登さんが満足そうな表情を浮かべていた。

「うめえじゃねえか」

「すごーい」

女の人が窓枠からおりてきて、ぼくの隣にペタンと座った。きつい香水のにおいが鼻を突き、たじろぐ。女の人がお構いなしに顔を寄せ、文庫本をのぞきこんだ。

「読めない字たくさんあるから、あたしなんかすぐつかえちゃう。これとかこれとか」

〝譲〟〝居〟という漢字を指さし、〝小学校に居る時分学校の〟という箇所をなぞった。

「ここなんかわかんなくて、トキワケガッコウって読んでたもん。なんかさっき、違う読み方してたよね。なんだっけ」

「……小学校に居《い》る時分《じぶん》」

「自分だったら字違くない？」

「その自分とは違う。小学校にいるころ、って意味。読点《とうてん》が入ってないから、読みにくいかも」

「なに、トーテンって」

「文章につける点とか丸の、点」

「あれ、トーテンっていうんだ。へー」

「おい」

登さんが女の人に呼びかけた。

「こいつとサシで話あるから、帰れ」

「えー、せっかく来たのにー」

「あとでな」

「あとって、いつ?」

「一〇時すぎ」

「じゃあ、こないだと同じ店に一一時。いい?」

「おう」

あとでねー、と女の人が部屋を出ていった。トントンと階段をおりる音が遠ざかってから、登さんがぼくにむきなおり、軽い調子で切り出した。

「とり引きしようぜ」

来た、と思った。警戒心をつのらせてたずねた。

「どんな」

「簡単だ。朗読すりゃ、万引きはチャラにしてやる」

「『坊っちゃん』読めばいいの」

「最初はな」

「最初って……え？」

「そいつが最初の本で、あとはおれがいいって言うまで読むんだ」

わけのわからない命令に、いっそう警戒心がつのる。震える声でつぶやいた。

「悪いことなんでしょ」

「あ？」

「なんか悪いこと手伝わされるんでしょ」

「なに言ってんだ、お前」

眉をひそめている登さんにむかって、懸命に訴えた。

「うち、母子家庭で、ぼくが犯罪者になったりしたら、お母さん悲しむから」

「待てこら。朗読のどこが犯罪だ」

「……ほんと？」

「なにが」

「ほんとに朗読だけ？」

「とりあえずな」

やっぱりなんかたくらんでる、と思った。悪事の片棒をかつがされ、深みにはまっていく自分の未来が目に浮かんで、また涙がにじんできた。登さんが舌打ちした。

「いちいち泣くな、めんどくせえ。説明してやる。お前あの」

言いかけて言葉を切り、急に思い出したように、意外な人名を口にした。

「田中康夫《たなかやすお》って知ってっか」

「え」

「あれだ。あー、なんとなく、なんとなく……」

「クリスタル」

登さんが、お、という顔をした。

「知ってんじゃねえか」

前年に刊行された田中康夫の『なんとなく、クリスタル』は、一〇〇万部を超すベストセラーで、一種の社会現象になっていた。

「読んだか」

かぶりを振ると、

「おれは読んだ」

登さんがまじめな顔つきで言った。

「クソつまんねえぞ、あんな本。おれなら一〇〇倍おもしれえのが書ける。で、作家んなることにした」

唖然《あぜん》とした。登さんがこともなげに続けた。

「ただおれは、字が読めねえし、書けねえ」

「えっ」

「つーか、すっげえ時間かかる。康夫の本も女に読ました。小説とはとんと縁がなかったから、どんなもんかつかめるまで読む気でいたが、そろいもそろって、女どもが使えねえ。つっかえまくりだし、わかんねえとこ適当に読むし、聞いててさっぱり頭に入ってこねえ。使えそうなやつ、さがしてたんだ。おれが話つくって、お前が書く。難しい私立受けたってんなら、文章もそこそこ書けんだろ」

　ぼくが受験した麻布中学は、御三家の中でいちばんの記述校だ。が、返事をするのはためらわれた。登さんの話を聞いたぼくは、ひそかに知的障害を疑っていた。これ以上つきあわされるのは、災難以外のなにものでもない。なんとか断われないかと考えていたら、

「お前、名前は」

「……入江一真」

「一真。明日っから毎日《まいんち》うちへ来い。でもってガシガシ朗読しろ。タダとは言わねえ。好きな駄菓子、一〇〇円まで買ってよし」

「えっ!?」

「おれが作家んなるまで、おごってやる」

たぐちでの買いものは一〇円単位が基本で、一〇〇円も使えることはめったになかっ

た。これにはクラッと来た。要するにぼくは、まだ子どもだったのだ。登さんが勢いよく立ちあがった。

「出かけんぞ」

「え」

「グズグズすんな」

連れていかれたのは、たぐちから歩いて三分もかからない、アーケード商店街の角にある喫茶店だった。登さんがドアを押し開けたとたん、目の前がもやった。さして広くない店内に、たばこの煙が充満していた。

「おう」

カウンターのむこうから、太ったマスターが声をかけてきた。

「ちわ」

登さんが軽く頭をさげた。あとに続くぼくを、マスターはうろんげに見た。

「おお、登」

「田口さん、ちわす」

「ちわす」

窓際のテーブル席から、複数の声があがった。おう、と応じて、登さんがそっちへむかった。横長のテーブルをコの字に囲むソファーに、一〇人くらい腰かけていた。みんなヤクザみたいな身なりで、甚平《じんべい》の胸もとから刺青《いれずみ》をのぞかせている人もいた。

ぼくと年が近そうなやつが一人、足を大きく開いて、テーブルの脇にしゃがみこんでいた。鳥の巣みたいなパーマ頭で、ジャージの上下に女もののサンダルをつっかけていた。そいつが下からにらみつけてきた。極端な上目づかいで、ほとんど白目をむいている。ぼくはあわてて目をそらした。

登さんが口ひげを生やした人の隣にドカッと腰をおろした。口ひげの眉は、片方が引きつれたような傷で断ち切れていた。どうすればいいかわからないのでそのまま立っていたら、いかつい坊主頭の人が目をむけてきた。

「なんだ、そのまじめそうなガキ」

全員の視線を浴びて、身がすくむ。登さんが口を開いた。

「例の話、こいつに手伝わすことにした。町でたかったりしねえように、下の連中に言っといてくれ」

「ああ……」

妙な空気が流れる。金髪の人がたずねた。

「登、マジでやんの」

「やっちゃ悪《わり》いか」

「悪かねえけどよ」

金髪は困惑したような顔をしていた。口ひげがぼくの顔を見、次に胸の名札に目をやって、落ちついた声を出した。

「七中の入江な。一年坊主か」

登さんもぼくを見た。

「そうだっけ」

「……違う。二年」

「んだとこらぁ！」

突然、足もとから鳥の巣パーマが立ちあがった。ぼくはのけぞり、テーブルに腰をぶつけた。鳥の巣パーマがのしかかるように顔を近づけてきた。

「なに田口さんにタメ口きいてんだ、てめえ」

「だれだこいつ」

登さんの問いかけに、口ひげが答えた。

「五中《ごちゅう》の三年。ウチに入りてえんだと」

「オオヤっす、よろしくお願いします！」

勢いよく頭をさげる。ふーん、と登さんがどうでもよさそうに言った。頭をあげたオオヤが、おもねるような口調になった。

「田口さん。なんの仕事っすか」

「あ？」

「こんなダサ坊にやらせるより、おれを使ってくださいよ」

ほかの人たちから苦笑が漏れた。登さんが面倒くさそうに言った。

「オオノ」

「オオヤっす」

「お前、どうせ馬鹿だろ」

「はい、学校とか意味わかりません」

「だったら用はねえ。馬鹿じゃ小説書けねえからな」

「ショーセツ？」

オオヤがキョトンとした。

「なんすか、それ」

金髪が煙を吐いて言った。

「お前、ほんと馬鹿だな。小説は小説だろ」

「いや、ちょっと、マジでわかんねっす」

「教科書にあったろが。『ごんぎつね』とか」

坊主頭が口をはさむと、笑いが起きた。

「なんだそりゃ」

「似あわねえ」

「馬鹿野郎、あの話は泣けんだよ」

「だから、似あわねえっつーの」

盛りあがる仲間をよそに、登さんはつまらなそうな顔をしていた。その様子をながめていたオオヤの表情が、いきいきしてきた。

「小説ってあれすか、あの小説すか」

全員の視線を集めたオオヤが、浮かれた調子で続けた。

「おれにまかしてください、バリバリ書きますんで。あっという間に売れっ子っすよ」

そこで、ヒャッヒャッと笑い声をあげた。

「冗談きついっすよ、小説って」

あ、と思った。登さんがさっきと同じ目をしたからだ。

「オオノ」

「オオヤっす」

「横座れ」

「失礼します！」

腰をおろした瞬間、登さんが裏拳《うらけん》でオオヤの顔を殴った。後頭部がソファーの背にめりこむほどの衝撃で、うめきながら顔を戻したオオヤは、鼻血を流していた。登さんがサンダルを脱いだ足を持ちあげ、オオヤの顔を蹴った。にぶい音がして、真横をむく。二発、三発と足蹴《あしげ》にするうちに腫《は》れあがり、鳥の巣みたいなパーマがぐちゃぐちゃになった。ほかの人たちは黙ってたばこをふかしていた。カウンターのマスターは知らんぷりで、違う席の客たちも、だれ一人こっちを見ようとしない。オオヤがソファーから崩れ落ちると、なぜか甚平が怒り出した。

「なにへたってんだ、こらぁ！」

オオヤは尻もちをついて首を垂れ、荒い息を吐いていた。ジャージの胸に血が滴る。

甚平が立ちあがり、登さんに頭をさげた。

「すいません！　あとでヤキ入れますんで」

「ああ」

登さんは平然と、拳についた血をおしぼりで拭いていた。

「オオヤ、てめえ、正座しろ」

甚平に命じられ、オオヤが正座した。肩を突っ張り、うなだれている。登さんがサンダルにつま先を突っこんで足を組み、そういや、とぼくに乾いた目をむけてきた。

「七中の二年が、こいつにウチで万引きさせたらしい。だれとだれだ」

その状況で返事を拒めるはずがない。神原たちの名前を告げたとたん、テーブルがにぎやかになった。

「はいはい、神原。七中を一週間でシメた」

「気合い足んねえだろ、三年。むこうは二年じゃねえか」

「ウチのやついたよな」

「はい。何度か集会に顔出したのが」

何中のだれがどうの、兄貴がどうの、そいつの代がどうのと言いあうかたわらで、登さんはソファーにもたれかかり、退屈そうだった。急に存在を思い出したようにぼくの方をむき、もう帰っていいぞ、と言ってから、つけ加えた。

「明日、ぜってえ来い。逃げんなよ」

一刻も早くその場をはなれようとしたら、

「おい」

落ちついた声で呼びかけられ、ギクッとした。振り返ると、口ひげが腕を組み、ぼくを見すえていた。

「あいさつくらいしてけ。礼儀だろ」

「……さようなら」

一瞬遅れて、いっせいに哄笑《こうしょう》があがった。坊主頭が楽しそうに言った。

「小学生んときやったな、帰りの会で。さよーなら」

「さよーなら」

みんな笑っている中で、登さんと口ひげは額を寄せ、なにかしゃべっていた。オオヤは相変わらず正座で、肩を突っ張ってうなだれている。ぼくは自分の不運を呪いながら、喫茶店を出た。

ぼくは駅舎と一体化したマンションの一一階に住んでいた。駅前のロータリーをはさんで、マンションのむかいとはすむかいに二階建てと九階建ての公団があり、それぞれ一階がアーケード商店街とスーパーになっていた。マンションの一、二階もスーパーで、一階は半分が名店街だった。そっちが東口だ。

中学校は西口にあった。マンションの二階エレベーターホールから、線路の上の通路と、券売機と改札のあいだを通って階段をおり、スナックがひしめく一画を抜けて踏切り通りを横断し、一〇〇メートルほど進めば正門が見えてくる。

登さんと出会った翌日、ぼくはその道のりを、神原たちのことで頭をいっぱいにして歩いた。連中の身を案じたわけではなく、報復がこわかったのだ。

ところが、神原はあらわれなかった。とり巻きの二人組は無傷で、一〇分休みになるたび、深刻そうに話しあっていた。

今日は来ないだろうと安堵《あんど》していた、六時間目の授業中だ。教室の戸がガラッと開いて、神原が入ってきた。クラス中から声にならない声があがった。神原はアイパーの頭にネット包帯をかぶり、顔全体を腫れあがらせていた。古いあざに新しいあざが重なった部分は、暗い紫色だ。肉に押しあげられ、両目がほとんどふさがっている。教師が腰が引けた感じでたずねた。

「どうした、その怪我は」

神原はそれに答えず、かかとを踏みつぶした上ばきを引きずるようにして自分の席へむかい、音を立てて座った。足を大きく開き、両方のポケットに手を突っこんで、椅子にもたれかかる。気をとりなおしたように、教師が授業を再開した。チラチラ様子をうかがったけれど、神原は一度もぼくの方を見なかった。

放課後。神原たちに呼び止められることなく、教室をあとにした。そのまま帰りたいのはやまやまだったが、約束を破ったらなにをされるかわからない。重い足どりでたぐちへ行き、ガラス戸を引き開けた。

「いらっしゃい」

もつれる舌で声をかけてきたおばあさんが、ああ、という顔をした。茶の間に近づき、頭をさげた。

「きのうはごめんなさい」

「いっちゃん」

おばあさんが昔勝手につけたあだ名で呼びかけてきた。

「万引きさせたやつらは、学校来たか」

スローモーで酔っ払ったようなしゃべり方だけれど、なんとか聞きとれた。うなずくと、重ねて聞いてきた。

「怪我してたろ」

「うん」

「いい薬だ」

そのひとことで済ませる神経が信じられなかった。店の土間で運動靴を脱ごうとしたら、勝手口に回れ、と言われた。横の路地へ移動し、塀の木戸を押し開け、大きな荷台のついた自転車の脇を通って、勝手口から入る。隅にベビーカーが置いてある土間で運動靴を脱ぎ、茶の間にあがった。

「登がお待ちかねだ」

階段をあがると、襖《ふすま》を開け放した二階の部屋で、登さんは『坊っちゃん』を前に、どっかとあぐらをかいていた。

「入れ」

その言葉にしたがって部屋に入る。座れ、と命じられ、そのとおりにして正座したぼくに、お前、と顔を近づけてきた。

「名前、なんつったっけ」

胸に名札がついているのに、本当に読めないらしい。答えようとしたら、

「待て。書くもんあんだろ。出せ」

通学カバンからノートと筆記用具をとり出すと、でっかく名前書け、と命じられた。まっさらなページに大きく名前を書き、言われるままふりがなも書いた。ノートを手にとった登さんが、すれすれまで顔を近づけて目を細め、突っ返してきた。

「もっとでっかく、濃く書けよ」

隣のページ全体を使って、名前とふりがなを書いた。シャーペンで何度もなぞり、できるだけ字を濃くした。あらためてノートを受けとった登さんが、さっきと同じようにすれすれまで顔を近づけ、目を細めた。もう片方の手の人さし指を、突き立てるようにそのページに置くと、ノートを微妙に遠ざけたり近づけたりしながら、ひと文字ひと文字読み始めた。

「い……り……え……か……ず……ま」

発音にあわせて、人さし指の位置が下へ動く。たった六文字読むのに、たっぷり三分はかかったと思う。いりえかずまいりえかずまと呪文のようにくり返し、上体を起こすとそのページを破りとって、ノートをこっちへ突き出してきた。受けとったぼくの顔をのぞきこみ、攻撃的な笑い方をした。

「なんだそのツラ。めずらしい生きものでも見たみてえだな」

「もしかして……」

「あ?」

「なんでもない」

登さんが舌打ちした。

「言いかけたらしまいまで言え」

「もしかして、すごく目が悪いのかなと思って……」

「悪かねえよ、両方2・0。おれは病気だ。字が読めねえ病《びょう》。昔かかったやぶ医者は、なまけ病だとか抜かしやがったが。書く方もすげえぞ。手本なしじゃ線一本引けねえ。小三からこっち、書くのはすっぱりやめちまったけどな」

理解を超える話だった。登さんが『坊っちゃん』を拾いあげ、放ってきた。

「もういっぺん、頭っから読め」

朗読は六時近くまで続いた。正座で何時間も読むのは、拷問《ごうもん》に等しかった。ようやく終了を告げられ、立ちあがろうとしたら、横倒しになってしまった。

「なにやってんだ」

「足がしびれて……」

「正座なんかしてっからだろ」

小馬鹿にしたような表情だった。足を崩していいって言われなかった、と思い、さらにこの先いつまで続くかわからない朗読のことを思って、泣きそうになった。すると、登さんがぶっきらぼうに言った。

「下おりて、サッサと駄菓子選べ」

「え……」

「一〇〇円までおごりだろが」

店の土間で駄菓子を物色していたら、茶の間でおばあさんが危なっかしく立ちあがった。柱や壁を伝い歩きして移動し、苦労して勝手口の手前の床にしゃがむ。どうやら外出するらしい。

「おい。選んだか」

登さんに声をかけられ、あわてて陳列ケースに目を戻した。選び終えて顔をあげると、登さんは奥の台所へ引っこみ、こっちに背中をむけていた。ジャッジャッと米をとぐ音がする。茶の間にあがり、遠慮がちに声をかけた。

「あの、選んだけど」

登さんが振りむかずに言った。

「また明日来い」

「……うん」

通学カバンに駄菓子をおさめ、勝手口から路地へ出た。十数メートル前方に、両手でベビーカーにつかまって歩く、おばあさんのうしろ姿が見えた。ベビーカーを押して左足で進み、いったん立ち止まって右足を引きつけ、また進む。

一緒になりたくなかったので、たぐちの前の歩道にあと戻りして、線路沿いの道へむかった。来たときより少しだけ憂鬱が晴れたのは、ひとえに駄菓子の効用だ。この報酬と引きかえなら、強制的な朗読にも耐えられる気がした。


それから毎日、たぐちへ通い、登さんの部屋で『坊っちゃん』を朗読した。

部屋は殺風景だった。ファンシーケースと、天井から吊りさがる和風照明と、襖の上の壁かけ時計と、ウインドエアコン以外、家具らしい家具がない。棚のたぐいもなく、畳の上に黒電話が無造作に置かれていた。

そこがいわばぼくのタコ部屋になったわけだが、朗読は駄菓子以外にも報酬をもたらした。登さんの庇護《ひご》下に入ったことで、神原たちから一切ちょっかいを出されなくなったのだ。神原はそもそも、たまにしか学校へ来なくなり、とり巻きの二人組はほかの生徒たちにまぎれてしまった。

脅威がとり除かれた教室は、ぬるま湯みたいな空間だった。一度も登校しない女子の存在が、そのころには冗談扱いされるようになっていた。高齢の社会科教師が出欠をとる際、律儀に彼女の名前を呼ぶと、いませーんとだれかが叫び、お約束のように笑いが起きた。彼女とはのちに、深いかかわりを持つことになる。しかしもちろん、そのときは想像もしていなかった。

朗読はしばしば中断した。トイレへ行く合図におばあさんがブザーを鳴らすと、登さんは一階におり、店番をする。電話もよくかかってきた。なになに組のだれそれさんがどうとか、慰謝料がどうとかいう会話を漏れ聞くたび、背筋がぞわぞわした。が、朗読が中断したいちばんの理由はほかにある。登さんの質問癖だ。

「ストップ。なんだいまの、オオゾーってのは。人の名前か」

作中の表記は〝大僧〟で、読みながらぼくもなんだろうと思っていた。ページの脇に注がついていたので、該当箇所を読みあげた。

小僧程度の年輩なのに、身なりばかりが大きいのをユーモラスに言った言葉。

登さんが眉をひそめた。

「年輩ってのは中年ってこったろ。小僧程度のおっさんおばさんって、おかしかねえか」

返答に困っていると、せっかちに言われた。

「辞書引け、辞書」

山のように絵本が積みあげられた押し入れの上段に、国語辞典と漢和辞典がしまいこまれていた。朗読している最中に登さんが引っかかる言葉が出てきて、ぼくがそれに答えられないと決まって、辞書引け、と言われた。国語辞典で〝年輩〟をさがしあて、書いてあるとおりに読みあげる。
1、年齢のほど。年ごろ。2、世間のことによく通じた年ごろ。中年。中年の紳士。
登さんがあごをさすった。

「ほんじゃいまのは、1の意味か。要は、ガキのくせに柄《がら》ばっかでけえのをふざけて言ったってこったな。ユーモラスって、おもしれえか、それ」

ぼくはあいまいに首をひねった。

「まあいいや。続き、読めよ」

こういう調子だから、なかなか進まない。知的障害じゃないか、というぼくの疑いは、日がたつにつれて薄れていった。読み書きが不自由とは思えないほど、登さんの語彙《ごい》は豊富だった。ただ、言葉に対するこだわりが、異常に強かったのだ。

たいして厚くない『坊っちゃん』を読み終えるのに、一週間以上かかった。解説まできっちり読まされた。すべて読み終えると、登さんが不思議なことを言い出した。

「坊っちゃんはいつ、どこにいんだ」

「え?」

「坊っちゃんはいつ、どこでべらべらしゃべってんだよ」

「いつって……清《きよ》が死んだあと?」

「どこで」

「東京？」

登さんが釈然としない顔で、まあ、と続けた。

「聞いてて気持ちいい。文章はよかった」

首をねじ曲げたので、ぼくもそっちを見た。壁かけ時計が四時半近くになっていた。こっちへむきなおった登さんが、おい、と呼びかけてきた。

「図書館行って、賞のこと書いてある本借りてこい」

「賞って、なんの？」

「作家んなるための賞に決まってんだろ。あと、有名どこの小説、二、三冊。てめえで選ばねえで、職員に聞けよ。本屋のバイトなんかと違って、図書館で働こうってやつは、本キチぞろいだかんな」

ホンキチってなんだろうと思っていると、

「作家になりたいんです、っってよ、どんな本読めばいいか聞いたら、あとはほっといてもむこうから教えてくんだろ」

ぼくはえっと声をあげた。

「作家になりたいって、それ、ぼくが言うの」

「ほかにいねえだろ」

黙っていたら、登さんがグッと顔を寄せてきた。

「お前んち、母子家庭だったな。一人息子が万引きしたって知ったら、母ちゃん、がっくり来んだろな」

選択の余地はなかった。

図書館は、教育センターと呼ばれる建物の中にあった。駅前のロータリーから延びるバス通りを東へ進み、二つ目の十字路の角が、教育センターだ。

五分足らずで教育センターに着いた。自動ドアを通り、階段で三階へのぼる。出入り口の左側が貸し出しカウンターで、むかいにも奥にも、背の高い書架がたくさん並んでいた。

カウンターの中では、二人の職員が作業していた。白髪まじりの長髪で黒縁眼鏡の男性と、おかっぱ頭でべっ甲柄眼鏡の女性だった。男性職員のワイシャツには「柳沢《やなぎさわ》」の名札が、女性職員のブラウスの胸には「本条《ほんじょう》」の名札がついている。それぞれ五〇代と、四〇代くらいに見えた。

「あのー」

館内に入っておずおず声をかけると、二人が顔をあげた。

「あの、ぼく……」

本条さんがちょっと首をかしげた。柳沢さんは無表情だ。手ぶらで帰れないのはわかっている。ほとんどやけくそで、早口に言った。

「作家になりたいんですけど、おすすめの本教えてください」

あら、と本条さんが声をあげた。横をむき、柳沢さんと顔を見あわせる。カウンターの上で両手を組みあわせ、本条さんがこっちへ顔を戻した。

「君、中学生よね」

「はい」

「何年生？」

「二年生です」

「本が好きなの？」

とっさに答えられなかった。が、二人は気にする様子もなく、熱心に話しあいを始めた。その結果、柳沢さんは芥川龍之介《あくたがわりゅうのすけ》の短編集を、本条さんはオー・ヘンリーの短編集をすすめてくれた。貸出カードをつくる段になって、思い出した。

「あと、文学賞のこと書いてある本も借りたいんですけど」

柳沢さんがカウンターに身を乗り出し、窓際の書架を指さした。

「あの棚の裏側、右端の上段。その手の本ならそこにある」

作家になるためのハウツー本とあわせて、三冊借りた。礼を言って出ていくぼくを、柳沢さんはしかつめらしい顔で、本条さんは笑顔で見送った。

借りてきた本をたぐちの二階でとり出すと、登さんは書名と著者名をたずねてから、気合いの入った顔つきで言った。

「そんじゃまず、なんとか龍之介の本だ。読め」

壁かけ時計はすでに五時を回っている。これまでは、六時近くには朗読を切りあげていたけれど、ズルズル延長させられそうな気がした。黙っているぼくにむかって、おい、と登さんが声をとがらせた。

「なんだそのツラ」

「……別に」

「なにが気に食わねえんだ。言ってみろ」

しつこくせっつかれ、やっと口にした。

「もう遅いから……」

すると登さんが、あからさまな侮蔑《ぶべつ》の表情を浮かべた。

「母ちゃんがおうちで待ってるってか。わかったわかった。帰れ帰れ」

追っ払うように片手を振られ、ムッとした。

「今日、お母さんいない」

「あ？」

「準夜勤の日だから」

「掃除のおばちゃんでもやってんのか」

「看護婦」

少し黙ってから、聞いてきた。

「母ちゃんが夜勤のとき、晩飯どうしてんだ」

「お金もらって、外食してる」

「なら、うちで食ってけ」

「え?」

「食材あまらすから、ちょうどいい」

断わったものの、押し切られた。六時近くに階下へおりた登さんは、こいつも食ってくから、と宣言し、おばあさんが外出すると、台所で米をとぎ始めた。炊飯器のスイッチを入れてから、表のアイスケースとジュース用の冷蔵庫を店の土間に運び入れ、シャッターをおろして、勝手口から戻ってきた。ベビーカーに食材を積んだおばあさんが帰ってくるまで、二人でぼーっとテレビをながめてすごした。

登さんが調理にとりかかると、今度はおばあさんと茶の間で二人になった。おばあさんは酔っ払ったようなしゃべり方で、嬉々として登さんのことを話した。

「登は並みじゃない。あたしが読んで聞かせた絵本を、一字一句違《たが》えず丸暗記して、そのうち勝手に話をこさえ出した。一〇も二〇もたちどころで、将来は作家先生間違いなしと思ったもんだ。いっちゃんが手伝ってくれりゃ、きっとそうなる。まあ、手伝うようになったきっかけは万引きだが」

ぼくはあわてて話題を変えた。

「登さんっていくつ?」

「二十歳《はたち》」

「えっ」

「えっ、てのはなんだ」

「もっと大人かと思った」

ぼくはギョッとした。おばあさんの顔が急激に引きつったからだ。

「もっと大人はよかった」

声の調子から笑っているとわかった。引きつった笑顔のまま、おばあさんが言った。

「いっちゃん。これからも頼むよ」

登さんがつくった料理は薄味だけれど、おいしかった。夕食のあと二階へ戻り、一〇時くらいまでかかって、作家になるためのハウツー本を読んだ。その本で初めて、印税というものを知った。その率は普通一〇パーセント、と読みあげた瞬間、はあ!? と登さんがすっとんきょうな声をあげた。

「なんでそんなに少ねえんだ。あとの九〇パーはどこ行くんだよ」

ノートに写した。賞金一〇〇万円とか、三〇〇〇万円とか、景気のいい数字もあって、くらくらした。

「それは……書いてない」

「作家ってのは、よっぽどお人よしだな」

登さんはあきれたような顔をしていた。

本の付録に、主要な公募文学賞の一覧があった。登さんに命じられ、その要項を全部

翌日、母と一緒に夕食をとった。外科の看護婦としてキャリアをスタートさせた母は、結婚を機に職場をはなれた。が、ぼくを産んだ二年後に、病気で夫を亡くしてしまった。ぼくの小学校入学と同時に、駅からバスで十数分のところにある精神病院で再び働き始め、五年生のとき、婦長になった。日勤、準夜勤、深夜勤のほか、遅出もあり、その日、夕食で顔をあわせたのは、二日ぶりだった。

母は家で口数が少なかった。それを知りながら、ぼくは積極的に話しかけた。登さんの家でごちそうになり、浮いてしまった夕食代のことが気になっていたのだ。

ぼくは駅の券売機で最低料金の入場券を買い、渡された一〇〇〇円札を崩していた。もし聞かれてもボロが出ないように、架空の外食メニューを決め、それに見あったおつりを返すつもりだった。それを少しでも先送りしたくてしゃべり続けていたら、生返事をくり返していた母がやがて、一真、とうんざりしたように言った。

「うちでくらい静かにすごさせてよ。お母さん、へとへとなんだから」

「……わかった」

　さみしさと、やつあたりに近い腹立ちを覚えた。登さんのことは絶対話さない。あらためてそう決心した。


　それ以来、母が準夜勤や深夜勤の日は、たぐちで夕食をごちそうしてもらうようになった。そのたびに駅で入場券を買って一〇〇〇円札を崩し、適当なおつりを母に返した。手もとに残った金は、机のいちばん深い抽斗《ひきだし》の底にしまいこんだ。ぼくはやがてこの状態に慣れてしまったが、登さんのことはますます話せなくなった。いま思うと、登さんはそれも織りこみ済みだったのだろう。

　たぐちで夕食をとる日は、切りがいいところまで朗読を続けた。どこかからの電話を受けた登さんが、今日は何時まで、と宣言しない限り毎回で、一〇時を回るのはざらだった。

　時間延長の効果はてきめんで、本を読むペースはグッとあがった。要因はほかにも二つある。

　ひとつ目は、語釈に要する時間が短くなったこと。ストップがかかり、注を見たり辞書を引いたりして本文に戻るという一連の流れが、どんどん効率化したのだ。

二つ目は、柳沢さんと本条さんが、次から次へと本を推薦してくれたこと。ゴールデンウィーク明け、柳沢さんにすすめられて読んだ、筒井康隆《つついやすたか》の「バブリング創世記」には度肝を抜かれた。それは登さんにしても同様で、すぐにストップがかかった。

「なんだいまの。ほんとに小説か」

「そのはずだけど……」

「わけわかんねえ。頭っから、もういっぺん」

冒頭から読みなおした。

ドンドンはドンドコの父なり。ドンドンの子ドンドコ、ドンドコドンを生み、ドンドコドン、ドコドンドンとドンタカタを生む。ドンタカタ、ドカタンタンを生めり。ドンタカタ、ドカタンタンを生みしのち四百六年生きながらえて多くの子を生めり。ドカタンタン、ドカドカとドカシャバを生み、ドカシャバ、シャバドスを生み、シャバドス、シャバドビとシャバドビアを生む。シャバドビア、シャバダを生み……

「ストップ。書いたやつ、なんつったっけ」

「筒井康隆」

「いかれてんじゃねえか、康隆」

ぼくはあいまいに首をひねった。

「まあいいや。続き、読めよ」

「バブリング創世記」はこの調子で延々と続く。読み進めるうちに、登さんが噴き出し、やがて笑いが止まらなくなった。努めて淡々と読んだものの、途中からぼくもニヤニヤしていた。

最後の一文を読み終えると、登さんがしみじみした声音《こわね》で言った。

「すげえおもしれえな」

「うん」

けどよ、と登さんが困惑したような顔になった。

「そんな小説、ありか」

ぼくはまた首をひねった。本当にわからなかったのだ。

「それがありだとすっと……」

登さんが思慮深げにつぶやいた。

「小説ってのはなんでもありってことになんな」

それからもぼくたちは、柳沢さんと本条さんからすすめられる本を片っ端から読んだ。島崎藤村《しまざきとうそん》を読み、マンスフィールドを読み、井上《いのうえ》ひさしを読んだ。志賀直哉《しがなおや》を読み、サン＝テグジュペリを読み、フレドリック・ブラウンを読んだ。二人が出勤する曜日を把握して、必ずどっちかいるときに本を借りに行き、すすめてくれた人がいる曜日に返却するようになった。

ひたすら朗読に耳を傾けながら、登さんは思いもよらないことを考えていた。初めての推薦図書、芥川龍之介の短編集を読んだときからそうだった。

下人の行方は、誰も知らない。

「羅生門」の最後の一文を読み終え、口をつぐむと、登さんは怪訝そうな顔をした。

「それで終わりか」

「うん」

「書いたやつ、なんつったっけ」

「芥川龍之介」

「どうもしっくりこねえ。龍之介がてめえで書いたんだから、なんでもお見通しのはずだ。だれも知らねえとか言ってってけど、龍之介だけは知らねえとおかしい」

暗がりからボールをぶつけられたような気分になった。登さんが言葉を継いだ。

「ほかにも妙なとこあったんだよな、ババアがしゃべってるあたりで。ババアのせりふから読んでみろ」

言われるまま読みなおした。

「この髪を抜いてな、この髪を抜いてな、鬘《かずら》にしょうと思うたのじゃ」

下人は、老婆の答が存外、平凡なのに失望した。そうして失望すると同時に、又前の憎悪が、冷《ひやや》か な侮蔑と一しょに、心の中へはいって来た。すると、その気色《けしき》が、先方へも通じたのであろう。

「ストップ」

口を閉じたぼくにむかって登さんが、な？　と言った。キョトンとしていたら、

「おかしいだろが」

いら立たしそうな顔をした。

「いまんとこ、もういっぺんだ」

命令にしたがって再読し始め、

……すると、その気色が、先方へも通じたのであろう。

「そこだ」

登さんが声をあげた。

「通じた、って言い切りゃいいじゃねえか。なのに、なんでかそうしねえ。どうもそこがしっくりこねえ」

推薦図書を次々と読むうちに、五月が終わって梅雨《つゆ》になり、梅雨が明けて七月中旬になった。登さんは部屋を閉め切り、エアコンをガンガンかけるようになった。登さんがなににこだわっているかわかったのは、キンキンに冷えた部屋で、太宰治《だざいおさむ》の「道化の華」を読んだときだ。ぼくが朗読しているあいだ、登さんはずっと貧乏ゆすりをしてい

た。読み終えるなり命じられた。

「頭っから、もういっぺん」

冒頭に戻って読み始めた。

「ここを過ぎて悲しみの市《まち》」

友はみな、僕からはなれ、かなしき眼もて僕を眺める。友よ、僕と語れ、僕を笑え。ああ、友はむなしく顔をそむける。友よ、僕に問え。僕はなんでも知らせよう。僕はこの手もて、園《その》を水にしずめた。僕は悪魔の傲慢《ごうまん》さもて、われよみがえるとも園は死ね、と願ったのだ。もっと言おうか。ああ、けれども友は、ただかなしき眼もて僕を眺める。

大庭葉蔵《おおばようぞう》はベッドのうえに坐《すわ》って、沖を見ていた。沖は雨でけむっていた。

夢より醒《さ》め、僕はこの数行を読みかえし、その醜さといやらしさに、消えもいりたい思いをする。

「ストップ」

貧乏ゆすりが激しくなっている。

「書いたやつ、なんつったっけ」

「太宰治」

「いま出てきた〝僕〟ってのは、治のことか」

「うん」

急に自信がなくなり、たぶん、とつけ加えた。登さんがせっかちに質問を重ねた。

「だれかを水に沈めたのなんのつってんのは、治か葉蔵か、どっちだ」

答えられなかった。登さんが鼻から太い息を漏らし、壁にもたれかかった。

「続き、読めよ」

物語は、園という女性と心中未遂を起こし、一人生き残った葉蔵が、入院した病室での四日間を描いているのだが、頻繁に〝僕〟が顔を出し、そのたびに話が止まってしまう。そういう箇所に登さんはいちいち引っかかった。話の構造上、〝僕〟が書いたつくりごとだといやでも意識させられるのに、〝僕〟と葉蔵が一体化しているような記述が複数あって、読みながらぼくも混乱した。

二回目を読み終えたあと、解説を読んだ。その中で、太宰自身の心中未遂の体験が「道化の華」に反映されている、というくだりを読んだとき、登さんがたまりかねたように叫んだ。

「てめえが心中で死に損なって、それをネタに書き出したのはいいけど、こっぱずかしくなって話ん中しゃしゃり出てきて、ぶち壊しちまったってのか？　マジでそうなら大間抜けだが、そうじゃねえとすっと全部、計算ずくってことになんな」

登さんが真剣なまなざしをむけてきた。

「ずーっと引っかかってたんだけどよ、小説ん中でべらべらしゃべってんのは、だれだ」

「え?」

「作家が書いてんのはわかる。けど、それとは別に、透明人間みてえなやつがいて、そいつがこっちの顔つきうかがいながら、しゃべってるような気がすんだ。知ってるくせに知らねえふりしたり、逆に、てめえだけ知ってるってにおわせたりしてよ。そいつがどこにいて、どんなツラつきでしゃべってっかわかんねえ。それさえつかんじまえば、もう書けんだけどな」

「なにを?」

「小説に決まってんだろ」

「えっ」

「ネタはしこんだ。あとは透明人間の正体だけだ」

太宰の短編集をすすめてくれた柳沢さんのもとへ返却に行く際、ぼくは使命を与えられた。登さんの言う、透明人間の正体についてたずねることだ。

本を受けとった柳沢さんに、しどろもどろに質問したら、黒縁眼鏡の奥の目が光を帯びてきた。

「それは、すごく重要な問題だ」

柳沢さんが横で作業している男性職員に、失礼、と声をかけ、その手もとからメモ用紙を引き寄せて、ボールペンを動かした。むきを変えてカウンターに置いたそれには、作者↓語り手⊆主人公↓登場人物、と横書きで書かれていた。柳沢さんが横に寝かせたUの下に棒線を引っ張ったような記号を指さし、

「この意味はわかる？」

かぶりを振ると、熱っぽく説明し始めた。

「右側の要素がすべて左側に含まれる、という意味だ。主人公より語り手の方が上にいて、作者はさらに語り手を見おろす位置にいる、とイメージしてほしい。主人公がぼくや私を名乗ると、作者に結びつけてとらえがちだが、彼らはあくまで物語の進行役でしかない。それが語り手という言葉の意味だ。作家というのはしたたかで、読者を物語に引きこむためならなんだってする。語り手になり切って、わざと物語に死角をこしらえることもあれば、登場人物の内面に入りこんで、感情や無意識まで描き出すこともある。入江君の年齢で、そこに気づいたのはたいしたものだ」

ぼくはすっかり語り登さんを見なおした。喜ぶだろうと思いつつ、柳沢さんの言葉を伝えたら、

「語り手ってのか」

なにかを感得したようにつぶやくと、気合いに満ちたまなざしをむけてきた。

「これで見えた。書くぞ」

「えっ」

「なにが、えっ、だよ」

登さんがぼくの顔をのぞきこんだ。

「おれに小説の話なんかつくれっこねえ。そう思ってんだろ」

口ごもっていたら、あっさり言った。

「おれも、簡単にいくとは思ってねえ。初めは練習だ」

いきなり、肩をどやしつけられた。

「ぼけたツラしてんじゃねえぞ。お前が書くんだ」

壁かけ時計に目をやってから、顔を戻した。

「今日、母ちゃんは」

「日勤」

「あんま時間ねえな。よし。明日っから練習開始だ」

登さんはやる気満々だった。ぼくはあいまいにうなずいた。

翌日、たぐちの二階でむかいあうなり、登さんが宣言した。

「今日から書く練習に入る。しゃべるから、メモれ。小説にすんのに、必要なこと書いとけ。初めてだから短え話《みじけ》がいいな。あー」

　天井を見あげていた登さんが、ぼくがノートを開き、シャーペンを構えると、おもむろにしゃべり始めた。

「主人公は男。中三。就職する気でぜんぜん勉強してねえ。ところが、担任のおばちゃん教師が腹ボテんなって、かわりに若え《わけ》女教師がやってくる。で、そいつがその女教師に惚れちまう。なんとかこましてやろうってんで、その女教師が教えてる、そうだな、英語ってことにすっか、必死こいて英語勉強して……」

「ちょっと、ちょっと待って」

「なんだよ」

「少し速い」

「ほんじゃ、もうちょいゆっくりな」

「あの……」

「あ?」

「その話、ゆうべ考えたの?」

「いまだよ、いま。お前の目の前で考えてんだ」

「よくスラスラ出てくるね」

「屁《へ》でもねえ。もとネタあっからな」

「もとネタ?」

「そうだ」

登さんが声を大きくした。

「最後までしゃべっから、もとネタあててみろ。このやり方がどのくれえ通用すっか、確かめてえしな。おい、ちゃんとメモれよ」

そのあと話は、英語を猛勉強し始めた中三男子が、女教師のすすめで受験して、難関校に合格するという展開になる。それまでに、模試での浮き沈みや親との軋轢《あつれき》が語られ、引きこまれた。

そして、予想外な結末を迎える。合格祝いに、女教師の住むマンションに招かれた中三男子は、ほとんど強姦されるようにして童貞を失う。呆然としている中三男子に帰るよううながした女教師は、さよなら、と冷たく言って、ドアを閉めてしまうのだ。とぼとぼ家路をたどりながら、指先についた女教師の移り香をかいで泣く。それがラストシーンだった。

「どうだ?」

シャーペンを置いたぼくの顔を、登さんがのぞきこんだ。

「すごいと思う」

「すごいとかすごくねえとかじゃなく、おれが聞きてえのはおもしれえかどうかだ」

「おもしろかった」

素直に答えた。そうか、と登さんは喜ぶ様子を見せずに言うと、聞いてきた。

「で、わかったか。もとネタ」

すっかり忘れていた。あらためて考えてみたものの、見当がつかない。

「ぼくも知ってる話？」

「あたりめえだろ。お前が読んだんだから」

いくら考えても思いつかなかった。降参したら、満足そうな表情を浮かべた。

「案外わかんねえもんだな。正解は、あれだ。スケベな作家が最後、女弟子の布団のにおいかいで泣く話」

「あ、『蒲団《ふとん》』」

田山花袋《たやまかたい》の「蒲団」は、幕切れが強烈でよく覚えていた。確かにラストシーンには通じるものがある。でも、と思い、思ったことがそのまま口に出ていた。

「でも……」

「あ？」

「いまの話、『蒲団』とぜんぜん違ったけど」

「違わねえよ。根っこはおんなじ。変わってんのは語り手ってやつだ」

登さんが種明かしをした。

「もとネタは語り手が作家だろ。それをおれは弟子にして、ついでに女を男にしただけだ。弟子だったらどうしゃべるか想像すりゃ、自然と話はできる。ま、練習用としちゃこんなもんだろ。こんくれえならいくらでもつくれっから、じゃんじゃん書いて練習しろよ」

「すごい！」

「すごかねえよ」

平然と言い、聞いてきた。

「どんくれえで小説にできる」

登さんはまじめな顔つきでうなずいた。

「……三日くらい？」

「朗読はしばらく休みだ。書けたら持ってこい」

登さんに文章が書けたら、とふと思った。

本当に作家になれるかもしれない。


それから三日かけて、その話を小説にした。ノートに書き出したものの、気分が出なかったので、わざわざ原稿用紙を買ってきた。

きちんとしたストーリーがあるから、楽に書けるだろうと考えていたが、甘かった。

まず、出だしからつまずいた。どこから物語を始めればいいか、わからなかったのだ。

中三男子の日常をだらだら書いては破棄し、若い女教師が教室にやってくるシーンから始めるのに、丸一日を費やした。

　そのあとも苦労の連続だった。教室を描くシーンひとつとっても、そこには黒板があり、教壇があり、教卓があり、天井があり、壁があり、床があり、机があり、椅子があり、窓があり、授業中なら教師や何十人という生徒もいて、その中の一人になり切って観察すれば、教師や生徒たちの一挙一動や、窓から入ってくる光や、風や、音や、においは変化し続け、主人公の感覚や感情も、絶え間なく移り変わる。そのすべてを書きつくそうとしたら、原稿用紙が何枚あっても足りない。現実を文章に置きかえることの難しさを、思い知らされた。

　やっと女教師と接触するところまで持っていったら、今度は会話で悩まされた。どう書いても嘘っぽくなる。いっこうにテンポが生まれない。三日と口にしたことを後悔したけれど、いまさら延ばしてくれとは言えない。最終日、徹夜してどうにか脱稿した。原稿用紙三二枚になった。

　つくり置きの朝食をとり、一睡もせずに学校へ行った。授業中は何度も居眠りしたが、たぐちへむかうころには、眠気は消えていた。登さんにどう言われるか、不安だったのだ。

　勝手口の土間で運動靴を脱ぐとき、見慣れないパンプスが置いてあるのに気づいた。

おばあさんにあいさつして二階にあがり、襖を開けると、腕組みで壁にもたれかかってあぐらをかく登さんが目をむけてきた。そのむかいで、Tシャツにデニムのミニスカートをはいた女性が、女座りをしている。ぼくを見あげた顔は、いつか『坊っちゃん』を読んでいたのとは別人だった。二人のあいだには、文庫本が一冊転がっていた。

「こんにちは」

女性にあいさつしたものの、無視された。登さんが女性を見やり、舌打ちしてから、こっちへ顔を戻した。

「書けたか」

「いちおう」

「よし。読め」

「ねえ」

女性がとがった声で登さんに呼びかけた。

「あたし帰る」

「じゃあな」

女性がかたわらのポシェットをつかんで立ちあがり、もの言いたげに登さんを見おろした。それに構うことなく、登さんがぼくに手招きした。女性はぼくをキッとにらむと、肩をぶつけるような勢いで脇をすり抜け、足音高く階段をおりていった。

「なにしてんだ。早く来い」

うながされるまま部屋に入り、襖を閉めて腰をおろす。

「いいの？」

「なにが」

「いまの人」

「構わねえ。暇なんで読ましてみたけど、さっぱりでよ」

登さんが文庫本を指さした。筒井康隆の『ベトナム観光公社』だった。

「読み方まじいとぶち壊しだな。やっぱ一真の朗読がいちばんだ」

通学カバンから原稿用紙の束をとり出したら、お、と登さんが声をあげた。

「本格的じゃねえか」

「あんまり自信ないけど……」

「いいから読め」

表情をうかがって読み始め、たちまち落ちこんだ。登さんがしかめっつらになったからだ。読み終えたあと、なにか言われる前に弁解した。

「もっと時間あれば違ったと思うんだけど。一週間とか一〇日とか」

「いいからもういっぺん、頭っから読んでみろ」

面倒くさそうに片手を振られ、仕方なくしたがった。

突然の嵐のように麻子《あさこ》先生がぼくの前に現われたのは、気の早いセミたちがそろそろ鳴き始める、六月一二日の三時間目の英語の授業だった。

「ストップ」

口をつぐんだぼくにむかって、登さんが言い放った。

「気持ち悪い」

「え？」

「気持ち悪いな、一真の文章はいろいろ。なんつったっけ、女教師の名前」

「麻子先生」

「麻子は別の先公に連れられて行儀よく教室入ってきて、よろしくお願いしますとかなんとか、つまんねえあいさつするだけじゃねえか。どこが嵐なんだよ」

「それは、主人公が感じたことで」

「だったらそれ書けよ。主人公がどう感じようが、書かなきゃこっちに伝わんねえぞ。あと、気の早いセミがどうとか言ってたな。お前、セミの気持ちわかんのか」

「え？」

「まだ早《はえ》えけど、いいや、鳴いちまおう。そういう気持ちまでわかんのかよ」

「それは、わからないけど」

「わかんねえなら、書くなよ」

登さんの声が大きくなった。

「それとなんだ、何月何日の何時間目だって」

「……六月一二日の三時間目」

「六月一四日の二時間目じゃまじいのか。六月一五日の五時間目だっていいじゃねえか。どうでもいいことゴチャゴチャ書くなよ。お前」

じっと見つめられた。

「耳悪いのか？」

「悪くない」

ぼくはほとんど泣きそうになっていた。

「聴力検査ではちゃんと」

「違う違う、そういう意味じゃなく、音感つーか、リズム感悪い気がしてよ。まあいいや。続き、読んでみろ」

指摘はそれからも延々と続いた。ぼくはだんだん涙声になり、読み終える前に泣き出してしまった。涙でぼやけた視界に、げんなりしたような登さんの顔が映る。破れかぶれで食ってかかった。

「そんなに言うなら、ほかの人に書いてもらえばいいでしょ」

「ほかに頭のいい知りあいがいねえ」

「頭なんかよくない！」

叫んだ直後、悲しみが押し寄せてきた。

「麻布落ちたし、第二志望も、第三志望も落ちて滑り止めしか受からなかったし、ちゃんとした文章書けないし」

「まあ、確かに気持ち悪いな」

そのひとことが駄目押しになった。洟《はな》をすすり、無言で立ちあがった。

「どうした」

「帰る」

「は？」

「もういやだ！」

通学カバンをつかんで廊下へ飛び出し、階段を駆けおりた。おい！　と声がしたけれど、止まらなかった。茶の間を横切って勝手口へむかう。おばあさんもなにか声をかけてきたが、やはり無視して運動靴に足を突っこみ、ドアを開け木戸を開けて、路地へ飛び出してマンションまで走った。自分が書いたものを否定される苦痛は、激烈だった。しかし、登さんに正面切って歯むかったことに、少しだけ胸のすくような思いも味わっていた。

翌日には、ささやかな勝利感はすっかりしぼんでいた。意外なことに、登さんに逆らったおそれより、うまく小説が書けなかったことへの失望の方が大きかった。

鬱々とした気分で授業を受け終え、正門から出ようとしたときだ。

「よお」

いきなり声をかけられ、ギョッとした。見ると、Tシャツにジーンズ姿の登さんが、門の横にしゃがみこんでいた。下校する生徒たちは、はなれた場所を早足で通りすぎていく。よっこらせ、と登さんが立ちあがり、ぼくを見おろした。

「いつ終わるかわかんねえから、だいぶ待っちまった」

「……なに？」

「まだへそ曲げてんのか。わざわざ迎えに来てやったのによ」

返答に困っていたら、ぼくの背後へ視線をやった。振り返ると、神原が駆け寄ってくるところだった。怪我はとっくになおっていたけれど、相変わらずきついアイパーで、眉がない。そばまで来た神原は、ぼくを無視して登さんに頭をさげた。

「田口さん、ちわす」

「サボりじゃねえのか」

「まあ」

「こいつのこと、いじめてねえだろな」

神原がチラッとこっちへ目をやり、すぐにそらした。

「ないっす。接点ないですし」

「ならいい」

「じゃあ、失礼します」

「おう」

もう一度頭をさげ、神原が歩き出した。半袖の開襟シャツの裾を太いズボンの上に出したうしろ姿は、いっぱしの大人みたいで、脇に抱えたぺったんこの学生カバンが、集金バッグかなにかのように見えた。

神原が行ってしまうと、登さんが軽い調子になった。

「のど渇いたな。ちょいつきあえ」

連れていかれたのはたぐちだった。登さんは表の冷蔵庫からジュースを二本とり出し、横にぶらさがっている栓抜きでふたを開けて、中に入った。うながされ、店の土間で運動靴を脱いで、茶の間にあがる。おばあさんはぼくたちのいきさつを知っているのか、うかがうような視線をむけてきたものの、なにも言わなかった。

二階の部屋はエアコンがつけっぱなしで、『ベトナム観光公社』が転がったままだった。むかいあってあぐらをかき、ジュースを飲む。登さんは一気に飲み干すと、お前、と話しかけてきた。

「『チョコレート戦争』って、知ってっか」

口をきくのが癪《しゃく》だったので、黙ってうなずいた。

「読んだか？」

黙ってかぶりを振る。

「小三んとき、夏休みの課題図書になっててよ。感想文書いたんだ」

ぼくは努めてそっけなく言った。

「字、書けないんじゃないの」

「言ったろが。読むのも書くのも完全に駄目なわけじゃねえって。すっげえ時間かかるけどな。あの感想文が最長記録だ」

登さんがなつかしむようにしゃべり始めた。

「まず、ばあちゃんに読んでもらう。わかんねえ言葉が出てくるたんび、辞書に書いてあること読んでもらってな。で、内容つかんでから、頭ん中で文章つくった。しまいまでスラスラ言えるように、くり返し考えて暗記してよ、しゃべったとおりノートに写してもらって、それ手本にして原稿用紙に写しなおす。三枚書くのに二週間くれえかかった」

「えっ」

ぼくは思わず声をあげた。

「そんなに？」

「普通に字書けるやつにゃ、わかんねえだろな」

登さんが屈折したプライドをにじませて言った。

「写し間違うたんび消しゴムかけまくってるうちに、原稿用紙ボロボロになっちまってよ。何十回も書きなおしたら、そんだけかかった。ガキのころ、おれはまじめだったんだ。算数教室にも通ってたくれえでよ。宿題サボったことなんかねえし、予習も完璧だった。次の日教科書でやるとこ、ばあちゃんに何度も読んでもらって、丸暗記すんだ。晩飯食ってから毎日、一時、二時までかかってやってた」

ぼくは絶句した。受験直前の追いこみでも、日づけが変わるまで勉強したことは数えるほどしかない。けど、と登さんが続けた。

「小三んなって、変わっちまった。一学期、授業中に遠足の感想文書かされたんだ。二年までの担任は、こっちの事情飲みこんでたんだろな。書きとりだの作文だのはうちでやらされてたんで、そんときも窓の外見てぼーっとしてたら、いきなり先公にどつかれた。こいつがほんとクソ野郎で、すぐどつくし、えこひいきするし、女子にやたら触るしよ。一年から一緒だったやつが、田口君はうちで書きますっつっても、聞きゃあしねえ。手本なしじゃ、おれは線一本引けねえからな。固まってたら、特殊学級行けってまたどつかれた。うち帰ってそれ言ったら、ばあちゃん、カンカンに怒ってよ。職員室に怒鳴りこんで、その先公と派手にやりあった。ねちっこいやつだから、ずっと根に持ってたんだろ。夏休みの感想文、提出した次の日まっさらな原稿用紙放って寄越して、この場で書いてみろって抜かしやがった。あんときゃ苦しかったぜ。ばっちり頭ん中に文章あんのに、一字も書けねえ。手なんかこう、ブルブル震えてよ、それでもどうしても書けねえんだ。クラス中が見てるし、先公はいやみ言いまくるし、手ぇブルブル震わせながら糞《ふん》づまりみてえに力んでるうちに、気が遠くなってぶっ倒れた。あとで聞いたら、のどにゲロつまらせて、下手したら死ぬとこだったらしい。で、そんとき決めたんだ。二度と字なんか書かねえって」

なあ一真、とまじめな顔をした。

「おれは話つくることにかけちゃ自信がある。ガキのころ、想像でいくつも話つくって、将来は作家先生だってばあちゃんに言われたりしてよ」

「うん、聞いた。一〇も二〇もたちどころだって言ってた」

「ばあちゃん、おれにゃ大甘だけどな」

登さんが照れくさそうに笑った。

「その話はほんとだぜ。何度も絵本読んでもらってるうちに、自分で読んでみたくなってよ。ページ開いたら絵の上に、鼻くそみてえな黒いかたまりが並んでる。それが字ってもんだって教わって、読み方も習ったが、どうしても読めるようになんねえ。しょうがねえから絵だけながめてっと、ばあちゃんから聞いた話はどっかいっちまって、いろんなことが気になり出した。例えば、『桃太郎』でよ、桃が流れてきた上流にゃなにあんだ？　桃に赤ん坊《ぼ》しこむ工場でもあんのか？　もっと気になったのが鬼だ。犬だの猿だの連れて乗りこんできた変なガキに、さんざっぱらやられたあげく、宝もんまでかっさらわれちまう。鬼の家族はいねえのか？　いたとしたらあのあと食ってけたのか？　考え出したら止まんなくなって、どんどん話ができた。一真の朗読聞いてっと、その感じが戻ってくんだ。語り手がなにからなにまで説明するわけじゃねえから、小説にはぜってえ気になる部分があって、気になるからつい想像する。こないだの話もそうやってできた。けど、ありゃ練習用だ。気合い入れて話つくって、ちゃんとした文章で小説にすりゃ、マジで作家んなれる。まともに読み書きできねえやつが、アホみてえだと思うか？」

「思わない」

即答した。「蒲団」を換骨奪胎した手際から、物語をつくり出す能力は十分に感じとれた。登さんがぼくを見つめて、ぽつりと言った。

「ありがとな」

これにはやられた。登さんが神妙な顔つきで、言葉を継いだ。

「きのう、言い方きつかったな。悪気はなかったんだけどよ」

「構わない。ビシビシ言ってよ」

お、という顔をした。

「やる気じゃねえか」

「もうすぐ夏休みだし」

「ああ。たっぷり時間とれんな。賞の締め切り写したノート、あるか」

「うん」

「出してみろ」

締め切りまで間《ま》がないものを除外してチェックしたら、年内に応募できる賞は、六つに絞られた。まず、夏休み中になるべく多く習作する。九月中にアイデアをまとめて書き出し、ひとつでも多く応募する。それが登さんのプランだった。喫緊の課題は文章力のアップ。ぼくは自分から意見を出した。

「塾で言われたんだけど、新聞のコラムとか書き写すと、記述力がつくんだって」

「それ、やったのか」

「うん」

「で、あれか」

ぼくが黙りこむと、無理もねえ、と登さんがフォローするように言った。

「他人の文章たーだ写したって、おもしろくもなんともねえ。おもしろくねえと身になんねえ。おれが人並みに計算できんのは、算数教室のおかげだ。あっこの授業はおもしろかったぜ。碁石並べて問題解いたり、パズルだのクイズだのやったり」

突然、登さんが大きな声をあげた。

「それだ、クイズだ！」

「え？」

「名づけて、再現クイズ」

腕を伸ばして『ベトナム観光公社』を拾いあげ、さし出してきた。

「読め」

「どこから？」

「どこでもいい。パッと開いたとこから読め。いや、待て。やっぱまとまった話の方がいいな。なんかひとつ、好きな話選べ」

目次を開くと、短編のタイトルが九つ並んでいた。あてずっぽうに「トラブル」を選び、該当ページを開いたところで、まじめな顔で言われた。

「クイズっつっても遊びじゃねえからな。真剣に読めよ」

「……わかった」

今は夏で、時間は正午ちょっと過ぎ、ここは日比谷公園で、おれはテレビの演出家だ。

「トラブル」はすばらしくおもしろかった。二種類の寄生体が別の惑星からやってきて、一方が語り手の〝おれ〟とテレビ局の喫茶室の親爺《おやじ》に、もう一方がサラリーマンたちにとりつき、人体を意のままに操って、大乱闘をくり広げるのだ。読み終えたぼくにむかって、閉じろ、と登さんが命じた。

「喧嘩になったきっかけは、なんだ」

「〝おれ〟が足踏まれたこと」

「正解」

確かにクイズだ。これが文章力のアップにどうつながるのかいぶかしんでいたら、

「〝おれ〟が最初に戦ったのは？」

「えーと、二枚目のサラリーマン」

「そこんとこ、覚えてっか」

「うん。ビョーンと飛びあがって……」

「待て、言わなくていい。〝おれ〟と二枚目のリーマンが戦うとこ、書いてみろ」

「え？」

「そこんとこ思い出して、お前が書く。で、おんなじとこ康隆がどう書いてるか、比べてみる。それが答えあわせってわけだ」

再現クイズの初回は、こんな首尾だった。

筒井康隆の文章

　空中からま下を見て、おれは自分が何故とびあがったのか始めてわかった。おれのうしろからあの二枚目が、おれにつかみかかろうとしたのである。おれは彼の方へ落下して行きながら両腕をつき出し、両手の指さきを内側へ折り曲げた。どうやらおれは、彼の顔面に狙いをつけている様子である。だが二枚目は、おれの落下地点からさっと身をひいた。おれは彼の顔に打撃をあたえることができず、かわりに彼のズボンのベルト付近に指をかけたまま、地面に転がった。彼のズボンがはげしい音を立てて破れ、二枚目は下半身まる出しになった。彼の白い脛《すね》は意外にも毛むくじゃらだった。彼はピンクのパンツをはいていた。

ぼくの文章

　飛びあがって見下ろすと、二枚目のサラリーマンがおれにつかみかかってきていた。おれは彼の顔面を引っかこうとしたが、かわされた。かわりに彼のズボンのベルトに指を引っかけ、下半身が丸出しになった。彼のすねは毛むくじゃらで、ピンクのパンツをはいていた。

　順に読みあげ、暗然とした気分になった。

「……最後しかあってない」

「んなこたどうでもいい」

登さんが軽くいなした。

「暗記名人じゃあるめえし、そんな長《なげ》え文章ピターッとあてられるわけねえだろ。大事なのはリズムだ。作家の文章ってのは、聞いてて気持ちいい。それに比べて、一真の文章は気持ち悪い。もっさりしてるっつーかなんつーか……ああ、悪い悪い」

「いいよ。続けて」

「そうか？　まあ、おれも気持ち悪いと思うだけで、どこをどうなおせばいいかはわかんねえ。もういっぺん、両方読んでみろ」

読みなおしている途中で、おい、と登さんが声をあげた。

「変だぞ、お前の文章。気づかねえか」

ぼくは首をひねった。登さんが説明し始めた。

「〝おれ〟の体は宇宙人に乗っとられてんだろ。お前の文章だと、〝おれ〟が自分から飛びあがったり、二枚目やりにいったりしてんぞ」

「あっ」

もうイッコ、と登さんが続けた。

「お前の文章だと、〝おれ〟と二枚目が宙に浮きっぱなしだぞ」

「あっ」

筒井康隆の文章に引きずられないよう、本を見ないで改善点を話しあった。それを踏まえて書きなおした結果、ぼくの文章はこう変わった。

　飛びあがって初めて、二枚目がおれにつかみかかろうとしていたのが分かった。二枚目の方へ落下しながら、指先を折り曲げた両腕を突き出した。おれは二枚目の顔面を狙っているみたいだった。だが二枚目は、おれの落下点からサッと身をひいた。おれは彼の顔面を引っかく代わりに、ズボンのベルト付近に指をかけたまま、地面に転がった。激しい音を立ててズボンが破れ、二枚目の下半身が丸出しになった。彼のすねは毛むくじゃらで、ピンクのパンツをはいていた。

　文章の質があがるのを実感できた。よし、と登さんも満足そうに言った。

「一日の半分はガンガン本読んで、再現クイズで書く練習だ。あとの半分でおれが話つくるから、お前はじゃんじゃん小説にしろ」

「その日のうちに書くのは、無理かも」

「その日書けなきゃ宿題にすりゃいい。お前が書いてるあいだ、おれは映画でも見て待ってっからよ」

　今後のためにお互いの電話番号を交換した。登さんはぼくに口頭で伝えたが、ぼくが書いた家の番号を普通に読めた。数字は算数教室で克服したのかもしれない。

　あと三日で夏休みが始まろうとしていた。

LESSON　2

夏休み初日、つくり置きの朝食をとってマンションを出ると、ムッとする空気がまとわりついてきた。ぼくたちの日課は、たぐちが開店する九時から始まることになっていた。例外は水曜と土曜。登さんはその曜日の午前中、片道一時間くらいかけて、自転車で駄菓子の仕入れに行っていたのだ。

いつものように、茶の間のおばあさんにあいさつして、階段をのぼる。襖を開けるとすでに、部屋はキンキンに冷えていた。壁にもたれてあぐらをかいている登さんが、やる気に満ちた顔をむけてきた。

「よお」

窓のそばに、二〇冊の本が積みあがっている。柳沢さんたちの推薦図書を、貸し出し点数の上限まで借りたのだ。近づくぼくに、登さんがリクエストしてきた。

「ビッと気合い入るやつにしろ」

「あ、それなら」

背表紙を見て、本の山からヘミングウェイの『老人と海』を抜き出した。

「これ読むと、やらなきゃ！　って気分になるって、本条さんが言ってた」

「よさそうだな。読めよ」

かれは年をとっていた。メキシコ湾流に小舟をうかべ、ひとりで魚をとって日をおくっていたが、一匹も釣れない日が八十四日もつづいた。

最後のパラグラフにさしかかったのは、それから約二時間後。

道のむこうの小屋では、老人がふたたび眠りに落ちている。依然としてうつぶせのままだ。少年がかたわらに坐って、その寝姿をじっと見まもっている。老人はライオンの夢を見ていた。

「かーっ!」

読み終えるなり、登さんが天井をあおいで叫んだ。

「すげえいいな」

「うん」

「特に最後、ライオンの夢ってとこ。これなら再現クイズもやりがいあるぜ」

ぼくもそこにしびれた。感傷を排した、乾いた筆致に徹しているからこそ、最後の一文がエモーショナルに響く。が、

「ぼく、ちょっと」

「あ?」

「お母さんと一緒にお昼食べないと」

「なんだ、今日休みか」

「ううん。深夜勤」

「じゃあ、明日の朝まで帰ってこねえんだな」

登さんはすっかり母の勤務形態を把握していた。

マンションで母とそうめんを食べ、一時前にたぐちへ戻った。待ち構えていた登さんが、『老人と海』からさっそく再現クイズを出題してきた。

「老人の前に、初めて魚が出てくるとこ、あっこ書いてみろ。待て、ヒントやる。まず、綱がだんだん浮きあがってくんだ。で、舟の前の海が盛りあがって……」

登さんは固有名詞のたぐいはなかなか覚えられなかったが、耳からとりこんだ文章をイメージに変換し、保持・再生する能力に秀でていた。OKが出るまで書きなおし、一緒に一階へおりた。ジュースを飲んだり駄菓子を食べたりして、三〇分ほど休憩してから二階に戻り、話づくりにとりかかった。登さんはちょっと天井を見あげてから、ノートを広げてシャーペンを構えたぼくにうなずきかけ、しゃべり始めた。

「主人公は男。高二。親父が溶接工場の社長で、まあ、ボンボンだな。その工場に中卒のガキが就職してくる。暇つぶしに話しかけたら、金貯めてバイク買うって、馬鹿のひとつ覚えみてえに言う。ボンボンがおもしろがって、親父の金で買ったバイク見せびらかすと、よだれ垂らしそうなツラんなる。そのガキはちょっと抜けてんだ。なもんで、なかなか仕事が覚えらんねえ。へま連発して、まわりのやつらからいびられ出す。けど、いくらいびられても工場辞めねえ。えげつねえいびりにベソかきながら、必死こいて働き続ける。で、それ見てボンボンは思うわけだ。アホかって。バイクなんかたいしたことねえのにってな」

ボンボンはそれからも、ことあるごとに少年にバイクを見せびらかす。ある日、気まぐれにバイクを貸してやると言ったら、思いがけずかたくなな拒絶にあう。自分で買うからいいと言うのだ。頭に来たボンボンは、少年との接触を絶ち、職場でいびられるのを冷たく傍観する。

やがて、金を貯めた少年は、とうとう念願のバイクを手に入れる。ところが、一回乗っただけで、ロックし忘れたバイクを盗難で失う。ボンボンは職場の連中と一緒になって笑うが、少年は大雨の中バイクをさがし回ったあげく、肺炎をこじらせて死んでしまう。ボンボンはバイクにまったく興味が持てなくなり、二束三文で売り払う。そういう話だった。

「これももとネタあるの？」

「あててみろ」

「どこかで読んだ気はするけど……」

「ヒントな。書いたのは外人。名前が、なんかゴリゴリした感じの」

「あっ、ゴーゴリ」

もとネタはゴーゴリの「外套《がいとう》」だった。ゴーゴリの短編では、やっとの思いで手に入れた外套を追いはぎに奪われ、さがし回るうちに死んでしまう下級役人に、語り手は寄り添っていた。登さんがつくった話では、下級役人にあたる少年を突き放して見るボンボンが語り手になっており、そのずらし方にセンスが感じられた。

壁かけ時計に目をやると、四時すぎだった。帰り支度を始めたぼくに、登さんが話しかけてきた。

「どのくれえで書けそうだ」

「あさってまでには、なんとか」

「母ちゃんいなくなったら出てこいよ。踏み切り前で待ちあわせだ」

「まだ読むの？」

さすがに勘弁してほしいと思っていたら、

「朗読じゃねえ。夏休みだから、お楽しみもねえとな」

「お楽しみって？」

登さんはニヤニヤするばかりで、なにをするつもりか教えてくれなかった。

夜一一時を回っても、外の空気は生暖かかった。踏み切りの前に行くと、登さんはもう来ていた。黒いアロハシャツと白いコットンパンツに着がえ、素足にホワイトバックスをはいている。おもしろそうにぼくをながめた。

「こうして見るとお前、ほんとガキだな」

風呂に入って下着はかえたものの、昼間と同じタンクトップにジーンズ姿で、足もとはビーチサンダルだった。登さんが聞いてきた。

「腹減ったろ」

「少し」

「飯おごってやる」

飯と言われて思い浮かべたのは、アーケード商店街の牛丼屋と、教育センターのはすむかいにあるファミレスだ。どっちも二四時間営業で、その時刻でも開いている飲食店は、ほかに思いつかなかった。

ところが登さんは、踏み切りを渡り始めた。牛丼屋やファミレスとは反対の方角だ。追いかけてたずねた。

「どこ行くの」

「スナック」

「えっ」

進行方向の右手には、色とりどりのネオンが輝いている。立ち止まり、ねえ、と呼びかけた。

「まずいよ」

登さんも立ち止まり、振り返った。

「なにが」

「ぼく、中学生だし」

「おれは中坊から出入りしてたぜ」

「登さんは……」

あとの言葉を飲みこむと、おちゃらけて言われた。

「登さんは不良だから、ってか」

答えられずにいたら、伸ばした拳で肩をどやしつけられた。

「スナックくれえでビビんなよ。行くぞ」

大股に歩き出した。ぼくはちょっとためらってから、背中を追った。

登さんがむかったのは、踏み切りを渡ってすぐの雑居ビルだった。不動産屋の横から階段をのぼり、三階まで来ると、踊り場に置かれた電飾看板が、正面のドアを照らしていた。そのむこうから、絶え間ないざわめきが聞こえてくる。

登さんがドアに近づき、手前に引き開けた。とたんに、喧騒《けんそう》がワッと大きくなった。

登さんがずかずか中に入る。ついていこうとしたら、ドア閉めて、とつっけんどんに言われた。声の主は、カウンターのむこうの四〇代とおぼしきマスターだった。隣では小太りなママが、客としゃべっていた。

ぼくがドアを閉めているあいだに、登さんはカウンターの端のスツールに腰かけた。身を縮めてそっちへむかい、隣に座る。登さんが上体を傾け、耳もとで言った。

「好きなもん頼め」

酒のボトルがずらっと並ぶ棚のあちこちに、お品書きが貼ってある。種類が豊富で決めかねていたら、ママが朗らかに話しかけてきた。

「いらっしゃーい、ひさしぶり。こっちの子、弟分かなんか？」

登さんがおしぼりを受けとり、問いかけを無視してそっけなく言った。

「ポテトフライと焼きそば。お前は？」

「じゃあ、ぼくも焼きそば」

「はい、ポテトフライと焼きそば二丁ー」

ママが小太りな体を横にして、マスターの背後を通ってむこうへ行った。ぼくは少しホッとして、店内の様子を観察した。

カウンター席は一〇人くらい座れるようになっており、いまはほとんど埋まっていた。テーブル席が壁際に三卓、奥の窓際に一卓ある。窓は線路に面していて、駅舎の二階のあかりが見える。店内は空調がきいており、快適だ。登さんは頬杖をついて、客の様子をながめているようだった。上体を傾け、聞いてみた。

「登さん、お酒飲まないの？」

「あ？」

「お酒、飲まないの？」

ぼくの口もとをじっと見つめていた登さんが、ああ、とうなずいた。

「飲む気しねえ。うるせえ場所はきらいなんだ」

思いついたように聞いてきた。

「飲むか」

「いいよ」

あわてて言ったら、

「そうか」

もとの体勢に戻った。落ちつかなくなり、再び話しかけた。

「こういうところがきらいなら、ファミレス行けばいいのに」

登さんが頬杖をついたまま、こっちへ首をねじった。

「あ？」

「こういうところがきらいなら、ファミレス行けばいいのにって」

ぼくの口もとをじっと見つめていた登さんが、ワンテンポ遅れて言った。

「ファミレスだと、お楽しみがねえからな」

「なに、お楽しみって」

登さんがニヤッと笑った。

「そのうちわかる」

お楽しみの意味がわかったのは、焼きそばを食べ始めてしばらくしてからだ。香水のにおいが近づいてきたかと思うと、登さんの横に二人連れの女性が立っていた。一人はロングのシャギーカット、もう一人はセミロングの毛先を内巻きにしていた。シャギーが登さんに話しかけた。

「二人？」

「ああ」

「あたしたちも二人」

ナンパだ、と思った。思った瞬間、むせた。焼きそばの切れ端が、カウンターに飛び散る。がっつくなよ、と笑っている登さんに、シャギーが明るい声で言った。

「一緒に飲もうよ」

料理の皿を持ち、テーブル席へ移動した。初め二人はぼくにも話を振ってきたけれど、そのうち登さんにばかり話しかけるようになった。ぼくの受け答えがつまらなかったからか、もとから眼中になかったからか。たぶん、両方だろう。

うるさい場所だと聞こえが悪くなるらしく、どっちかがしゃべるたび、登さんは相手の口もとをじっと見つめた。ぶっきらぼうな受け答えに、二人はいちいち大受けした。例えば、シャギーがこんな質問をしたとき。

「仕事、なにしてんの」

「駄菓子屋の店番」

「は？」

「知らねえのか、駄菓子屋」

「や、知ってるけど」

「だから、その店番。ばあちゃんが便所行くたんび、一階おりて」

「なにそれ」

「おかしー」

やがて、二人がそろってトイレへ立った。角を曲がって姿が見えなくなるなり、登さんがテーブル越しに顔を寄せてきた。

「店出たらばらけんぞ。おれは片っぽと消えるから、あとは好きにしろ」

「好きにって……どうすればいいの？」

「さあな。マンション連れてってやっちまうとか」

「無理だよ！」

つい声が大きくなった。登さんが鼻であしらうように言った。

「おれがお前の年にゃもうやってたぜ。母ちゃんいねえんだろ。チャンスじゃねえか」

しばらくして、二人がトイレから戻ってきた。なあ、と登さんがどっちにともなく話しかけた。

「うるせえからここ、出ようぜ」

支払いを済ませて店を出た。ドアの前で登さんは、で、と二人にむきなおった。

「どっちがおれと来んだ」

さも当然という口ぶりだった。二人がすばやく目くばせを交わした、気がする。一瞬後にはなにごともなかったように、えー、と内巻きが甘えた声を出し、シャギーがとり澄ました口調で言った。

「あたし、もう一軒行くけど、一緒に来ない？」

登さんがオールバックの髪をなであげた。

「そんなら、いい店知ってるぜ」

「どこ」

「東口」

あたし、と内巻きが会話に割りこんだ。

「ファミレスでも行こうかな」

「ファミレスなら東口にあるよ」

思い切って言うと、そうなんだ、とぼくを見た。

一階におり、不動産屋の前で登さんたちと別れた。内巻きが動かなかったからだ。ぼくはさっきのやりとりから、内巻きはファミレスへ行くものだと決めこんでいた。案内して、場合によっては朝までつきあうつもりだった。

ところが、登さんとシャギーが踏み切りを渡り、左に折れて見えなくなったとたん、内巻きがむきを変えてサッサと歩き出した。あわてて横に並び、話しかけた。

「ファミレスは逆だよ」

「そ」

やけにそっけない。ほどなく、内巻きが右に曲がった。その先は西口の駅前で、道なりにタクシーが連なり、乗り場に行列ができていた。内巻きがその最後尾につく。状況を飲みこめず、再び横から話しかけた。

「タクシー乗らなくても、ファミレスならあっちに」

「うるさいな。恥ずかしいから、ほっといてよ」

あからさまに迷惑そうだった。登さんに言われたことが頭をよぎり、考える前にしゃべり出した。

「今日うち、お母さんいないから……」

すごい目つきでにらまれ、口をつぐんだ。ちょうどうしろに並んだ若い男性が、へらへら笑ってあやしい呂律《ろれつ》で言った。

「ふられてやんの」

いたたまれなくなってタクシー乗り場をはなれ、駅の階段を駆けあがった。終電が出たあとも、線路を渡る通路には行き交う人がちらほらいた。そのあいだを抜けて、突きあたりで右に折れ、マンションの二階からエレベーターに乗る。居住階の11ではなく、屋上を示すRを押した。そのまま家に帰る気がしなかったのだ。

エレベーターが停止した。開いたドアから出、蛍光灯がチカチカする無人の廊下を進む。さびついた重い鉄扉を押し開けたとたん、目の前にパノラマが広がった。金網越しに見渡す限り、さまざまな色の光が地形の起伏に沿って続いていた。

ほのかに温かいコンクリートを踏んで、屋上へ出た。その扉は手を放すと、バターンと大きな音を立てて閉まる。そうならないようにそっと閉め、塔屋の横から南へ目をむけた。はるか遠くに点在する高層ビルが、赤く航空障害灯をともしている。

むきを変えて歩き出し、ギョッとして足を止めた。屋上の真ん中に、だれかが横たわっていたのだ。人影はピクリともしない。死んでるんじゃ、と不安になり、目を凝らした。ゆるやかに腹部が上下している。寝ているらしい。

おそるおそる近寄って見おろすと、同じ年くらいの女の子だった。なにか大きな黒いものを枕にしており、そこに天然パーマっぽい長い髪が広がっていた。落書きみたいなイラストがプリントされたTシャツに、裾を折り返したジーンズと、素足にスニーカーをはいている。へそのあたりで手を組み、スースー寝息を立てていた。

ぼくは、眠り姫という言葉を思い浮かべた。星あかりの下で、まつ毛の長さや、鼻の形のよさや、軽く開いた唇のつつましさといった個々のパーツの魅力が一体となり、非現実的なムードを漂わせていた。ついまじまじながめてしまい、それに気がさして、女の子が枕にしている大きな黒いものへ視線を移した。髪の脇から短い足のようなものがのぞいている。ぬいぐるみかなと思った瞬間、女の子がパチッと目を開けた。

「ママ？」

「え？」

女の子は何度かまたたきしてから、警戒心あらわな表情になった。ムクッと上体を起こし、切り口上で問いかけてきた。

「だれあんた」

寝癖がつき、髪があちこちはねている。それがユーモラスで、自然に答えられた。

「このマンションに住んでるんだけど」

「なんでわたしのことのぞいてたの」

「のぞいてない」

「のぞいてたじゃん」

「見てただけ」

本当は見とれていたので、少しうしろめたい。話題を変えようと、いまではははっきりぬいぐるみとわかるものを指さした。

「それ、なんのぬいぐるみ」

女の子はぼくをジロジロ見てから上体をねじり、ぬいぐるみを抱きあげて膝に載せた。とぼけた顔で、頭から太い毛が三本生えている。唐突に聞いてきた。

「知ってる?」

「え、そのぬいぐるみ?」

女の子が無言でうなずく。

「知らない」

「もぐらのクルテク」

「もぐらなんだ。オバQかと思った」

なにげなくつぶやいたら、突然、女の子が大きな声を出した。

「オバQじゃないよ!」

ぬいぐるみを上へ突き出し、

「ぜんぜん顔違うでしょ。第一、オバQは白いじゃん。どうやったら間違うわけ」

すごい剣幕だったので、とりあえず謝った。

「ごめん」

女の子がぬいぐるみを膝に戻し、詰問口調になった。

「このぬいぐるみ、知らないって言ったよね」

「うん」

「オバQだと思ったなら、知ってるじゃん。知ってて間違ったんじゃん。知ってるのに知らないって言うの、嘘じゃん」

一方的な決めつけにカチンと来て、反論した。

「初め黒いオバQかと思ったけど、よく見たら顔違うし、オバQじゃないってわかった。このぬいぐるみ知ってるって聞かれたときは、もうオバQじゃないってわかってて、クルテク？　それは知らないから、知らないって言った。嘘なんかついてない」

意外なほど舌が回った。言い返されたら、さらに反論しようと身構えていると、いきなり、女の子が立ちあがった。ぼくより少し背が高い。対戦前のボクサーみたいに迫られ、腰が引ける。ためすような口ぶりで質問してきた。

「あんたいくつ」

「中二」

ハッと鼻を鳴らされた。

「わたし、年聞いたんだけど」

ムッとして答える。

「一四」

「ふーん。年下か」

もしかして、と思った。

「七中の二年生じゃない？」

すると、今度はむこうがムッとした。

「だったらなに」

予想があたった。欠席が多すぎて進級できなかったという、一度も登校しないクラスの女子に違いない。名前を思い出そうとしていたら、女の子がむきを変え、サッサと扉へむかった。扉の前で立ち止まり、くるっと振り返る。ぬいぐるみを胸に引きつけ、防御的なポーズをとっていた。

「つけてこないでよ」

言い返す前に扉を引き開け、廊下に入ってしまった。一瞬遅れて、バターンと扉が閉まる。呆気《あっけ》にとられ、声が出た。

「なんだあいつ」

家に帰って、さっそくクラス名簿を調べた。名前は高木《たかぎ》かすみ。住所も電話番号も載っていた。ベッドに入っても、かすみの寝顔や、ぜんぜん噛みあわなかった会話を反芻《はんすう》して、なかなか眠れなかった。

翌日、登さんから前夜の顚末《てんまつ》を聞かされた。シャギーと二軒目へ行ったとばかり思っていたのに、東口の線路沿いにあるラブホテルに入ったという。

「お前はどうした。なんかいいことあったか」

「別に」

かすみのことを話したくなったけれど、やめておいた。登さんが大きなあくびをしてから、ま、とどうでもよさそうに言った。

「そのうちどうにかなんだろ。下手な鉄砲《てっぽ》もなんとかって言うしな」

「もしかして、また行くの？」

「あ？」

「スナック」

「おれは常連だからな。いやなのかよ」

「いやじゃない」

それが本音だった。かすみとの出会いにいたる一連の体験は、ワクワクするほど刺激的だった。よーし、と登さんが満足そうに言った。

「作家はなにごとも経験だからな。よく学び、よく遊べ。これでいこうぜ」

それから、母が準夜勤や深夜勤の日は、登さんと西口へ出かけるようになった。今日は何時まで、と登さんが宣言して帰されるとき以外、毎回だった。

西口には六〇軒近くスナックがひしめいていた。そこは男女の出会いの場であり、不良たちの社交の場でもあった。しょっちゅう、神原に出くわした。決まって柄の悪そうな連中とつるみ、店の外にしゃがんでいた。たばこをすったり、だべったりしていても、登さんが通りかかるといっせいに立ちあがり、ちわす！　と頭をさげる。中にだれそれさんがいます、と報告するのを聞くと、登さんは別の店へ足をむけるのが常だった。

登さんのふるまいは、どこでも変わらなかった。料理を食べながら店内を物色し、これは、と思う女性客を見つけたら、ニッと笑いかける。ナンパの成功率は驚くほど高かった。シャギーと内巻きがそうだったように、むこうから話しかけてくるのだ。

女性は一人のこともあれば、二人連れ、三人連れということもあった。相手が複数の場合、登さんがそのうちの一人と消えてしまえば、ぼくとほかの女性が残されることになる。

しかし、なにも起こらなかった。残された女性はタクシーに乗って帰るとか、知りあいを呼び出すとか、別の店へ行くとかして、ぼくはまったく相手にされなかったのだ。

一人になると決まって、マンションの屋上へあがった。かすみとの再会を期待していたからだが、毎回これも空振りに終わった。

一度、深夜のたぐちの前で、登さんを見かけたことがある。

すっかり宵っ張りになったぼくは、踏み切り通り沿いにできたばかりのコンビニへむかっているところだった。なにげなくたぐちの方を見たら、前に黒塗りのベンツが停まっていた。反射的に足を止め、電信柱の陰からうかがっていると、ほどなく脇の路地から登さんがあらわれた。オールバックの髪をきれいになでつけ、白いスーツに黒いシャツを着ている。後部座席のドアが開き、腰をかがめた登さんが、中のだれかと言葉を交わした。乗りこむとドアが閉まり、なめらかにベンツが走り出した。

翌朝登さんは、少し疲れたような顔で、たぐちの二階にあぐらをかいていた。初めて垣間《かいま》見た異世界で生きる登さんの姿に、ぼくは絶対的な距離を感じた。

朗読と、再現クイズと、習作を重ねた。ゴーゴリの「外套」のあとも、登さんはさまざまな小説をもとネタに、話を生み出した。夏休み中に小説に仕立てたもとネタは、川端康成《かわばたやすなり》の「片腕」から、アンブローズ・ビアスの「アウル・クリーク橋の一事件」まで、多岐にわたる。もとネタをあてられたのはビアスの短編だけで、それ以外はヒントをもらっても見当がつかず、登さんの発想力には驚かされっぱなしだった。

が、これだ！　ってのがねえ、と本人は不満をつのらせていた。そして、夏休みの最終週に読んだ一冊の本が、さらにハードルをあげることになった。青春小説の大傑作と本条さんにすすめられた、サリンジャーの『ライ麦畑でつかまえて』だ。

……僕は何も、自叙伝とかなんとか、そんなことをやらかすつもりはないんだからな。ただ、去年のクリスマスの頃にへばっちゃってさ、そのためにこんな西部の町なんかに来て静養しなきゃならなくなったんだけど、そのときに、いろんなイカレタことを経験したからね、そのときの話をしようと思うだけなんだ。つまり、D・Bに話したことの焼き直しだな。D・Bってのは僕の兄貴ってわけだけどさ。今、ハリウッドにいるんだ。

この、だらだら無駄話をしているような文体と、奔放な脱線が、『ライ麦畑でつかまえて』の際立った特徴だ。初めは、そのスタイルになじめなかった。だれとも知れない聞き手にむけた、主人公のホールデンの語りは脱線に次ぐ脱線で、肝心のストーリーの方は遅々として進まない。退学になった高校の寮を出て、ニューヨークを三日間さまよって実家に帰るまでの物語なのだが、ニューヨークへ出発するのは、やっと全体の四分の一をすぎてからだ。

ところがいつの間にか、どっぷり感情移入していた。ホールデンは嘘つきで、しばしば他人には理解できない行動をとる。しかし、自分には理解できると思うし、かつて自分も同じ行動をとったような気がしてくる。ホールデンが語っているのか、自分が語っているのかわからなくなるほど一体感を覚え、ブザーが鳴ってもなかなか物語の世界から抜け出せなかった。顔をあげると、登さんが呆《ほう》けたように見ていた。

「いま、ブザー鳴ったか」

「うん」

「飯食ったら、続きな」

　ふだんなら朗読を切りあげ、再現クイズに移るはずだけれど、異論はなかった。ぼくたちはすっかり『ライ麦畑でつかまえて』に魅了されていたのだ。

　昼食のあと朗読を再開し、読み終えたのは三時すぎ。ホールデンが土砂降りの雨に打たれて、最愛の妹が回転木馬に乗ってぐるぐる回り続ける姿を見ているラストシーンの余韻が残り、口を開く気になれなかった。しばらくして、

「一真」

　登さんが思いつめたような顔で呼びかけてきた。

「インチキじゃねえ小説、書こうぜ」

　とっさに言葉が出ず、かわりにぼくは何度もうなずいた。〝インチキ〟というのは、この作品のキーワードだ。ホールデンにとって、世の中の大半のものごとは耐えがたい。それを彼はインチキと呼ぶ。

　反対に、ホールデンがインチキでないと見なしたものには、ひっそりと光を放つ鉱物のような美しさがあった。例えばそれは、極端に出番が少ないオーケストラのティンパニー奏者だったり、いじめにあって決然と死を選ぶ同級生だったり、「ライ麦畑でつか

まえて」という歌を唄いながら、車道を危なっかしく歩く子どもだったりする。

　こうして、インチキじゃない小説を書くことが、ぼくたちにとって最大の目標になった。


　二学期が始まった。『ライ麦畑でつかまえて』を読んだ日から、登さんは話づくりをやめてしまった。かわりに、朗読と再現クイズに精を出した。あんなに酷評された文章が、練習を積むうちにだいぶスッキリしてきた。

　あっという間に一〇月がすぎ、一一月に入った。たぐちの茶の間の掘りごたつに布団がかかり、登さんの部屋には電気ストーブが置かれるようになった。

　そのころから、登さんがあせり出した。グズグズしていたら、その年の文学賞への応募は見送らざるを得なくなる。

　せっつかれたぼくは、柳沢さんたちを頼った。執筆が行きづまった、と相談を持ちかけると、二人とも熱心に考えてくれた。

「ガラッと傾向の違う本にチャレンジするといいかもしれないわね。刺激になって」

「刺激か」

　柳沢さんがつぶやき、入江君、と視線をむけてきた。

「横光《よこみつ》利《り》一《いち》をすすめたことは、あったかな」

「ないです」

「それなら、彼の短編集を読むといい。中に『機械』という作品がある。あれほど刺激的な小説はなかなかない」

たぐちでその言葉を伝えると、そんじゃ、と登さんがあぐらをかきなおした。

「『機械』から読めよ」

　初めの間は私は私の家の主人が狂人ではないのかとときどき思った。観察しているとまだ三つにもならない彼の子供が彼を嫌《いや》がるからと云《い》って、親父を嫌がる法があるかと云って怒っている。畳の上をよちよち歩いているその子供がぱったり倒れると、いきなり自分の細君を殴りつけながらお前が番をしていて子供を倒すと云うことがあるかと云う。見ているとまるで喜劇だが本人がそれで正気だから、反対にこれは狂人ではないのかと思うのだ。

「ストップ」

　顔をあげると、登さんがとまどったような表情を浮かべていた。

「読むの速えぞ」

「えっ、そう？」

「ふだんより聞きづれえ」

「この文章のせいだと思う。ぼくも読みづらい」

「まあいいや。続き、読めよ」

読みづらいと感じたのは最初だけで、「機械」の文体には独特のリズムがあり、それをつかんでしまうと朗読が止まらなくなって、読むピッチはどんどんあがったけれど、登さんはストップをかけなかった。

誰かもう私に代って私を審《さば》いてくれ。私が何をして来たかそんなことを私に聞いたって私の知っていよう筈がないのだから。

最後の一文を読み終えると、暗がりに置き去りにされたような気分になった。「機械」はネームプレート製造所が舞台になっており、扱っている劇薬のせいで、語り手の〝私〟をはじめ、主人も、同僚の職人も、頭を侵されている疑いがある。ただそれは、〝私〟の疑いでしかなく、本当はどうだかわからない。もう一人、ほかの製作所から職人が来たことで、もとからややこしかった人間関係がいっそう錯綜《さくそう》し、彼らはだれにも止められないドタバタ騒ぎに巻きこまれていく。

〝私〟は徹底的に信頼できない語り手で、物語世界の見通しはおそろしく悪い。暗がりに置き去り、という読後感は、そこから来たのだろう。しばらくして、登さんがぽつりと言った。

「歯車がよ」

「え？」

「歯車が目の前でぐるぐる回る話あったよな」

「『歯車』だね。芥川龍之介の」

「ああ、まんまか。それ思い出した。お前が読んでるあいだ、ずーっとどっかで歯車回ってるみてえでよ。音まで聞こえる気がしたぜ」

そういや、と言葉を継いだ。

「中学んとき、なんとかって教務主任が、不良集めて説教ぶったことがある。お前らは頭悪いんだから、学校出たら余計なこと考えねえで、社会の歯車になれって」

「ひどいね」

「妙なおためごかし言う先公よかましだろ。まあおれは、歯車なんてまっぴらだと思ったが……あっ」

いきなり、登さんが目を見開いて叫んだ。

「それだ、歯車だ、人間歯車だ！」

「え？」

「思いついたぜ。これだ！　ってやつを。『機械』をよ、中坊でやんだ」

とまどっていたら、

「説明してやる」

いきいきとしゃべり始めた。

「主人公は中二。落ちこぼれで、アンパン食ってしょっちゅうラリってる」

「アンパン食ってラリる?」

おうむ返しにしたぼくの顔つきから、伝わっていないことに気づいたらしく、登さんが言いなおした。

「シンナー吸ってパーになるってこった。そいつを語り手にする。仲間が二人いて、そいつらもラリパッパだ。三人ともてめえが言ったりやったりしたこと、すぐ忘れちまう。で、そいつらのあいだで事件が起きる。そうだな、族の先輩に命令されて集めた金、かっぱらわれることにすっか。きちんと金おさめねえと、ひでえ目にあう。必死こいて犯人さがし始めんだが、なにしろ全員ラリパッパだから、なかなか調べが進まねえ。しゃべってることがお互いわけわかんなかったり、せっかく情報仕入れても、コロッと忘れちまったりしてな。そうだ。忘れねえためのメモってことにすっか、小説全体を。そしたらそいつが長え文章書いても、不自然じゃねえ」

「いいね」

ぼくは興奮してきた。

不良少年の犯人さがしは混乱を極める。あいまいな記憶を補う目的でメモをつけ始めたものの、まともな精神状態で書けることはめったになく、その記述も信用できない。仲間も、自分さえも疑わしい状況下で、三者三様のさぐりあいが続く。

ある日、お互いへの不信が頂点に達して、乱闘が起きる。へとへとになるまでとっ組みあい、馬鹿らしくなって三人でシンナーを吸引して意識をとり戻すと、そのうちの一人が窒息死している。もしかして自分が殺したんじゃないかと不良少年が疑うところで、物語は終わる。金を盗んだ犯人も、仲間が死んだ本当の原因も、わからないままだ。もとネタから語り手をずらすのは登さんの十八番《おはこ》だが、「機械」の語り手をシンナーづけの中学生にするという発想には、強烈なイメージ喚起力があった。

「絶対いい」

ぼくは断言した。

「こんな話、読んだことない」

登さんがニヤッと笑った。通学カバンを手に、腰を浮かせた。

「帰って書くよ」

が、待て、とカバンの肩紐をつかまれた。

「お前、アンパンがどんなもんかも知らねえだろ。不良が出てくる話で、その辺適当に書いたら、嘘くさくなんぞ。教えてやっから、メモってけ」

それもそうだと思い、座りなおした。登さんが頭をなでてあげた。

「よし。おれの話してやる。わかんねえことあったら、なんでも聞け」

こうして、初めて取材というものを行なった。それは、いままで耳にしてきた噂の、検証でもあった。登さんは中学一年生のときから暴走族に入り、たび重なる喧嘩で何度も鑑別所に送られ、一七歳のときには本当にヤクザを半殺しにしていた。

「ありゃもめてたやつらのケツ持ち、つまりうしろ盾《だて》だ。ＯＢあがりのヤクザん中じゃ、出世頭だったらしい。ケツ持ち同士かけあって、結局金でおさめるってのが、アホくさくなってよ。ファミレスの駐車場で、むこうが車からおりてきたとこ突っかけて、中にあったゴルフクラブでめった打ちにした。わざと頭はずして、四〇発はいったな。こっちとむこうで二〇人くれえいたが、おもしれえもんで人間、本気で意表突かれっと、動けなくなる。助けてくれだのなんだの、さんざん泣き入れさせてから頭ぶん殴ったら、陥没骨折で死にかけた。全員、ドン引きでよ。こっちのケツ持ちもテンパって、わめき散らしてた。おれのせいでてめえの指がどうとか。くだらねえ」

登さんがせせら笑った。

「武闘派って言葉がある。中坊のころ、そいつが腑《ふ》に落ちなかった。ヤクザがみんなイケイケなら、んなこたわざわざ言う必要ねえ。だろ？　けど、そのうちわかってきた。ほんとのイケイケはひと握りで、あとの連中はうめえこと、こわもてのイメージ利用してんだ。腰抜けぞろいの組なんざ、キャッシュディスペンサーって呼ばれてるぜ。脅しかけりゃ、すぐ吐き出すってな。そういうの見てたんで、むこうのケツ持ちつぶしても、いけると踏んだ。ぶっちゃけ、死んでも構わねえと思ってた。はっきりしてんのは、ひいたら負けってこった。実際、そいつは組にいらんなくなったし、おれは五体満足で、こうしてられる。ツキもあったな。パクられたあと、義務の日記も、作文も書かねえでいたら、知能に問題ありってことになっちまって、送られたのが医療少年院でよ。頭いかれてやべえってんで、かえって箔《はく》ついた。結果オーライってやつだ」

「あの……」

「あ？」

「登さんは、ヤクザじゃない？」

「なるわけねえだろ、あんなもん」

「夏休み、ヤクザみたいな格好で、ベンツに乗るの見たけど」

「ああ」

　つまらなそうな顔をした。

「とにかくヤクザってのは、こわもてのイメージで食ってんだ。勢いある若えのは、そばに置いときゃ、いいアクセサリーんなる。ただ、潮目はコロコロ変わる。それに、来年はおれも二一だ。いつまでもんなことしてらんねえ」

　すべて理解できたわけではないけれど、登さんの危うい立場は、なんとなく察しがついた。それ、とぼくが膝の上に広げているノートをあごで示した。

「あせるこたねえぞ。締め切りまでに間にあわせりゃいい。そのかわり、すげえの書けよ。おれは映画でも見て、待っててっからよ」

「……わかった」

かつてないプレッシャーを感じた。責任重大だ、と思った。


二週間以上かけ、原稿用紙九一枚で書きあげた。締め切りと枚数の関係上、応募できるのはH新人賞だけになっていた。放課後、原稿をたずさえてたぐちへ行った。勝手口から茶の間にあがると、掘りごたつで背中を丸めているおばあさんに、声をかけられた。

「どうだい、いっちゃん。できの方は」

「ばっちり」

「そうか」

おばあさんが引きつった笑みを浮かべた。

「登がお待ちかねだ」

電気ストーブでムッとする部屋で、登さんは早く朗読を聞きたくてうずうずしていた。むかいにあぐらをかき、通学カバンから原稿の束をとり出す。ぼくはあらたまって言った。

「今回、初めて題名つけてみた」

「どんな」

「『機械じかけのおれたち』」

一真、と登さんが顔をほころばせた。

「いいじゃねえか、センスあるぜ。早く読め」

「うん」

咳払いをして、読み始めた。

　おれがメモをとることにしたのは、しょっちゅうシンナーを吸っているせいで、
自分の記憶が信用できないからだ。

え？　と思った。登さんの表情が早くも曇ったのだ。にわかに自信が揺らぎ出し、不安なまま読み終えた。途中から腕組みしていた登さんが、きっぱり言った。

「主人公のツラが見えねえ」

「ツラ？」

ピンと来ない。思いきって反論した。

「でも普通、自分で自分の顔の説明なんかしないよ」

「そういうこっちゃねえ。おもしれえ小説の主人公は、こんなツラしてんだろなって、なんとなく思い浮かぶ。例えば、ライ麦畑のホールデンな」

固有名詞に弱い登さんが、すらっと言った。

「お前、ホールデンのツラ描けっつわれたら、描けっか」

「描ける、気がする」

「おれも、描ける気すんだ。その感じがねえ。そうか、声だ。お前の小説からは声が聞こえてこねえ」

理解できないのが伝わったのか、言いつのった。

「考えてみろ。アンパン食ってラリパッパなんだぜ。いまの文章じゃまともすぎる。ライ麦畑だってお前、ホールデンが澄ましてたら、ぶち壊しじゃねえか」

四日後、登さんとむかいあうぼくの手には、全面改稿した「機械じかけのおれたち」があった。

　アンパン食ってラリってるせいで、しょっちゅう記憶飛ばしてるんで、今日からメモとることにした。

読み始めると、登さんの上体が軽く前のめりになった。乗ってきた証拠だ。しかし、読み進めるうちに、ところどころで表情が曇る。どういう評価がくだるか、ハラハラしながら読み終えた。登さんがしかつめらしい顔つきで言った。

「前よりいいな。ツラは見えてきた。けど、体が見えねえ」

「どういうこと？」

「例えば、三人が喧嘩するとこ。あっこ読んでみろ」

該当箇所を読み始めた。

浩《ひろし》が飛びかかってきたんで蹴飛ばしたら、今度は和也《かずや》が飛びかかってきて

「ストップ」

口をつぐんだぼくにむかって、登さんが言った。

「浩ってのはデブだよな。飛びかかられたとき、〃おれ〃の体勢はどうなってんだ。デブに飛びかかられたら、蹴飛ばす前にひっくり返るかどうかすんじゃねえのか。あと、二人がゴチャゴチャやってるあいだ、和也はどこにいて、なにしてたんだ」

答えられなかった。登さんが続けた。

「その辺がわかんねえ。そういうとこがいくつもあったぞ。気になったとこ言ってくから、印つけとけ。まず、〃おれ〃んちに和也がやってくるとこで……」

改稿、朗読、また改稿という作業をくり返し、決定稿にいたるまでに、五回か六回書きなおした。ようやく改稿にけりがついたのは、ちょうど冬休みの初日だ。

目の前にゲロまみれの和也の死体が転がってる。浩は体丸めて、その横で寝ちまった。こんなもん書いてる場合じゃないけど、やめるのがこわい。おれはもう、どうすればいいか分からない。階段を駆け上がる誰かの足音が近づいてくる。

最後の一文を読み終えると、登さんがニヤッと笑った。

「完璧。もうなおすとこ、イッコもねえ」

「よかったー」

それから、H新人賞の募集要項を確認した。題名、枚数、筆名、本名、住所、電話番号、年齢、職業、略歴を明記した表紙を、原稿につけて右肩を綴《と》じること、とあった。

読みあげたら、登さんの表情がいきいきしてきた。

「筆名ってのはペンネームのこったろ」

「うん」

「お前にまかすわ」

「えっ、うーんと、考えてみる」

「イッコ、注文あんだ」

「なに」

「外人でも覚えやすい名前にしろ。小説は万国共通だからよ」

「わかった。……登さん」

「あ?」

「登さんの略歴、どうする?」

「お前が適当に書いとけ」

「あと」

「なんだよ」

「原稿綴じるって、どうやるのかな」

二人で一階におり、おばあさんに聞いたら、なぜかひどくうろたえた。

「それには、穴を開けんと」

「どうやって」

「千枚通しがいる」

「うちにあんのか」

「ある。ない。いや、ある」

「どっちだよ」

「ある」

二日後、清書した原稿と、必要事項を記入した表紙をたぐちへ持っていった。ただ、筆名は空白にしてあった。

「倉田健人、っていうんだけど」

掘りごたつにノートを広げ、大きく書いたのをおばあさんと登さんに見せた。

「ケントなら外国人にも通じやすいと思って。苗字の方は深い意味ないけど、スーパーマンが地球人のときの名前がクラーク・ケントで」

「一真」

登さんがぼくの言葉をさえぎった。

「すげえいいな。いかにも作家！　って感じでよ」

「あ、ほんと？」

「うん、いい。いい名前だ」

おばあさんが何度もうなずいた。

「これで成功間違いなしだ」

綴じた原稿をサブバッグにおさめ、郵便局へむかった。てっきり一人で行かされると思ったら、登さんもついてきた。道中、思いがけないことを言い出した。

「ご苦労だったな。礼はするぜ」

「いいよ、別に」

「お前、童貞だろ」

「えっ」

「それとも、おれが知らねえとこでやったか」

「……してない」

夏休みにマンションの屋上で会って以来、かすみのことが頭をはなれなかった。しかし、それはそれ、これはこれだ。ぼくの返答を聞いて、登さんがこともなげに言った。

「ほんじゃ、やらしてやる」

「どうやって？」

「スナックで女引っかけて、くっつける」

「無理だと思うけど」

「無理じゃねえ。おれが手伝や、なんとかなる」

　郵便局で原稿を送付したあと、ジーンズショップへ連れていかれた。店は教育センターの十字路を右折して、途中の路地に入ったところにあった。登さんはせまい店内を歩き回り、Vネックのセーターを二枚、シャツを三枚、Tシャツを二枚、ジーンズとチノパンを一本ずつ、色違いのメッシュベルトを二本、サッサと選んだ。くっついて歩いていたぼくにそれらを渡し、レジの横の試着室へ押しこんだ。

「着てみろ」

　ジャッとカーテンが閉まる。サブバッグを床に置き、小学生のころから着ているウインドブレーカーを脱いだ。トレーナーを脱ぎ、長袖のポロシャツを脱いで、ジーンズをおろしたところでいきなり、ジャッとカーテンが開いた。

「どうだ」

　身をすくめているぼくを見て、登さんがげんなりしたように言った。

「子どもパンツかよ」

　ぼくがはいている白いブリーフを、登さんはそう呼んだ。再びジャッとカーテンが閉まり、店員を呼びつける声がした。

「中のやつ、裾あげしてやってくれ。折り曲げてはくから、長めでいい」

服を抱えて試着室を出ると、登さんは三枚セットのトランクスを手に、壁にかかっているジャンパーやコートを物色中だった。濃紺のダッフルコートの裾をちょっといじってから、大声で店員を呼んだ。やってきた店員におろさせ、ぼくに着せる。結局、それも買うことになった。

裾あげが終わるのを待って、服が入った袋を持ち、店を出た。礼を言ってから、

「ひとつ、お願いがあるんだけど」

「なんだ」

「この服、たぐちに置かしてもらえないかな。お母さんに見られちゃまずいから」

「なんで」

「小説書いてること、言ってなくて……」

「ふーん」

登さんがおもしろがっているような顔をした。

「まあいいや。次、行くぞ」

「えっ、まだ買うの」

登さんが目線を落とし、ぼくがふだんばきにしている学校指定の運動靴へむかって、あごをしゃくった。

「おしゃれは足もとから、ってな」

道路を渡って入った靴屋で、スニーカーを二足買ってもらった。たぐちに戻り、登さんの部屋に服と靴を置かせてもらう。三枚組のトランクスは、サブバッグに入れて持ち帰ることにした。ゴソゴソやっていたら、話しかけてきた。

「今日、母ちゃんは?」

「日勤」

「夜いねえのはいつだ」

「あさって」

「よーし」

登さんが手を伸ばし、強い力でぼくの背中を叩いた。

「あさって、童貞とおさらばだ。楽しみにしとけ」

次の日はこれまでどおり、登さんの部屋で朗読した。が、ぜんぜん集中できなくて、ほどなく登さんからストップがかかった。

「お前、スケベなことで頭いっぱいだろ」

あきれたような顔で指摘され、うつむくしかなかった。

翌日の夜、母の出勤を待って、たぐちへ行った。登さんが開けておいてくれた勝手口から、茶の間にあがる。掘りごたつの横に敷かれた布団で、おばあさんがいびきをかいている。台所から射しこむ弱いあかりを頼りに、茶の間を横切り、階段をのぼった。襖を開けると、出迎えてくれた登さんは、ボーダーのニットにレザーパンツをはいていた。

「子どもパンツじゃねえだろな」

「はきかえた」

「よし。とっとと着がえろ」

言われるまま、赤いチェックのシャツに黒いセーターを重ね着し、カーキ色のチノパンをはいて、ダッフルコートを羽織った。登さん自身はファーのついたモッズコートを着こんだ。おばあさんを起こさないように、足音を忍ばせて階段をおり、茶の間を横切って、土間へ行った。指示にしたがい、ぼくは黒いキャンバス地のスニーカーを、登さんは編みあげのブーツをはいた。

登さんがむかったのは、初めて連れていかれたのと同じ、雑居ビルの三階にあるスナックだった。店内は八割方埋まっていた。登さんがモッズコートを脱ぎ、カウンターの端のスツールに腰かけた。ぼくもダッフルコートを脱ぎ、隣に座った。

「いらっしゃーい、ひさしぶり。今日はなんにする？」

小太りなママがおしぼりをさし出しながら、朗らかに話しかけてきた。

「カルピス」

「ぼくも同じの」

「はい、カルピス二丁ー」

登さんがいつものように、頬杖をついて店内の女性客を品定めし始めた。ややあって、窓際のテーブル席で飲んでいる女性が、ニッと笑いかけてきた。ぼくからは見えなかったけれど、登さんとのあいだで視線の応酬があったに違いない。肩をつつかれ、カルピスを持ってテーブル席へ移動した。女性はアフロパーマをかけ、ブラウスのボタンを三つ開けていた。金のネックレスが豊満な胸の谷間にさがり、むっちりした下半身を膝丈のタイトスカートが包んでいる。きつい香水のにおいが鼻をついた。

「一緒に飲まねえか」

登さんが言うと、アフロが薄く笑い、ガラガラ声を出した。

「いいよ」

アフロの前に二人並んで座る。アフロはひっきりなしにたばこをふかし、水割りを飲んで、登さんにばかり話しかけた。ぼくも最初から無理だと思っていた。アフロは三〇代くらいに見えた。いくらなんでも年上すぎた。

が、登さんはそう思わなかったらしい。アフロの話をさえぎって、ぼくの売りこみを始めたのだ。

「それよりこいつ、いま、恋人募集中なんだ。おい、お前も話せよ」

アフロがぼくをじろっと見て、鼻から煙を吐き出した。とても話せる雰囲気ではない。

いたたまれなくて、早くこの時間がすぎないかと思っていたら、

「ちょっと」

アフロがぼくから視線をはずし、登さんをにらみつけた。

「一緒に飲もうって言ったのそっちでしょ。なんであたしがそんなガキの相手しなきゃなんないわけ」

「ガキっつってもこいつは特別だから。な」

テーブルの下で、ぼくの袖を強く引っ張る。なにかしゃべれという合図だろう。その状況で口を開けるほど、ぼくの心臓は強くなかった。気まずい沈黙が続き、登さんが舌打ちした。アフロの顔つきが変わった。

「なんなのさっきから、感じ悪い」

「カリカリすんなって。邪魔したな」

「は?」

「おれら消えっからよ。じゃあな」

登さんが腰を浮かせ、あわててぼくもそれにならったとき、

「待ちなよ」

アフロが低い声を出した。灰皿にねじこんだたばこの先が、バラバラになる。

「なめてるべ、あたしのこと」

「なめてねえよ」

バン！　とアフロがてのひらをテーブルに叩きつけた。店内が静まり返り、ほかの客がこっちをうかがっている気配を感じた。ぼくはアフロを直視できなくて、マニキュアで真っ赤に塗られた爪に視線を落とした。その手が動き、たばことライターをハンドバッグに放りこむと、どすのきいた声がした。

「覚えてな」

かたわらのソファーから毛皮のコートが引っさらわれ、香水のにおいが遠ざかった。伏せていた顔を起こし、ドアの方へむかううしろ姿を横目で追う。アフロが出ていったとたん、店内に喧騒が戻ってきた。登さんが再び舌打ちして、ドカッとソファーに腰を落とした。そして、ぼくにむかっていらだたしげにまくし立てた。

「せっかく話振ってんだから、なんとか言えよ、お前は」

「だって……」

「だってじゃねえ。なんでもいいからくっちゃべって、むこうをクスッとさせりゃ勝ちなんだ、こんなもん」

まあいいや、と登さんが気分を変えるように言った。

「女なんて腐るほどいっからよ。ひと休みして、次行くぞ。そういや腹減ってきたな」

登さんが大声でママを呼び、二人分の焼きそばを注文した。ぼくは早くその場をはなれたかったが、気のきかない自分が恥ずかしくて、言い出せなかった。

しかし、それがまずかった。出てきた焼きそばをまだ食べ終わらないうちに、店のドアが勢いよく開いて、アフロを先頭に四、五人の男がどやどや入ってきたのだ。

「あそこ。あそこで食ってるやつ」

アフロが指さし、店内の客がいっせいにぼくたちを見た。アフロの隣に立っている、革ジャンにリーゼントの男が、おい、と呼びかけてきた。

「そこの二人。表出ろ」

革ジャンの上からでも、リーゼントのたくましい体つきは見てとれた。ほかにも鬼剃りを入れたやつだの、スキンヘッドにしたやつだの、悪そうなメンツばかりだった。

連中から目がはなせなかった。喧嘩になる。ぼくもやられる。そんな考えで頭がいっぱいになり、全身が硬直した。アフロはこっちを見やり、小気味よさそうに笑っている。

登さんがゆっくり立ちあがった。

「上等じゃねえか」

暗いその目つきから、すでに臨戦態勢に入っているのがわかった。

「ありがとうございましたー」

店のドアが閉まった瞬間、登さんはぼくを突き飛ばして連中の囲みを崩すと同時に、一気に距離をつめて、こっちへむきなおりかけたリーゼントの肩を片手でおさえた。リーゼントの動きがピタッと止まった。登さんがもう片方の手に握った割り箸を一本、鼻の穴に突っこんでいたのだ。いつの間にか隠し持っていたらしい。額が接するくらい顔を近づけ、なぶるように言った。

「脳味噌ぐちゃぐちゃにしてやろうか。あ？」

まわりにいる連中は棒立ちだ。リーゼントが口をパクつかせた。

「や、やめ……」

登さんが割り箸を引き抜き、リーゼントの顔目がけて投げつけた。リーゼントが両手をあげてのけぞり、二人のあいだに距離ができた。登さんがすかさずリーゼントの胸を蹴った。うしろの階段を真っ逆さまに転げ落ちる。登さんが跳躍し、踊り場でぐったりしているリーゼントの真横に着地した。階段のステップで切ったらしく、頭から血を流しているリーゼントの脇腹に、登さんが蹴りを入れた。地面を掘り返すように、執拗《しつよう》に蹴り続けた。リーゼントは気を失っているのか、蹴られるたびに単なる肉塊のようにぐにゃぐにゃ揺れ、後頭部でリノリウムの床に血の跡をなすりつけた。登さんが不意に動きを止め、荒い息を吐いてこっちを見あげた。

「来い」

アフロたちは棒立ちのままだ。登さんが手招きした。

「来いよ」

呼ばれていることにやっと気づいた。身を縮めてアフロたちのあいだをすり抜け、階段をおりる。登さんは息を鎮めながら、ぼくが来るのを待ち、立ちつくしているアフロたちに最後の一瞥《いちべつ》をくれて、悠々と階段をおり始めた。連中が見えなくなってから、小声で話しかけた。

「早くしないと追っかけてくる」

「ビビっちまって、動けねえよ」

「さっきの人、死んじゃったかも」

「死んでねえ。息はしてた」

一階におり、歩道に出ると、登さんが大きく伸びをした。両手をおろし、ケロッとした調子で話しかけてきた。

「別の店行こうぜ。今度はもっと……おいおい」

ぼくも自分の反応に驚いた。全身がガタガタ震え、止まらなくなっていたのだ。登さんを見あげてしゃべろうとして、声も震えることに気づいて口をつぐみ、急にどうでもよくなって震える声で食ってかかった。

「女の人とか、もういい。スナックも行かない。もういやだ」

登さんは、めずらしいものを見るような顔をしていた。ぼくは言いつのった。

「あんなのは二度といやだ。スナックなんて行きたくない」

帰ると言ったら、登さんはマンションの部屋の前までついてきた。心配してくれているのかと思いきや、玄関に入ったぼくに、なにごともなかったように聞いてきた。

「読みかけの本、なんつったっけ」

「……『荒野のおおかみ』」

「ああ、それそれ。また明日な」

ぼくは無言で、ドアを閉めた。


それっきり、登さんはぼくをスナックに誘わなくなった。現金なもので、暴力に遭遇した恐怖が薄れると、スナックに行かないと宣言したことを悔やみ始めた。ぼくと女性をくっつけるという計画が、立ち消えになってしまうと思ったからだ。

登さんがその約束を忘れていないとわかったのは、三学期が始まって間もなく。たぐちの二階でむかいあうなり、折りたたんだメモ用紙を押しつけてきた。

「やる」

「なに？」

「開けてみろ」

中には女性の名前と、七ケタの数字が書かれていた。顔をあげたぼくにむかって、あたり前のように言った。

「そこにかけてみな。女に会えるぜ」

「えっ」

「二四の美容師。お前のこと、目いっぱい持ちあげといた」

引っかけた女性をぼくに会わせるつもりらしい。

「困るよ」

「なにが」

「こんな年上の人」

「やるのに年は関係ねえだろ」

「なに話せばいいかわからないし」

「言ったろが。なんでもいいからくっちゃべって、むこうをクスッとさせりゃ勝ちだって。ゴチャゴチャ抜かしてねえで、とっとと童貞切ってこい」

母の留守を見はからい、その番号に電話をかけた。二日後、美容師とアーケード商店街の喫茶店で会った。美容師はすぐにぼくの実像を見抜き、ガキの相手してるほど暇じゃないから、と二〇分足らずで店を出ていった。

それから、二人の女性と会った。二五歳の歯科助手と、一九歳のＯＬ。どっちからもまったく相手にされなかった。あわよくば、という期待は完全にしぼんだ。かすみのことを打ち明けたのは、そうしないと登さんが延々とセッティングしかねなかったからだ。

登さんはかゆそうな顔つきで話を聞き終え、予想どおりのことを言い出した。

「番号わかってんなら、電話すりゃいいだろが」

「そうする」

「おれの前でかけろ」

「えっ」

「お前、あご弱《よえ》えんだよ」

意味不明なことを真顔で言った。

「つまったら助太刀してやる。あとはてめえでどうにかしろ」

かけるふりをしてごまかすつもりだったが、そうはいかなくなった。ぼくの中で、迷惑に思う気持ちと、いいきっかけかもしれないと思う気持ちとがせめぎあった。深夜の屋上でいくら待っていても、かすみに会えないことはわかっていた。

翌日、たぐちにクラス名簿を持ちこみ、登さんの前でかすみの家へ電話をかけた。身を硬くしてコール音を聞く。ほどなく、大人の女性の声が聞こえてきた。

「はい、高木でございます」

母親らしい。そういう場合も想定していた。

「あの、七中の入江っていいます。かすみさんとは同じクラスで、学校では会ったことないんですけど、去年の夏休み、駅のマンションの屋上で、一度会ったことがあって。

それで、その……かすみさんにかわってもらえますか」

話すことが頭から飛んでしまい、唐突に言った。ご用件は、と聞かれて、しどろもどろになった。

「あの、できたら、かすみさんと友だちになりたいと思って」

すると、思いがけず、母親の声がやわらいだ。

「入江、なに君《くん》?」

「一真です」

「ちょっと待っててね」

受話器を置く音がした。登さんに目をむけると、ニヤニヤしていた。だいぶ待たされてから、母親が出てきた。さっきとは打って変わって口調が冷たかった。

「そんな子は知らないそうです」

「え、でも……あっ、名前言ってないから」

「あなた」

おそろしく険悪な声だった。

「いたずらでかけてきたんじゃないでしょうね」

「違います、ほんとにかすみさんと友だちになりたいと思って」

「だったら、娘の特徴を言ってごらんなさい」

「かわいくて、髪が長くて、寝癖がついてて……あっ、ぬいぐるみ持ってました、黒くて大きい、えーと、もぐらの、もぐらのなんとかってぬいぐるみを」

少し沈黙があり、ちょっと待ってて、とまた受話器を置く音がした。気がつくと、ぼくは冷や汗をかいていた。登さんは大っぴらに笑っていた。

しばらくして戻ってきた母親は、刑事みたいに尋問を始めた。家庭環境や成育歴はもちろん、登さんと一緒に小説を書いていることまでしゃべらされた。登さんの前で、踏みこんだディスレクシアの説明をするのはためらわれ、うまく説明する自信もないのでぼかしていたら、そこに食いついてきた。

「さっぱりわからない。その人はあなたより六つも年上で、頭だって悪くないんでしょ。だったらどうして自分で書かないの。でも書けないいんですってどういうこと。わかるように説明してちょうだい」

「それは……」

救いを求めて登さんを見た。登さんはそれまでのやりとりから、どういうことになっているか察していたらしい。かわれ、と手をひらつかせ、受話器を受けとるなり、軽快にしゃべり出した。

「電話かわりました。一真と一緒に作家目指してる、田口っていいます。はあ、いや、違うんすよ。勉強サボってたわけじゃなく……」

途中から、登さんがしゃべるより、相づちを打つ回数が増え、ほどなく、ほらよ、と受話器を渡された。電話をかわったぼくに、母親が明るい声で話しかけてきた。

「あなたたち、本当に作家を目指してるのね。かすみも本が大好きでね。田口さんにも言ったけど、小学生のとき、読書感想文の全国コンクールで、優秀賞をもらったこともあるのよ。近ごろはコバルト文庫一本やり。知ってるかしら、コバルト文庫」

「知りません」

答えた直後、あわててつけ加えた。

「でも、本は好きです。去年は二〇〇冊くらい読みました」

「そう。お話があいそうね。学校のクラスも同じだし、これもなにかの縁かもしれない。入江君がいやじゃなければ、会ってやってくれないかしら」

「いやじゃないです。会います」

願ってもない展開だった。話しあい、教育センターのはすむかいにあるファミレスで会うことになった。待ちあわせの日時は三日後の午後一時半。なるべく遅い方がいいと言われたので、母が深夜勤の日を選んだのだ。

「かすみはぬいぐるみを持ってくから、それを目印にしてね」

「あの、もぐらの」

「そう。もぐらのクルテク」

母親が快活に締めくくった。

「じゃあ、お願いね」

約束の日まで、かすみとの会話をあれこれ想像し、ろくに眠れなかった。当日、ぼくは一一時前にマンションを出て、ファミレスへむかった。

LESSON 3

ファミレスは煌々《こうこう》と明るかった。足を踏み入れると、チャイムが鳴り響いた。やってきた店員に、どこでもお好きな席にどうぞ、と言われ、バス通りに面した窓際に座った。渡されたメニューをながめ、ココアを頼んだ。店員がいなくなったとたん、猛烈に緊張してきた。脱いだダッフルコートを丸めて脇に置き、窓の外を見、店の入り口を見、壁の時計を見た。一一時八分。あと二〇分もすれば、かすみがやってくる。

運ばれてきたココアを飲みながら、窓の外、店の入り口、壁の時計とせわしなく視線を動かした。一〇分がすぎ、一五分がすぎ、約束の時刻をすぎた。〇時を回っても、かすみはあらわれなかった。二杯目のココアを頼むか、それとも帰って家から電話しようかと悩んでいたら、チャイムが鳴り響いた。ハッとして入り口に目をやる。やたら着ぶくれした女の子が立っていた。折り曲げたジーンズの裾から赤い靴下をのぞかせ、大きな黒いぬいぐるみを抱きかかえている。

ぼくは勢いよく立ちあがった。寄っていった店員を無視して、キョロキョロしていたかすみが、それに気づいた。首を突き出し、こっちへやってくる。間近に立ったかすみは、やはりぼくより少し背が高かった。明るいところで見ると、ますますかわいい。しかし、いぶかるように目を細めているせいで、人相が悪くなっていた。おまけに、天然パーマっぽい長い髪のあちこちが、今日もてんでな方向にはねている。目を細めたまま、口を開いた。

「一真？」

いきなり呼び捨てにされて面食らった。たたみかけるように聞いてきた。

「小説書いてる子じゃないの」

「ああ、うん」

「わたし、高木かすみ。かすみでいいよ」

かすみがむかいの席に腰をおろし、隣にぬいぐるみを置いた。そばに来た店員がメニューをさし出すのを無視して、アールグレイ、とうるさそうに告げた。ココアください、とぼくはていねいに言った。店員が行ってから、気になっていることを聞いた。

「前に会ったの、覚えてない？」

「覚えてない」

ぼくは根気強く言った。

「去年の夏、駅のマンションの、屋上で」

すると、かすみがうさんくさそうな顔をした。

「夏だかどうだか忘れたけど、屋上にはのぼった。前からのぼってみたかったんだよね。

この辺でいちばん高いから、どんな風に見えるかなって。寝っ転がって星見てたら、いつの間にか眠っちゃって、そしたら変な男の子にのぞかれて」

「のぞいてない」

さらにうさんくさそうな顔をした。

「あのときの子が、一真？」

「うん」

「ぜんぜん似てないじゃん」

「えっ、そう？」

ジロジロ見ている。間《ま》が持てないので、あたりさわりのないことをたずねた。

「そのぬいぐるみ、いつも持ってるの？　クルテクだっけ」

「もぐらって、夜行性だから」

やけにきっぱり答えが返ってきた。話の接ぎ穂に困っているところへ、ココアとアールグレイが運ばれてきた。ひと口飲んだかすみが、ソーサーにカップを置き、両手で自分の顔をあおいだ。

「暑い」

「だったら、少し脱げば？」

「それもそうか」

かすみが隣のぬいぐるみをどかし、ミトン手袋をはずしてグルグル巻きにしていたマフラーを解き、古そうなツイード地のコートを脱いだ。中に着ているのは、毛玉だらけのセーターだった。ぼくに視線をむけ、コロッと話題を変えた。

「どんな小説書いてるの」

「えっ、うーんと、説明しづらい」

なんだ、という顔をされた。

「口だけか」

ぼくはムッとした。

「口だけじゃない。いろいろ書いた」

「例えば？」

「例えば……」

自分がこれまでに書いた小説を、一から説明した。かすみは熱心に聞いていたかと思うと、わかった！　と唐突に叫んだ。

「一真、ほんとに小説書いてるんだ」

「だから、その説明してるんだって」

「小説書くとか書きたいとか言って、ちっとも書かない子、何人もいたから」

「どこに？」

「学校」

「え？　だって、学校来たこと……」

「ないよ。わたしがいたのは普通の学校じゃなく、院内学級。病院にくっついてる」

遠慮がちに、病気？　とたずねたら、かすみがニヤッと笑った。

「その病院、精神科。児童精神科」

反応に窮し、思いつきで返した。

「ぼくのお母さん、精神病院の婦長」

「ふーん」

気のない相づちを打った直後、再びコロッと話題を変えた。

「コバルト文庫って知ってる？」

「知ってる。お母さんに聞いた」

「へー。一真のママ、コバルト文庫読むんだ」

「じゃなくて……」

漠然と指さしたら、かすみが自分を指さして、わたし？　という顔をした。

「わたしのママに聞いたってこと？」

「そう」

急に蓮っ葉な口調になった。

「あんた、わたしの名前呼びにくいわけ」

「まあ、うん」

ハッと鼻を鳴らし、アールグレイに口をつける。

「自意識過剰。馬鹿みたい」

腹立ちと恥ずかしさがごっちゃになった気持ちがこみあげてきて、考える前に口が動いた。

「かすみ」

「なによ」

驚いたように目を大きくした。ぼくはわれに返り、もごもご言った。

「なんでもない」

「変なの」

ソーサーにカップを置き、身を乗り出してきた。

「そんなことより、コバルト文庫。一真も読むといい。ていうか、ああいうの書くといい」

「そんなにおもしろいんだ」

「読み出したら止まらなくなる」

「へー。なんか読んでみようかな」

「だったら、新井素子《あらいもとこ》がおすすめ。『いつか猫になる日まで』って本があって……」

すごい勢いでしゃべり出した。そのしゃべり方には、こっちの構えを解く効果があった。平気でかすみと呼べるようになったころ、壁の時計を見てびっくりした。いつの間にか三時を回っていた。かすみがぼくの視線に気づいたらしく、首をねじ曲げた。

「ああ、こんな時間か。帰ろうかな」

「まだいいんじゃない？」

「しゃべり疲れちゃった」

ぼくが払う、と言ったら、あっさり承知した。会計を済ませ、店の外に出るまでためらったあげく、やっとの思いで口にした。

「また、電話してもいい？」

かすみが首をすくめ、なに言ってんだ、という顔をした。

「あたり前じゃん」

飛びあがりたいくらいうれしかった。気のきいたせりふを思いつく前に、かすみが抱きかかえたぬいぐるみの片手をつかみ、左右に動かした。

「バイバイ」

背をむけて、サッサと歩き出した。街灯に照らされ、着ぶくれしたうしろ姿が遠ざかっていく。かすみは一度も振り返らず、数十メートル先で左に折れた。

翌日、図書館で『いつか猫になる日まで』を借りた。たぐちの二階で借りた本をとり出し、かすみにすすめられた、と言うと、登さんが怪訝そうな顔をした。

「だれだそいつ」

「ほら、登さんが電話してくれた」

「ああ、過保護な母ちゃんの娘か」

作品を読み終えると、登さんが感心したように言った。

「おっそろしく聞きやすいな。名前、なんつったっけ」

「新井素子」

「そっちじゃねえ。お前が惚れた女の名前だ」

「別に、そういう……」

「いいから、名前」

「高木かすみ」

とたんに、キューッと胸が苦しくなった。かすみね、と登さんが軽く言った。

「本のセンスは悪かねえな」

その夜から、毎日かすみの家に電話をかけた。そのたびに母親が出てきて、ごめんなさいね、と言われて切られてしまった。三日目に我慢できなくなって、口走った。

「失格ですか。かすみさんの友だちに」

するとﾞ、母親がなだめるように言った。

「そんなことないの。あなたと会った日は、めずらしく上機嫌でいろいろ話してくれたし。ただあの子、電話が大の苦手で、出たがらないのよ。私としても、入江君みたいなお友だちなら安心なんだけど……。じゃあ、こうしたらどうかしら。あなたがうちまで迎えに来るの。小さい子がやってるでしょ。なになにちゃん、あーそぼって」

かすみの家は、駅から歩いて七、八分のところにあった。道路に接して、高木クリニックという病院があり、その隣の一軒家が家族の住まいとのことだった。なるべく遅い時刻で、と今回も注文がついた。

「あの子、完全に昼夜逆転してるから。一度、真夜中のトイレで、何週間かぶりに主人と鉢あわせして、お前はもぐらか！　って怒鳴られたこともあって」

「あ、それで」

「クルテク？」

母親が笑った。

「ユニークなのよ。ユニークすぎて、集団生活にはどうしてもなじめなかった。だから、年が近いお友だちは、本当に貴重なの。入江君。かすみのこと、よろしくね」

母親を味方につけたという自信から、いつになくぼくは大胆になった。

「今日行ってもいいですか。今日は都合いいんです」

「うちは構わないけど……大丈夫なの入江君は、お勉強とか」

「大丈夫です」

かすみの家のインターホンを押したのは、一一時半ごろだ。隣接する三階建ての病院は真っ暗で、一軒家も玄関の照明以外は暗かったけれど、一度鳴らしただけで母親が出てきた。小声で名乗ったら、ハキハキと応答があった。

「ちょっと待ってて。かすみ、すぐ行くから」

五分ほど待たされ、玄関のドアからかすみが出てきた。着ぶくれた格好でぬいぐるみを抱きかかえ、やはり髪があちこちはねている。顔を見てホッとした。うれしがっているのが伝わってきたからだ。弾むような声で聞いてきた。

「どこ行く?」

三時すぎまでファミレスで話した。家まで送ると、かすみは中に入る前に、ぬいぐるみに手を振らせる例のバイバイをした。

こうして、登さんとスナックへ行くかわりに、かすみとファミレスへ行くようになった。母が冷蔵庫に貼っている勤務表をもとに、準夜勤と深夜勤の日をあらかじめかすみの母親に告げ、当日の夜一一時半ごろ、インターホンを押す。すると寝癖のついた頭で、かすみが出てくるのだ。

年末に応募したH新人賞の一次通過作品は、四月七日発売の誌面で発表されることになっていた。

それまでぼくは、毎日浮かれていた。一次通過は間違いないと思っていたし、かすみのことを少しずつ知るのが、うれしくて仕方なかった。

両親のほかに、仲が悪い一〇歳違いの兄がいること。もとからきらいだった学校に、小学五年生からぱったり行かなくなったこと。それ以降、院内学級を除いて学校に通った期間は、一週間にも満たないこと。

ほぼ一日中、家にこもってすごすかすみの楽しみは、ラジオの深夜放送を聴きながら、コバルト文庫を読むことだった。あの夜、マンションの屋上にのぼったのは、作中のホットファッジサンデーの描写があまりにおいしそうで、ファミレスへ行ったついでに思い立ったかららしい。ぼくがかすみの〝友だち〟になれたのも、よく本を読み、小説を書いていることが大きかっただろう。

しかしその時期、執筆も、再現クイズもやめていた。落ちつかなかったからだ。ただ、朗読は欠かさなかった。かすみにすすめられたコバルト文庫を読んだり、筒井康隆の全短編集を読破したり、宮尾登美子《みやおとみこ》に突発的にハマったり、ドストエフスキーの『罪と罰』を読んだものの、いまひとつ理解できなくて二人で首をひねったりしているうちに、四月七日を迎えた。ちょうど中学校の入学式の日で、前日の始業式でぼくは、三年生になっていた。

当日は、部活をやっている生徒以外、登校しなくてよかった。図書館へ行く、とその日休みだった母に言ってアーケード商店街の本屋に行き、開店と同時に最新号の雑誌を入手した。たぐちの勝手口から茶の間にあがると、眼鏡をかけたおばあさんと登さんが、掘りごたつで待ち構えていた。登さんが気ぜわしく聞いてきた。

「まだ見てねえな?」

「うん」

「早く見せろ」

雑誌を開き、目次で中間発表のページを見つけた。開いたら、左右にずらっと作品名と名前が並んでいた。すばやく視線を動かしたものの、文字の表面を上滑りしている感じだった。もっとよく見ようと目を凝らした瞬間、おばあさんが叫んだ。

「あった!」

「えっ、どこ!?」

「ここだここだ」

右下を何度も指さす。確かに、「機械じかけのおれたち」の文字があった。

「あった!」

ぼくも叫んだ。

「あったか！」

登さんが大声をあげ、天井をあおいで笑い出した。

「字ぃ読めねえのに、必死こいてさがしちまった。丸ばっか目で追ったりしてよ」

「丸？」

ぼくの言葉に、登さんが指を動かし、いくつかの作品名の上につけられた丸印をつついた。あらためて見ると、「機械じかけのおれたち」の上に丸印はついていなかった。にわかに不安になり、視線をさまよわせて、欄外にそっけない記述を見つけた。

〝丸印は二次選考通過者〟。

意味をのみこむのにしばらく時間がかかった。おばあさんもそれを読んだらしく、オロオロした声を出した。

「手違いということもある」

「なんだ？　どうしたんだよ」

ぼくは登さんにむきなおった。もどかしそうな顔をしている。自分でも信じられないまま、目にしたことを伝えた。

「丸印は二次選考通過者、だって」

「おれらに丸は」

「ついてない」

一気に絶望感が広がった。登さんが雑誌をひったくり、くっつきそうなくらい顔を近づけた。

「どこだ」

無言で指さすと、登さんが目を細め、いっそう顔を近づけた。おばあさんがオロオロとくり返した。

「手違いということもある。問いあわせた方がいい」

「ねえ」

登さんが呆然と顔を起こし、ぼくを見た。

「丸がねえ。てたおれら、ここで終わりか」

「……うん」

「あー、クソッ！」

立ちあがり、振りかぶった雑誌を店の土間に投げつけた。吊りさげられた縄跳びをかすめて揺らし、陳列ケースの上の木工ボンドを何本も倒して、バサッと床に落ちる。おばあさんが危なっかしく立ちあがろうとした。

「あたしが電話して……」

「やめろよ！」

登さんが怒鳴った。

「みっともねえ真似すんな」

クソッ！　と再び毒づき、ずかずかと勝手口へ歩み寄った。あがり框《がまち》にドスッと腰をおろし、靴をはき始める。おばあさんが猫なで声で呼びかけた。

「出かけるのかい」

登さんはそれに答えず、チラッとぼくを見た。靴をはき終えると勢いよく立ちあがり、乱暴に戸を開《あ》け閉《た》てして、出ていってしまった。

それからひとしきり、おばあさんは愚痴った。やっぱり問いあわせて確かめた方がいいとか、手違いじゃないとしたら、出版社の程度が知れるとか。ようやく愚痴がやんでから、すがるような顔つきで聞いてきた。

「また書くだろ？」

「……わからない」

それが正直な気持ちだった。ぼくの顔をながめていたおばあさんが、いっちゃん、とあらたまった声を出した。

「聞いてもらいたい話がある」

「なに？」

「登の、母親のことだ」

「えっ」

うかつなことに、ぼくはそのときまで、登さんの親の存在をまったく意識していなかった。おばあさんがおもむろに話し始めた。

「純粋の純と書いて、純子《じゅんこ》。それが登の母親の名前だ。あの子は一六で結婚して、一七で登を産んだ。相手はひと回り以上年がはなれた、中学の担任だ。夫婦のあいだでなにがあったかは知らん。純子は登が二歳になるかならないかで、旦那と暮らしてた家から消えてしまった。うちへ引きとったのは、そいつが登を孤児院に入れようとしたからだ。おおかた、家出された腹いせだろう。八方手を尽くしても見つからなかった純子が、ヒョイと電話をかけてきたのは、行方をくらませて一四年もたってからだ。赤羽《あかばね》でスナックを開くことにした。開業資金を借りるから、保証人になってほしい。そんな一方的な頼みで、どんなにたずねても、それまでのことを話そうとせん。昔からなにを考えてるかわからん子だったが、いくらなんでも勝手すぎる。それでもたった一人の娘で、登の母親だ。今後のことを話しあおうと登に伝えたら、火が出るほど怒った。無理もない。あの子は、捨てられたんだからな。あたし一人で純子と会って、虎の子から二〇〇万用立て、残り二〇〇万の保証人になってやった」

そこでひと息ついて、話を再開した。

「純子とはそれから、電話でつながってたんだが、三年前、あたしは、卒中で倒れてしまってな。病院にかつぎこまれて、真っ先に考えたのは登のことだ。あの子は少年院を出たばかりで、それまでよりもっと質《たち》の悪い連中とつきあうようになってた。あたしが死んだら、歯止めがきかなくなるに違いない。しかし、退院したあと、店を手伝ってくれるようになったあの子を見て、希望を持ったんだ。とことんヤクザに染まったら、駄菓子屋の店番なんぞやるわけがない。引き受けたのは、陽のあたる場所で生きたいと、どこかで思ってるからだろう。その気持ちをなくさなければ、純子と親子の対面を果たせる日が、きっと来る。それを見届けたいがために、酒もたばこもやめた。半年ごとに検査を受けて、いまのところおとがめなしだが、あたしも年だ。いつ、どうなってもおかしくない」

おばあさんの口調が熱を帯びた。

「登は、本当に並みじゃない。あたしにはわかる。大勢の子どもを、何十年も見てきたからな。それでも作家になるのは、いばらの道だろう。困難な夢をかなえられれば、純子に対するしこりも、少しずつほぐれていくと思うんだ。それもすべて、いっちゃんの助けがあればこそ。どうかこれからも、あの子を支えてやっておくれ。このとおり。頼みます。頼みます」

「わかった、わかったから」

なかなか拝むのをやめてくれない。ぼくはすっかりうろたえていた。

翌日の放課後、いつもどおりたぐちへ行った。登さんの様子が気がかりだったけれど、思いがけず、引きつった笑顔のおばあさんに出迎えられた。

「さっきからお待ちかねだ」

登さんは、前日の剣幕が嘘のようにやる気に満ちていた。むかいあってあぐらをかいたぼくに、意気ごんでまくし立てた。

「引っかけた女とやりまくって、すっぱり気分入れかえた。やりながら考えたんだが、おれらにゃ足んねえもんがある。なんだかわかるか」

「経験？」

「んなもん気張ったとこで、いますぐどうこうなんねえだろ。『機械じかけのおれたち』は、おれらのあいだじゃ完璧だった。けど、別のだれかが読んで、そいつがいいと思わなきゃ、賞はとれねえ。読者だ、読者。おれらに足んねえのは、読者の意見ってやつだ。あの小説、図書館の本キチたちに読ましてみろ。タダとは言わねえ。一〇〇〇円払うから、っつってよ」

ぼくに朗読を強制したときと同じ発想だった。登さんらしかったけれど、

「引き受けてくれるかな」

「駄目ならあの女だ。なんつったっけ、お前が惚れてる」

「かすみだね」

ぼくはもう否定しなかった。登さんがうなずいた。

「母ちゃんにさんざん自慢されたぜ。読書感想文の賞とって、娘のかわりにトロフィーもらったとかなんとか。本のセンスも悪かねえしよ」

まず、柳沢さんたちには断わられた。

「私たちが君の原稿を読んだら、例えば小学生の利用者に感想文を読んでほしいと言われたとき、応じなければいけなくなる。それが何人、何十人であってもね。現実問題、そんなことは無理だ」

「ごめんね」

本条さんがすまなそうに言った。

むしろホッとして図書館をあとにした。ぼくはかすみに小説を読ませるという考えに惹きつけられていた。二次で落とされたものの、まがりなりにも一次を通過したことは自慢だったし、作品を読めばよさを見抜いて、感心してくれるかもしれない。そんな下心を抱いていたのだ。

ちょうど会う約束の日だった。ファミレスでその話題を振ると、一次を通過したことについては、ふーんという反応しか返ってこなかった。が、応募作を読んでほしいと頼んだら、いいよ、とあっさり引き受けてくれた。

「わたし、嘘つけないから、言い方きつくなるかもしれないけど」

「構わない」

うきうきした気分で言った。

「今度会うとき、持ってくる」

「なんで？　今日読ませてよ」

「原稿持ってきてない」

「一真んち行けばいいじゃん」

「えっ」

「うちにあるんでしょ」

「ある」

「じゃあ行こうよ。ママの留守中はお客さん禁止なわけ？」

「そんなことない。行こう」

ぼくの家に入ったかすみは、ものめずらしそうにキョロキョロした。ダイニングを抜け、突きあたりの引き戸を開けると、ぼくの部屋だ。入ってすぐの左手に、壁に沿って置かれたベッドがあり、ロータリーを見おろす窓際に机がある。かすみが窓に近づいて歓声をあげた。

「いいなー、高くて。遠くまで見える」

ぼくは得意になって言った。

「いちばん上の階だから」

「立派な机だね」

「大人になっても使えるようにって、お母さんが」

かすみが体を反転させ、ぬいぐるみを胸に抱きかかえて、ベッドにドサッとあおむけになった。

「わたしも、ここに住みたい」

その日のかすみは、変な柄のついたトレーナーに、オーバーオールという格好だった。男の子みたいな服装にもかかわらず、強烈に異性を意識した。かすみが両足を使ってずりあがり、枕に頭を預けた。下目づかいで聞いてきた。

「小説は？」

「あ、うん」

机の抽斗から清書前の原稿の束をとり出したら、ん、とかすみが左手を伸ばしてきた。載せてやると、ムクッと起きあがり、体のむきを変えて壁に寄りかかった。胸から転げ落ちたぬいぐるみを拾いあげて隣に座らせ、伸ばした足を交差して、読み始めた。

ぼくは落ちつかない気分で、カーペットにあぐらをかいた。かすみの目がすばやく動く。ぬいぐるみと反対側に一枚目を伏せて置き、二枚目にとりかかった。ますます落ちつかなくなって、話しかけた。

「文章が読みにくいかもしれないけど、それはわざと……」

「うるさい」

ピシャッと言われた。

「集中できない」

「……ごめん」

「でも」

チラッと視線を寄越す。

「文章は読みやすい」

「ほんと？」

「読むから。黙ってて」

「あ、うん」

やがてかすみが、最後の一枚を原稿の束に伏せて置いた。視線をあげると、ぼくを見すえて断定的な口調で言った。

「読みにくい」

「え、さっきは読みやすいって……」

「文章は読みやすい。けど、全体は読みにくい」

「もっとちゃんと説明してよ」

「説明っていうか要するに、つまんない」

とっさに言い返した。

「主人公がシンナーでおかしくなってるから、考えまとまってないし、文章も支離滅裂だったりするけど、わざとだから。そういう狙いだから」

「狙いね。それはわかった。けど、つまんないものはつまんない」

「つまんないつまんないって……」

癇癪《かんしゃく》を起こしそうになるのをこらえ、精いっぱいの皮肉を口にした。

「ほかになんか言えないの？　読書感想文の全国コンクールで、優秀賞とったくせに」

「あんなの」

ハッとかすみが鼻を鳴らした。

「教師が喜びそうなこと書いただけ。ほんとは説教くさくて、ぜんぜんおもしろくなかった。正直に書かなかったこと、すっごく後悔したんだよ。わたし、つまんない本は許せない。つまんなかったのに、おもしろかったって嘘つくのも許せない。嘘の感想は言いたくなかった。それ聞いてどう思っても、一真の勝手だけど」

歯に衣着せぬ言い方が、かすみの誠実さのあらわれだとわかった。それでもショックから抜け切れなくて、食いさがった。

「どっかいいとこなかった？」

「言ったじゃん、文章は読みやすかったって」

「あとは？」

「あとは、特に」

「どこをなおせばよくなるかな」

「あのねえ」

かすみがあきれたような顔をした。

「そんなの、自分で考えなよ」

翌日の放課後、かすみの感想を登さんに聞かせた。ぼくのしゃべり方は愚痴っぽくなったが、登さんは逆に奮い立った。

「つまんねえだと？　上等だ。ぜってえおもしれえって言わしてやる」

登さんは即座に、今後の方針を打ち立てた。朗読を強化し、どんどん話をつくってかすみに読ませ、おもしろいと言わせる。その先にはもちろん、文学賞への応募があった。文章は読みやすいと言われたので、再現クイズは省くことになった。それがささやかな前進だという気がした。

ぼくたちは再び始動した。朗読のスピードは格段にあがっていた。加えて、臨む姿勢も変化した。例えば、筒井康隆の『虚人《きょじん》たち』を読んだとき。

今のところまだ何でもない彼は何もしていない。何もしていないことをしているという言いまわしを除いて何もしていない。窓の外は晴れている。いや。曇っているかもしれないがその保証はない。なにしろ雨が降っているかもしれないくらいだから。それでもやっぱり晴れているのかもしれない。窓ガラスが時おり光るのは太陽の光なのかもしれないが横なぐりに吹きつけてくる雨滴が何かの灯火に照らされているのかもしれず雪明かりなのかもしれない。それどころか晴天と曇天と雨天がそんなことはあり得ないとする日常的思考を否定したり嘲笑したりするために数秒置きのくり返しを演じているのかもしれないではないか。

そこで中断した。登さんが笑い声をあげたからだ。楽しそうに話しかけてきた。

「またおっ始《ぱじ》めたな、康隆が」

「うん」

冒頭だけで、これまでに読んだことのない小説が展開するのは明らかだった。登さんが笑みを消し、顔を引き締めた。

「お手並み拝見といこうじゃねえか。続き、読めよ」

『虚人たち』は、暗黙の前提とされている小説の約束ごとを、徹底的に検証した作品だ。普通なら省略する主人公の排泄の場面までこまかく描き、眠ったり失神したりしている場面は、原稿用紙一枚を一分とカウントして空白にする。夢中で読みながらぼくは、やられた、と思っていた。読み終えた直後に登さんも、まったく同じ言葉を口にした。

「やられたな。こんな小説、読んだことねえ」

朗読は、敵情視察の意味あいを帯び、そのことが作品から学ぶ姿勢にもつながった。それが具体的な形をとったのは、ボリス・ヴィアンの『うたかたの日々』を読んだときから。三章の初めにハッとする表現が出てくるのだ。

　コランは、地下鉄を下りると階段を昇った。外に出てみると、反対側だった。停車場を廻って、方向をちゃんとした。黄色いシルクのハンカチで風向きを測った。すると、ハンカチの色が風に持ってかれ、不規則な形をした大きな建物の上に乗っかった。すると、それがモリトール・スケート場だった。

「ストップ」

登さんが大きな声を出した。

「なんだいまの」

「色を飛ばして、ついでに場面も変えちゃったんだね」

ぼくは考えながら答えた。この小説では非現実的なできごとが、しれっと起こる。あまりにしれっとしているから、リアリティの感覚が一瞬狂うほどで、黄色いハンカチのくだりはその典型だった。登さんが感心したように言った。

「そういうやり方もありか。マジで小説はなんでもありだな。あ？　どうした」

「メモする」

ぼくは通学カバンから、ノートと筆記用具をとり出した。

「いまの表現、どこかで使えるかもしれない」

それ以来、これは、と思う箇所に出会うたび、朗読を中断してメモをとる習慣がついた。さらにそこから、再現クイズにかわる新たなトレーニングが生まれた。きっかけは、柴田翔《しばたしょう》の「ロクタル管の話」を読んだことだ。

それは勿論ロクタル管の美しさはぼくらがいつも憧れる配線の向う側のあの世界の確かな美しさと無関係とは言えないし、本当のところ、実を言えば、その世界のいわば顕在的代表者としてロクタル管がぼくらの前に美しいのであり、だからロクタル管の美しさは本質的にはロクタル管の背後にある世界の美しさなのであり、結局のところ、使えなくなった、その世界と無縁のロクタル管とは、この上なく惨めな存在でしかありえないのだけれども、それはそうなのだけれども、だけれども、ロクタル管は今確かにぼくのポケットにあるのだし、それは見たところ全く完全なロクタル管なのであり、外見上変化のないものはその美しさに何の変化もありうる筈はなく、何故なら美しさは視覚を通す以外、心情に訴える道を持たず、だから結論として、美しいロクタル管をぼくが今持っているということは疑ってはならないことなのだと、ぼくには全くそう思えて来てしまい、ぼくの足どりは自然と拡声器のふりまく陽気な流行歌に合って来て、しまいには口からは、「左のポッケにゃロクタルカーン」と浮々した流行歌の替歌がもれて来さえする。

「なげー」

ようやく一文を読み終えたところで、登さんが叫んだ。

「ぜってえわざとだろ、そんなクソ長《なげ》えの。何字ある」

数えてみたら四七一字もあった。登さんは対抗意識を燃やしたのか、一文で目いっぱい長く書け、と命じてきた。おもしろそうだと思ったけれど、

「なに書けばいいの？」

「なんでも構わねえ。おれのツラでも、この部屋の様子でもなんでも」

そうして書いた一文は、
部屋の窓が開いていて、網戸の向こうから近くにある踏み切りの音と、春の暖かい風が入ってきて、壁の時計に目をやると、もうすぐ五時になるところで、いつもならそろそろお腹が空いてくる頃なのにそうでもないのは、給食のカレーをおかわりしたせいで……

この調子でだらだら続き、字数に関しては柴田翔に迫った。しかし、文章がのっぺりしており、読みあげたらひさしぶりに、気持ち悪い、と言われた。

それからたまに、この遊びをやるようになった。潜水みてえだな、という登さんのひ

とことで、そう呼ぶようになった。筆力の及ぶ限り文章を伸ばしていく感じが、確かに潜水と似ている。

一方、どんどん話をつくってかすみに読ませ、おもしろいと言わせるという目標の実現にも動いていた。皮切りになったのはこんな話だ。

「主人公は高三の男。東大目指してる、ガリ勉野郎だ。親父が高卒のリーマンで、うだつあがんねえの見てるから、てめえはそうなりたくねえ。共稼ぎで、おふくろはパートのレジ打ち。四つ下の妹がいるんだが、こいつは登校拒否で、家にこもりきりだ。ガリ勉は親父たちのこと馬鹿にしてるし、親父たちもてめえのことにかまけてて、余裕がねえ。家族でツラつきあわせてても、ろくに会話がなかったりしてよ。舞台は、どっか田舎ってことにすっか。ガリ勉はとっとと東大受かって、つまんねえ家おん出てえんだが、やっかいごとが持ちあがる」

やっかいごとというのは金銭トラブル。父親が連帯保証人になっていた相手が、サラ金のとり立てに耐えかね、行方をくらませてしまうのだ。借金の肩がわりをさせられると知った家族は、一方的に父親をなじる。関係が最悪になったところで、とり立てが始まる。東大に合格し、東京で一人暮らしをするという夢をあきらめざるを得ない状況に、主人公は自暴自棄になる。

ところが、生命保険で借金を清算しようと、父親が自殺未遂を起こしたことから、家族は結束する。母親は父親を励まして自己破産の道をさぐり始め、主人公は高校を中退して働くことを考え、妹も自分にできることをしようと決意する。

　そのあと話は、自己破産の手続きを進めている最中、母方の曾祖父が亡くなり、遺産として山林が転がりこむという展開になる。それを売り払うことで借金は帳消しになり、家族は平穏な日常をとり戻す。もとどおりの生活に安堵しながらも、主人公は一抹のもの足りなさを覚える。そういう結末だった。

「これ、もとネタなに？」

　メモし終えてから聞いてみた。すると、おぼつかない答えが返ってきた。

「しまいがぽだ」

「ぽ？」

「書いたやつの名前。妙な名前だったぜ。長えし」

「外国人？」

「日本人」

「ぽで終わる人なんていたかな」

「そこは間違いねえ。ぽっぽ、違うな、とっぽ」

「あ、国木田独歩《くにきだどっぽ》！」

　正解は国木田独歩の「号外」だった。「号外」には、日露戦争の終結後、戦時中の高揚感をひたすらなつかしむ男爵が出てくる。相変わらずの換骨奪胎ぶりで、おまけに連帯保証人制度やサラ金について、こまかく教えてくれた。

「ヤクザがケツ持ちやってるサラ金もありゃ、フロント企業のヤミ金もある。しょっちゅう話聞かされるんで、あの業界にゃくわしいんだ」

その話を書きあげたのは、五月半ば。ぼくの部屋でかすみに読んでもらった。かすみはベッドの上で原稿を読み、ぼくはカーペットにあぐらをかいて、ソワソワしながら見守った。かすみはすべて読み終えると、ズバッと言った。

「つまんない」

さらに追い打ちをかけてきた。

「新鮮味がないんだよね。小説読むのってさ、ワクワクしたいからじゃん？　こういう話どっかで読んだって思うと、シラケちゃう」

新鮮味がないという言葉が痛烈に響いた。ぼくからかすみの評価を聞いた登さんは、ますます奮い立った。その後も登さんは話をつくり続け、ぼくは書き続け、かすみは読み続け、つまんないと言い続けた。そういう状況が変化したのは、七月の最初の週だ。

その日、かすみは不機嫌だった。傘をさしてマンションへ来るまでも、ベッドであぐらをかいてからもむっつりしていた。カーペットにはお盆が置かれ、麦茶が入ったコップが二つと、封の開いたカールが載っている。なんかないの、とかすみに言われて、常備されているそれらを出すようになったのだ。

かすみの手には、前日に書きあげたばかりの原稿があった。サキの「開いた窓」がもとネタだったが、たび重なる駄目出しに、ぼくは作品のできにまったく自信が持てなくなっていた。

案の定、つまんない、と切り捨てられた。ぼくはげんなりして黙りこんだ。かすみも黙ってぬいぐるみをいじっている。しばらくして横をむいた。ベッドのヘッドボードに載っている目覚まし時計を見たらしい。ちょうど午前〇時を回ったところだった。こっちへむきなおり、ふくれっつらで言った。

「明日、誕生日」

「えっ、おめでとう」

「めでたくないよ」

かすみが語気を強めた。

「わたし、一六になっちゃう」

「なっちゃまずいの？」

「まずいっていうか」

ぬいぐるみとジーンズの足を引き寄せ、壁に寄りかかった。

「子どものころ、一六で結婚したかったんだよね」

「へー」

だってさ、と上体を乗り出してきた。

「ママとパパ、すごく年とってるのね。ママは今年五五だし、パパなんて六六だよ？　それがやで、一六になったら絶対結婚する！　って決めてた。でも、無理。このままじゃ結婚なんて」

「ふーん」

「登さんのお母さん、一六で結婚したらしいよ」

気のない相づちを打ち、再び壁に寄りかかった。お互いに黙りこむと、しめやかな雨音がよく聞こえた。不意に、かすみが手招きした。

「おいで」

「え？」

「こっちおいで」

おそるおそるベッドによじのぼり、かすみとむきあった。無言で見つめあっていたらいきなり、鼻先にぬいぐるみを押しつけられた。

「くさっ」

かすみがうれしそうに笑った。また押しつけようとするのをもぎとり、脇へやった。

「なにすんの」

「なんとなく。くさいかなと思って」

「くさいよ」

「よだれとかしみまくってるから」

かすみが笑顔のまま、思いがけないことを言い出した。

「それあげる」

「えっ」

「当分会わない」

「ええっ」

いつの間にか、かすみはまじめな顔になっていた。ぼくはあせった。

「なんで？」

「秘密」

「なんか悪いことした？」

「一真のせいじゃない」

「ぼくのこときらい？」

「好きだよ」

聞きたくてたまらなかった言葉を、偶然引き出した。いましかない、という思いが高まる。大きく息を吸いこみ、勇気を振り絞って言った。

「ぼく、かすみのこと好きだ」

「知ってる」

で？　という顔をした。ぼくはしどろもどろになった。

「それで、その、だったら」

「一真のことは二番目に好き」

きっぱりした口調だった。とっさにたずねた。

「いちばん目は？」

「いちばん目、なんだろ。天国みたいな場所があればいいとは思うけど」

「天国？」

「そう、天国。世界でいちばん安全な場所でしょ」

その言葉に、記憶の深いところを刺激されて、思いつくまましゃべり始めた。

「ぼくのお父さん、二歳のとき病気で死んでて」

「そうなの？」

「なんにも覚えてないけどね。それから何年か、すごく泣き虫だったらしい。泣く前の感じは覚えてる。沈みかけの夕陽とか、クモの巣で動かない虫とか、そういうの見ると、こわいのとさみしいのがごっちゃになって、涙が出てくる。あれって、世界が安全な場所じゃないって感じてたせいかもしれない。かすみの話聞いて、そう思った」

会話が途切れ、雨音が再び耳につくようになった。ややあって、かすみが動き出した。上体をねじり、脇に置いてあった原稿用紙の束を、ヘッドボードへ移す。手にかぶせたトレーナーの袖で何度か口もとを拭いてから、もぞもぞとあおむけになった。

「キスしてもいいよ」

「えっ」

かすみは両方のてのひらを体の脇で上にむけ、天井を見あげていた。膝立ちでにじり寄り、顔をのぞきこむ。かすみがぼくに目線をあわせた。寝癖のついた髪が枕に広がり、ぼくが落とす影の下で、きまじめな表情を浮かべている。

ハッと気づき、あわてて手首で口もとを拭いた。それから、ゆっくり顔を近づけ、最後の瞬間、目を閉じた。かすみの唇はやわらかだった。どのくらいの強さや長さで、押しつければいいのかわからない。急に不安になり、顔をあげて目を開けたら、かすみも目を開けてぼくを見ていた。子どもみたいな表情で言った。

「キスした」

「うん」

「一六になる前に」

「それだけ？」

それだけのためにしたのかと聞きたかった。かすみが微笑《ほほえ》み、片手を伸ばして、ぼくの頭を引き寄せた。耳もとで静かな声がした。

「一真のことは二番目に好きなの」

窓の外では雨が降り続いている。かすみの清潔な首筋のにおいをかぎながら、ぼくはうれしいような、悲しいような気分だった。


翌日、登さんにかすみの評価を伝えた。当分会わないと告げられたことも伝えると、ずっと難しい顔つきだった登さんが、ぽつりと言った。

「潮どきだな」

「えっ」

「ここらでやり方変えねえと、らち明かねえ。かすみにも当分読ませらんねえしよ」

その日の夜、かすみの家に電話した。遠回しにさぐりを入れるつもりだったが、出てきた母親が進んで話し始めた。

「入江君、ありがとう」

「え?」

「あの子、学校へ行く気になったの。入江君のおかげよ」

母親の話では、かすみは通信制の高校へ行こうとしているそうだった。その高校に入学するタイミングは、四月と一〇月。秋季入学を目指すかすみは、小学校の教科書にさかのぼって勉強を始めたという。

「あなたに刺激を受けたのね。もう私、うれしくて。いままでほったらかしにしてた責任を追及して、中学校に卒業証書を出させたの」

　サラッとすごいことを言い、そうそう、と洟をすすりあげた。

「私がしゃべったって言わないでね。叱られるから」

「はい」

　いっぺんに明るい気分になった。憂鬱が晴れたら突然、小説をおもしろくするためのアイデアが浮かんだ。それを翌日、登さんに話した。

「つまらない小説を、まとめて読んだらどうかと思って。つまらない小説の、つまらないところをチェックして、逆をやればおもしろくなるんじゃないかな」

　黙って聞いていた登さんがあごをさすり、

「反面教師ってやつか。試す価値はあんな」

　よし、と威勢よく言った。

「とびきりつまんねえ本、借りてこい」

　言った直後、噴き出した。

「とびきりつまんねえって、なんだかな」

　ぼくも笑った。この思いつきにはどこか、嗜虐《しぎゃく》的な楽しさがあった。

意外なことに、柳沢さんたちはこの計画にノリノリだった。本条さんはいたずらっぽい顔つきで言った。

「SF作家のスタージョンは、SFの九割はクズだ、って言ってる。SFに限った話じゃない。小説の九割はクズよ。残念ながらね。そんなのでいいなら、いくらでもすすめてあげる。じゃあまず、手始めに……」

タイトルは割愛する。読んでみると、確かにつまらなかった。朗読を終えたあと、登さんと感想を言いあった。

文章がすかしてる。登場人物が好きになれない。話の展開が強引。そもそも初めの設定が変。エトセトラ、エトセトラ。

それからぼくたちは、柳沢さんたちがつまらないと断じた小説を、片っ端から読んでいった。並行して、普通にすすめてくれる本も読んだ。口なおしをしないとやっていられなかったのだ。

ただ、つまらない小説を読んだあと、登さんと好き勝手に感想を言いあうのは楽しかった。登さんはつまらない小説をインチキ、その作者を性別にかかわらず、インチキ野郎と呼んだ。世に出ている作品や作家をけなせばけなすほど、自分たちがえらくなるような気がした。

そんなことをしているうちに、一学期も終わりに近づいた。その時期に行なわれた進路相談に、母はシフトをやりくりして参加してくれた。担任に志望校をたずねられ、ぼくは中堅私立の名前をあげた。ほかになにかありますか？　と担任に水をむけられると、母は即答した。

「いいえ。本人にまかせていますので」

その高校を志望したのは、マンションの下の駅から一本で行けるし、進学実績がそこそこよかったからだ。多少さがったとはいえ、ぼくは学年で三〇番以内の成績をキープしており、順当にいけば合格は間違いなかった。なにがなんでもいい学校に入りたいという思いは、いつの間にか薄れていた。

夏休みが始まった。窓を閉め切り、エアコンをガンガンにきかせた部屋で、ぼくたちはひたすらつまらない小説とおもしろい小説を読み続けた。

後年、トルストイの『アンナ・カレーニナ』の冒頭で、「幸福な家庭はすべて互いに似かよったものであり、不幸な家庭はどこもその不幸のおもむきが異なっているものである」という有名な一節を読んだとき、ぼくは小説のことを思い浮かべた。トルストイの言い方を真似るなら、おもしろい小説はどれもそのおもしろさのおもむきが異なり、つまらない小説はすべて似かよっている。ぼくたちがつまらないと思う小説には、四つの共通点があった。いまのぼくの語彙を交えて敷衍《ふえん》すればこうなる。
1　ストーリーが破綻している。

2　あざとい。
3　キャラクターに魅力がない。
4　新鮮味がない。
1は論外だが、2は多分に好みの問題。ぼくたちは冒険小説や本格推理小説に点がからくなりがちだった。読者をハラハラさせるための技巧を、あざとく感じたのだ。
3についてはさらに、なぜ魅力がないのか突っこんで分析した。これには二つの原因が考えられた。
3―1　人間としての厚みがない。
3―2　設定が作品の世界観にあっていない。
3―1はつまり、キャラクターの存在感ということだ。印象深いキャラクターは、たとえ作中に描かれていなくても、生い立ちや、信念や、ふだんの生活を背後に感じさせるけれど、魅力がないキャラクターではそういうことがない。その気づきから、ぼくたちはのちに、作品を書き出す前に主要キャラクターのプロフィールを年表にまとめるようになる。
3―2については、逆のいい例がある。『ライ麦畑でつかまえて』のホールデンだ。ホールデンは若白髪が多いのだが、一般に若白髪は、気苦労の多さに比例するイメージがある。それが作品を貫くペシミスティックな世界観にあっているため、キャラクターの魅力になり得たのだ。

つまらない小説に欠けている要素の中で、ぼくたちがいちばん重要視したのは、４の新鮮味。かすみも口にしたその言葉が、ぼくたちが考えるおもしろさの肝だった。

夏休みの最終週、つまらない小説を読みこんできた総しあげとして、二つの小説を読みなおした。田中康夫の『なんとなく、クリスタル』と、ぼくたちの「機械じかけのおれたち」だ。『なんとなく、クリスタル』をもう一度読みたいと言い出したのは登さんで、ぼくは初読。それは、特異な読書体験だった。古典文学でもないのに、四〇〇を超す注がつくのだ。学術書みたいな体裁が新鮮だし、偏執的な注のつき方が、だんだん癖になってくる。読み終えると、登さんがボソッと言った。

「康夫ってのは、食えねえ野郎だな」

「機械じかけのおれたち」は、以前とまったく印象が違った。読み終えてから感想を言いあった。

「なんつーか、紙芝居みてえだな。場面ごとのつながりが悪い」

「登場人物も薄っぺらだね」

「けど、新鮮味だきゃある」

登さんがくやしそうな顔をした。

「素材はいいのに、料理でしくじった」

「書きなおす?」

するると、なにかを追っ払うように片手を振られた。

「いっぺん完成さしたもんこねくり回すのは、性《しょう》にあわねえ。それよか新作書いて、とっとと作家になっちまおうぜ」

「えっ」

「あんなに大勢インチキ野郎が幅きかしてんだ。つまんねえ小説の逆いきゃ、デビューくれえ余裕だろ」

なしくずしに、なるべく早いデビューを目指すことになった。文學界新人賞、オール讀物新人賞、問題小説新人賞の応募作を一か月に一本のペースで書きあげ、一か月は予備にあてる。それが登さんの計画だった。

かすみの母親から電話がかかってきたのは、一〇月上旬だ。オール讀物新人賞用の応募作を書きあげ、問題小説新人賞用の応募作の執筆にとりかかろうとしていた矢先だった。

「あの子、高校に合格したのよ」

お祝いの言葉を口にする前に、興奮した声で言われた。

「やればできる子なの。頭もいいし。小学生のとき、読書感想文の全国コンクールで、優秀賞をもらったこともあるのよ」

　話の切れ目をうかがい、ずっと気になっていたことをたずねた。

「いつ、かすみさんに会えますか」

　短い沈黙のあと、母親の声のトーンが急にさがった。

「入江君にはお世話になったから。一度、一緒にお食事しましょう」

「え、一緒って……」

「三人で、一緒に。なにか食べたいものとか、きらいなものとかある？」

「……別にないです」

「そう。じゃあ、また連絡するわね」

　モヤモヤした気分で受話器を置いた。母親が突然よそよそしくなったように感じられたからだ。

　数日後、再び電話をかけてきた母親から、会食の詳細を伝えられた。その週の日曜の午後一時から、場所は銀座のレストラン。用件だけでサッサと切られた。明らかによそよそしかった。

　翌日、登さんにその報告をした。まともにとりあってもらえないと思いつつ、母親の意図をたずねたら、あっさり答えが返ってきた。

「用済みになったんで、お払い箱にしようってんだろ」

「えっ」

「盛りのついた中坊と二人きりじゃ、気が気じゃねえよ。いくらお前が安牌でもな」

「アンパイ？」

「安全牌。ぜってえ安心ってこった。どうせなんもしてねえんだろ」

一瞬、返事をためらった。登さんがニヤッと笑い、まあいいや、と言葉を継いだ。

「いまんとこ、かすみが唯一の読者だ。どうにかして母ちゃん丸めこめ。銀座でお食事なら、それなりにカッコつけねえとな」

勢いよく腰をあげた。

「行くぞ。買いもんだ」

前に連れていかれたジーンズショップへ行き、靴屋も回った。黒いジャケットと、茶色のプレーントゥを買ってもらった。

約束の日曜、ぼくは一時間近く早めに銀座に着いた。指定されたレストランは、表通りから何本か奥に入ったところにあった。煉瓦《れんが》づくりの二階建てで、ツタが壁を這っていた。

レストランの前をうろつき、かすみたちの到着を待った。窓ガラスに自分の姿が映るたび、つい点検してしまう。白いボタンダウンシャツの裾をカーキ色のチノパンに入れて茶色いメッシュベルトを締め、茶色いプレーントゥをはいて、黒いジャケットを着ている。登さんに指示された着こなしだった。

やがて、表通りの方から、かすみと母親が歩いてきた。初めて見る母親は、上品なベージュのスーツを着ていた。かすみよりだいぶ背が低く、老けていた。

かすみは、小花柄の白いワンピースに水色のカーディガンを羽織り、白いソックスに黒いストラップパンプスをはいていた。めずらしく寝癖がついていない天然パーマの長い髪に、光沢のあるこげ茶色のリボンまで結んでいる。めかしこんだかすみは、かけ値なしに美少女だった。しかし、ふくれっつらをしているせいで、実際の年齢より子どもっぽく見えた。

店に入ると、ウエイターに二階の席へ案内された。食事が始まっても、相変わらずかすみはふくれっつらだった。そのかわり、母親はよくしゃべった。ぼくには今後もかすみと会うのを許してもらうという目的があったけれど、テーブルマナーに気を配らなければならない上に、母親がやたらと同意を求めてくるので、相づちを打つので精いっぱいだった。

「一日三科目、ラジオで授業を聴くの。普通の高校と違って、卒業までに四年かかっちゃうけど、一年や二年の回り道、どうってことない。入江君もそう思うでしょ？」

「あ、はい」

「月に二回、学校へ行く日もあるのよ。いろんな生徒さんがいるみたいだから、いい刺激になりそう。画一的な教育じゃ、息苦しいもの。ねえ？」

ジェノバ風トレネッテ、というのを口に入れたばかりだったぼくは、相づちを打とうとして勢いよく麺を吸いこみ、その拍子にソースを飛ばして、シャツの胸に緑色のしみをつけた。

「あ」

思わず声が出た。むかいの席で、同じジェノバ風トレネッテをつついていたかすみが、上目づかいにこっちを見やり、クスクス笑った。隣の母親は、いまのことに気づかなかったように話を続けた。

「本当の教育は、ああいう学校にあるのかもしれないわね。いろんな生徒さんがいて、いろんな学び方があって」

「ママ」

かすみが音を立ててフォークを置いた。母親が媚《こ》びるような笑みを浮かべた。

「なに？」

「いろんな生徒って言うけど、三種類しかいないじゃん。体悪い人と、年いった人と、わたしみたいな落ちこぼれと」

「あなたは落ちこぼれじゃ……」

「落ちこぼれじゃん、なに言ってんの。普通の学校行けない子は、みんな落ちこぼれなの。ママもほんとはそう思ってんでしょ」

　途中から声が大きくなり、まわりの客が何人も振りむいた。母親の笑顔がこわばる。

かすみが立ちあがり、オロオロしているぼくにむかって言った。

「行こ」

「え……」

　ママ、と顔をむけた。

「一真と散歩して帰る。お金ちょうだい」

「お金ならぼく、持ってる」

とっさにそう言っていた。その直後、母親の凝視を受け、しまった、と思った。

　母親があわただしく上体をねじり、椅子の脇に置いたハンドバッグを手にした。中から長財布をとり出して開くと、一万円札をさし出してきた。

「これ、持ってって」

「いいです」

「ね、お願いだから。かすみをエスコートしてもらうんだから」

　母親は笑顔をとり戻していた。が、目もとがぜんぜん笑っていない。ためらっているうちに、かすみがテーブルの横を回りこみ、サッサと階段をおり始めた。あわてて立ちあがり、母親に頭をさげてあとを追った。結果的に申し出をはねつけたことになる。そのうしろめたさと、母親への同情心から、ひとこと言ってやろうと決意したものの、店を出るなり手をつながれ、たちまちその気をなくしてしまった。かすみが明るい声で話しかけてきた。

「日比谷公園行こう」

「場所知らない」

「わたし知ってる」

表通りに出、人ごみにまぎれて道路を突っ切る。やけに視線を感じると思ったら、通行人が何人もかすみを見ていた。中には、わざわざ振り返って見る人もいた。

高速の下を通り、高架下を抜け、皇居の堀を右に見て、交差点を渡った。交番の横から公園に入り、階段をのぼって、池を見おろすベンチに腰をおろしたところで、かすみが手をはなした。ほかのベンチにもちらほら、居眠りしたり、本を読んだりしている人の姿があった。

前方の手すりのむこうに石垣がせり出し、そこから生えた何本もの大きな樹木が、池の面《おもて》にくっきり影を落としている。背後にも樹木が生い茂り、頭上でさし交わす枝々がつけた無数の葉が、秋の陽射しを木漏れ日に変えていた。池のむこうに広がる花壇には、色とりどりの花が咲いている。空気はさわやかで、通りの喧騒も遠い。ゆったりした気分になってきた。

「いいところだね」

かすみが満ち足りた様子で、でしょ、と応じた。

「よく来るの？」

「最近は、ぜんぜん。わたし、一時期買いもの魔だったから。銀座に来た帰り、よく寄ってた。街でプラプラしてると、声かけてくる人とかいて、めんどくさいんだもん」

ライバルだらけだと思いつつ、話題を変えた。

「銀座で買いものなんて、高そうだね」

「ママのお金だから、関係ない。ほんとはパパのお金なのかな。どっちでもいいけど。買うもの買ったら、帰りは別々。荷物はママに持って帰らせたりして、けっこうひどかったかも」

「そうだよ。お母さん、かわいそうだよ」

さっき言えなかったことを、やっと言えた。すると、かすみが黙りこんだ。不機嫌になったのかと思っていたら、わたしね、と真剣な顔をむけてきた。

「精神病院に入れられたことあるの」

「うん。前に聞いた」

「違う。児童精神科じゃなく、大人が入れられる本格的なとこ。ママ、昔はすっごいスパルタで、なにがなんでもわたしの登校拒否なおそうとしてたから」

「そうなの？」

かすみがコックリした。

「総合病院あちこち回って、何度も精密検査受けさせられたし、教育研究所ってとこにも通わされたし。わたしが入れられたの、たぶん悪徳病院。初日から薬づけで、あっという間にベッドから動けなくなって、どんどん自分が壊れてくのがわかった。そしたらね、世界の果てが見えた」

「世界の果て？」

「そこまで行くと、全部ごっちゃになっちゃうんだよ」

意味不明だ。もっとくわしく聞こうとしたら、

「わたし、色白いじゃん」

「え、うん」

「ベッドの上で横むいて、壁が白いって思った瞬間、ハッて気づいた。壁は白い。わたしも白い。てことはわたし、壁なんだ」

一瞬、言葉を失った。

「そんなの……」

「変でしょ。自分でも変だってことはわかってて、すごくこわかった。こわいって思うと、ママとかゴキブリとか将来とか、こわいものがワーッて頭に浮かんできて、ママは

ゴキブリで、ゴキブリは将来で、将来はママでって、全部ごっちゃになっちゃう。考え出すと駄目、止まんなくなる。ママのことはこわいけど好きで、好きなものはほかにもたくさんあって、そうすると今度は、こわいものと好きなものがごっちゃになる。想像できる？　ママと、ゴキブリと、虹の区別がなくなっちゃうんだよ。そういうのがずっと、ずーっと続いて、ごっちゃになるものが増えれば増えるほど、わたしも、まわりも、頭の中も、のぺーっと平たく、灰色になってくの。薬がきいて眠っても、夢の中の景色まで、のぺーっと平たい灰色のまま。どうしてもそこから抜け出せなくて、そのうち気づいた。そこが世界の果てなんだって。たぶん、完全に変になる手前まで行ってたと思う」

息をのむ思いでたずねた。

「そのあとどうしたの？」

「入院して、何日目だろ、よく覚えてないんだけど、病院に来たママがわたし見て、このままじゃ廃人になる、って思ったんだって。で、即退院。家に帰ってもしばらく寝たきりで、ママ、ずっと泣いてた。それからはなんでもわたしの言いなり。わたしも悪いとかぜんぜん思わないで、ママの弱みにつけこんでる。やっぱりひどい？」

「ひどいっていうか……不健康だと思う」

かすみがしんみりした声音になった。

「わたし、健康的に生きられる気しないんだよね。野生動物だったら、真っ先に死んじゃうタイプ。敵に襲われて食べられるとかじゃなく、弱っちくて生きられない、みたいな。大丈夫かな、こんなで」

答えられなかった。かすみがふっと息を漏らし、気分を変えるように聞いてきた。

「最近も書いてる?」

「あ、うん。書いてる。それで、また読んでもらいたいんだけど」

「いいよ。どうせ暇だし」

「高校始まったら、いそがしくなるんじゃないの?」

「楽勝だよ。わたし、頭いいもん。別に、高校はどうでもいいんだ。一真がバリバリ小説書いてるの見て、なんかしたいなあって思っただけだから」

口をつぐむと、急にまじめな顔になって、ぼくの胸のしみを指さした。

「落ちるといいね」

サーッと風が吹き、かすみのリボンを揺らした。ワンピースの裾がめくれ、むき出しの膝が目に入って、にわかにぼくは落ちつかなくなった。

二日後の夜一一時半ごろ、かすみの家のインターホンを押した。出てきた母親の応答は、以前と同じ快活さだった。

「ちょっと待っててね。すぐ行くから」

そのあと、ぼくの部屋に来たかすみは、ベッドの上で原稿を読み、ぼくは隣であぐらをかいた。おいで、と言われて、その並びになったのだ。ぼくはソワソワしていたが、かすみはなんでもない様子で原稿を読み続け、最後の一枚を脇に伏せると、顔をあげた。

「うまくなったね」

「ほんと!?」

「ほんと。プロっぽい」

「おもしろい？」

「うーん」

かすみが腕組みした。

「おもしろい、って感じじゃないかな。やっぱり、うまい、って感じ」

「なんか、ほめられてる気がしない」

「ほめてるじゃん」

「そうだけど」

「一真はどう思ってるの。自信作？」

「うーん」

今度はぼくがうなった。考えがまとまらないまま、しゃべり出した。

「自信はあるよ。つまらない小説どっさり読んで、その逆のやり方で書いてるから、つまらないはずないと思う。でも、おもしろいかっていうと、よくわからない。前にかすみ、ぼくたちの小説読んで、新鮮味がないって言ったよね」

「そうだっけ」

「そうだよ。忘れちゃったの？」

「うん」

澄ましている。気をとりなおして続けた。

「どうせ書くなら、こんなの読んだことない！って小説書きたい。世の中に小説なんてあふれてるんだから、似たようなの書いたってしょうがない。プロは書かないとお金にならないから、そんなこと言ってられないのかもしれないけど、プロでもないのにそういう書き方するのって、なんか違うっていうか……。あー、なにしゃべってるか、わからなくなってきた」

「わかった」

「えっ」

「この小説」

かすみが脇に重ねた原稿をつついた。

「おもしろくないよ、やっぱり。プロっぽいってことは、プロのだれかが書きそうってことだもん。だったらプロが書いた小説読む方がいい」

　同感だった。考えが一致したのがうれしくて、なにかもっと気を惹くことを言いたくなった。苦悩する文学少年、という思い入れで、ため息をついた。

「たいへんだよ、小説書くのって。ほんとにおもしろいの書こうとしたら、どれだけ時間かかるかわからない」

「たいへんだと思うなら、やめれば？」

「別に、やめたいって言ってるわけじゃなくて……」

「一真」

　かすみがそっけなくさえぎった。

「小説書くのがたいへんでも、読む方には関係ないからね。大事なのはおもしろいかどうかで、どんな風に書いたかなんて、どうでもいい。かわいそぶってもぜんぜんかわいそうじゃないよ」

　図星を指されて、恥ずかしくなった。翌日、かすみの評価を伝えたら、登さんは好戦的な顔つきになった。

「プロっぽくておもしろくねえ？　上等だ。ほんとのプロになってやろうじゃねえか」

　ところがこの時期から、登さんにかかってくる電話の回数が増えた。漏れ聞こえる会話から、切迫感が伝わってくる。今日は何時まで、と宣言する登さんは、かつてないほどピリピリしていた。

それでも一〇月下旬には、問題小説新人賞用の話をなんとかひねり出した。それをぼくが小説にしあげるころには、たぐちの茶の間の掘りごたつに布団がかかり、二階の部屋には電気ストーブが置かれるようになっていた。かすみの評価は前回と同様だった。うまい。プロっぽい。でも、おもしろくない。

自分でも手ごたえが感じられなかったから、さほど落胆しなかった。翌日、その評価をおそるおそる登さんに伝えた。聞き終えた登さんは、むっつりした顔で黙りこんだ。電気ストーブが発する低い音が、部屋にこもる。突然、

「あーっ」

登さんが癇の立ったような声をあげ、予想外なことを言い出した。

「サッカーすんぞ」

「えっ」

「気分転換だ」

階段下の収納に、カラフルな子ども用のサッカーボールがあった。ほとんどしぼんでいたそれを、やはり収納にあった空気入れでふくらませ、踏み切りを渡って空き地へ行った。土曜の晴れた日で、遊んでいる子どもたちがあちこちにいた。登さんは靴下にサンダルばきだった。それでサッカーなんかできるのかと思っていたら、

「おーい」

子どもたちにむかって大声を出した。呼びかけるうちに、ぞろぞろ集まってきた。大きい子でもせいぜい小学生の中学年で、幼いせいか、登さんに臆することもなく、興味津々といった顔つきで見あげている。全員男の子だ。

「サッカーすんぞ」

登さんが宣言すると、子どもたちが勝手にしゃべり出した。が、

「うるせえ！」

一喝されて、ピタッとおとなしくなった。登さんがきびきびした口調で言った。

「二人で組んでジャンケンしろ。あぶれたやつはおれのチームだ」

ぼくのチームが一三人、登さんのチームが一二人の編成になった。線路側がぼくたちの陣地、中学校側が登さんたちの陣地。登さんが命令して、子どもたちにゴールのかわりになるものをさがさせた。しばらくして、だれかがくすねてきたビールの大瓶が、空き地の線路側の際《きわ》と、中学校側の際に、口を下にして二本ずつ、数メートルあけて埋められた。

「ピピーッ」

登さんの笛の吹き真似で、ゲームがスタートした。両チームともボールが飛んだところへ殺到し、だれかが蹴り出したらまたそこへ殺到する。ボールの行方に気をとられ、

セイタカアワダチソウの茂みに突っこんで、悲鳴をあげる子が続出した。ジーンズのポケットに両手を入れてちんたら歩き、来たボールを適当に蹴る以外、高みの見物を決めこんでいる登さんが、そのたびに笑った。

どっちもキーパーを置かなかったので、相手の陣地深くまでボールが飛べば、一気にチャンスになった。立て続けにゴールを決められ、一〇対一一とぼくのチームが負け越したところで、登さんがピピーッと笛の吹き真似をした。

「きゅーけー、おら、休憩だ休憩だ、きゅーけー」

思い思いの場所で、子どもたちが動きを止めた。しゃがみこむ子も、寝転ぶ子もいた。みんな真っ赤な顔で汗をかいている。ぼくも汗だくだった。登さんが腰に両手をあて、首をめぐらせた。

「疲れたか」

疲れたー、と声があがる。登さんが鷹揚《おうよう》にうなずいた。

「たぐちでおごってやる」

「えっ」

「一人五〇円までな。ジュースはおまけだ」

子どもたちがいっせいに起きあがり、わらわらと登さんのまわりに群がった。

「ヨーグル買っていい？」

「ぼく、あんずジャム」

「おれ、うまか棒」

「うまい棒じゃなく？」

「あっ、この人、たぐちの人だ」

「知らなかったのかよ。めちゃめちゃ喧嘩強いんだぜ」

「よーし、出発《でっぱつ》」

登さんを先頭に、全員でぞろぞろ空き地を出た。電車が通過するのを待ち、踏み切りを横断するぼくたちを、通行人がなにごとかという顔で見た。いつになく大勢の子どもたちを迎えたおばあさんも、目を丸くしていた。ぼくもひさしぶりに駄菓子を食べた。いい加減飽きていたけれど、その日は食べたい気分だった。

食べ終えてから空き地に戻り、暗くなるまでゲームを続けた。途中、一人の子が上着を脱いだのをきっかけに、全員脱ぎ出した。中には上半身裸になる子もいた。ぼくもトレーナーを脱いで、Tシャツ一枚になった。最後までセーターを着ていたのは、登さんだけだ。

結局、二二対二四で登さんのチームが勝った。バイバーイ、と手を振り、三々五々散っていく子どもたちから視線を転じ、登さんが笑顔をむけてきた。

「寒くねえのか」

「ぜんぜん」

「お前もまだガキだな。風邪ひくんじゃねえぞ」

ところが三日後、風邪どころではない事態が持ちあがった。第一報はおばあさんからもたらされた。つくり置きの朝食をとり、登校しようとしていたら、電話がかかってきたのだ。酔っ払ったようなしゃべり方に加えて泣いているため、初めはなにを言っているかわからなかった。何度も聞き返しているうちに耳が慣れ、おばあさんの言葉がはっきりと意味をなした。

「刺された、登が刺された！」

「えっ!?」

「腐れヤクザどもが、あの子を……」

その事件は新聞にも出た。ぼくの手もとにはいまでも切り抜きがある。

音楽出版の利権をめぐるトラブルで暴行、暴力団員逮捕

二十三日深夜、東京都台東区の飲食店で、音楽出版権の譲渡をめぐって暴力団準構成員が別の暴力団員十数人から暴行を受け負傷した乱闘事件で、警視庁は二十四日までに、三十九歳の男が中心となって暴行を加えたとして、暴力行為等処罰法違反の容疑で逮捕した

と発表した。

逮捕されたのは、自称住所不定無職の暴力団員の男で、容疑を否認している。

暴力団準構成員は脇腹を刺されており重傷だが、命に別状はないとみられる。


この、脇腹を刺された暴力団準構成員というのが登さんだ。あとで記事を読み聞かせたら、準構んなった覚えはねえ、とムッとしていた。かけあいの場に立ち会い、なだれこんできたむこうの組員、十数人にやられたらしい。

「あーもすーもねえ。いきなりワーッと囲まれて、暴れてたらグサッと来た。ありゃはなから刺すつもりだったんだな」

登さんは上野の病院にかつぎこまれ、左の脇腹を一二針縫う手術を受けた。八日後に退院するまで、おばあさんと毎日、一緒に見舞いに行った。

登さんの回復は目覚ましかった。術後三日目には普通食に切りかわり、本読みてえ、と言い出した。差額ベッドの個室なので、朗読しても迷惑にならない。そこで翌日、図書館へ行った。その日出勤だった柳沢さんがすすめてくれたのが、田中小実昌《たなかこみまさ》の『ポロポロ』。それをたずさえて見舞いに行き、ベッド脇の丸椅子に腰をおろすなり、登さんがせっついてきた。

「早く読め」

読み始めて間もなく、かしこまってパイプ椅子に座っていたおばあさんが舟をこぎ出し、やがて寝てしまった。『ポロポロ』は、日本軍初年兵の〝ぼく〟を語り手にした連作集だ。日常的なできごとを書いているにもかかわらず、世界の見方が一変するような箇所に何度もぶつかった。いちばん驚いたのは、中国戦線でアメーバ赤痢にかかった〝ぼく〟が、隔離天幕のそばで排便する場面。

ドラム罐《かん》は、天幕からすこしはなれた、広々とした空地のなかに立っていて、あるとき、そのそばで便をすると、便器のなかに、おかしなものが浮いていた。

便器には消毒液がいれてあったが、ぼくの便も、ほとんど透明にちかい、ただの水みたいなのがでただけで、そのなかに、白い、やわらかな、ほそ長い紐状のものが浮いていたのだ。

その細長い紐状のものを回虫だと思いこんだ〝ぼく〟が、それを執拗に説明したあげくいきなり、

ぼくは軍袴《ぐんこ》をずりさげ、尻をだしたカッコで、便器に浮いた、白い、ほそ長いものを見ていたが、姿かたちはそのまま、また、便器の底にたまった水のなかの位置もそのままそこに、ひょいと、ウドンがあった。

「ああ!?」

登さんががばっと起きあがり、イテッと顔をしかめた。

「大丈夫!?」

登さんが病衣をめくり、脇腹に貼られたガーゼをそっとおさえた。ぼくを見て、間の抜けた表情で言った。

「傷口開いたかと思ったぜ」

「看護婦さん呼ぶ?」

「いらねえよ」

病衣をなおし、ベッドに横たわる。こっちへ首をねじ曲げた。

「それよりいまの、どういうこった」

「回虫かと思ったら、実はうどんだったってことみたい」

先が気になって仕方ない。登さんが再びせっついてきた。

「続き、読めよ」

物語る行為に対する語り手の強いこだわりが、とりわけこのシーンで効果をあげる。単なる見間違いを、徹底的に記述しようとした結果、独特なグルーヴと、異様な吸引力が生まれたのだ。

すべて読み終えると、登さんがぽつりと言った。

「またすげえの読んじまったな」

「こんな書き方もできるんだね」

いい作品を読んだとき特有の余韻にひたっていたら、一真、と呼びかけられた。

「おれ、抜けるわ」

「えっ」

「おれはマジで作家んなりてえんだ。くだらねえ喧嘩なんかで死んじまったら、泣くに泣けねえ」

真剣な面持ちだった。それを見たら急に、不安になってきた。

「でも……大丈夫？」

「なにが」

「リンチとか」

登さんが鼻で笑った。

「こっちゃ体張って刺されたんだ。立派な大義名分だろが。んなことより、小説だ。応募用に二つでっちあげたが、ありゃインチキだ。やっぱどうせなら、これだ！　って話で勝負してえ」

「そうだよ」

ぼくはすっかりうれしくなった。

「時間かかっても、絶対その方がいい」

「すげえの書いて、デビューしようぜ」

「うん！」

登さんがニッと笑った。かたわらでおばあさんは、相変わらず寝ていた。

退院した登さんが、だれとどうやって話をつけたかは知らない。ぱったり電話はかかってこなくなった。しかし、地元の不良社会のつながりは、想像以上に緊密だった。運悪く、三年生でも同じクラスになった神原によって、そのことを思い知らされた。

その日、五時間目の途中からめずらしく教室にあらわれた神原は、一〇分休みにはもう、帰り支度をしていた。とり巻きを連れてこっちへやってくると、座っていたぼくの脇腹をいきなり殴りつけた。教室中がシーンとなる。息がつまり、脇腹をおさえて前かがみになったぼくに、顔を近づけてきた。

「田口君、抜けたな」

田口さんと呼んでいたのが、君づけになっている。神原が無表情に続けた。

「お前、見かけたらパンチな」

神原はそれ以来、きっちり宣言どおりにふるまった。殴るのは一発だが手加減なしで、神原がいないときは、とり巻きから小突かれた。

教師はもちろん、母にも、かすみにも言えなかった。いちばん知られたくなかったのは、登さんだ。ひいたら負け、という言葉が、頭にあった。弱いやつ、情けないやつと思われたくなかった。

が、登さんは察しをつけていた気がする。おもしろがっているような視線をたまにむけてきて、なに？　と聞いても、いや、とにやけているだけ。何度も泣きつきたい誘惑にかられたけれど、もしそんなことをしたら、徹底的に軽蔑されたに違いない。

毎日、神原たちにやられ続けた。遅刻も、欠席もしなかったのは、ぼくなりの意地だ。それでもさすがに、二学期が終わって冬休みに入ると、ホッとした。


　年が明けた。登さんと知りあって三年目のこの年、ぼくたちの運命は大きく変わる。

冬休みの最終日だった。朗読の合間に、翌日から始まる三学期のことを考えてうっかりため息をついたら、登さんがにやけ顔で突っこんできた。

「そろそろ学校《がっこ》だっけ」

　ぼくはあわててごまかした。

「ちょっと、『ポロポロ』のこと考えてた。あんな話、どうやったら書けるんだろうって」

「ああ、あれか」

　登さんは題名を覚えていて、たちまち乗ってきた。

「ありゃすごかった。特に、ギョウチュウかと思ったらうどんだったってとこな」

「ギョウチュウじゃなくて、回虫だよ」

「どっちでもいい。あの感じ、おれにゃよくわかる。一真、へのへのもへじ書け」

なんで？　と思いながら、ノートに大きく書いた。受けとった登さんが、ノートをこっちへ見せ、ひと文字ひと文字指さして音読した。

「へ、の、へ、の、も、へ、じ」

まともに字が読めなかった登さんの劇的な変化に、憂鬱な気分が吹っ飛んだ。

「どうしたの!?」

「どうもしねえよ」

登さんが苦笑して、ノートを返してきた。

「ガキのころ、ばあちゃんにさんざん習ったからな。どこになにあるか覚えてるだけだ。ばあちゃん、絵で字を教えようとしたんだろな。絵だと思うと、ぼんやり見える気すんだ。字だと思うと、とたんに鼻くそになっちまうけどよ」

「鼻くそって、こんな感じ？」

ノートに大きく黒丸を描いて登さんに見せると、ああ、と声をあげた。

「そんな感じだ」

「不思議だね」

「どうなってんのか、おれにもさっぱりわかんねえ。耳はまともでよかったぜ。しゃべってる言葉まで鼻くそになっちまったら、お手あげだ」

登さんの軽口を聞いて、ふと気づいた。

「それ、小説で書けるね」

「あ？」

「会話のカギカッコの中に黒丸並べれば、しゃべってる言葉が鼻くそっていうか、意味不明ってことになる」

「字読めるやつの発想だな、そいつは」

そう言った直後、

「鼻くそ野郎」

「え？」

「急に思いついた。言葉が全部、鼻くそに化けちまう男の話だ。言葉って言葉は、鼻くそみてえにしか見えねえし、聞こえねえ」

「生まれつき？」

「いや、ある日突然のがおもしれえ。朝起きたら、でっけえ虫になってる話あったろ」

「『変身』だね」

「あんな風に突然なる。すぐなおるってたかくくってたのに、ぜんぜんよくなんねえ。だれにも相談できねえで、ごまかしごまかし暮らしてるうちに、いろいろ都合の悪いことが起きる。怒らしちゃいけねえ相手怒らすとか、仕事でとんでもねえへまするとかな。

医者にかかってもなおんねえ。言葉は全部、鼻くそのままだ」

「一人とだけ言葉が通じる、っていうのはどうかな」

　思いつきをそのまま口にした。

「その人は、まわりからきらわれてる変人で、主人公も相手にしてなかったんだけど、なぜかその人の言葉だけ理解できる」

「たった一人の通訳ってことか」

　登さんがますます乗ってきた。

「そいつ抱きこんで、いままでどおり暮らそうとする。むこうは変人だから、イラつき通しだ」

「絶対喧嘩するね」

「ああ。何度も喧嘩すんだが、そいつがいねえとなんもできなくて、毎回しぶしぶ仲なおりする。そうやってつるんでるうちに、案外いいとこあんのに気づいたりしてよ」

「結末は？」

「さあ、どうすっかな。もとに戻るかわり、そいつの言葉だけわかんなくなることにすっか。用なしの通訳はポイッてわけだ」

「悲しい話だね」

「ただの悲しい話にゃなんねえよ。なんせ鼻くそ野郎だからな」

なあ、と軽い調子で呼びかけられた。

「書けよ、それ。朗読ばっかじゃ腕なまっちまうだろ」

ぼくもその気になった。ふざけた話だが、妙に創作欲をかき立てられたのだ。

まず、話しあって設定を決めた。主人公は浩平《こうへい》という二二歳の男性。紙工場の営業だ。副主人公は、同じ工場で働く香織《かおり》という一七歳の少女。軽い知的障害があり、並はずれた大食いで、太っている。男性職員にも、女性職員にも馬鹿にされ、浩平ともまったく接点がなかった。

しかし、浩平に異変が生じたあと、なぜか香織の言葉だけ理解できることが判明し、彼女を頼りにせざるを得なくなる。周囲には内緒にして、いつでも好きなものをおごるという条件で協力者にするものの、マイペースな香織とはいざこざが絶えない。

が、香織が解雇の対象になったことから、事態が動く。解雇を防ごうと奔走《ほんそう》するうちに、香織の家庭環境や人間性を知り、浩平の気持ちは変化していく。

マンションに戻り、さっそく執筆にとりかかった。タイトルは「鼻くそ野郎」。原稿用紙一二四枚を、四日間で脱稿した。このとき初めて、キャラクターが自律的に動くという経験をした。ぼくにしては異例の速さが可能になったのは、そのためだ。

翌日の放課後、たぐちへ行った。期待に満ちた顔つきの登さんの前で原稿用紙を広げ、読み始めた。

　浩平がいつものように、時計代わりにテレビをつけたら、男のアナウンサーが真面目な顔でしゃべっていた。

「●●●●、●●●、●、●●●●、●●」

朗読するかわりにそこを見せた。登さんが目を細め、原稿用紙に顔を近づけた。

「なんだ」

「ここ、黒丸」

「ほかと区別つかねえ。おれにゃ全部鼻くそだ」

「あっ、そうか」

「こうしようぜ」

　登さんがにやけ出した。

「黒丸んとこは〝は〟だ。鼻くその〝は〟」

「わかった」

　ぼくも頬をゆるめ、本文に戻った。

　なにをしゃべっているのか分からない。驚いてチャンネルを変えた。どの局に合わせても、テレビの中の人間がしゃべっていることは、意味不明だった。故障かと思い、あれこれいじった。しかし、直らなかった。

　気味が悪くなってテレビを消し、玄関へ行った。郵便受けから朝刊を取り出して、ギョッとした。一面真っ黒に見えたからだ。顔を近づけると、活字が全部ただの黒丸になっていた。●《は》●《は》●《は》●《は》●《は》●《は》。まるで鼻くそが並んでいるみたいだ。

ストーリーはおおむね、あらかじめ話しあったとおりに進む。ただ、結末は違う。登さんにどう評価されるか、ドキドキしながらラストシーンに入った。

香織は、他の職員から離れた場所にポツンと座り、特大の日の丸弁当を食べていた。浩平はそばへ行って話しかけた。

「それで足りるのか」

「足りない」

香織は顔を上げずに食べ続けている。周囲の視線を感じたけれど、構わず言った。

「おごってやる」

「えっ」

香織が顔を上げた。

「なんで？」

「うまそうに食ってるお前を見るのが好きなんだ」

香織が上目づかいになった。

「カツ丼、大盛りでもいい？」

「ああ」

香織がうれしそうに笑った。浩平も自然と笑顔になった。

最後の一文を読み終え、沈黙が訪れた。ぼくはあせって言った。

「勝手に変えちゃって、まずかった？　でも、この方がいい気がして……」

「一真」

登さんがうなるような声を出した。

「いい。いいよ。こっちの方がぜってえいい」

「ほんと？」

「かすみにも読ましてみろ。感想が聞きてえ」

かすみに読んでもらったのは、二日後の夜だ。かすみは何度もクスクス笑い、最後の一枚を脇に伏せると、顔をあげて明るい声で言った。

「おもしろかった」

「ほんと!?」

「ほんと。ちょっと感動しちゃった」

「いままでいちばん楽に書いたんだけど」

「どんな風に書いたかなんて、どうでもいい。これ、どっかに応募しなよ」

「応募って」

まったく念頭になかったので、面食らった。

「一二月に全部終わっちゃったし」

「今月締め切りのがある」

「えっ」

「言ったことなかった？　去年の夏くらいから、ラジオでＣＭ流してるの。どっかの出版社が、雑誌出すのにあわせて文学賞つくるんだって。長さもたぶんこれくらいだったよ。えーと、どこだっけな」

仮に、その出版社をＤ社、雑誌の名前を冠した賞をＱ文学新人賞としておく。話を聞くなり、いいかもしれないと思った。創設ほやほやの文学賞なら、遊び半分で書いた作品を送るのに、手ごろな気がしたのだ。

ぼくの話を聞くと、登さんも乗り気になった。

「送ってみろ。大の大人が雁首《がんくび》そろえて、あの話読んでるとこ想像すっと笑える」

翌日、図書館へ行き、その日出勤していた柳沢さんに、Ｑ文学新人賞について質問した。その翌日、別の職員から、要項のコピーをもらった。

応募枚数は四〇〇字づめ原稿用紙五〇枚以上、一五〇枚程度。締め切りは一月末日で、結果はＤ社が前年に創刊した文芸誌の五月号で発表される。選考委員は置かず、編集部内の話しあいで作品を選び、受賞者には賞状と賞金一〇〇万円が贈られるとのことだった。

推敲《すいこう》らしい推敲もせず、Q文学新人賞に「鼻くそ野郎」を送った。四月には有名な文学賞の締め切りが複数ある。そこへむけてアイデアをさがし、潜水を息抜きに朗読を続けるうちに、ぼくたちはほとんど応募したことを忘れてしまった。

三月一三日の夕方だった。ぼくは第一志望校の私立に合格し、四日後に卒業式を控えていた。帰宅したとき、ダイニングの隅のサイドボードで電話が鳴り出した。玄関で運動靴を脱いでいるぼくに、お願い、と母がキッチンから声をかけてきた。

「もしもし」

応答したぼくの耳に、興奮し切った登さんの声が飛びこんできた。

「来た！　来た！」

「え？」

「D社から電話が来た！」

「ええっ!?」

思わず大声を出してしまい、あわてて母を見た。揚げものの音にまぎれ、聞こえなかったらしい。声をひそめて早口で言った。

「あとで行く」

「母ちゃんいいんのか」

「うん」

「一真」

登さんが声を上ずらせた。

「こんなことなら、もっとましな題名つけりゃよかったな」

呆然として受話器を置いた。ぼくは混乱していた。Q文学新人賞の結果発表は、五月号の月刊誌上のはずだ。それがなぜこんなに早く電話が来るのか。

夕食をとり、母が出勤してから、たぐちへ走った。おばあさんはほとんど錯乱していた。一方的なおしゃべりにつきあっていたら、二階でもの音がして、登さんが階段を駆けおりてきた。途中で足を止め、

「なにやってんだ。早くあがってこい」

腰をあげると、いっちゃん、と呼び止められた。

「ありがと」

小さな白髪頭をていねいにさげられ、ぼくも頭をさげた。階段をのぼり出しても、おばあさんはまだ頭をさげていた。

二階でむかいあうなり、登さんが折りたたんだメモ用紙を押しつけてきた。

「開けてみろ」

中には「3月18日1時　新御茶ノ水ビー1出口　ミネルヴァ　久間さん」とおばあさ

んが左手で書いたとおぼしき、たどたどしい字が並んでいた。

「そこで会おうってんだ、D社の編集が」

「クマさん？」

「いや、久間《きゆうま》。二次選考の途中だけど、あなたたちの作品が気に入ったから、ぜひお話を、だと。やっぱ、読むやつが読みゃわかるんだな」

「でも……」

「なんだよ」

「発表はまだ先だよね」

「んなこたどうでもいいだろ」

「こういうこと、よくあるのかな」

「おい」

登さんが不満そうに言った。

「うれしくねえのか」

「なんか、実感わかなくて」

「編集と会やいやでも実感わくって。あ、お前、ちゃんとした格好で来いよ」

「銀座で食事したときみたいな？」

「おう。第一印象が肝心だからよ」

そのあと、かすみと会った。ぼくも遅まきながら興奮してきて、意気ごんでニュースを伝えた。するとかすみは、深刻な顔つきで暗い予測を並べた。

「作家になったあと、書けなくなったらどうするの」

「登さんがアイデア出してくれれば、書けなくなることはないよ」

「登さんがアイデア出なくなったら？」

「そこは……がんばってもらう」

「スランプになったら、すっごいギスギスしそう」

「もともと友だちとか、そういうんじゃないから」

「それでよく一緒にやってるね」

「登さんの発想力はすごいよ。うまく書けると楽しいし」

「楽しいだけで生きてけたら苦労しない。世の中これだよ、これ」

かすみが人さし指と親指で丸をつくり、突き出してきた。下品なしぐさが似あわず、笑ってしまった。

「笑いごとじゃない」

かすみがむっつりした顔で言った。

「わたし、よく考えるもん。ママとパパが死んだら、どうなるだろって。結婚も、仕事もしてなかったら、お兄ちゃんは助けてくれっこないから、遺産だけで死ぬまで暮らさなきゃなんない。それだってどのくらいあるかわかんないし、下手したら野垂れ死にだよ」

「だったら、ぼくと結婚しよう」

「はあ？」

「いつか、将来」

自分でもそんなことを言い出すとは思っていなかった。しかし、口にしたとたん、その考えに惹きつけられた。うさんくさそうにジロジロ見ているかすみにむかって、ひそかな腹案を打ち明けることにした。

「いちおう、将来設計はあるよ」

「どんな」

「かすみ、印税って知ってる？」

「うん」

「一〇パーセントって知ってた？」

「知らない」

「高校では理系に進む。大学は医学部狙うんだ。相当売れないと、作家だけじゃ生活苦しいと思う。でも、医者とかけもちなら、なんとかなる。売れっ子になったら、作家一本に絞ってもいいし」

「一真って」

かすみがあきれたように言った。

「馬鹿みたいに楽天的だね」

興奮がおさまらないぼくは、柳沢さんたちがそろっている日に図書館へ行き、ニュースを伝えた。そこで初めて登さんの存在を打ち明けた。二人は予想以上に驚き、喜んでくれた。いつも冷静な柳沢さんが、すごいことだ、と興奮し、本条さんはおめでとうを連発した。雑誌に載ったら必ず読む、と二人とも約束してくれた。

卒業式には、なんの感慨もなく臨んだ。不良がかった連中が、ターゲットにした教師を襲うという噂があり、学校の前の道路にパトカーが何台も停まっていたが、どうでもよかった。いよいよ翌日になった久間さんとの顔あわせで、頭がいっぱいだった。

式が終わって正門を出たら、会いたくないやつが待ち構えていた。神原だ。柄ものシャツにスラックス、派手なジャケットという格好で、警官がうろついているにもかかわらず、堂々とたばこをすっていた。ぼくの姿を認めた神原は、たばこを落としてエナメルの靴で踏みにじり、ボソッと言った。

「ツラ貸せよ」

空き地へ連れこまれたとき、不思議とこわくなかった。セイタカアワダチソウの陰でむかいあう。どうせやられるなら、めちゃくちゃに暴れてやろうかと考えていると、お前、と神原が口を切った。

「田口君と小説書いてるって？」

「うん」

「作家になんかなれるわけねえだろ」

「なる。明日、編集者さんと会う」

眉がない神原の額が動いた。

「ほんとかよ」

「ほんと。ぼくたちが送った作品気に入ったから、会いたいって」

「なんて題だ」

「え」

「お前らが書いた話」

「……『鼻くそ野郎』」

「は？」

うつむくまいと神原の顔をにらむ。すると、その口から、格言めいた言葉が飛び出してきた。

「馬鹿でなれず、利口でなれず、中途半端でなおなれず」

ポカンとしているぼくにむかって、熱っぽく続けた。

「ヤクザの心得だ。作家だって似たようなもんだろ」

違うと思ったけれど黙っていたら、

「なめられんじゃねえぞ」

真剣な表情だった。

「おれは、組の盃《さかずき》もらうことにした。明日っから部屋住みだ」

神原は去り際に、もう一度くり返した。

「なめられんじゃねえぞ」

なぜぼくにそんなことを言ったかはわからない。しかし、奇妙に記憶に残っている。神原と会話らしきものを交わしたのは、それが最初で最後だ。


翌日の午前一一時半。登さんと駅の改札前で落ちあった。自分の切符を買ってから、登さんが券売機の字を読めないことに気づき、ハッとした。

ところが登さんは、そばにいた初老の女性に、一〇〇〇円札をさし出しながら、気安い調子で話しかけていた。

「すんません。おれ、ど近眼なんすけど、眼鏡忘れちゃって。かわりに切符買ってもらっていいすか」

指定されたミネルヴァは、新御茶ノ水駅のＢ１出口からすぐの喫茶店だった。古びた外観で、こぢんまりしており、店内に客の姿はまばらだった。

ウエイトレスに窓際の席へ案内された。歩道のむこうに日大の校舎の裏側が見える。並んで腰をおろし、お冷《ひや》が運ばれてくるなり、そろって口をつけた。登さんはいつになく緊張しているようだった。ぼくの緊張はそれ以上だったと思う。

入り口の自動ドアが開くたび、すばやくそっちを見た。が、それらしい人はあらわれなかった。じりじりと時間がすぎ、とうとう約束の一時を回った。登さんがイラついた様子で、卓上メニューを手にとり、押しつけてきた。

「どうせむこうのおごりだ。馬鹿高《たけ》えもん頼め」

「そんな……まずいよ」

「ジョークだろが。乗れよ」

わけのわからないからみ方に困惑していたら、

「申しわけありません。お待たせしてしまって」

いきなり声をかけられ、ギョッとした。見るとかたわらに、大きなショルダーバッグをさげたスーツ姿の男性が立っていた。それが久間さんとの出会いだった。

LESSON 4

久間さんは三〇代前半くらい。登さんほどではないが長身で、やせていた。くたびれたスーツといい、無頓着な髪型といい、とうが立った文学青年という感じだった。むかいに腰をおろした久間さんは、お冷を運んできたウエイトレスを引き止め、ぼくたちに注文をうながした。

「なんでも好きなものを選んでください」

注文を受けたウエイトレスがテーブルをはなれると、久間さんはショルダーバッグからプラスチックのケースをとり出した。渡された名刺には、「株式会社D社　出版部文芸第二編集部　久間明仁《あきひと》」と印刷されていた。熱心に話し始めた。

「送ってもらった作品、おもしろかったです。特に感心したのが、意味がわからない言葉を伏せ字にしたところ。あれはアイデアですね」

ぼくたちはひそかに顔を見あわせた。伏せ字がなにか知らなかったからだ。久間さんがシャツの胸ポケットからたばこと一〇〇円ライターをとり出し、よろしいですか、とどっちにともなくたずねた。ぼくたちがうなずくと、たばこに火をつけて、続けた。

「コンビで書いてるのはめずらしいですね。ぼくの知る限り、日本だといまのところ岡《おか》嶋二人《じまふたり》さんしかいません。執筆の分担はどうしてるんですか」

「おれが話つくって、一真が書いてるっす」

「田口さんが二二歳で、入江さんは高校生になるんですね」

「そうっす」「はい」

「だいぶ年がはなれてますが、どうやって知りあったんですか」

「万引きっす」

「万引き？」

「おれが店番してる駄菓子屋で、こいつが万引きして……」

登さんが軽快にしゃべり出した。食事が運ばれてきても独演会は続き、食後のコーヒーを飲むころには、これまでの経緯をあらかた話し終えてしまった。

「実にユニークですね」

何本目かわからないたばこをすいながら、久間さんが感嘆したように言った。

「お二人みたいなコンビは、唯一無二だと思います。ラッキーでした。第一回の新人賞から、有望な書き手にめぐり会えて」

「久間さん」

登さんが真剣な顔つきで呼びかけた。

「おれら、受賞決定すか。デビューできるんすか」

「もちろんです」

久間さんが力強く言った。

「そうじゃなければ、わざわざ会いに来ません。これは編集部の総意です。ただ、二つお願いがあります」

すい殻が盛りあがった灰皿でたばこを押し消し、まず、と切り出してきた。

「題名を変えていただきたい。それともなにか、この題名に特別な思い入れが……」

「ないっす」

登さんが即答した。

「おれらも変えた方がいいと思ってたんで」

「ならよかった。デビュー作の題名は、ずっとついて回りますから。プロフィールに載せる際、『鼻くそ野郎』では、ちょっと。それから、なるべく早く次回作を書いていただきたい」

「次回作、すか」

「二編まとめて本にしますから。気ぜわしいと思いますが、がんばってください」

「あの……」

声をかけたぼくに、久間さんがむきなおった。

「次回作はいつまでに、何枚くらい書けばいいですか」

するると、よどみなく答えが返ってきた。

「締め切りは五月いっぱいということにしましょう。極端に短すぎなければ、何枚でも構いません。テーマはお二人にまかせます。応募作の題名の変更は、今月中に教えてもらえるとありがたいです。これと、これ」

ショルダーバッグから紙の束と葉書をとり出し、テーブルに置いた。紙の束は必要事項が印刷された宅配便の着払い伝票だった。

「原稿は今後、この伝票で送ってください。それから、受賞の言葉をこの葉書に、六〇〇字くらいで。できればこれも、今月中にもらえると助かります」

お冷を飲んでから、ああ、と再び口を開いた。

「受賞したことは伏せておいてください。雑誌の五月号で発表なので」

「了解っす」

「また、こちらから連絡します。窓口は田口さんでいいですか？」

「OKっす」

「では、そういうことで。よろしくお願いします」

次の打ちあわせへ行くという久間さんと、店の前で別れた。千代田線へむかいながら、登さんに話しかけた。

「受賞したかもって、かすみに言っちゃったけど」

「関係ねえ。気にすんな」

その足でたぐちに戻り、話しあって受賞の言葉を書いた。次に改題にとりかかったもの の、いいのを思いつかなかった。その日はかすみと会う約束をしていた。久間さんと のやりとりを伝えると、しみじみした口調で言われた。

「ほんとに作家になるんだね。ひな鳥が巣立つのを見送る親鳥の気分」

「なに言ってんの」

ぼくは笑った。かすみがまじめな顔で続けた。

「きっとたいへんだよ。締め切りとか、すっごいきつそうじゃん」

「もう、二つある」

得意になってその話をした。改題で悩んでいると言ったら、かすみが腕組みして、う なり出した。

「どうしたの」

「黙ってて。考えてるから」

ひとしきりうなったあと、かすみがパッと顔をあげた。

「『君といれば』、ってどう？」

まず、響きがいいと思った。頭の中で反芻するうちに、ますます気に入った。浩平と 香織は、切実にお互いを必要とする関係になるけれど、それはまったくロマンティックな性質のものではない。そこへぬけぬけとロマンティックなタイトルを持ってきたところに、機知を感じたのだ。

「すごくいい。かすみ、センスあるよ」

翌日、そのタイトルを伝えると、登さんも感心していた。

「かすみにゃこれまでの借りもある。そのうち礼しねえとな」

次回作の執筆については、成功体験をなぞることにした。「鼻くそ野郎」あらため「君といれば」の発想は、田中小実昌の『ポロポロ』に刺激を受け、なにげなく交わした会話から生まれた。それを意図的に再現しようとしたのだ。この時期、柳沢さんたちがすすめてくれる本はあたり続きだった。例えば、柳沢さんにすすめられた宇野浩二《うのこうじ》の「蔵の中」。

そして私は質屋に行かうと思ひ立ちました。

「待て」

冒頭の一文で声がかかった。

「なんで途中から読んだ」

「途中じゃない。〝そして〟でいきなり始まってる」

「変化球ってわけか」

登さんがあごをさすった。

「そういう山っ気はきらいじゃねえ。よし、続きだ」

語り手の〝私〟は、女好きで着物道楽の貧乏文士。質屋の主人の妹とおぼしき女性に目をつけて、預けてある着物の陰干しをするという口実で質屋の蔵にあがりこみ、質物《しちもつ》の布団にくるまって、来し方をとりとめなく回想するのだ。みじめな思い出のオンパレードなのだが、〝私〟の語り口《こ》にはまじめ腐った顔で冗談を言うようなおかしみがあり、ぼくは読みながらニヤニヤして、登さんもたびたび噴き出した。

本を返却する際、「蔵の中」がいかにおもしろかったか柳沢さんにしゃべっていたら、そういうのが好きなら、と本条さんが会話に加わってきた。

「いいのがあるわよ。いつかすすめようと思ってたの」

それがマーク・トウェインの『ハックルベリー・フィンの冒険』だった。ぼくたちは小説の笑いに敏感で、その嗜好はデビュー作にも反映していたと思う。特にブラックユーモアを好んだのは、既存の価値観にゆさぶりをかける批判精神が、いちばん重視してきた新鮮味と、どこかで通じていたからかもしれない。

『ハックルベリー・フィンの冒険』は、まさにブラックユーモアの宝庫だ。良識をものともしない毒があり、摂取し続けるうちにじわじわきいてくる。ぼくはおもしろがっていいのかどうか、とまどいながら読んでいたけれど、ある箇所で完全にスイッチが入った。語り手の〝おら〟が一時的に身を寄せた家庭で、早世した娘が描いた絵を評するくだりだ。

それは、長い白いガウンを着た若い女が、橋の欄干《らんかん》の上に立って、今にも跳び込みそうにしてる絵で、髪をだらっと背中に垂らし、顔じゅう涙をいっぱい流して、月を見上げてるんだ。二本の腕を胸の前で組んでるほかに、もう二本を前のほうに突き出し、また二本を月のほうへ差し上げてる——というのは、そのうちどれがいちばんよく見えるかを決めたあとで、残りの腕は削って消すつもりだったんだ。だけど、今も言ったように、決心がつかないうちに死んじまったんで、今ではこの絵は、その子の部屋の寝台の頭の上にかけてあって、その子の誕生日が来るたびに、この絵に花を飾ってやるんだ。それ以外の時は、小さなカーテンを掛けてかくしてある。この絵の若い女は、ちょっとかわいらしくていい顔をしてるんだけど、あんまり腕がたくさんあるんで、おらにはなんだか蜘蛛《く も》みてえに見えた。

少女の遺作が同情をもって描写されるのかと思いきや、無遠慮な〝おら〟のまなざしが、その滑稽さを容赦なく暴いてしまう。不謹慎だとわかっているのに、それがかえっておかしくて、笑い出したら止まらなくなった。なかなか朗読を再開できず、しっけえ！ と登さんにどやされた。

一転、ハードボイルドにハマったりもした。本条さんにすすめられたレイモンド・チャンドラーの『さらば愛《いと》しき女《ひと》よ』を皮切りに、フィリップ・マーロウものを読破し、派生してダシール・ハメットを読んだ。『マルタの鷹』が抜群によかった。

それらの古典とは別に、強烈な印象を受けた小説がある。柳沢さんが推薦してくれた、島大八《しまだいはち》の『バルネラビリティ』という作品。本条さんは眉をひそめた。

「入江君にはまだ早いんじゃないかしら」

「もう高校生だ。問題ないだろう」

「私は駄目。あの小説」

「読者を選ぶ作品ではある。しかし、一読の価値はあるよ。島大八は覆面作家で、そのことでもずいぶん話題になった」

「正体不明なんですか」

「いろいろとり沙汰されたが、それはどうでもいい。残念なのは、島大八がその一作で消えてしまったことだ。もう二〇年くらいたつかな」

『バルネラビリティ』を読み出して、不可解な状況が一切の説明抜きに、明晰《めいせき》な文体で語られるのにとまどった。が、すさまじい吸引力に、たちまちそんなことは気にならなくなった。

主人公は年齢はおろか、性別さえわからない。どことも知れない場所に幽閉され、ありとあらゆるやり方で、一人の屈強な男に犯され続ける。男は片目だけ残し、ときおりその場所をはなれる。姿は見えないものの、外部には複数の人間がいるらしい。主人公は片目の監視をかいくぐって、外部の人間に助けを求めようとしたり、知恵を絞って男に対抗しようとしたりする。うまくいきそうになることもあるが、結局すべて失敗してしまう。無駄な努力が延々とくり返されたあげく、これからも男に犯され続けるであろうことを暗示して、物語は終わる。本には解説もあとがきもなく、表紙カバーの袖にそっけなくこう記されていた。

「島大八はペンネーム。東大法学部に在学中。」

読み終えたあと、しばらく黙っていた登さんが、なあ、と呼びかけてきた。

「バルなんとかってのは、なんだ」

ぼくもずっと気になっていたので、さっそく国語辞典で調べた。しかし、載っていなかった。マンションへ戻り、英語だろうと見当をつけて英和辞典を引くと、vulnerabilityという単語が見つかった。

「傷つきやすさ、弱み、だって」

電話で読みあげると、登さんが思い出したように聞いてきた。

「書いたやつ、なんつったっけ」

「島大八」

「覆面作家とか言ったな」

「うん」

「シブいな」

受賞が決まってから、おばあさんはずっと軽躁《けいそう》状態にあった。ある日、めずらしく長電話をしていると思ったら、あとでぼくたちも電話口へ呼ばれた。相手はおばあさんの妹、キヨさんだった。

受話器を押しつけられた登さんは、はあ、はあ、と生返事をくり返していた。次にかわったぼくに、キヨさんは熱心に話しかけてきた。

「あなたがいっちゃん？　お祝いを言いに行きたいけど、住まいが遠いもんだから。登とも子どものころ以来で。作家だなんてまあ、立派になって」

その日の夕食の席で、おばあさんはしゃべりまくった。

「ほかの身内は死んでしまって、残ったのはキヨだけだ。鹿児島なんぞに住んでなければ、ちょくちょく行き来できるんだが。いっちゃん。放水路って知ってるか」

「知らない」

「いまの荒川のことだ。あたしは、そのすぐそばで生まれ育った。あれは人工的につくったもので、娘時分はずっと工事中だった。おもしろかったぞ。掘りあとで泳いだり、カニだの魚だのとったりしてな。水鳥の卵なんかもあって……」

いつまでもやまないおしゃべりを、登さんがたまりかねたようにさえぎった。

「いいから食えよ、サッサと」

「胸がいっぱいで、のどを通らない。気にしないで執筆にかかっておくれ」

「んなこと言って最近、食べ残してばっかじゃねえか」

「胸がいっぱいで」

おばあさんが不意に涙ぐんだ。

「こんなおいしい料理をこさえた上に、小説まで」

登さんが作家になることを、おばあさんは切望していた。それが実現することになり、もうひとつの願いが首をもたげてきたのだろう。その人とのあいだで、どういうやりとりがあったかはわからない。とにかく、訪れは突然だった。

キヨさんと電話で話した、数日後だ。正午ごろ、安部公房《あべこうぼう》の『箱男』を朗読している最中、続けざまにブザーが鳴った。遠慮がちなふだんの鳴らし方と違うので、登さんと顔を見あわせ、そろって階段をおりた。すると、掘りごたつの定位置に腰をおろしたおばあさんのはすむかいに、土間を背にして、知らない女性が座っていた。

紫のブラウスに黒いスカートをはいている。栗色の髪はサイドに流したセミロングで、細面《ほそおもて》の、整った顔立ちをしていた。二〇代後半から三〇代前半だろうか。脇に黒いバッグと、黒いジャケットが置いてある。きまじめな顔つきで、こっちを見ていた。同じようにこっちを見ているおばあさんの笑顔は、かつてないほど引きつっていた。不自然な笑顔のまま、口を開いた。

「執筆中、すまないね。邪魔じゃなかったかい」

「邪魔もなにも、もう呼んでんじゃねえか」

登さんの声が硬かったのは、その人がだれか察していたからだと思う。おばあさんがぼくに視線をむけてきた。

「いっちゃんにも紹介しときたかった。こっちが、その」

「純子です。初めまして」

ハスキーな声だった。ぼくはハッとした。まだ幼い登さんを捨てて、行方をくらませたという母親だ。とっさに登さんを見ると、完璧に表情を消していた。

「なんでその女がここにいんだ」

たちまち、おばあさんの不自然な笑顔が崩れた。

「その女ってお前……いろいろあったが、実の母親じゃないか」

「いろいろ？　なんもねえよ。ガキ産むだけなら、犬猫でもできる」

「登！」

「なんだよ」

「そんなこと言うもんじゃない」

「黙ってヘラヘラ笑っとけってか。そこまで人間できてねえんだ」

おばあさんが懇願するような口調になった。

「お前が怒るのはもっともだ。確かに、純子は無責任だった。しかし、この子なりに苦労して、すっかり分別がついた。置き去りにしてしまったわが子が、立派になった姿をひと目見ようと……」

「やめろよ」

登さんが冷たくさえぎった。

「浪花節《なにわぶし》は受けつけねえ。へどが出る」

「登」

ぼくは息をのんだ。純子さんがなんのためらいもなく呼びかけたからだ。登さんは表情を消したままだ。純子さんが気負いのない調子で続けた。

「入江、一真君だっけ。その子とご飯食べに行きたいんだけど、いいかな」

登さんの瞳の明度が落ちた。まずい、と思ったとき、

「一真」

暗いまなざしをむけられた。

「赤ん坊が腹ん中で、生まれてえかどうか聞かれる話あったよな」

「……『河童《かっぱ》』」

口の中が干あがっているせいで、変な声になった。登さんは、自分を含むすべてをさげすむような笑い方をして、二階へあがってしまった。おばあさんはうなだれている。

どうしていいかわからず突っ立っていたら、純子さんに手招きされた。そばへ行くと、にっこり笑いかけてきた。

「この先、二度目まして、はないかな」

「え」

「母ちゃん」

はっきりした声でおばあさんに呼びかける。

「言ったでしょ。いまさらどうにもならないって」

「血のつながりは、そう簡単に切れるもんじゃない」

純子さんと、自分自身に言い聞かせるような口調だった。が、

「ピンと来ない。そういう考え」

あっさりはねつけられ、おばあさんはぽろっと涙をこぼした。純子さんがバッグとジャケットを手に、立ちあがった。おばあさんが鼻声でたずねた。

「どこ行くんだい」

「一真君と、ご飯食べる。母ちゃんも行こうよ」

「あたしは」

弱々しくかぶりを振った。

「二人で行っておいで」

かたわらの大きながま口から、純子さんに一万円札をさし出す。ありがと、と受けとり、再び笑いかけてきた。

「行こうか」

「でも、あの」

「そうしておくれ」

おばあさんにうるんだ目をむけられた。

「登には、あたしから言っておくから」

そして、ジャケットを着ている純子さんに、切々と訴えた。

「あれは登の本心じゃない。なにがあっても親子なんだ。お前も連絡だけは欠かさず」

「はいはい」

純子さんがサッサと勝手口へむかった。おばあさんに頭をさげ、あわてて追った。

純子さんと入ったのは、アーケード商店街にあるそば屋だった。ビールの大瓶を頼み、コップと一緒に運んできた男性店員に告げた。

「天抜きで、あと適当に」

横の椅子に置いたバッグから、たばこと細長いライターをとり出し、テーブルに載せる。ぼくのコップを満たし、次に自分のコップを満たした。それを手にとり、

「とりあえず、乾杯」

カチッとコップをあわせ、口をつけた。のどがカラカラなので、うまい。ジュース感覚で飲み干すと、純子さんがまた注いでくれた。

「たまに飲む？」

「初めてです」

「へー、まじめ」

「中学卒業したばっかりだから」

「今年一六」

「はい」

「わたしも、昔は一六だったんだけど」

目を細めて笑っている。つり気味の目もとが、やはり登さんと似ていた。

純子さんは三九歳になるはずだが、はるかに若く見えた。いろいろ聞きたいことはあるけれど、どう切り出せばいいかわからない。あっという間に大瓶が空になり、純子さんがさっきの店員を呼びつけてから、聞いてきた。

「日本酒も飲んでみる？」

「じゃあ、ちょっと」

純子さんが店員を見あげた。

「日本酒と、お猪口《ちょこ》二つ」

店員が壁に貼られたお品書きを手で示した。

「何種類かありますけど」

「お兄さんにまかせる。おいしいの選んで」

ほどなく、日本酒とともに、かまぼこや、鴨や、つゆにひたった天ぷらが出てきた。平日の昼さがり、店はガラガラだった。純子さんはくつろいだ様子で、のんびり飲み、食べ、たばこをすっている。ぼくの方は、質問のタイミングをうかがっているうちに酔ってしまい、二本目の日本酒を飲むころには、自制心のたががはずれていた。

「ひとつ聞いてもいいですか」

「なに」

「なんで登さんを置き去りにしたんですか」

「うわ、直球」

純子さんが笑顔で煙を吐き出した。

「どうしても、母親って役割になじめなかったんだよね。それ言ったら妻もだけど。わたしはたぶん、根なし草みたいにしか生きられない」

「だったら、結婚なんてしなきゃよかったのに」

「ほんとに、ねえ。結婚なんてするもんじゃないよ」

「ほんとですか」

「なにが」

「結婚。するもんじゃないって」

「いやに真剣だね。結婚したい子でもいるの」

ひと呼吸置いて、はい、と答える。純子さんがカラカラ笑った。

「どんな子なの、その子」

純子さんは聞き上手で、話し出したら止まらなくなった。そば屋を出て、西口へ移動すると、すでに開いているスナックがちらほらあった。その中の一軒に入る。薄暗い店内には、若そうな男性店員と、その友人らしき数人しかおらず、貸し切り状態だった。カウンター席に並んで座ってから、一真君はこれ、とずっとウーロン茶を飲まされていた気がするものの、定かではない。はっきり覚えているのは、好きな小説ありますか、と脈絡なく聞いたのをきっかけに交わした会話だ。

「わたしも、登と同じ」

「え?」

「読み書きできない」

「ええっ」

頬杖をついている純子さんが、内緒ね、と笑いかけ、水割りのグラスに口をつけた。

「母ちゃんも、死んだ父ちゃんも気づかなかった。中学の担任だった亭主もそう。気づ

いてい

かせなかったんだけどね。男は簡単。困った顔で首かしげれば、先回りして、たいていのことはやってくれる。母ちゃんに、登も読み書きできないって聞かされたとき、うれしかった。初めてだれかとつながれた気がして。はなればなれになってからの方が、あの子を身近に感じてるかもしれない」

とまどいながらたずねた。

「いままでだれにも言わなかったんですか」

「うん」

「じゃあ……なんで？」

純子さんがたばこに火をつけ、

「お礼かな、一種の」

細く煙を吐き出すと、ぼくを見つめた。

「世の中、言葉があふれてる。看板、広告、新聞、雑誌。どこむいても言葉だらけ。自分一人わからないのって、きついよ。入っちゃいけない場所に、まぎれこんだみたいに心細くて、しかも、抜け出す方法ないんだから。わたし、勝手にね、登が作家になろうとしたのは、復讐じゃないかって思ってる」

「復讐？」

「読み書きできないのに作家になるなんて、言葉だらけの、わけわかんない世の中に、あっかんベーするようなもんじゃない。きっと、最高の気分だよ。そうなれたのは、一真君のおかげ」

灰皿でたばこを押し消し、まじめな顔になった。

「わたしが言えた義理じゃないけど、あの子のこと、よろしくね」

なんだか胸がつまって、考えがまとまらないまましゃべり出した。

「登さんが普通に読み書きできたら、一人で作家になってたと思います。でも、普通に読み書きできたら、あんな発想力はなかったかもしれなくて、そしたら作家になれなかったっていうか、なろうと思わなかったかもしれないけど、でも」

純子さんがクスッと笑い、ぼくの膝を軽く叩いた。

そのあと、声をかけてきた店員たちを、純子さんが鼻であしらい、一触即発のムードになってぼくがオロオロし、というような記憶はあるが、判然としない。次にはっきり覚えているのは、帰宅して、目覚まし時計を見たら、まだ七時にもなっていなかったことだ。これには驚いた。もう真夜中だと思っていたのだ。

翌日、初めての二日酔いでたぐちへ行き、おばあさんに前日の報告をしてから二階へあがると、登さんはむっつりした顔であぐらをかいていた。『箱男』を放って寄越す。純子さんのことには一切触れなかった。

四月九日、ぼくは高校生になった。入学したのは、第一志望だった男子校。通学に五〇分くらいかかった。週に二回の七時間授業の日に、母が日勤だったり、休みだったりすると、たぐちにはちょっと顔を出すだけで、朗読できなくなってしまった。

四月下旬、その郵便物を受けとったのも、七時間授業の日だった。たぐちに寄ってマンションへ帰り、集合郵便受けから中身をとり出して、家であらためた。ひとつ、ぼくあての郵便物があった。袋にD社の文字が入っている。

なんだろうと思いながら袋を破り、中の雑誌をとり出した。なにげなく表紙をながめて、声をあげた。赤い枠に囲まれて大きく、第一回Q文学新人賞発表！　の文字とともに、「君といれば（抄）」倉田健人、とあったからだ。雑誌の月号の表示より発売がひと月早いのを知らなかったので、不意打ちだった。

該当するページを開くと、「君といれば」の抄録のほか、作品の選評も載っていた。〝簡潔で的確な文章〟とか、〝みずみずしい感性〟とか、うれしくなる言葉が並んでいる。いても立ってもいられなくなり、別れてきたばかりの登さんに電話をかけた。登さんはまだ雑誌を見ていなかった。

「来月じゃねえのか」

「ぼくも、そう思ってたんだけど」

「ばあちゃん、また大騒ぎだな。めんどくせえ」

と言いつつ、声の弾みをおさえられていなかった。電話を切り、母が帰ってくるのを待つ短いあいだに、作家になったことを打ち明けようと決心した。またとない好機だと思ったし、気分が高揚して黙っていられなかったのだ。

帰宅した母が、調理にとりかかろうとしたところで、お母さん、と呼びかけた。

「見せたいものがあるんだけど」

「なに」

結果発表のページを開き、むこうむきにしてダイニングテーブルに置いた。立ったまままそれを手にした母が、怪訝そうな顔をした。おもむろに切り出した。

「それ、ぼくが書いたんだ。田口登さんっていう人と、二人で」

ポカンとしている。ぼくはこれまでのことを話し始めた。万引きを強要されて登さんと知りあったことも、夕食代をごまかしていたことも正直に打ち明けた。ポカンとしていた母の表情が、徐々に意志的なものに変わった。話の締めくくりに、ずっと引っかかっていたことを口にした。

「夕食代ごまかしてて、ごめんなさい。机にしまってる分はいま返すし、使っちゃった分は賞金入ったら……」

「一真」

母が張りつめた声で呼びかけてきた。

「座りなさい」

むかいあって腰をおろすと、真剣に聞いてきた。

「あなた、大学はどうするの」

「行くよ」

「小説書きながら？」

「うん」

「そんな甘いもんじゃないでしょう」

「勉強もがんばる。作家って不安定な仕事だから、兼業で行くつもり。大学は医学部狙う。医者とかけ持ちなら、なんとかなると思う」

「そんな甘いもんじゃない」

母が憤然とくり返した。

「登さん、だっけ。まともに読み書きできない人と一緒に小説書いて、まぐれでひとつくらいあたっても、あとが続くわけないでしょう」

決めつけがましい言い方に、ムッとした。

「やってみなくちゃわからない」

「やってみてうまくいかなかったら？　作家志望とか画家志望とか、挫折して入院してる人、いっぱいいる。お母さん、いやってほど見てきた。作家として世の中渡っていこうなんてね、櫓《ろ》のない小舟で玄界灘《げんかいなだ》の荒海にこぎ出すようなものなの」

「へー」

「なに」

「いい比喩だと思って」

一真、と母がきびしい声を出した。

「ふざけないで」

「ふざけてない」

「とにかく、こうしちゃいられない。登さんのところへ行かなきゃ」

「なにしに？」

「ごあいさつに決まってるでしょう。晩ご飯をずっとごちそうになってたのに、お礼も言わずにいたなんて、もう、恥ずかしくて。あなたも一緒に来るのよ」

マンションの一階の名店街で茶葉のつめあわせを買い、二人でたぐちを訪れた。おばあさんと登さんは夕食の最中だった。掘りごたつの横にきちんと座り、母が手をついて深く頭をさげた。

「一真がずっとごちそうになっていたそうで、今日まで知らずにいたものですから、お礼を申しあげるのが遅くなって、たいへん失礼いたしました」

うろたえているおばあさんの横で、正座した登さんが同じように頭をさげた。

「とんでもないっす。一真君には世話になりっぱなしで」

「登さん」

顔をあげた母が堅苦しい口調で呼びかけると、

「はい」

登さんもかしこまって顔をあげた。

「一真はまだ高校生なの。作家なんて浮き草稼業でしょう。いまからそんなのるかそるかみたいな生き方はさせたくない。本人の人生だから、最終的に判断するのはこの子だけど、はっきり言って私は反対です」

「登をなじるのか！」

突然、おばあさんが酔っ払ったようにわめいた。が、母はまったく動じなかった。

「なじってるわけじゃありません。私の考えを話してるだけです。私の知らないところで、この子の意に添わないことを無理強いするのは、やめてもらいます」

「無理強いじゃないよ」

ぼくはあわてて言った。

「そうだ。きっかけは万引きだが」

「ばあちゃんは黙っとけよ」

登さんが顔をしかめ、お母さん、と居ずまいを正した。

「おれは一真君がいなきゃ、小説書くどころか、読むこともできません。言ってみりゃおれの恩人だ。恩を仇《あだ》で返すような真似は、絶対しません。約束します。信じてください」

おばあさんが何度もうなずいた。母が横で正座しているぼくに目をむけてきた。内心を見透かすような視線だった。お願いします、と頭をさげた。顔を起こし、絶対ひかない覚悟で見つめていたら、黙ってぼくを見つめ返していた母が、

「……わかりました」

登さんにむきなおった。

「この子の好きにさせます。応援する、とまではいかないけど、がんばって」

「ありがとうございます！」

登さんが深く頭をさげた。母がまだ硬い口調で言った。

「あなたたちが書いた小説、読んでみようかしら。おもしろい？」

「そりゃ、もう」

登さんがパッと顔をあげた。

「なんせもとが『鼻くそ野郎』すから」

「鼻くそ？」

怪訝そうな母に、登さんが軽快にしゃべり出した。小説の話題から、医療少年院にい

た若い看護婦兼教官の話題へ脱線していったのは、計算ずくに違いない。経験の浅さを見透かされまいと、その人が見当違いな努力をするエピソードの数々に、母の表情が徐々にやわらぎ、そのうち声を立てて笑うようになった。

食事を再開したあとも、登さんはひたすらしゃべり続けた。その間に母とおばあさんの反目も解けた。これからは夕食代をお支払いします、いや受けとれないという押し問答はあったものの、従来どおりごちそうになるかわり、お中元とお歳暮を贈るということで、手打ちとなった。

母はすっかり登さんにとりこまれたと思っていたので、マンションへの帰り道、こう話しかけてきたのは意外だった。

「根は悪い子じゃなさそうだけど、危なっかしいわね」

「……まあ」

「ほんとにやっていけるの」

「大丈夫」

それからほどなく、母の休日に、久間さんが雑誌の編集長と一緒にマンションへやってきた。一真君の学業に支障が出ないよう配慮します、と二人は熱弁をふるった。母は一切くだくだしいことを言わず、よろしくお願いいたします、と頭をさげた。

こうして、デビューの足場が固まった。母の許しを得たことで、七時間授業の日も朗読が可能になり、登さんに預かってもらっていた服や靴も、全部マンションに引きとれた。

四月二八日の土曜、D社本社で授賞式があった。昼の二時からで、学校帰りに総武線の飯田橋駅改札前で登さんと待ちあわせた。だいぶ早めに着いたにもかかわらず、登さんはもう来ていた。黒いシャツにチャコールグレーのジャケットを羽織り、白いパンツに黒いモンクストラップをはいていた。

本社ビルは、風格のある建物だった。どっしりした八階建てで、エントランスには太い石柱が並んでいた。その奥にある自動ドアの横には、守衛も立っている。ぼくは気おくれしてしまったが、登さんは平然と守衛の前を横切り、中に入って大股に受けつけへ歩み寄った。カウンターに片肘をつき、制服の女性に話しかけた。

「久間さんと約束してんすけど」

「お名前をうかがってもよろしいですか？」

「田口登。で、こいつが入江一真」

女性が手もとのクリップボードに視線を落とし、困惑したような顔つきになった。

「申しわけございません。そういったお名前でお約束は承っていないようですが……」

登さん、とうしろから小声で呼びかけた。

「ペンネームじゃないかな」

「おお、そうか」

登さんが女性にむきなおった。

「倉田健人でさがしてくれ」

「倉田さま……はい、承っております」

パッと華やいだ表情になり、斜めむかいにあるソファーを示した。

「あちらでお待ちください」

女性が電話をかけて間もなく、くたびれたスーツ姿の久間さんがやってきた。エレベーターに乗って案内されたのは、七階にある会議室だった。奥の窓にむかって細長い部屋で、縦につぶれたロの字に机が配され、長い方の並びに編集者が五、六人座っていた。マンションへやってきた編集長もいる。みんなきちんとスーツを着ていた。

全員の名刺を受けとってから、むかいに座らされた。紅一点の女性編集者が、紙コップにジュースを注いで配った。行き渡ったところで、編集長が口を開いた。

「Q文学新人賞に応募していただき、ありがとうございました。『君といれば』は、満場一致での受賞です。お二人とも若いのに、人真似ではない作風がある。どこからああいう発想が生まれたんですか」

「なんとなく、すかね」

「お二人はこれまでどんな本を読んできたんですか」

「そういうことは、一真が完璧覚えてるんで」

登さんに目をむけられ、

「えーと、そうですね」

しどろもどろに話し始めたものの、だんだん調子が出てきた。編集長たちが熱心にうなずきながら聞いてくれたからだ。編集長と女性編集者を除く全員がたばこをすい、部屋には煙が充満した。

やがて、一人の編集者が席を立ち、賞状とカメラを手に戻ってきた。編集長のそばへ行き、ひそひそ話しかける。編集長がなにか言い、編集者がもとの席に戻った。編集長がぼくたちにむきなおった。

「幅広く読んでいますね。読書はなによりの肥やしになる。頼もしいです」

「そろそろ」

登さんの隣に座っていた久間さんに呼びかけられ、

「うん」

編集長が腰をあげ、ほかの編集者たちも立ちあがった。登さんもサッと立ちあがったので、ぼくもならった。

「こんなところで申しわけないですが、授賞式を行ないましょう」

編集長が賞状を持ち、机の横を回りこんで、こっちへやってきた。人のよさそうな笑顔になり、ぼくたちの背後に立つ久間さんにたずねた。

「どちらに渡せばいいのかな」

「二人一緒に手を出す感じで。いいですか？」

いいっすよ、と登さんが答え、ぼくもうなずいた。編集長が賞状をさし出し、二人そろって手を伸ばしたところで、むかいから声がかかった。

「はい、目線こっちにくださーい」

授賞式が済んだところで、編集長が真摯《しんし》な顔つきで言った。

「次回作、楽しみにしています」

久間さんの先導で部屋を出た。エレベーターの前で話しかけてきた。

「このあと、時間ありますか」

はい、とぼくたちは声をそろえた。

「では、打ちあわせをしましょう」

入ったのは近くの喫茶店だ。久間さんは三人分のコーヒーを注文してから、業務的な確認をした。それが済むと、次回作の話題を振ってきた。いまだに構想は立っておらず、ぼくはとっさに言いわけを考えたけれど、登さんはまったく悪びれなかった。

「ぜんぜん決まってないっす。アイデアさえ浮かべばいけるんすけどね」

　黙ってたばこを吹かしていた久間さんが、

「これは、飽くまで一般的なアドバイスですが」

　そう前置きして、話し始めた。

「刊行する本は、倉田健人という作家の名刺がわりになるわけですから、一緒におさめる話はある程度、トーンを統一した方がいいと思います」

「『君といれば』みたいな話を、もう一本書くってことすか」

「はい」

　久間さんがうなずき、灰皿でたばこを押し消した。

「よく言いますよね、デビュー作に作家のすべてがあるって。あとで振り返れば、『君といれば』もきっとそうなります。言葉がわからなくなる主人公の浩平には、田口さんの経験が反映してるんですよね」

「いや、別に」

「そうですか」

　久間さんはちょっとあてがはずれたような顔をした。が、すぐに話を再開した。

「ほかに書きたいものができたら、そっちを優先してもらって構いません。しかし、なかなか決まらないのであれば、二作目に『君といれば』のテイストというか、エッセンスみたいなものを活かすのはありだと思います。なにより、ぼくがそういう作品を読みたい。まあ、それはわがままみたいなものですけど、ただのわがままでもありません。編集者は読者としては、最高にすれっからしの部類ですから。そのすれっからしの要求に応えられる作品なら、多くの読者も満足してくれるはずです。どうでしょう。考えてみてもらえませんか」

ぼくたちはその提案に乗った。店を出たところで、久間さんが誠実な口調で言った。

「必要なことはなんでもおっしゃってください。できる限り協力します」

久間さんと別れ、二人並んで駅の方へ歩き始めた。登さんが熱っぽく言った。

「いよいよだな」

「うん」

期待と不安がごっちゃになり、足もとがフワフワしていた。

次回作の着想を得たのは、話しあいを始めて何日かたってからだ。きっかけは、ぼくが漏らしたひとことだった。

「『君といれば』みたいな話ってことは、言葉がテーマになるのかな。コミュニケーションっていうか」

「コミュニケーションね」

おうむ返しにした登さんが、おい、と呼びかけてきた。

「コミュニケーションって、わかりやすく説明したらどうなる」

「気持ちとか情報を伝えること、かな」

「そうすっと、手紙なんてもろだな」

「うん」

「トントコトン」

「え？」

「そういう小説あったろ。いっちょやるかってときに、決まって妙な音聞こえてきて、腰砕けになっちまう」

「太宰だ。えーと、『トカトントン』」

「あの小説、手紙だったよな。手紙でなんかやれねえかな」

「手紙形式で書くってこと？」

「そうと決めたわけじゃねえ。ただ、やりようによっちゃ、『君といれば』っぽくできる気がしてよ」

とりあえずその線で行くことになり、柳沢さんたちに聞いて、書簡体小説を何冊か借りてきた。が、この試みは空振りに終わった。唯一、柳沢さんがすすめてくれた、夢野《ゆめの》久作《きゅうさく》の「瓶詰の地獄」はおもしろかったけれど、そこから着想を得ることはできなかった。

本を返しがてら、二人に素直な感想を伝えると、だったら、と本条さんがにわかに声を弾ませた。

「日記体小説は？　あれも感じが似てるわよ。うっかりしてた。超おすすめがある」

その超おすすめというのが、ダニエル・キイスの『アルジャーノンに花束を』。

けえかほおこく1――3がつ3日

ストラウスはかせわぼくが考えたことや思いだしたことやこれからぼくのまわりでおこたことわぜんぶかいておきなさいといった。


ストップ、とすぐに声がかかった。

「いま、変な風に読んだろ」

「うん。そう書いてあるから。たぶん、子どもが書いてるって設定じゃないかな。漢字がすごく少ないし、仮名づかいも間違ってるし」

「そういう小技は、おれにゃわかんねえ。まあいいや。続きだ」

この作品の語り手のチャーリイは、三二歳になっても幼児並みの知能しかない。大学で受けた脳外科手術により、超知能を獲得した実験用ネズミのアルジャーノンに続き、人間の被験者第一号として、同じ手術を受ける。成功したかに見えたものの、チャーリイが世話をすることになったアルジャーノンの異変から、手術の重大な欠陥がわかる。急上昇した知能はやがて急降下し、もとの水準より落ちこんでしまうのだ。ぼくは読みながら、漢字増えてきた、もっと増えた、減ってきた、と適宜中継した。

読み始めておよそ四時間後、最後のパラグラフに行きついた。

ついしん。どーかついでがあったらうらにわのアルジャーノンのおはかに花束をそなえてやてください。

「ずりーな、こりゃ」

登さんがくやしそうに言った。

「最後の最後で、やてくださいって、んなもん」

「……うん」

ページを繰るたびに変わっていく文章の字面が、チャーリイの知能の変動を視覚的に示し、内容を読む前から気持ちをつかまれる。物語の終盤から、ぼくは鼻声になっていた。

『アルジャーノンに花束を』にやられたぼくたちは、日記で行こう、と決めた。それならというので、日記体小説を読み始めて間もなく、また傑作に出会った。柳沢さんがすすめてくれた、谷崎潤一郎の「鍵《かぎ》」だ。

「鍵」では熟年夫婦の日記が交互にあらわれる。夫婦はお互いに盗み読みされているのを知りながら、表面上は知らないふりを装い、日記で相手に対する性的欲求や、性的不満をぶちまける。相手の目を意識しているために、そこには演技の要素がつきまとう。

例えば夫が、妻の日記を初めて見つけたと記述している箇所。

僕ハ妻ガ、嵩張《かさば》ラナイデ音ノシナイアノ紙ヲ何ノ用途ニ使ッテイルカヲ直チニ想像スル〼《こと》ガ出来タ。デモ今日マデハソレヲ確カメル機会ガナカッタガ、今日彼女ガ映画ヲ見ニ出カケタ間ニ茶ノ間ヲ捜シテ、容易ニ探リアテルヿヲ得タ。トコロガ何ト驚イタヿニハ、早クモ僕ニ嗅《か》ギツカレルヿヲ予想シテ、セロファンテープデ封ジテアルノダ。馬鹿ナヿヲスル女デアル。彼女ノ疑イ深イノニハ呆《あき》レル。僕ハ女房ノ日記ト云エドモ、無断デ読ムヨウナヿヲスル卑劣漢デハナイ。

それに対する妻の記述。

三月七日。……今日又書斎の書棚《しよだな》の前に鍵が落ちていた。今年になって二度目である。この前は正月四日の朝であった。夫の留守に掃除に這入《はい》ったら、水仙の活けてある一輪挿《ざ》しの前に落ちていた。今朝は臘梅《ろうばい》の花が萎《しぼ》んでいるのに心づいて、侘助椿《わびすけつばき》に活けかえようと思って行ったら、あの時と同じ所にあの鍵が落ちていた。これは訳があるなと思って抽出《ひきだし》を開け、夫の日記帳を取り出して見たら、何と、私がしたのと同じようにテープで封がしてあった。これは夫が、「是非開けて見ろ」と云うことをわざと反対に云っているのだ。

日記を舞台にした心理的な駆け引きを、夫婦は延々とくり広げる。最後の一文を読み終えると、登さんが興奮した面持ちで言った。

「書いたやつ、なんつったっけ」

「谷崎潤一郎」

変態だな、潤一郎は。筋金入りだ」

変態という言葉を耳にした瞬間、なぜか突然思いついた。

「日記と手紙、一緒にしたらどうかな」

「あ? どういうこった」

「ただ、思いついただけ。日記と手紙を一緒にして、なんか書けないかなって」

登さんがあごをさすった。

「どっちか片っぽじゃなく、欲張ろうってわけか。やりようによっちゃおもしろくなるかもしんねえな。で、だれの日記なんだ」

「うーん、子ども?」

「そういや小学生んとき、夏休みに絵日記書かされたっけ」

「あ、それいい。夏休みなら初めと終わりがはっきりしてるし」

「手紙はどうする」

「転校した友だちからの手紙とか」

登さんは少し黙ったあと、早口にしゃべり出した。

「ダチの手紙読むと、どうもむこうでトラブったらしい。手紙のやりとりしてるうちに、もっとやべえ状況んなる。どうにかしてやろうってんで出張《でば》ってったら……」

　唐突に言葉を切った。

「駄目だ。こりゃ無理筋だな」

「そうかな。おもしろそうだけど」

「考えてみろ。絵日記書かされるってこた、まだガキだ。ガキが出張ってける範囲なんて、限られてんじゃねえか。それだとおんなじ町内でわちゃわちゃやってんのと変わんねえ。どうせ手紙使うなら、距離はグッとはなれてねえと」

　それによ、と続けた。

「ガキが出張ってどうにかなることなんて、たかが知れてんだろ」

「どうにかならないことにすれば？」

「あ？」

「どうにかしようとするけど、子どもの力じゃどうにもならない」

「どうにもなんねえで、がっくり来る、と。まあ、ありっちゃありか。いや、待て。どうにもなんねえのに、気づかねえってのはどうだ」

「どういうこと？」

「ガキだから、どうにもなんねえのがわかんねえ。わかんねえから、能天気な日記書いちまう。読む方も能天気に読んでんだが、だんだんガキにゃわかんねえことがわかってくる」

抽象的なもの言いで、ピンと来ない。登さんがひとりごちた。

「問題は距離だな。はなれてりゃはなれてるほどおもしれえ。もう、ぜってえ会えねえくれえ遠く……」

不意に、登さんの目に力がこもった。

「思いついたぜ、これだ！ってやつを。しかし、こいつはやっかいだな。小説にするにゃ相当テクがいる」

「どんな話？」

「主人公は女のガキ。そうだな、小学二年ってことにすっか。夏休みの宿題の絵日記で、ガキ《ちけ》は毎日、親父から来る手紙のことを書く。親父は距離としちゃ近えが、おそろしく遠い場所にいる」

「どこ？」

「ムショ。死刑囚で、死体になるまでそっから出らんねえ」

思いがけない設定に息をのんだ。あとは一気に話に引きこまれた。

父親は娘にショックを与えないため、毎日書き送る手紙で、〝お化けの国〟にいると称している。娘がもの心ついたときから不在の自分は〝透明人間〟で、日常的に接する刑務官たちも、〝狼男〟や〝ドラキュラ〟ということにして、おもしろおかしく手紙をつづる。遠くはなれた父親と、幼い娘の交流を描いたように見せかけつつ、ところどころにノイズがはさまる。ニュース番組になると母親が決まってチャンネルを変えるとか、父親の話題を不自然に避けるとか。

やがて、女の子と母親が拘置所へ面会に行くことになる。そこで初めて読者は真実を知るのだ。しかし、女の子はそれに気づかない。遠からず精神的に成長し、女の子が夢想の世界から抜け出すのではないかとにおわせて、絵日記は終わる。ぼくはすっかり興奮してしまった。

「いいよ、絶対。すごくおもしろい」

登さんがニヤッと笑った。

「とりあえず、題名思いついた」

「なんだ」

「『パパは透明人間』」

一瞬間《ま》があり、

「一真」

登さんが破顔した。

「ばっちりだろ。これしかねえ！　って感じじゃねえか」

まず、主要なキャラクターのプロフィールを年表にまとめた。次に、死刑囚に関する本をどっさり借りてきて、読みこんだ。そのとき仕入れた知識に、現行の死刑制度と異なる点があった。かつては執行の日をあらかじめ死刑囚に告げ、前日に家族と直接会わせる場合もあったのだ。そのシチュエーションを作中で活かすことにした。

いざ書き出すと、予想以上に難しかった。小学二年生の女の子らしい文体をなかなかつかめず、冒頭を何度も書きなおさなければならなかった。

ようやく文体をつかんだら、今度は別の課題に悩まされた。情報のコントロールだ。小学二年生の理解力に見あう稚拙な文章を通して、少しずつ読者に情報を伝えていかなければならない。その加減を誤ると、真実が明かされるシーンが台なしになる。情報が多すぎれば白けるし、少なすぎればアンフェアになる。適切な情報の出し方をさぐって、ここでも書きなおしを重ねた。

それらをクリアしたら、女の子が自発的にしゃべり出した。原稿用紙六二枚で完成した。締め切りの二日前で、その日の放課後、登さんに披露した。

7月25日　月曜日　晴れ

今日から、夏休みです。きのうも、お父さんから、手紙が来ました。あたしが、ようち園のときから、毎日来ます。書くことないから、そのことを書きます。オバケの国のお話です。

読み進めるにつれて、自信がわいてきた。登さんが明らかに乗ってきたからだ。終盤に入り、女の子が拘置所長室で父親と最後の別れをするシーンになった。

お父さんは、ふ通のおじさんでした。はじめは、いくらお父さんだよって言われても、はじめて会うから、あたしはやだった。だけど、だんだんへい気になりました。お父さんは、ふ通のおじさんみたいで、やさしかったです。

べつの、太った、ニコニコしてるおじさんがいて、お父さんにだれって聞いたら、オオカミ男だって言いました。だけど、ぜんぜん、オオカミじゃない。お父さんもとう明じゃないから、とう明になってって言ったら、もうなってるって言いました。あたしには、お父さんのちがながれてるから、どんなへんしんも、あたしにはわかっちゃうんだって。それだとつまんないから、つまんないって言ったら、明日きえるよってお父さんが言ったら、お母さんがないたから、びっくりしました。

それからおかし食べて、あたしがいっぱいしゃべって、お父さんが少ししゃべって、お母さんがなきました。太った、オオカミじゃない、オオカミ男のおじさんは、ニコニコ、ニコニコしてました。オバケの国は、思ってたのとぜんぜんちがった。つまんなかったです。

そして、日記の最終日。

8月31日　水曜日　くもり

今日で、夏休みがおしまいです。きのうも、お父さんから、手紙は来ませんでした。なんでってお母さんに聞いたら、ほんとのとう明人間になったからだって、お母さんは言いました。だけど、お父さんは、どっか遠くに行っちゃったんじゃないかって、あたしは思います。オバケの国じゃない、どっかべつの場しょ。そう言ったら、お母さんがないたから、もう言わないけど。

いつか、サンタさんの国に行きたいです。あずさちゃんはいないって言うけど、サンタさんはいるよね？

口をつぐむなり、強い力で肩をつかまれた。ギョッとして顔をあげると、登さんが感に堪《た》えないような表情を浮かべていた。

「これなら文句ねえ。こまけえ粗《あら》はあんのかもしんねえが、話に夢中になっちまって、気になんなかった」

そこまで手放しでほめられたのは初めてで、自信を深めた。その夜会ったかすみは、かつてない集中力で原稿を読んだ。最後の一枚を脇の原稿用紙の束に伏せると、まじめな顔をむけてきた。

「おもしろかった」

「よかったー」

うるさ型のかすみのお墨つきも得られれば、鬼に金棒だ。かすみがうしろ手をついて移動し、ベッドからおり立った。ぼくにむかって手招きする。どぎまぎしながらベッドからおり、その前に立った。かすみが自分の目の高さに手をかざし、水平に動かした。ぼくの鼻のあたりに来るのを見て、不満そうに言った。

「背抜かれた」

「うん、伸びた。でも、クラスの中じゃまだ……」

いきなり、胸にパンチが飛んできた。

「イテッ」

いまにも二発目が飛んできそうだったので、身構えた。無言で見つめあう妙な間のあと、あーあとかすみは嘆息し、体を反転させてベッドにドサッと腰をおろした。

「なんかなんかなんだもーんってCM、あったよね」

「あったっけ」

「筋ジストロフィーって知ってる?」

「知らない」

コロッと話題が変わるのには慣れっこなので、そう応じて隣に座る。かすみがこっちをむいて続けた。

「体中の筋肉がだんだん萎縮してく病気。学校に、その病気の子いるんだけど、もう、信じらんないくらいがんばってるの。特別な眼鏡かけて、車椅子で通学して、タイプライターにおでこぶつけて、ノートとって」

「すごいね」

「すごいよ。それ見てたらわたし、やだなーって思っちゃった」

「えっ」

「ひどい？」

「ひどいっていうか……なんで？」

「なんかねー」

かすみがオーバーオールの両足をベッドに引きあげ、あぐらをかいた。

「生きてくのってこんなにしんどいんだって思ったら、やんなっちゃった。ひどいよね、やっぱり」

ぼくは率直な感想を言った。

「かすみは、自分の気持ちに正直なんじゃないかな」

「だとしても、やっぱりひどいよ。なんかしなきゃ！　って感じ。このままだとどんどん駄目になりそう」

かすみのあせりは、ほどなく思いもよらない形で実を結ぶことになる。ぼくたちの関係は大きく変わろうとしていた。

「パパは透明人間」を郵送すると、すぐにミネルヴァへ呼び出しがかかった。久間さんは注文を済ませるなり、ショルダーバッグから原稿用紙のコピーの束をとり出した。あちこちに付箋《ふせん》が貼られ、びっしり赤ペンの書きこみもある。たばこをすいながら、興奮気味にまくし立てた。

「編集者がいちばんうれしいのは、いい意味で予想を裏切られるときです。やられた！　という感じでした。いくつか、確認させてください。この作品は一種の謎解きになってるので、お尻から。ラストで唐突にあずさちゃんという名前が出てきますが、これはどういう意図ですか」

登さんがこっちを見た。その部分はぼくのオリジナルなので、説明した。

「その子は同級生って設定なんです。ほかがお化けの国の話と、両親の話ばっかりだから、一か所くらい友だちの話も出てきた方が、小学生らしいと思って」

久間さんが小刻みにうなずいた。

「意図はわかりました。ただ、名前を出すからには、前の場面で最低でも一回、できれば二回は登場させておきたい。名前というのは、人物の重要な目印ですから。最後の最後にいきなり出されると、あれはだれ？　という引っかかりが残ってしまいます。その他大勢以外の人物は、なるべく複数の場面で活かすことを考えた方がいい。そうすると全体に調和が生まれて、作品がひとつの宇宙になります」

なにかカタカタ音がすると思ったら、横で登さんが前のめりになり、貧乏ゆすりをしていた。しかし、と久間さんが続けた。

「そのパターンが絶対じゃありません。途中で出した印象的な人物を、あえて一回で退場させる手もあります。その人物が印象的であればあるほど、読者はストーリーを追いながら頭のどこかで、あの人はあのあとどうなっただろう、と考える。それが作品に奥行きを与えるわけです。もっとも、そのテクニックは長編むきなので……」

「ちょっと、ちょっとすみません」

「はい？」

「メモします」

ゴソゴソしているぼくの前で、久間さんが運ばれてきたコーヒーに初めて口をつけた。

「構いませんが、全部書いてありますよ」

原稿用紙の束をパラパラめくってみせた。登さんの貧乏ゆすりがピタッと止まった。どのページも赤ペンの書きこみだらけだった。

「あとでお渡しします。単なる一般的なアドバイスなので、読み流してください」

それから、と別の原稿用紙の束をショルダーバッグからとり出した。タイトルが「鼻くそ野郎」となっている。応募原稿のコピーで、やはりあちこちに付箋が貼られ、赤ペンの書きこみだらけだった。

「『パパは透明人間』の確認を終えたら、こっちもやりましょう。少し時間がかかりますけど、いいですか?」

「はい!」

ぼくたちは声をそろえた。久間さんの仕事ぶりに、すっかり心服していたのだ。

確認は二時間近く続いた。それを踏まえて改稿にとりかかった。作業はぼくの部屋で行なったが、意見交換をするため登さんも一緒だった。

しかし登さんは、意見らしい意見を口にしなかった。肘枕でベッドに長くなり、改稿した箇所を朗読させて、耳に心地よくないところを指摘するくらいだった。

「編集もピンキリだ。久間さんはピンの方だろ。乗っかっときゃ間違いねえ」

それが登さんの言い分だった。

三週間足らずで改稿を終え、久間さんに送った。七月初旬に電話があり、再びミネルヴァへ呼び出された。ショルダーバッグから大きなダブルクリップでとめた紙の束を二つとり出し、

「校正するための、ゲラ、というんですが」

そう言ってぼくたちの前に置いた。ゲラにはところどころ、赤ペンの印や、鉛筆の書きこみがあった。久間さんとは違う筆跡だった。

「校閲者がおかしなところや、疑問点を書きこんでますから、必要があったら修正して、ぼくに戻してください」

登さんがすかさず聞いた。

「いつ本になるんすか」

「九月の予定です。ゲラを読んだ販売促進部の連中が、倉田健人をビッグにするんだって、盛りあがってますよ」

肩をどつかれ、横をむくと、登さんが上気した顔でこっちを見ていた。ぼくも同じような顔だったに違いない。久間さんが笑顔で続けた。

「雑誌の今月号から、告知を始めます。ゲラの著者校正作業と並行して、お二人には本の通しタイトルを考えていただきたい。どちらかを表題作にするのもありですが、両方の話のエッセンスを踏まえて、統一感のあるタイトルをつけられたら言うことなしです。最終のゲラが出るあたりまで、じっくり考えてもらって構いません。告知には仮題として、『君といれば』で載せておきます」

約二週間で作業を終え、久間さんへ送った。そこには通しタイトルも書き添えてあった。つけてくれたのはまたしてもかすみ。通しタイトルが決まらないと話したら、ひとしきり腕組みでうなってから、パッと明るい表情になったのだ。

「『ふたりの季節』、ってどう?」

答える前に、

「ドゥドゥドゥ、アーッ、ドゥドゥドゥ、アーッ」

印象的なメロディーを口ずさんだ。なんとなく聞き覚えがある。

「なにそれ」

「ゾンビーズの『ふたりのシーズン』。いい曲なの。ちょっと変えて、『ふたりの季節』。『君といれば』は浩平と香織の話だし、『パパは透明人間』は女の子とパパの話だよね。で、一真と登さんもそう。みんな二人。あってるかなって」

二重、三重に意味がかかっている。ぼくは感心した。

「ばっちりあってる。やっぱりかすみ、センスあるよ」

「まあ、置き土産ってことで」

「え？」

「来週引っ越す」

「ええっ!?」

「わたし、芸能人になるから」

「……ぜんぜん話が見えないんだけど」

「学校帰り、スカウトされた。あ、あやしい事務所じゃないよ。有名なタレントも所属してるし。例えば」

いくつかあげた名前は、芸能界にうといぼくでも知っていた。事務所に近いマンションへ母親と移り住み、夏休み中に映画の撮影に入るという。

「なんかね、映画に出てくる女の子のイメージにぴったりなんだって。ヒロインは別にいて、二番手の役なんだけど」

ぼくは呆然としてしまった。

「急すぎて、信じられない」

「そう？　不思議じゃないじゃん。わたしってほら、かわいいから」

ケロッとした顔で言うかすみは、子どもっぽい黄色のTシャツに、裾を折り返したジーンズをはいていた。天然パーマの長い髪には、今日も寝癖がついている。しかし、どこからどう見てもかわいい。

そうだよ、と思った。月二回、かすみみたいな子が街へ出たら、そういうことが起きても不思議じゃない。一縷《いちる》の望みを託してたずねた。

「もう会えない？」

「こんな風にはね。マンション遠いし」

「学校やめちゃうの？」

「わかんない。ひょっとしたら、たぶん」

「お母さん、よく反対しなかったね」

「逆逆。舞いあがってるよ」

「これっきり会えなくなるのは、いやだ」

本音をぶつけたら、かすみが安心させるようにうなずきかけてきた。

「電話する」

「苦手でしょ」

「苦手だけど、わたしも、これっきりはやだから」

ぼくは感激して、大声で言った。

「子機つきの電話に買いかえる。いつでもかけてきていいよ」

「そうする」

「かすみのこと、好きだ」

「知ってるってば」

クスッと笑い、ぼくの手をとった。ベッドからおり立ち、その手を引っ張る。むかいあってかすみの前に立つと、ギュッてして、とまじめな顔で言われた。そのとおりにしたら、もっと、と言う。背中に回した両手で自分の肘をつかみ、力いっぱい抱きしめた。同時に、かすみの鼻から息が漏れた。くぐもった笑い声がする。

「んふー、だって」

かすみの豊かな髪が頬にあたり、くすぐったい。その体は華奢《きゃしゃ》でやわらかく、クーラーのきいた部屋の空気の中で、あたたかだった。かすみがぼくの背中に手をかけ、選手でも激励するみたいにポンポン叩いた。

「がんばろうね、お互い」

ぼくは母の許可をとり、さっそく翌日、子機つきの電話を購入した。寝ていてもすぐ出られるように、ベッドのヘッドボードが子機の置き場所になった。

九月になって間もなく、ミネルヴァに呼び出された。注文を終えた久間さんは、含み笑いをしてショルダーバッグから一冊の本をとり出し、テーブルに置いた。

「あっ」

ぼくは声をあげた。登さんがせっついてきた。

「なんだ」

「ぼくたちの本」

「おお!」

登さんが本をひっつかみ、表紙に顔を近づけた。目を細め、巻かれた帯を指でなぞって、もどかしそうに言った。

「なんて書いてあんだ」

ぼくは脇からのぞきこみ、読みあげた。

「第一回Q文学新人賞受賞作! 唯一無二のコンビが放つ、鮮烈なるデビュー作!!」

「裏もあります」

久間さんに言われて、登さんが本をひっくり返した。ぼくは帯の裏側を読んだ。

「言葉を失った浩平と、なぜか一人だけ会話を交わせる香織。会えない場所にいる父親と、手紙で心を通わせる幼い少女。人は孤立した島ではない。たとえそれがどんなに儚《はかな》い絆だとしても、手を伸ばし、誰かとつながらずにはいられないのだ。人と人とが共に生きるおかしさと哀しさを、見たこともない手法で大胆かつ繊細に描き出した珠玉の二編。まったく新しい小説の世界が、今、ここから始まる」

「久間さん」

登さんが顔を起こし、しみじみした声音で呼びかけた。

「すげえいいです。ありがとうございます」

登さんが頭をさげた。ぼくも自然にそうしていた。久間さんが顔をほころばせた。

「そう言ってもらえると、苦労した甲斐があります。装丁はおまかせということでしたが、気に入ってもらえましたか？」

「ばっちりっす」「はい」

久間さんが満足そうにうなずいた。

「ぼくも、すごく気に入ってます。デザイナーさんに何パターンもアレンジしてもらって、その中からいちばんピッタリなのを選びました」

白をバックに、『ふたりの季節』の文字がスタイリッシュな書体で並び、地平線に沈みかけたオレンジ色の夕陽の手前に、寄り添う二つの人影が長く伸びている。身長差があるその影は、浩平と香織にも、父親と女の子にも、登さんとぼくにも思えた。久間さんがショルダーバッグからさらに九冊とり出し、テーブルに積みあげた。

「全部さしあげます。これと同じ見本を、各方面に配りました。反響は上々です。取材の依頼と、ドラマ化の話が来てます」

「えっ」

たばこをすいながら、くわしく話してくれた。取材は他社の雑誌編集者によるインタビューで、ドラマ化は大手民放テレビ局から持ちこまれた企画だという。

「おもしろい作品には、映像化の話がつきものです。立ち消えになってしまうケースも多いので、とりあえず静観しておけばいいと思います。取材の方は、受けますか」

二つ返事で引き受けた。そこで久間さんが口調をあらためた。

「こういう話は、これからもちょくちょく舞いこむでしょう。マスコミに露出することになるわけですが、ここが注意のしどころだと思います。お二人はただでさえめずらしいコンビの作家だし、成り立ちが非常にユニークです。ユニークすぎると言ってもいい。読み書きの不自由な人が、その能力がある人と組んで作家になった例を、ぼくはほかに知りません。世界的にもまれでしょう。その話をすれば、稀有《けう》なサクセスストーリーとして、マスコミは飛びついてくるはずです」

たばこを押し消し、しかし、と真剣な表情で続けた。

「そういう形で過度に注目されるのは、長期的にはメリットより、デメリットの方が大きいと思います。あの変わったコンビ、というイメージが定着してしまうと、容易なことじゃそれを払拭《ふっしょく》できなくなりますから。お二人には、作品のみで勝負する、王道を歩んでいただきたい。情報開示は最小限にとどめるべきだというのが、ぼくの意見です。その場合、対外的には覆面作家ということになります」

登さんがチラッとぼくを見たのは、一作のみで消えた覆面作家、島大八のことを連想したからに違いない。久間さんが言葉を継いだ。

「覆面作家には、複数の前例があります。悪目立ちすることは避けられるでしょう」

『バルネラビリティ』を書いた作家と同じ、というだけで、承諾する理由としては十分だった。それから話しあい、マスコミへの対応を決めた。

登さんのディスレクシアについては、一切しゃべらない。

コンビを結成した経緯も明かさない。

顔出しはNGで、本名も非公開。

そのかわり、登さんが倉田、ぼくが健人と名乗ることになった。ぼくたちは高揚し、帰りの電車はその話題で盛りあがった。

依頼された取材は三日後、D社の応接室で行なわれた。久間さんも同席し、インタビューが始まる前に、顔は出さないという方針を伝えてくれた。

数日後、ミネルヴァで会った久間さんは、

「ちょっと、これを見てください」

そう言って、取材のときの写真をテーブルに置いた。てのひらを前にむけて片手をかざし、二人そろって顔の上半分を隠している。記念に、とカメラをむけられ、ふざけ半分で撮ってもらったのだ。

「できれば雑誌のインタビュー記事に添えたいそうです。どうしますか？　これなら顔は見えませんが」

「構わないすよ。なあ」

「うん」

「わかりました。では、先方に伝えておきます」

以後、その一枚が、マスコミむけの写真として出回ることになった。

九月二〇日。ぼくたちのデビュー作、『ふたりの季節』が発売された。当日の夕方、ぼくたちは新宿の紀伊國屋《きのくにや》書店の前にいた。久間さんと刊行祝いをすることになっており、そこが待ちあわせ場所だったのだ。

約束の時刻より早めに着いたぼくたちは、当然のように売り場をチェックした。新刊コーナーの目立つ位置に積みあげられているのを見たときには、興奮した。

久間さんは少し遅れてあらわれた。その日はお祝いだったけれど、やはりくたびれたスーツ姿で、いつものように大きなショルダーバッグをさげていた。

「申しわけありません、打ちあわせが長引いてしまって。では、行きましょう」

連れていかれたのは、地下にある西洋割烹《かっぽう》の店だった。吹き抜けの中庭を望むダイニングはゆったりしており、窓台に花瓶や陶器が置かれていた。女性店員に案内されて、奥のテーブル席へ行くと、思いがけず、手前の椅子に編集長が座っていた。休日の父親みたいな格好で、ニコニコしてぼくたちを見あげた。

「まぜてもらいに来たよ」

ぼくたちが窓際のソファーに、久間さんが編集長の隣に座ったタイミングで、店員がメニューを持ってきた。編集長が受けとって開き、むきを変えてテーブルに置いた。久間さんがぼくたちに聞いてきた。

「飲みものはどうしますか」

「じゃあ、ビールで」

「入江さんは、と、さすがにビールはまずいですね」

一真、と登さんに呼びかけられた。

「ビールくれえ平気だろ。お祝いなんだしよ」

「いや、無理しないでください」

「平気です。いただきます」

すでに純子さんと飲んだ経験がある。久間さんが編集長に顔をむけた。

「いいですか」

「度を越さなきゃ、いいだろう」

編集長が鷹揚に言った。

ビールで乾杯し、一本目の大瓶が空くタイミングで、コースのひと品目が運ばれてきた。ビールを何杯か飲んだあとは、登さんの真似をしてずっとジントニックを飲んでいた。デザートを食べるころには、すっかり酔っていた。

一軒目を出たところで、編集長と別れた。

「次回作、楽しみにしています」

雑踏の中でたたずみ、真摯な顔つきでそう言った。

久間さんに連れていかれた二軒目は、BGMにロックがかかる、山小屋風の居酒屋だった。ここに来たらこれを飲まなければ、という久間さんの主張で、カクテルのボトルというめずらしいメニューを頼んだ。久間さんは立て続けにたばこをすい、手酌でおかわりを重ねて、周囲の喧騒に負けない大声でしゃべった。話題はもっぱらぼくたちの今後についてで、ずいぶん突っこんだことまでしゃべった。

「これからですよ。編集者のあいだで、作家の生き残りはガンの生存率と同じとよく言われます。ざっと五年で五パーセント。二〇〇人の新人がデビューしたとして、一〇人しか生き残れない計算になります」

「ぼくたち、五パーセントに入ります」

うまく回らない舌で言ったら、久間さんが大きくうなずいた。久間さんの口もとをじっと見つめていた登さんが、真剣な表情で問いかけた。

「どうすりゃ生き残れますか」

「書き続けることです」

久間さんは即答した。

「紀伊國屋書店で、自分たちの本を見ましたよね？」

「はい」

ぼくたちの返事に、久間さんが目を細めて笑った。

「そう思って、あそこを待ちあわせ場所にしたんです。打ちあわせへ行く前に、ぼくもチェックしました。ああいう置き方を平積みと言うんですが、平積みされてる本はお客さんに手にとってもらいやすい。しかし、いつもあんな風に置いてもらえるとは限りません。なにしろ毎日、すごい数の本が出版されてますから。本の洪水の中で生き残るには、作家的良心に恥じない作品を、コツコツ書き続けるしかありません。うまくいかなくて、悩むこともあるでしょうが、あきらめずに書き続けてください」

久間さんがたばこに火をつけ、深くすいこみ、煙を吐いた。

「なるべく早く次回作を出したいと思ってます。今度は長編。それを雑誌の連載の目玉にしたい。もちろん、まずは構想です。どういう形の連載にするかは、構想が立ってから話しあいましょう」

登さんがスパッと言った。

「やるしかないっすね。なあ」

「うん！」

勢いよくうなずき、

「作家的良心に恥じない作品を」

と言ったつもりが、発音がフニャフニャして、自分でもなにを言っているのかわからなかった。久間さんが気づかわしげな顔をした。

「大丈夫ですか。だいぶ酔ってるみたいですけど」

「大丈夫です！」

ところが、ぜんぜん大丈夫ではなかった。久間さんが呼んでくれたタクシーに乗っているうちに、気分が悪くなってきたのだ。

「……登さん」

「あ？」

「気持ち悪い」

「ちょっと、吐かないでよ」

運転手があわてたように首をねじ曲げた。しょうがねえな、と登さんが楽しげに言った。

「停めてくれ」

「高速だからねえ」

「車ん中、ゲロまみれになんぞ」

運転手がぶつくさ言いながら、非常駐車帯に車を停めた。後部ドアが開くなり、転がるように外へ出た。コンクリートの遮音壁に手をつき、吐いた。ヘッドライトやテールライトに照らされて、遮音壁に自分の影がくっきり映っている。気持ち悪さがぶり返し、また吐いた。タクシーからおりてきた登さんが、ひっきりなしに聞こえる走行音に負けない大声を出した。

「酒は飲んでも飲まれるな、ってな」

酸《す》っぱいつばを何度も吐き、ごめん！　とうつむいたまま叫んだ。

「気にすることねえ」

さばさばした口調だった。

「記念すべきデビュー作の発売日だ。はしゃぐなって方が無理だろ。やろうぜ、一真。

バカスカ傑作書いて、大作家にのしあがろうじゃねえか」

五分ほどでどうにか回復した。遮音壁からはなれてむきを変えたら、運転手がタクシーに寄りかかり、所在なげにたばこをすっていた。

刊行祝いをした二日後、登さんと一緒に図書館へ行き、柳沢さんたちにサイン本を進呈した。

登さんは、ちわ、と軽く頭をさげただけで、あとは黙っていた。柳沢さんは無言でうなずきかけ、本条さんは熱心に、晩年は口述筆記で作品を書いたというアガサ・クリスティの話をした。

翌週の月曜には、約三か月ぶりにかすみと会うことになった。

母親と代々木のマンションへ移り住んだかすみは、約束どおりときどき電話をかけてきた。決まってとんでもない時刻で、夜中の二時すぎ、三時すぎということもあった。かすみは本当に電話が苦手で、鼻息をくり返し、ろくにしゃべらなかった。『ふたりの季節』の刊行後にかかってきた電話で、登さんとこれまでのお礼がしたいからとリクエストを聞いたら、ひとしきり鼻息をくり返したあと、上野動物園、と投げ出すように言った。

「上野動物園に行きたいの？」

「ん」

待ちあわせの日時と場所を決めて、電話を切った。かすみに礼をするという、登さんの言葉が実現することになったわけだが、心配だった。登さんの手の早さをさんざん見てきたからだ。

ところが、二人の相性は最悪だった。当日、待ちあわせ場所の西郷隆盛像前に遅刻してあらわれたかすみは、やたら装飾的なフリルのワンピースに、大きなサファリハットを目深《まぶか》にかぶり、トンボ眼鏡風のサングラスをかけていた。目立ちたいのか目立ちたくないのか、よくわからないファッションだった。

「なんだありゃ」

近づいてくるかすみに目をとめ、登さんがつぶやいた。こんにちはともなんとも言わず、かすみがぼくたちの前に立った。とっさに名前が出てこなかったらしく、お前、と登さんが呼びかけると、お前じゃない、とかすみが言い返し、いきなり険悪なムードになった。動物園に入ると、お互い相手のことを完全に無視して、でけえな、とか、毛が汚い、とか、ぼくにしか話しかけなくなった。

表門に戻ってきたところで、バイバイ、とぼくにだけ手を振り、かすみはサッサと帰っていった。三人でとる予定だった夕食は、登さんとさしむかいになった。かすみの悪口を聞きながら、ビールやサワーを飲んでいるうちに、ぼくはまた泥酔してしまった。

店のトイレからなかなか出られず、お前、弱すぎだろ、と登さんにあきれられた。

浮かれ騒ぎの極めつきは九月末、全国紙の朝刊に『ふたりの季節』の全面広告が出たことだ。初めに見つけたのは母。ダイニングテーブルで朝食をとっているぼくに、一真、とただならぬ声で呼びかけ、紙面を見せたのだ。

登さんの家が新聞をとっていないのを知っていたので、登校前、たぐちに持っていった。ぼくたち以上に、おばあさんが喜んだ。狂喜という言葉がぴったりだった。

夕方、たぐちの二階から久間さんに電話をかけたら、笑っていた。ぼくたちを驚かせるために、わざと事前に教えなかったらしい。通話を終え、階下へおりたぼくたちに、おばあさんが待ちかねたように声をかけてきた。

「今日は特別だ。パーッといこう」

「パーッと、どこ行くんだよ」

「どこでもいい。登といっちゃんが食べたいものを食べて、パーッとやろう」

結局、焼き肉を食べに行くことになった。胸がいっぱいで、とおばあさんが食べ残す傾向は、長く続いた。登さんはそれを気にして、もとから薄かった料理の味つけをさらに薄くし、さっぱりした献立にしていた。若いぼくたちにはもの足りなかったのだ。

焼き肉屋は、踏み切り通りを東へ一〇〇メートルくらい進んだところにあった。平日にもかかわらず一階は満席で、二階に案内された。十数卓ある掘りごたつ式のテーブルは、八割方埋まっていた。壁際の座布団に腰をおろしたおばあさんは、メニューを持ってきた店員にもつれる舌で意気揚々と告げた。

「大生、三つ」

「は？」

店員が怪訝そうに聞き返す。登さんがたずねた。

「ばあちゃんも飲むのか」

「今日は特別だ」

まあいいか、とつぶやき、登さんがあらためて告げた。

「大生、三つだ」

生ビールの大ジョッキで乾杯する。運ばれてくる肉を焼き、次々に頬張るぼくたちを、おばあさんは満足そうに見守り、ナムルやサンチュをつまみに、ちびちびビールを飲んでいた。そのうち、ぼくたちの会話に割りこみ出し、だんだん口数が増えてきたと思ったら、急速に呂律《ろれつ》が回らなくなって、純子に電話がつながらない、と不満顔でくり返すようになった。禁句になっている名前を持ち出すほど、酩酊《めいてい》していた。

やがておばあさんは、肘枕で横になり、寝てしまった。少しして、いびきをかき出した。横のテーブルでにぎやかに飲み食いしていた四人組が、おばあさんに目をやり、変な笑い方をした。

その連中が突然騒ぎ出したのは、そろそろ肉の皿が空になるころだ。

「うわ、マジかよ」

「このババア、ゲロってんじゃん」

ハッとしてむかいのおばあさんに目をやる。緑がかった吐瀉物《としゃぶつ》が少量、横むきになった口から垂れ、ラクダ色のセーターの肘のあたりを汚していた。四人組がますます騒ぎ立てた。

「きたねーなー」

「食《く》う気失せたわ、マジで」

「こんなババア連れてくんなよ」

「こら。シカトしてんじゃねえぞ」

四人組が剣呑《けんのん》な顔つきでぼくたちをにらんでいた。一人は茶髪にピアスで、あとの三人も似たり寄ったりの風体《ふうてい》だった。別のテーブルの客が、こっちをうかがっている気配を感じる。そのとき、四人組の一人があっと声をあげた。

「このババア、たぐちのババアじゃん」

その言葉に、ピアスの表情が動いた。登さんをジロジロながめ、半笑いになった。

「じゃあ、あんたが田口君か」

ほかの三人も値踏みするように見ている。ピアスが小馬鹿にしたように続けた。

「OBならしょうがねえ。ばあさん連れて、帰っていいぞ」

犬でも追い払うように片手を振る。ほかの三人も半笑いになった。

登さんとピアスはテーブルの右端と左端に座っており、一メートルくらいの距離を置いて、顔を突きあわせていた。登さんは言われっぱなしで、置きものみたいに動かなかった。しかし、それは見せかけで、とっくに目つきが変わっていた。

「肉、おごってやる」

やにわに腰を浮かせると、ピアスの後頭部を引っつかみ、強引に鉄板の上へ持っていった。隣に座っていたやつが押しのけられて、肘で飲みかけのグラスを倒した。登さんがのしかかり、こげた肉や野菜がところどころで白い煙をあげている鉄板に、ピアスの顔を押しつけようとした。ほかの三人がもがくように立ちあがろうとした矢先、暗い目をむけ、ボソッと言った。

「殺すぞ」

三人が射すくめられたように動きを止めた。ぼくはもう、はなから動けなかった。ピアスは両手をテーブルに突っ張り、悪態をつきながら抵抗していたが、顔はじりじり鉄板へ近づき、垂れかかった前髪が焼かれて、煙とともにいやなにおいをあげた次の瞬間、鼻先が触れてジュッと音を立てた。

「ぎゃあああああ！」

ピアスの頭が痙攣《けいれん》するように跳ねた。登さんは後頭部をつかんだ手をはなさず、すぐまた顔を鉄板すれすれまで押しつけた。ピアスが声を裏返した。

「待て、やめてくれ！」

「焼き加減はどうする？」

登さんは真顔だった。

「すいません、勘弁してください！」

ピアスの態度から虚勢がはがれ落ち、

「すいません！」

「すいません！」

「勘弁してください！」

ほかの三人も口々に叫んだ。店内は静まり返り、肉や野菜の焼ける音と、おばあさんのいびきがよく聞こえた。

やけに長く感じられる数秒ののち、登さんがピアスの頭から手をはなした。もとの席に腰をおろし、おしぼりで手を拭う。弾かれたように頭をあげたピアスが、おしぼりをつかみ、鼻に押しあてた。顔をしかめ、うめき声を漏らしている。ほかの三人が心配そうに話しかけたけれど、答えなかった。おい、と呼びかけられ、四人がギョッとしたように振り返った。登さんはさっきまでの凶暴さが嘘みたいに、ニヤニヤしていた。

「鼻の焼き肉って、なんてんだっけ」

「いや、マジで、勘弁してください」

前髪をこがしたピアスが、鼻におしぼりを押しあてたまま、おもねるように笑った。

なにかムニャムニャ言ったおばあさんが、再びいびきをかき始めた。

翌日たぐちへ行ったら、照れくさそうなおばあさんに出迎えられた。

「もう酒は飲まない。登にこってり絞られた」

前の晩は、ぼくがベビーカーを押し、登さんがおばあさんを背負って、たぐちへ戻った。ぼくが帰ったあと、登さんはぐでんぐでんの本人のかわりに、汚れものを洗濯してあげたという。冗談じゃねえ、と登さんは愚痴った。さらに数日後、別の愚痴を聞かされることになった。

「ばあちゃん、あれから浮かれっぱなしでよ。新聞とりまくってんだ。おれらの本の宣伝だの、評判だのが出るかもしんねえからってな。やめとけっつっても、聞きゃあしねえ。処置なしだ」

しかし、そこが浮かれ騒ぎの終点だった。一〇月中旬になって、おばあさんの病が発覚したのだ。

LESSON 5

以前ぼくに話したように、おばあさんは脳卒中で倒れてから、半年ごとに検査を受けていた。その際の血液検査で、気になる数値の変化があり、念のため全身のレントゲンを撮ったところ、腹部に影が映っていたらしい。そういう事情を登さんは、たぐちの二階で簡潔に語った。

「で、そこの医者に、もっとでっかい病院で診てもらえっつわれたんだ。お前の母ちゃんならそういうの、くわしいんじゃねえかと思ってよ」

その日のうちに母に相談すると、すぐ答えが返ってきた。

「緊急外来で働いてたころお世話になった先生が、都立病院にいる。いい先生よ。なるべく早く診てもらえるように、頼んでみる」

母が連絡をとってくれて、その週の土曜に診察を受けられることになった。当日、病院の最寄り駅で二人と待ちあわせた。ぼくが記入した問診票をもとに初診カルテをつくってもらい、外科外来の待合室へ移動した。やがて、名前を呼ばれて診察室に入った。デスクの前に座っていたのは、五〇がらみの実直そうな男性医師だった。ぼくに母の近況をたずねてから、おばあさんとむきあった。

「どうなさいましたか」

おばあさんはくどくど訴えた。夏バテが長引いてるだけで、自分はどこも悪くない、という内容だ。酔っ払ったようなしゃべり方にもかかわらず、担当医は聞き返すことなく、カルテの上でペンを動かしている。登さんがじれたように口をはさんだ。

「夏バテなんていままでしたことねえだろが」

「吐けばスッキリするんだ。なんでもない」

「吐いてんのかよ」

おばあさんが、しまった、という顔をした。

「まあまあ」

担当医が笑顔でとりなした。

「せっかく来たんですから、検査してみましょう」

診察室を出て、CT、超音波と検査を受けた。服をめくり、診察台に横たわったおばあさんの腹部に、検査担当の医者が端末器をあてて動かす。やけに念入りな操作の手つきと、真剣な表情から、ただごとではない空気が伝わってきた。やっと手を止めた医者が、不安そうなおばあさんに話しかけた。

「別の先生にも診てもらいましょう。呼んできますから、少しお待ちください」

腰をあげて登さんを見おろし、事務的な口調で言った。

「お孫さんは最初の診察室に戻ってください。担当医からお話がありますので」

お前も来い、と登さんに言われたので、一緒に診察室に入った。再びむかいあった担当医は、ＣＴの画像をぼくたちに見せて、くわしく説明した。おばあさんはガンだった。正確には、進行性の上行《じょうこう》結腸ガン。大腸をとり巻くイモムシみたいなかたまりを、担当医がボールペンで示した。

「ここで腸がふさがりかけていて、食べものの通りが悪くなっています。正直に申しあげて、手術に踏み切るかどうか微妙なところです。お腹を開けてみて、ガン細胞が周辺組織に広がっていたら、切除しても転移や、再発のおそれがあります」

「手術しなかったら」

登さんが早口にたずねると、

「おそらく一年」

担当医が落ちついた声で答えた。

「いちばんこわいのは、ガンのせいで完全に腸がふさがり、破裂してしまうことです。その場合、もっと早くお亡くなりになるおそれもあります」

「手術した方が、長く生きられる可能性があるってことすか」

「私はそう思います」

「手術してください」

登さんがスパッと言った。担当医がうなずいた。

「それとなく、すすめてみましょう」

担当医が電話をかけて間もなく、おばあさんが車椅子に乗せられて戻ってきた。担当医がゆっくり話し始めた。ぼくたちにした説明を、より噛み砕いてくり返す。ガンという言葉は使わなかったけれど、おばあさんはどんどん不安そうな顔つきになった。話が終わると、ふだん以上に舌をもつれさせて聞いた。

「食べものに気をつけりゃ、なおるだろ？」

「なるべく消化のいいものを食べた方がいいですね」

「ジャガイモの煮っ転がしはどうだ」

「ジャガイモはいいです」

「切り干し大根はどうだ」

「ああいう食物繊維が豊富なのは禁物です」

「じゃあ」

「ばあちゃん」

登さんが割りこんだ。いたたまれない会話が打ち切られてホッとしていたら、振り返ったおばあさんにむかって、登さんが言い放った。

「ばあちゃんはガンだ。手術しねえと死ぬぞ」

思わず声が出てしまった。おばあさんはポカンとしている。担当医はポーカーフェイスだ。先生、と登さんが呼びかけた。

「はっきり言っちゃってください。その上で決めさせたいんで」

「……わかりました」

担当医が手術のメリットとデメリットを明確な言葉で伝え始めた。おばあさんは動揺し、泣きそうな顔で何度も同じことをたずねた。粘り強く応じる担当医に対して、登さんは目に見えてイラつき出した。食べものに気をつければという話を蒸し返したところで、とうとう邪険にさえぎった。

「手術するしかねえんだ。いい加減、腹くくれよ」

「あたしは、腹を切られるんだぞ!?」

それでも、どうにか日どりが決まった。一〇月下旬に行なわれた手術は、六時間以上に及んだ。見通しは明るくなかった。ガン細胞が広範囲に浸潤しており、リンパ節まで切りとったものの、転移や再発の危険性があるという。

おばあさんの頼みで、登さんは入院中も休まずたぐちを開けた。接客するため、ぼくたちは一階の茶の間で朗読した。その電話がかかってきたのは、おばあさんが入院して四日目だ。

受話器をとりあげ、話し始めた登さんの顔が、たちまち険しくなった。ところが、途中からにやけ出した。異様に目がぎらついている。電話が載っている台から、メモ用紙とボールペンを放ってきた。そして、声を大きくした。

「北千住《きたせんじゅ》駅前の、カレンね。字は。カタカナでカレン。ちょい、待ってもらえますか」

送話口を手でふさぎ、こっちを見た。

「今週土曜、学校終わんの何時だ」

「え、一二時ごろだけど」

登さんが手をはずし、通話を再開した。

「ほんじゃ一時半で。わけありで、連れがいます。……まあ、そういうのは会ったときに。はい。そんじゃ」

受話器を置くと、

「メモったか」

「あ、うん」

掘りごたつのはすむかいにドスッと腰をおろし、登さんが陽気に言った。

「やってくれたぜ、クソ女が」

「だれのこと？」

「おれを産んだ女だ」

「あ」

純子さんだ。登さんが続けた。

「あの女、どっかにスナック出すとき、ばあちゃん保証人にして金引っ張ったらしい。サラ金から」

「サラ金!?」

登さんが鼻で笑った。

「きちんきちんと返してきゃ、ビビることたねえ。それをあの女、さんざん返済遅らしたあげく、飛んじまったんだと」

「飛ぶって?」

「夜逃げだ、夜逃げ。それまでに、積もりに積もった借金が、一〇〇〇万」

「えっ」

「笑えんだろ」

ぼくの顔つきから、登さんはなにか感じとったらしい。おい、と目つきを鋭くした。

「知ってたのか」

嘘をついてもバレてしまう。仕方なく打ち明けた。

「おばあさんにその話、聞いたことあって」

「なんつってた」

「二〇〇万円渡して、残り二〇〇万円の保証人になったって」

舌打ちした登さんが、一転して陽気な調子をとり戻した。

「ばあちゃんも、連帯保証人が危ねえくれえの頭はあったかもしんねえが、あの女が判つかせたのは、その上の根《ね》保証ってやつだ。限度額決めてねえから、いくらでも引っ張れる。電話の相手は、とり立て専門の回収会社だ。十中八九、ヤクザだな」

「……登さん」

「あ?」

「なんか、ぼくも行くみたいな話になってたけど」

「みたいじゃねえ。行くんだ。心配すんな。むこうも警戒してんだよ。追いつめられっと人間、なにすっかわかんねえからな。そういや、すげえ話あってよ」

登さんはたたみかけるようにしゃべりまくった。そこへ、

「あのー」

遠慮がちに声がかかった。小学校高学年くらいの男の子が二人、駄菓子を手に土間に立っていた。が、

「うるせえ!」

登さんにどやされ、あわてて駄菓子を陳列ケースへ戻し、そろって店から飛び出していった。

「でよ」

なにごともなかったように、話し続けた。見かけの陽気さにごまかされていたけれど、その目はおそろしく暗かった。ぼくはゾッとした。登さんは激怒していたのだ。


その週の土曜、北千住駅前の喫茶店で、回収会社の社員と会った。年齢はたぶん、三〇代半ば。地味なスーツを着て、髪を七三にわけ、ビジネスバッグをたずさえていた。にもかかわらず堅気に見えなかったのは、やけに粘っこい目つきのせいだろう。

おばあさんが署名、捺印した連帯保証人の書類と、借金の額について書かれた書類をぼくが小声で読みあげるあいだ、登さんと七三は黙ってコーヒーを飲んでいた。音読が途切れたのは、10、295、000円とある桁《けた》を数えたときだ。一〇二九万五〇〇〇円。まったく実感のわかない金額だった。

読み終えると、七三が登さんに話しかけた。

「間違いないでしょ」

「はあ」

「朗読係がついてくるとは思わなかった」

「おれ、読み書きできないんで」

七三に目をむけられ、ギクッとした。

「ずいぶん大荷物だね。遠足でも行くの」

ぼくは足もとに、リュックサックを置いていた。中には登さんが購入し、命じられてぼくが倉田健人のサインを書いた『ふたりの季節』が、二〇冊近く入っていた。答える前に七三が登さんへ視線を戻した。

「期日と振りこみ先は、書いてあるとおりだから。一括返済、きついけど、よろしくね。なんだったら金のつくり方とか、相談乗るよ」

「てめえでどうにかしますよ」

「まあ、うちとしちゃ、返してもらえりゃなんだっていい」

「払いは全部おれがします。ばあちゃんにゃ通告なしってことで」

「えらいね、あんた」

「借りた金は返さねえと」

「そうそう。客がみんなあんたみたいにものわかりいいと、楽なんだけどな」

七三が笑い、登さんも口もとだけで笑った。

喫茶店を出、駅前のロータリーに立った登さんは、ぐるりのビルをあごで示した。

「なんとか金融だの、なんとかローンだのって看板さがせ」

サイン本をつくる際、借金返済の計画を聞かされていた。登さんはサラ金で金を調達するつもりだったのだ。

「手持ち引いて、ザッと八〇〇万。利子だけ返してきゃ、元本《がんぽん》はふくらまねえ。本がドカーンと売れりゃ、済む話じゃねえか」

思いきって提案した。

「ぼくも貯金あるから、よかったら」

「貸しつけようってのか」

「そうじゃなくて」

「おれは、借りはつくらねえ」

にべもなくはねつけられた。

一軒目に入ったサラ金の事務所は、雑居ビルの三階にあった。見たところ普通のオフィスと変わらなかったが、受話器を片手に怒声をあげている社員が何人もいた。

しばらく長椅子で待たされてから、事務員の案内で応接セットへ移動した。横に間仕切りが一枚しかなく、怒声が筒抜けだった。ほどなく、パンチパーマの中年男性がやってきて、むかいのソファーにドカッと腰をおろした。ぼくはギョッとした。背もたれにふんぞり返って、テーブルの上へ両足を投げ出してきたからだ。片方の膝にもう片方の足首を載せ、制服姿のぼくをじろっと見た。

「うちは学生にゃ貸さねえぞ」

「こいつはつき添いです。おれ、読み書きできないんで」

「ああ?」

「けど、作家やってます。名刺がわりに、どうぞ」

登さんにあごをしゃくられ、リュックサックから『ふたりの季節』のサイン本をとり出した。おずおずテーブルに置いたものの、パンチパーマは見むきもせず、登さんをにらみつけて、兄ちゃん、と声をとがらせた。

「こっちはいそがしいんだ。そういう与太話《よたばなし》は、よそでやれよ」

「与太じゃないんすよ、これが」

登さんは、なにを言われてもへらへら受け流し、徐々にペースをつかんで、パンチパーマをたらしこんでしまった。九〇万円の融資を告げる際には、テーブルに載せていた両足をおろし、親身な姿勢で前かがみになっていた。おまけに、金利を大幅に負けた上、書類の記入が終わると、こんなことまで言ってきた。

「この本、読んでみるわ。まともに読み書きできねえのに作家なんて、すげえよ」

「いやあ、そすか」

事務所から出たとたん、登さんが冷笑した。

「くだらねえ。見え透いたおどしかけやがって」

この調子で、たった一日で約八〇〇万円を全一一社から引き出した。おごってやる、と駅前のラーメン屋に入ったのは、夜八時近く。ばあちゃんにゃぜってえ言うな、と釘を刺された。

「お前の母ちゃんにも言うんじゃねえぞ」

「……わかった」

　手術からおよそ三週間後、おばあさんがたぐちに帰ってきた。思いのほか元気で、翌日には店を開け、夕食の買い出しにも行った。免疫賦活剤という薬を服用しつつ、一二月の検査のあとは三か月ごとに定期検査を受けることになった。

　退院してからおばあさんは、六紙もとったという新聞に執着するようになった。掘りごたつの上に広げて、眼鏡をかけた顔を近づけ、なめるように読む。トイレを借りるためにぼくが階下へおりても、気づかないほど熱中していた。小さな背中を丸めたうしろ姿には、子どもじみたひたむきさが感じられた。


　かすみは、木崎《きざき》ありすという芸名でデビューした。一二月下旬、出演した映画が公開された。有楽町の映画館へ行ったら、主演女優がそのころ人気絶頂だったアイドルということもあり、立ち見になった。

　一人の男の子をめぐって、幼なじみの女の子と、わがままなお嬢さまが火花を散らす学園もので、かすみが演じたのは後者。はっきり言って大根だったが、役柄にはあっていた。相手を小馬鹿にしたように、ハッと鼻を鳴らすしぐさなんかは本人そのもので、スクリーンに大きく映し出される表情に釘づけになった。映画が終わり、出口へぞろぞろとむかう人群れの中から、木崎ありすって子の方がかわいくなかった？　という声が聞こえたときには、発言の主に握手を求めたくなった。

その時期、かすみの露出は雑誌に限られていた。趣味はコバルト文庫を読むこととポエムづくりという微妙に嘘がまじったプロフィールを読んだり、レオタード姿でぎこちなくポーズをとるグラビア写真を目にしたりすると、かすみとの距離は果てしなく遠く感じられた。しかし、とんでもない時刻にかかってくる電話で、耳もとでするような鼻息を聞くたび、ちゃんとつながっていると思うことができた。

ぼくたちもいそがしかった。『ふたりの季節』の売りあげは好調で、三刷が出るまでに、雑誌六誌、新聞四紙の取材を受けた。全国紙にカラーで掲載されたぼくたちの写真は、やはり片手をかざして顔の上半分を隠していた。せっかくのいい男が、とおばあさんは不満そうだった。

並行して、出版社九社からアプローチがあり、二〇人近くの編集者と会った。エッセイや短編の依頼は引きも切らず、三社と長編書きおろしの約束も交わした。やる気しねえ、とエッセイはぼくに丸投げだったけれど、登さんは自分の口座に振りこまれるその分の原稿料を、一円単位まできっちり手渡ししてくれた。

年明け、「君といれば」のドラマ化の話が正式に決まった。企画書によれば、一時間番組で、二月下旬から不定期で四回。ゴールデンタイムでの放送だった。

面食らったのは、職場のあぶれ者という設定だった香織が、職場のアイドル的な存在に変わっていたことだ。実際、配役は一〇代のアイドルになっており、浩平役にも人気アイドルグループのメンバーがあてがわれていた。

ぼくはぜんぜん構わなかった。が、登さんはしぶった。借金の返済がなければ、断わっていたかもしれない。ドラマ化をＯＫする決め手になったのは、映像化されると本の売りあげが違ってきます、という久間さんの言葉だ。さらに一月下旬、電話がかかってきた。実は、と久間さんが切り出したのは、思いもよらない話だった。

「お二人にゲストとして、ドラマに出演してくれないかとオファーがありまして」

「えっ」

登さんが話している受話器に耳を押しあてていたぼくと、登さんの声が重なった。いや、と登さんが困惑したように言った。

「つってもおれら、覆面作家じゃないすか」

「それはもちろん、先方も承知してます。かえってそこに興味を持ったようです。だったら本当に、覆面をかぶって出てくれないかと。つくづくテレビの発想ですね」

久間さんがため息をついた。

「なるべく早く返事を聞かせてほしいとのことです。個人的には、原作者がそこまで協力する必要はないと思いますが……判断はお二人にまかせます」

　登さんが少し黙ってから、さぐるようにたずねた。

「テレビ出たら、本の売りあげ伸びますかね」

「おそらく」

　久間さんが慎重に答えた。

「テレビ出演を機に、担当してる作家さんの本が、急激に売れたことがあります。こと売りあげに関しては、テレビへの露出は強力なカンフル剤になり得ます」

　登さんがチラッとぼくを見た。うなずいてみせると、仕方なさそうに言った。

「出ます」

「わかりました」

　久間さんがビジネスライクな口調に切りかわった。

「出るからには、なるべく倉田健人の認知度アップにつなげたい。交渉します」

　しばらくして、テレビ局から台本が送られてきた。ぼくたちの出番はワンシーンのみ。浩平の夢に登場する、謎の覆面二人組という役回りだった。腕組みで浩平の前に立ちはだかり、何者だ！　という叫びに対して、

「倉田」

「健人だ！」

と叫び返し、高笑いをして去っていく。その場面の朗読を聞き終えるなり、登さんはぼやいた。

「覆面かぶってワーハッハって、アホじゃねえか」

「でも、これは目立つよ」

うきうきした響きを聞きとったのか、お前、と非難がましい目をむけてきた。

「恥ずかしくねえのか」

「別に」

登さんはしぶい顔つきで舌打ちした。

撮影は二月初旬、久間さん立ち会いのもと、渋谷にあるスタジオで行なわれた。ＡＤに衣装部屋へ案内され、そろいの黒いスーツに着がえさせられた。鏡に映すとなかなかいい感じだったが、もうひとつそろいで用意されているものがあった。目の部分だけ開いた、アメコミの悪漢風の黒いマスクだ。プラスチック製のそれをためしにかぶったら、予想以上に変だった。

「案外似あってますよ」

久間さんが励ますように言った。

スタジオはだだっ広く、四囲が暗がりにまぎれていた。高い天井にレールが張りめぐらされ、そこから照明が鈴なりになっている。中央に建てこまれたマンションと紙工場のセットの周囲に、モニターやカメラやクレーンが何台も設置され、大勢のスタッフがせわしなく動き回って、スタジオそのものが巨大な工場みたいだった。

浩平役のアイドルが来る前に、ADから確認があった。夢の雰囲気を出すため、本番では紙工場のセットにスモークをたき、そこで芝居をするとのことだった。

アイドルが到着してから、四回リハーサルを行なった。一〇秒前！　とADが叫び、最後の三秒は無言で指を折って、きっかけを寄越す。それと同時に、長い棒の先についたマイクが頭上からおりてきて、芝居が始まる。

「何者だ！」

「倉田」

「健人だ！」

二人そろって、

「ワーハッハッハ」

と高笑いをして走り出そうとしたところで、ディレクターズチェアに座っている監督が、カット！　と声をあげた。

「もっと弾けてほしいんだよねー。えーと、健人さんの方」

不満そうにぼくを指さす。吹っ切れたのか、やけくそみたいな登さんの笑い声は高らかだった。が、ぼくは緊張して、引きつったようにしか笑えなかった。

四回目に監督は指導をあきらめ、本番を宣言した。マスクをかぶって定位置につく。スモークがたかれ、ADのきっかけを合図に、大げさな表情をつくったアイドルが、腕組みで立ちはだかるぼくたちに叫んだ。

「何者だ！」

「倉田」

「健人だ！」

「ワーハッハッハ」

指示されたとおり、カメラへむかって突進し、左右にわかれてセットから飛び出したところで、カットがかかった。監督がモニターでチェックし、一発OKとなった。

オンエアにむけて、番組のポスターが街のあちこちに貼られた。そこには黒いスーツに黒いマスク姿で腕組みする、ぼくたちの写真もしっかり載っていた。

CMもガンガン流れた。名前を叫んだぼくたちが、高笑いをして去っていくシーンも挿入されており、それが幾度となく再生されることになった。

ドラマの第一回放送は、自宅で録画した上、たぐちで見た。気味が悪い、とおばあさんには顰蹙《ひんしゅく》を買った。登さんは仏頂面で、見ようともしなかった。ぼくはたぐちで見たあと、録画を見なおした。電話してきたかすみにもあれこれしゃべったけれど、鼻息まじりにふーんと気のない反応が返ってきただけだった。

ドラマの放送から二日後、『ふたりの季節』に重版がかかった。さらに、それから間もなく、ある編集者と会うことになった。M社の二ノ宮《にのみや》という、三〇代半ばくらいの男性だった。

飯でも食いましょう、と電話がかかってきて、新橋駅前のSL広場で待ちあわせることになった。約束の夕刻にあらわれた二ノ宮さんは、短髪で太り肉《じし》の、大柄な人だった。

「じゃ、行きますか」

ちょっと舌足らずなしゃべり方がくだけてきたころ、目あての京懐石の店に着いた。路地裏のこぢんまりしたたたずまいに、底光りするような高級感があった。

正面脇の入り口から、女将《おかみ》の案内で階段をのぼり、二階の個室へ通された。どっしりした一枚板の座卓には、すでに人数分のコースターとコップが用意されていた。座布団に腰を落ちつけるなり、二ノ宮さんが聞いてきた。

「とりあえず、ビールでいい？」

丁重にあいさつして女将がさがる。仲居が瓶ビールを運んでくる前に渡された名刺の肩書きは、M社が月刊で出している文芸誌の副編集長となっていた。

勝手にやるから、と仲居をさがらせ、二ノ宮さんはぼくたちに両手で酌をした。添えられた左手首には、いかにも高そうな腕時計が巻かれている。カーディガンもシャツもパンツも、玄関で脱いだ靴もブランドものみたいだった。外見と不つりあいで、微妙に似あっていない。コースのひと品目が運ばれてくる前に、いい小説って、どんな小説だと思う？　と質問を投げかけてきた。登さんがスパッと返した。

「おもしろい小説じゃないすか」

「残念ながら、そうじゃない」

やけにうれしそうだった。

「売れる小説がいい小説なんだ。一〇万部の壁って言葉があってね。一度でも一〇万部を超すヒットを出した編集者は、業界内で一目置かれる。ぼくは何度も達成してきた。二〇万部、三〇万部はざらだし、ミリオンセラーを出したこともある。大事なのは、とっさのひらめきだ。テレビで黒ずくめの君たちを見た瞬間、ピンと来た。このコンビは売れる！　ってね。どう、うちの雑誌で、長編を連載してみない？」

セカンドバッグから文芸誌をとり出し、その雑誌にかかわった流行作家の名前を並べ立てた。料理を運んできた仲居に日本酒に切りかえるよう命じ、飲み食いしながらしゃべり続けた。話を聞くうちに、その雑誌で連載を持ちさえすれば、すぐにでも流行作家になれそうな気がしてきた。しかし、こういう際の対応は決まっていた。話の切れ目で登さんが言った。

「D社と長編連載の約束してるんすけど、まだなに書くか決まってないんすよ。そっちを優先したいんで」

「じゃ、短編を連載しよう」

二ノ宮さんがすかさず言った。これには意表を突かれた。連載が無理なら書きおろしで、となるのが通例だったからだ。二ノ宮さんがたたみかけてきた。

「もう三月だよ。年内に二冊目を出すには、遅くとも四月から連載を始めないと、間にあわない。いま、君たちにはいい流れが来てる。逃しちゃ駄目だ」

追い立てられるような気分になった。さらに熱弁を振るっているところへ、

「失礼いたします」

個室の外から声がかかった。いらえに応じて、スッと襖が開く。廊下にかしこまって座っている女将が、二ノ宮さんに電話があったと告げ、ある女性作家の名前を口にした。

失礼、と二ノ宮さんが腰をあげた。

「遠慮しないで、ジャンジャンやってて」

襖が閉まり、廊下を歩く足音が遠のいてから、登さんが言った。

「ずいぶん景気よく吹いてたな」

「いまの話、どう思う？」

「久間さんに聞いた上でのこったろ」

日本酒をちびっと飲み、切子細工のお猪口をテーブルに置く。

「連載の約束はD社が先だ。久間さんがノーってんなら、この話はなしだ」

部屋に戻り、登さんの返事を聞いた二ノ宮さんは、判断を誤らないでね、と目に力をこめた。その直後、電話をかけてきた作家の話を楽しそうに始めた。

「彼女もぼくが見出した。一発あててから、しょっちゅう意見を求めてくるんだよ。君たちも、電話してぼくがつかまらなかったら、社の人間に伝言残しといて。打ちあわせで出てること多いけど、折り返すから」

翌日、久間さんに電話をかけた。二ノ宮さんとのことを相談すると、受けるべきです、ときっぱり言われた。

「他社に先を越されたくはありませんが、二冊目の刊行まで、間をあけない方がいいのは事実です。お二人の短編、すべて読んでます。あのレベルで書けるなら、連載だってこなせますよ。そっちを優先してください」

電話をかけたら、二ノ宮さんは不在だった。しばらくして折り返しの電話があり、連載を引き受けると伝えると、二ノ宮さんはそれを予期していたかのように、泰然と受け止めた。それから、あらためて詳細を伝えられた。締め切りは毎月五日。最初の締め切りは四月五日だった。

「君たちは若者を描くのがうまい。若者が主人公であれば、テーマはなんでも構わない。枚数は四〇枚から六〇枚で、全五話ってことにしよう。近いうちに、社へ来てもらえるかな。第一話掲載号で、倉田健人の特集組むから。派手なあおり文句つけて、二人にバーンと表紙を飾ってもらう。もちろん、あのマスクでね」

ぼくたちは受話器の左右で顔を見あわせた。しぶい表情ながら、登さんが反論しなかったのは、毒を食わば皿までという心境だったのかもしれない。

数日後、M社を訪れると、ドラマのときと同じ、黒いスーツとプラスチック製の黒いマスクが用意されていた。二人でスーツに着がえ、マスクをかぶったところで、二ノ宮さんがうれしそうに話しかけてきた。

「入江君、なんでもいいからしゃべってみて」

「え」

「いいから」

「えーと、じゃあ」

次の瞬間、二ノ宮さんの手がぼくのマスクにサッと伸びると、

「**今日は曇り**」

ロボットみたいな機械音声が飛び出した。エコーのエフェクトまでかかっている。

「なんすか、いまの」

登さんに目をむけ、二ノ宮さんが笑顔で自分のこめかみのあたりを指さした。

「ボイスチェンジャーのスイッチがあるんだ。おもしろいから買ってみた。使う機会は

なさそうだけどね」

「へえ」

こもった声の調子から、登さんがげんなりしているのがわかった。

ドラマに出演したあと、立て続けに重版がかかり、連載も決まった。しかし、いいこと尽くしというわけにはいかなかった。それに気づかされたのは、春休みに入って最初の日曜だ。

その日、たぐちへ行ったら、表のシャッターがおりたままだった。勝手口から入って茶の間にあがると、薄暗い中に布団を敷き、おばあさんが寝ていた。具合が悪いのかと思い、足音を忍ばせて横切ろうとしたら、いっちゃん、といきなり呼びかけられた。

「わ、びっくりした」

こっちへむけられた目が、薄闇の中でにぶく光っている。おばあさんが左手を使い、苦労して上体を起こした。ぼくを見すえて、もつれる舌で言った。

「寺脇《てらわき》ってのは、えらいやつなのか」

「寺脇？　だれそれ」

「好き放題書きやがって。とんだ営業妨害だ。あたしのかわりに投書しておくれ」

「え、どういうこと」

「新聞のな」

ささやくように言いかけ、突然声を張りあげた。

「ああっ、腹が立つ。気分が悪い。寝る」

再び体を横たえ、布団をかぶってしまった。そのふくらみをながめてから、茶の間を横切り、階段をのぼった。登さんは部屋の壁に寄りかかり、腕組みであぐらをかいていた。険しい視線の先に、しわくちゃの新聞がある。近づいていくと、ぼくを見あげて、声をかけてきた。

「ばあちゃん、怒《いか》ってたろ」

「すごく」

むかいに腰をおろし、あぐらをかく。あいだにある新聞を気にしているぼくに、登さんが説明した。

「朝飯食ったあと、新聞読んでたら急にわめき出してよ、そんなにしちまった。なんとかってやつがおれらの悪口書いてるらしいんだが、興奮してっから、わけわかんねえ。お前が来んの、待ってたんだ」

さし出してきた新聞を受けとる。しわはついているものの伸ばしてあり、読める状態になっていた。丹念に見ていくうちに、倉田健人の文字が目に飛びこんできた。見なおすとそこは、文芸欄のコラムらしく、「文学ミシュラン」とタイトルがついていた。

「『ふたりの季節』の書評みたい」

「へえ」

「でも、ちょっと変わってる」

本文の前に、こう書かれていたのだ。

☆…佳作。読んで損はしない。

☆☆…良作。読むべき。

☆☆☆…傑作。今すぐ書店へ走れ！

★…凡作。暇潰しにはなる。

★★…駄作。可はなく不可のみ。

★★★…贋作《がんさく》。小説にあらず。

説明すると、登さんが好戦的な顔つきになった。

「おもしれえ。読めよ」

書評はこんな風に始まっていた。

去年送られてきた倉田健人のデビュー作、『ふたりの季節』を手に取る気になったのは、たまたまつけたテレビで、おかしなマスクをかぶったおかしな二人組が、倉田健人だ！　とがなっているのを目にしたからだ。その二人組が本人達と知って驚愕し、小説を一読後、驚愕を通り越して唖然とした。

『ふたりの季節』は、出来の悪いマンガだ。いや、こんな言い方はマンガに対して失礼になる。以前ここで取り上げた、萩尾望都《はぎおもと》の『トーマの心臓』のような作品もあるのだから。こう言い換えよう。『ふたりの季節』は、小説としてのテーマを深化させる代わりに、マンガ的な表現にすり寄り、小説にもマンガにもなり損ねた、鵺《ぬえ》のような作品だと。以下、その理由を説明する。

吉本隆明《よしもとたかあき》や柄谷行人《からたにこうじん》の著作から援用しつつ、『ふたりの季節』を批判している部分はよくわからなかったけれど、とにかくぜんぜん認めていないことはわかった。そのあと、冒頭にあった『トーマの心臓』にあらためて言及し、コラムはこんな文章で締めくくられる。

『ふたりの季節』を鵺のようだと断じた理由が、これでご理解いただけただろう。中途半端に文学的で、中途半端にマンガ的なのだ。倉田健人は若い。馬鹿げたお祭り騒ぎに、嬉々として担ぎ出されてしまうほどに。若さが可能性だと信じるナイーブさを、あいにく評者は持ち合わせていないが、それでもわずかな望みをかけて、ここで彼らに忠告する。

君達が小説だと思い込んでいるものをゼロから見直さない限り、作家としての未来はない。

今週の評価：★★★　寺脇総一郎《そういちろう》（文芸評論家）

徹底的な酷評だった。救いを求めるように顔をあげて、ギョッとした。登さんが立て膝になり、すさまじい殺気を放っていたからだ。低い声でしゃべり出した。

「ばあちゃん、しょっちゅう言ってるぜ。新聞の読者は何百万ってな。その前でこんだけ恥かかされて、おめおめ引きさがるわけにゃいかねえ。なんつったっけ、おれらに黒星三つつけたクソ野郎は」

「寺脇総一郎」

「寺脇な。忘れねえ。この借りは必ず返す。一真、マンガって読むか」

「あんまり」

「おれは、一冊も読んだことねえ。寺脇が書いてたな。小説とマンガのなり損ねとかなんとか。マンガがどんなもんか、読んでみてえ」

こうして、『トーマの心臓』を読むことになった。駅のスーパーの本屋で買い、たぐちに戻って読み始めた。

——ぼくは　ほぼ半年のあいだずっと考え続けていた

ぼくの生と死と　それからひとりの友人について——

朗読には時間がかかった。並んで座り、絵を見せながら読んだものの、登さんはマンガ特有の表現になかなかなじめなかったのだ。

「ストップ。なんでこいつ、宙に浮いてんだ」

「浮いてるんじゃなくて、コマの前に出てるんだよ」

「コマってなんだ」

「えーと、ひとつひとつの絵をおさめる枠のこと」

「なんでその前に出る」

「この場面全体に、ユーリの考えが及んでるって示すため、かな」

登さんが頭をなであげた。

「よくわかんねえな。まあいいや。続きだ」

ほどなく、再びストップがかかった。

「この、波みてえのはなんだ」

「ユーリの心理をあらわしてるんじゃないかな」

「心理って、どんな」

「不安とか、疑惑とか」

「なんでわかる」

「なんとなく」

登さんが腕組みした。

「どうもピンと来ねえ。まあいいや。続きだ」

読み終えたのは、夜一〇時すぎ。半日がかりで、へとへとだった。その疲労は、未知の刺激を浴び続けたことにも起因していた。ぼくはわけもなく、少女マンガを馬鹿にしていた。まともに読むものじゃない、とさえ思っていた。

しかし、それは誤解だった。『トーマの心臓』を読んでいるあいだ中、多様な光線や空気が小止《こや》みなく押し寄せてくる感覚があり、その総和がストーリーと一体となって、ずっしりした読後感が残った。沈黙を破って、やべえな、と登さんが言った。

「思ったよりおもしれえ」

「うん」

「小説とマンガの違いって、なんだ」

唐突な質問だった。が、これにはすぐ答えられた。

「絵のあるなし」

「ほんじゃ、小説は絵抜きのマンガか」

「違う」

「どう違う」

「それは……」

即答できなかった。登さんが難しい顔をした。

「おれもパッと言えねえが、違うのはわかる。なんつーか、小説にしかねえもんがあんだ。一真の朗読聞いてっと、いまおれ小説読んでんなーって思うことがあってよ。あの感じ出せなきゃ、絵抜きのマンガになっちまう気がする。あの感じは、なんっつったらいいか」

めずらしく口ごもった。

「ふだんてめえらが使う言葉で書いてあんのに、見たことも聞いたこともねえもんにぶちあたった、みてえな。うまく言えねえ」

漠然としているけれど、伝わってくるものがあった。

「それなら」

ぼくはサブバッグからノートをとり出した。ボリス・ヴィアンの『うたかたの日々』を読んだのをきっかけに、これは、と思う表現をコツコツ書きためてきたノートだ。

「例えばこれ、漱石の『それから』だけど」

そう前置きして、読み始めた。

つい、うとうとする間《ま》に、凡ての外《ほか》の意識は、全く暗窖《あんこう》の裡《うち》に降下した。が、ただ独《ひと》り夜を縫うミシンの針だけが刻み足に頭の中を断えず通っていた事を自覚していた。

寝入りばなの独特な感じを、ミシンの針の動きでたとえたその箇所は、再読してもやはりあざやかだった。顔を起こして言った。

「こんな表現、言葉でなきゃできない。あと、こんなのもある」

ノートに目を落とし、同じページの別の抜粋を朗読した。

クールエイド一袋で二クォート分をつくるのが普通だが、かれはいつもその二倍、一ガロンの水を使った。だから、かれのクールエイドときたら、いわば理想的な濃度の影であるにすぎなかった。それに本当は砂糖を加えるべきなのに、そんなこと、やったことがない。入れるべき砂糖がなかったから。

かれがつくるクールエイド世界《リアリティ》はかれひとりのものだった。それは黙示の世界であった。

リチャード・ブローティガンの『アメリカの鱒釣《ますつ》り』におさめられている、「クールエイド中毒者《ワイノ》」。この箇所は、見立ての文学と言うべき『アメリカの鱒釣り』の中の白眉《はくび》だ。クールエイドが大好きな、貧しい少年のいじましい工夫が、ブローティガンの卓抜な比喩によって、ほとんど神聖な行為にまで高められている。ああ、と登さんが声をあげた。

「クールエイドってのはあれだろ、粉末ジュースみてえなやつだろ」

「うん」

「言葉でなきゃできねえ表現か。確かに、絵抜きのマンガにしねえためにゃ、とことんそいつにこだわるしかねえ。凝りまくった表現、これでもかってくれえぶちこんでよ、

「頭からケツまでどこ切っても、クールエイド！　みてえな」

徐々にスピードをあげながらしゃべっていた登さんが急に口をつぐみ、そうだ、という顔をした。

「そういう小説、ねえかな」

それで理解できたのは、思考がシンクロしていたからだろう。ぼくは図書館へ行き、クールエイドの比喩を持ち出して、柳沢さんたちにリクエストを伝えた。柳沢さんはピンと来ないようだったが、本条さんは張り切った。

「だったら、ヌーヴォー・ロマンがおすすめ。若いころ、背伸びして読んだなあ」

結論から言うと、ヌーヴォー・ロマンにぼくたちの求める鉱脈はなかった。好みにあわなかったのだ。四冊目の推薦図書を読んでいた数日後、

「ストップ」

登さんの声がかかった。顔をあげると、あからさまにうんざりしていた。

「おもしれえか」

「ぜんぜん」

あーと天井をあおいだ登さんが、

「やめやめ」

頭のうしろで手を組み、ドサッと壁に寄りかかった。

「表現に凝りゃいいってもんじゃねえな。小説はおもしろくてなんぼだろ」

言った直後、ハッとした表情になった。

「小説のおもしろさって、なんだ」

ぼくはじっくり考えてから答えた。

「言葉でなきゃ表現できないことを読むおもしろさと、あとはお話、っていうか、物語のおもしろさかな。読むこと自体楽しい！　みたいな」

「そんなら、物語のおもしろさって、なんだ」

「それは……」

「つーか」

登さんがムクッと上体を起こした。

「物語って、なんなんだ」

絶句してしまった。登さんが真剣な表情で、あごをさすった。

「ここらできっちり、研究しねえとまじいな」

「研究って、なんの？」

「おもしれえ小説の研究だ。前、つまんねえ小説の研究したろ。あの逆やるわけだ」

こうして、ぼくたちは〝研究〟にとりかかった。といっても、過去に読んでおもしろかった小説のどこがおもしろいのか、言いあっただけだ。

しかし、飽きなかった。意見が食い違い、ひとつの作品のおもしろさのありかをめぐって、延々と議論することもあった。さまざまな生命体を腑わけし、それを生命体たらしめる、もっとも重要な器官をさぐりあてようとしているみたいだった。

登さんはズバッと急所をつかまえるのがうまかったけれど、ぼくの説明はだらだら長くなりがちだった。長えよ、と何度も突っこまれ、とにかく短くまとめなければ負け、というムードになった。その影響で徐々に、片方が投げかけた小説を、もう片方がその急所を踏まえた上で、これこれこんな話、と一文で答えるスタイルが確立していった。

例えばこんな風に。

「あれはどうだ。なんつったっけ、山の手線にはねられて、温泉行く話」

「『城の崎《きさき》にて』」

志賀直哉の短編のタイトルを口にした。山の手線の電車に跳飛《はねと》ばされて怪我をした、という書き出しのインパクトが強くて、よく覚えていた。典型的な私小説ながら、迫力を感じさせる話だった。その理由を考え、なるべく簡潔に答えた。

「身近な生物の生き死にを見て、自分自身の生き死にを考えるようになる話」

登さんが、ほう、という顔をした。

「うまくまとめたな」

「じゃあ、ぼくの番。筒井康隆の『バブリング創世記』」

「ああ、あれだろ。ドンドコドンだの、ドンタカタだのっていう」

「そう」

とびきりの変化球のつもりだった。ところが、

「名前がどこまでも増えてく話だ」

あっさり答えが返ってきた。ぼくには名前を物語の主体ととらえる発想はなかったが、そうしていけない理由などない。一文ですっきりまとめられると、あの作品の人を食ったおもしろさの核が、明確になった。ほんじゃ、と登さんが言った。

「おれの番な。てめえの惚れてる女が、てめえの親父に惚れてて……」


研究を始めて数日後、久間さんから電話がかかってきた。ぼくたちが寺脇さんのコラムを読んだのを知ると、なだめるような口調になった。

「あれには批判も多いです。個人的には、星の格づけはどうかと思ってます」

「あんなの、ぜんぜん気にしてませんよ」

本当は翌週、最新の「文学ミシュラン」を読んでいた。とりあげられた小説は白星ひとつで、ぼくたちは心おだやかではいられなかった。登さんが無関心を装い、さりげなくたずねた。

「どんなやつなんすか、寺脇ってのは」

久間さんによると寺脇さんは、東大法学部首席卒業、司法試験首席合格、国家公務員採用上級試験首席合格という輝かしい経歴の持ち主で、二〇代半ばでの論壇デビューは、センセーショナルだったらしい。

「二〇年くらい前なので、当時のことは直接知りません。しかし、お目にかかってお話しするとおそろしく博識な方で、想像はつきます。もともと攻撃的な論調だったんですが、数年前の『文学ミシュラン』から、いっそう過激になりました」

東大法学部と聞いたときから、島大八のことが頭にあった。年代的にも符合する。予感に突き動かされるまま、あの、と送話口に呼びかけた。

「島大八って作家がいるんですけど」

「ああ」

久間さんが慎重な口ぶりになった。

「確かに、島大八の正体が寺脇さんじゃないかという説は、根強くあります。ただ、ご本人が否定も肯定もされないので、なんとも言えません。書評については、あまりナーバスにならないでください。ものは考えようです。あの書評でとりあげられたということは、それだけ業界で認知されたということですから」

さらに数日後、研究がいっそう熱を帯びるできごとがあった。真夜中に電話をかけてきたかすみが、寺脇さんがパーソナリティーを務めるラジオの番組で、ぼくたちのことを話題にしていると教えてくれたのだ。

「『深夜書店』」

「『深夜書店』って番組なの？」

「ん」

鼻息をくり返したあと、投げ出すように言った。

「ボロクソ」

電話を切り、さっそくその番組を聴いてみた。スタッフとおぼしき男性アシスタントとともに、リスナーからの葉書を紹介しつつ進行する一時間のトーク番組で、クラケンという固有名詞が頻出すると思ったら、それがぼくたちのことだった。

「……クラケンのようなお調子者が増えれば、日本の文壇がもっと活況を呈するはずだと考えるのは、ワタシだけでしょうか（笑）」

ちょっと鼻にかかる美声だった。カッコワライ、と読みあげたところで、寺脇さんはアシスタントと一緒に笑い、流れるようにトークへ移行した。

「みなさん好きですね、クラケンが。反響の大きさに、いささかとまどっております。この番組聴いて、うっかり『ふたりの季節』買っちゃったリスナーから、金返せって葉書が何万通も」

「来てませんて」

「あれえ?」

アシスタントとまた笑い、その余韻が残る声で続けた。

「しかしまあ、ああいう色ものも必要ですよ。なんせ地味ですから、この業界。先日私、某文学新人賞の選考会に参加したんですが……」

翌日、登さんに報告したら、上等だ、とすごみのある笑い方をした。

「とんでもねえ傑作書いて、必ず見返してやる」

寺脇さんという仮想敵が、ぼくたちに強い原動力を与えた。連載短編の第一話に加えて、単発で依頼された短編の締め切りがあったにもかかわらず、時間を見つけて研究を続けるうちに春休みが終わり、ぼくは高校二年生になった。

研究を切りあげたのは、四月半ば。物語は大きな文なのである、とロラン・バルトは言っている。ぼくたちは期せずして、物語論《ナラトロジー》の領域に足を踏み入れていた。何百もの小説を一文にまとめて、見出した共通点が三つある。
1　始まりと終わりがある。
2　全体を統一する主人公がいる。
3　始まりから終わりへ行くまでに、主人公が変化する。
物語論と呼ぶにはあまりに粗雑だが、その気づきは有益だった。物語の最小単位の一文は、決まってなんらかの運動性を持つ。それが主人公に変化をもたらし、推進力を生むのだ。エンジンみてえなもんだ、と登さんは言った。その連想からか、研究を切りあげることになった日、こんな話題を振ってきた。

「物語ってのは、遠回りありの道順問題に似てんな」

「それ、どんなのだっけ」

「知らねえのか」

「遠回りなしなら習った気はするけど……」

ぼくは一年生で出てきた微分・積分でつまずき、作家と医者の兼業という将来設計を放棄して、二年生から文系クラスへ移っていた。急速に失われつつある数学の記憶をあさっていたら、

「書くもん出せ」

言われるまま、サブバッグからノートと筆記用具をとり出すと、でっかい正方形書け、と命じられた。まっさらなページを開き、大きな正方形を書いたら、登さんがひと組の対頂点を指でつついた。

「こことここに、なんでもいいから記号書け」

下方の点にA、斜め上方の点にBと書いた。

「なんて書いた」

「こっちがAで、こっちがB」

「おんなじとこ通んねえで、AからBへ行く道順は何通りだ」

「二通り」

「正解。ほんじゃ、縦横一本ずつ、この四角に線引け」

言われたとおり正方形を四分割すると、

「AからBへ行く道順は？」

ひとしきり数えた。

「一二通り。……これ、すごい数になってくんじゃない？」

登さんがニヤッと笑った。

「縦横二本ずつで二〇〇通り近くんなって、五本ずつで四億だか、五億だかになる」

「そんなに!?」

「算数教室で教わってよ、たまげたからよく覚えてんだ」

登さんが人さし指をぼくの前にかざし、

「こいつが主人公だとする。で、ここが始まり」

とAに置いた。

「山あり谷あり、いろんな道進むうちに、こいつ自身も変化して、終わりに着く」

あちこち動かした指をBで止め、顔をあげた。

「これが物語ってわけだ。道順なんざ無限に増やせる。小説書くってこた、無限にある道ん中から、一本だけ選ぶってこった。考えてみりゃとんでもねえな」

この話には興奮した。たった五本ずつで億単位だとしたら、物語のバリエーションは本当に無限だろう。

「さて、と」

登さんが大きく伸びをして、パタッと両手をおろした。

「だいぶ時間食っちまった。いい加減、おれらの話つくんねえと」

膝に頬杖をついて、網戸にした窓へ目をやった。傾き始めた春の光が射しこみ、踏み切りから警報器の音が間遠に聞こえてくる。一緒にそっちをながめていると、眠くなってきた。ぼーっとしていたら、いきなり、登さんが振りむいた。

「見えた！」

「えっ」

「長編のアイデアだ。いけるぜ、こいつは」

「どんな話？」

「神さまさがす話だ」

なんだかわからないけれど、期待をあおるフレーズだった。ノートの白いページにシャーペンを構え、もっとくわしく、とせがんだら、いきいきと話し始めた。

「主人公は男の双子。小学二年のとき、おない年の女とかくれんぼしてて、弟の方がいなくなっちまう。真っ昼間の公園で、煙みてえに消えちまったもんだから、現代の神隠しだとか騒がれる。二人を心配させねえように、まわりの大人も口裏あわす。神さまがちょっと連れてっただけで、弟は無事に帰ってくるってな。二人はそれ真《ま》に受けて、弟返せってかけあうために、必死こいて神さまさがそうとする」

「どうやって？」

「七中のそばに、なんとか教の分教会ってのがあんだろ」

「うん」

「ああいう分教会だの道場だのってのは、暴力団の資金源になってたりしてよ。陰であくでえことやってんのも多いんだ。二人はそういうとこへ乗りこんじゃ、神さま出せって談判する。むこうはなんだかんだ理由つけてごまかそうとすんだが、二人にゃ通じねえ。ペテンって見切りつけたら、また次だ。そうやって神さま見えるだの、てめえが神さまだのって連中をなで斬りにする」

「いいね」

ワクワクしてきた。

二人は方々の教団を訪れては、ひたすら神との面会を求める。子ども特有の純粋さとかたくなさで、いかさま教祖たちの化けの皮をはいでいく前半には、道場破りみたいな痛快さがあった。

しかし、二人が小学校の高学年になる後半から、物語はかげりを帯び始める。期待は裏切られ続け、精神的な成長とも相まって、二人はだんだん神の存在を信じられなくなっていく。登さんは熱っぽく語った。

「弟いなくなった理由は、事故でねえとすりゃ、誘拐しかねえ。てこた、ラストは三通りだ。行方知れずのまんまか、ズタボロで見つかるか、死体になって見つかるか」

「えっ、でも」

「あ？」

「無事に帰ってくるってラストもあるよ」

「そりゃ駄目だ。美しくねえ」

美しいという言葉に虚を突かれた。登さんが真剣な顔で聞いてきた。

「一真。神さまっていると思うか」

少し考えてから、わからない、と答えた。登さんがうなずいた。

「たぶん、んなこただれにもわかんねえ。わかんねえままでいいんだ。インチキくせえハッピーエンドなんざいらねえよ」

ぼくはその話の圧倒的な暗さに惹かれた。

「なんていうか……すごいよ。これならきっと、寺脇さんにぎゃふんって言わせられる」

よし、と登さんが気合いの入った声をあげた。

「久間さんに連絡だ」

指定された日時にミネルヴァで会った。話を聞いた久間さんは、とまどっているみたいだった。

「ずいぶん作風を変えてきましたね」

たばこに火をつけ、さぐるような視線をむけてきた。

「もし、寺脇さんの書評を気にしてるのであれば……」

「あんなもん」

登さんが鼻息で吹っ飛ばすように言った。

「これっぽちも気にしてませんよ」

本当はあれ以来、「文学ミシュラン」を毎週読んでいた。加えてぼくは、寺脇さんがパーソナリティーを務める「深夜書店」も欠かさず聴き、倉田健人がネタにされるたび、いちいち登さんに報告していた。まあ、と登さんが言葉を継いだ。

「あれ読んだあと、しこたま研究はしましたけど」

「研究?」

ぼくたちはその話をした。ときおりコーヒーに口をつけ、何本もたばこをすいながら聞いていた久間さんは、話が終わるとしばらく黙ってから、お二人は、と感に堪えないように言った。

「本当に小説が好きなんですね」

「そりゃ、もう」

「大好きです」

久間さんが何度もうなずいた。

「文芸にたずさわる人間は、そうあるべきです。心から小説を愛してないと。それがなにより大切なのに、日々の業務に追われて、忘れがちになる。いや、反省させられました。編集者が守りに入っちゃ駄目だ」

久間さんが居ずまいを正し、熱のこもった口調で言った。

「神をさがす小説、やりましょう。チャレンジする価値は十分ある」

ただし、と続けた。

「二つ条件があります。まず、具体的な宗教団体の名前は出さないでいただきたい。いろいろデリケートな問題がからんできますから」

「了解っす」

ぼくも異論はなかった。

「それから、プロットを提出していただきたい」

「なんすか、プロットって」

「新人賞に応募するとき、あらすじを書かされましたよね。だいたいあれと同じものだと考えてください。大きなテーマですし、初めての長編連載ですから、途中で迷子にならないように。それをたたき台にして、とことん話しあいましょう」

「あの」

呼びかけたぼくに、久間さんが顔をむけた。

「プロットは、何字くらいで書けばいいですか」

「原稿用紙四枚でも五枚でも、全体を見通せればＯＫです」

「締め切りは？」

「鉄は熱いうちに打て、と言いますから。今月中だと、きびしいですか」

「平気っす。一真、いけんな」

「うん」

久間さんがうなずき、では、と力強く宣言した。

「締め切りは四月末日ということで。プロット、楽しみにしてます」

まず、例によって主要キャラクターのプロフィールを年表にまとめた。双子の兄弟・優志《ゆうじ》と篤志《あつし》、幼なじみの女の子・茜《あかね》はもちろん、彼らにかかわる人物の年表もいつになく詳細なものになった。

次に、優志と茜の小学二年生から六年生までの五年間を、一年ごとに五章で描き、三章までが主に道場破り、四章から二人の心境に変化があらわれ、五章で終結と大きな流れを決めた。

さらに、宗教関連の本を読みあさった。とりあえずアーメンとなんまいだぶだろ、という登さんの言葉にしたがい、キリスト教と仏教に関する本がメインになった。なんとなくあやしいもののように考えていた宗教が、本を読むうちにガラッと印象を変えた。宗教の厚みを知ったことが、全体の流れの見なおしにつながった。まだ幼い優志と茜を、いきなり道場破りへむかわせるのは無理がある。もっと手順を踏むことにしたのだ。

篤志が神さまにさらわれたと信じこんだ優志と茜は、宗教に関する本を読んで、神さまの研究をしようとする。

一方の大人たちは、事故と誘拐の両面から大がかりな捜索を行なうが、いっこうに成果をあげられない。そのうち、優志の母親は篤志の無事を祈るあまり、ある教団の熱心な信者になる。教団の教えにのめりこむ母親を、優志の父親も、茜の両親も引き止めようとするけれど、耳を貸さない。逆にしつこく勧誘して、徐々に周囲からうとまれていく。大人から相手にされなくなった母親は、優志と茜に声をかける。それを機に二人は、大人たちの目をかいくぐって、その教団へ通うようになる。

「で、そこの教祖を登場さす。敵を一人に絞るわけだ。その、教祖ってのが曲者《くせもん》でよ。初め二人はコロッとだまされる。けど、ガキはガキなりに賢くなってくし、いろんな裏の事情もわかってきて、だんだん教祖の言ってること信じらんねえようになる」

「いいね」

イメージがふくらんできて、早口にたずねた。

「二人はどこかで教祖と対決するよね」

「おお。ラストのちょい手前あたりだな」

「ラストはどうしよう」

「お前どう思う」

逆に質問され、そこまでの流れを想像しようとしたが、

「わからない。書いてみないと」

そこから、本格的なプロットづくりに入った。五章をそれぞれ二〇の場面に分割し、一〇〇のブロックをつくることにした。その数字に深い意味はない。久間さんの言う〝迷子〟になるのを避けるため、なるべく多くの里程標を設けようとしたのだ。

1優志と篤志、茜がかくれんぼをしていて、篤志がいなくなる↓2いくらさがしても見つからない↓3交番へ行き、事情を話す↓4大捜索が始まる、という具合に時系列順にノートへ書き出したものの、先に行けば行くほど予測が立てにくくなり、途中からと

にかく一〇〇のブロックを完成させることが目的になった。

それをもとにプロットをまとめると、原稿用紙で五〇枚を超えた。五章は結末を決めかね、篤志が行方不明のままのバージョン、ひどい状態で保護されるバージョン、死体で発見されるバージョンと三つを併記し、未定としていた。

とりあえずそのまま久間さんに送った。反応が気がかりだったが、すぐにかかってきた電話で、驚きました、と興奮気味に言われた。

「ぼくからつけ加えられることはなさそうです。プロット、これでいきましょう。企画会議にかけるので、少々お待ちください」

二週間ほどして、ミネルヴァで会った久間さんは、意気盛んだった。

「連載決定です。難しすぎるテーマじゃないかという意見もありましたが、最後は編集長の鶴のひと声。編集長もお二人には期待してます。がんばってください」

その後の打ちあわせで、連載の詳細が決まった。

枚数は五、六〇枚程度で、隔月連載。締め切りは隔月末。全一〇回の予定で、最初の締め切りは六月三〇日。

そこへ落ちつくまでに、ひと悶着あった。登さんが隔月ではなく、毎月連載したいと主張したのだ。ジャンジャン稼ぎたい気持ちは理解できたけれど、学校へ通いながらエッセイや短編の依頼をこなし、月二本の連載を持つのは、ぼくの能力を超えていた。久間さんも助け舟を出してくれた。

「無理をして作品の質が落ちたら、もとも子もありませんから」

「まあ、久間さんが言うなら」

登さんはしぶしぶ折れた。ホッとしたものの、ぼくは小説にかかりきりで、だいぶ前から勉強がおろそかになっていた。五月下旬の中間試験では、漢文で八点しかとれず、初めて赤点をつけられてしまった。


六月中旬、長編の第一回を脱稿した。タイトルは、「神様がいた頃」。

第一回は小学校二年生になって間もなく、公園でかくれんぼをしている最中に篤志がいなくなり、その不可解な消え方から現代の神隠しと騒がれるようになって、それを信じこんだ優志と茜が、アクションを起こすところで終わる。隠れた二人が三目並べをしているあいだに、鬼になった篤志が失踪するシーンはこう。

落ちていた枝で、３×３の格子を地面に引いたところで、じゅっ！　と篤志が数え終わる声がした。灌木《かんぼく》越しに透かし見ると、十数メートル離れたイチョウの前で、篤志がキョロキョロしていた。茜が耳元でささやいた。

「あたしからね」

返事を待たずに枝を拾い上げ、右上の角に〇を描いた。後で刑事にゲームをやった回数を聞かれて、優志は三回と答え、茜は四回と答えた。三回目か四回目のまるばつを終えた時、優志は辺りが静か過ぎることに気づいた。同じことを感じたらしく、茜が腰を浮かせ、灌木の上から顔をのぞかせた。見つかるよ、とささやきかけた優志に、不服そうな表情で振り返った。

「あっくんいない」

「えっ」

優志も茜の横に顔を並べた。公園は無人で、薄曇りの空の下、どこかよそよそしい印象だった。優志は、篤志が逆に隠れて、自分達を驚かせようとしてるんだ、と思った。そう話すと茜は眉をひそめた。

「鬼なのに?」

「なかなか見つかんなくて、ムカついたとか」

二人は灌木の脇から出て、低い鉄柵をまたぎ越した。篤志の名前を呼びながら、公園の中をくまなく探した。かくれんぼで隠れるのは禁止になっている、公衆トイレの個室の中まで探した。

しかし、どこにもいなかった。篤志は煙のように消えていた。

その後、警察は数百人態勢で捜索を行ない、優志の両親をはじめとする有志も独自に活動するものの、なんの成果もあげられない。無責任な憶測とともに、現代の神隠しというフレーズだけが広がっていく。そしてラスト。

「あっくん返してって、神様に言おう」

「うん！」

茜の言葉に力強くうなずいた直後、疑問がわいてきた。

「神様って、どこにいるの？」

「探そう」

「どうやって」

茜は少し考えてから、きっぱり言った。

「研究して」

こうして、二人の図書館通いが始まった。

「よーし」

読み終えると、登さんが満足げに言った。

「プロットどおりだな」

「神様がいた頃」第一回は、久間さんにも好評だった。

「オープニングとしては文句なしです。こまかなおしはゲラでやってもらえれば。第二回も楽しみにしてます」

二ノ宮さんとも密につながっていた。脱稿した短編を送ると決まって、飯でも食おう、と電話がかかってくる。高そうな店で会食しながら、原稿について話しあうのだが、これがしんどかった。駄目出しが異常に細かかったからだ。もっともだと思える指摘もあれば、なにが気に入らないのかさっぱりわからないこともあった。

第一話は、においが薄い、と言われた。

第二話は、もっと赤みがほしい、と言われた。

本にするときなおせばいいから、と同じせりふで話を切りあげられたけれど、手つかずの宿題が積み重なっていくようで、気が重かった。

第三話を送ったあとも、いつものように電話がかかってきた。指定されたのは表参道のカフェバー。ジャケット着用で、と念を押され、行ってみたら入り口で服装チェックがあった。

店内はだだっ広かった。鉄骨むき出しの高い天井から、飛行船のレプリカが吊りさがり、照明をとりつけた大理石の柱が、テーブルとテーブルのあいだにズラッと並んでいる。先に席で待っていた二ノ宮さんは、ダブルのスーツ姿だった。第三話は、

「微妙に違うんだよね。ウンパパじゃなく、ンパパって感じ」

といままででいちばん意味不明な駄目出しをされた。が、その日の本題はそこからだった。二ノ宮さんの報告は思いもよらないものだった。文学界のニューウェーブという触れこみで、ぼくたちをテレビに出演させるというのだ。

「苦労したよ。あの番組に出たがる人は多いから。知ってるよね。土曜の夜、ＮＨＫでやってる……」

若者に人気のトーク番組だった。著名なデザイナーが司会を務め、ゲストも旬の人たちばかりで、見たことのないぼくでも番組の名前は知っていた。八月中旬に収録があり、九月初旬にオンエアとのことだった。二ノ宮さんが上機嫌で言った。

「本の告知にうってつけのタイミングだ。根回ししてきた甲斐があった」

飲み食いしながら、さらにくわしい話を聞いた。番組では若者のアイデンティティー《自己》クライシス《喪失》の問題をとりあげることになっており、素顔を隠した覆面コンビというのを前面に押し出して、ぼくたちをゲストにねじこんだらしい。

「ほかに二人ゲストが呼ばれてる。一人はどっかの大学教授で、もう一人はアイドル。アイドルの方はさがしてる最中だって。アッパラパーなアイドルじゃ、番組のムードにそぐわないし、かといってあんまり売れっ子だと、いまからスケジュールおさえられないし。人選が難しいよね。いずれにせよ、あの番組に出たら、認知度が格段にあがる。ああ、そう言えば」

急にニヤニヤし始めた。

「寺脇さんにだいぶからまれてるね」

「知ってるんすか」

「もちろん。せまい業界だからね。最近も、相変わらず？」

登さんに目をむけられ、はい、と答えた。

「『深夜書店』ってラジオ番組で、クラケンがどうのってネタにされてます」

「気にしなくていい。ぼくの見るところ、あれは寺脇さんの嫉妬だ。君たちはだいぶ派手に露出したろ。あれでメラメラッと来たんじゃないかな」

そんなことで？　と思った。登さんも腑に落ちないような顔をしている。二ノ宮さんが楽しそうに続けた。

「寺脇さんの気持ちもわからなくはない。あの人はもともと、作家としてデビューしたんだ。しかも、覆面作家」

「みたいすね」

「あれ、知ってた？」

「はあ」

二ノ宮さんはちょっと気をそがれたようだった。が、すぐに話を再開した。

「覆面作家になった理由は察しがつく。『バルネラビリティ』は読んだ？　犯され続ける主人公は、日本のことだって見方がもっぱらでね。それは、ペンネームも語ってるよ。島大八。並べかえると大八島《おおやしま》。国生み神話に出てくる、日本の別称だ。寺脇家は代々、官僚の家柄なんだ。その子息があんな小説書いたなんて、大っぴらに言えるわけがない。

『バルネラビリティ』は馬鹿売れした。ところが、いっこうに二作目が出なくて、極度のスランプらしいって噂が流れた数年後に、東大三冠王の文芸評論家、寺脇総一郎が登場するわけだ。エリートは挫折に弱い。同じ覆面作家で、なんだかんだうまいことやってる君たち見て、古傷がうずいたんだろう。この際、寺脇さんにはもっと嫉妬してもらおう。倉田健人は来るよ。ドーンと、大化けする。ぼくにはわかる。感じるんだ」

二ノ宮さんはカクテルのおかわりを重ね、自らの直感を絶対的に信じるようになったいきさつを語った。

「子どものころから、世界を変えたかった。貧乏人の、七人兄弟の末っ子で、まわりは田んぼばっかりの田舎だし、いろいろ鬱屈してたんだ。順当に文学青年になって、大学に入学したのはちょうど、学生運動がピークだった時期。苦学生やりながら、知りあいに誘われて、黒ヘルって呼ばれるグループに入った。黒ヘルの流儀は、『資本論』一辺倒の多数派とは違っててね。各自が信奉する作家や詩人の著書を持ち寄って、グループ内にはバイブルがわりの本が、何冊もあった。ぼくも『自由への道』片手にデモ闘争に参加したりしてたけど、そんなことをしても世界は変えられないって気づく前に、運動そのものが頓挫してしまった。今度は社会の内側から世界を変えてやろうと、いまの会社にもぐりこんだら、配属されたのがマンガの編集部。辟易《へきえき》したよ。ぼくには時間的にも経済的にも、マンガに手を出す余裕はなかったから。しかし、資本主義の土俵にあがる以上、売れなきゃ無意味だ。なんとしてもヒットを出そうと悪戦苦闘するうちに、自分の力に目覚めたんだよ」

そこから、とっさのひらめきによって、ヒットにつなげた数々のマンガや小説の話になり、次に現在進行中の企画の話になった。とりわけ熱く語ったのが、母親の売りこみによって発掘した、小学生詩人のことだ。まだ一〇歳の少年なのに、その詩は老成した哲学者の箴言《しんげん》を思わせるという。

「あの子は東洋のランボーになる。いや、ランボーさえ超えるよ。間違いない」

その日、初めて二軒目に誘われた。タクシーで移動して入った西麻布のバーで、二ノ宮さんはスピリッツを何杯も飲み、さらにテンションをあげた。もとから舌足らずなしゃべり方が、いっそう舌足らずになって、聞きとるのに苦労した。

「猿のダーツ投げって知ってる？　目隠しした猿に、新聞の相場欄にダーツを投げさせて金融商品を選んでも、高い金を払って専門家に選ばせても、たいしてもうけは変わらないって話。小説だって同じだよ。ヒットが出るたび、専門家と称する連中がやってる分析なんて、ただのあとづけだ。他社を含めて、やり手って言われる編集者もずいぶん見てきたけど、どうってことないね。正直、だれにも負ける気がしない。なにしろぼくには、特別な力があるからね」

すっかり赤らんだ二ノ宮さんの顔は、自信に満ちあふれていた。

やっとお開きになったのは二時すぎ。帰りのタクシーの中で、登さんは冷めた顔つきで言った。

「連載済ましたら、二ノ宮さんとは距離とった方がよさそうだな」

「なんで？」

「バクチで大損するタイプだぞ、ありゃ」


登さんには生来、高い危機回避能力が備わっていたと思う。大胆に見える行動の裏にも、それなりの計算があったのだろうが、ぼくなど及びもつかなかった。

六月下旬、それをまた痛感させられることになった。きっかけは、三か月ごとの定期検査。おばあさんのガンが切り残した腸で、再発していることがわかったのだ。

「なんとかって薬にプラスして、放射線治療も始めることんなった。それ以上の積極的な治療は難しい、だとよ。要はほかに打つ手なしってこったろ」

「再発のこと、おばあさんは……」

「知らねえよ。言ったってしょうがねえ。いま、ばあちゃんがいちばん気にしてんのは、あの女のことだ。ねえとは思うが、むらっ気起こして、借金がどうとか電話でもしてくると、めんどくせえ。本の売れゆきも止まっちまったし、利子だけむしられんのも、アホらしくなってきた。そろそろ本腰入れて返すつもりだ。で、イッコ頼みがある」

今度こそ借金を申しこまれると思った。貯金を全部貸そうと自然に考えたのは、そのころのぼくには金の使い道がほとんどなかったからだ。唯一の例外は、かすみ関連の商品。四月に歌手デビューを果たして以来、一枚目、二枚目とレコードを購入していた。記事が載っている雑誌や、スポーツ紙もすべて買ってスクラップしていたけれど、たいした額ではない。振りこまれる印税や原稿料は、貯まる一方だった。が、

「ヤミ金つきあえ」

「えっ」

「目星つけといたからよ」

「ヤミ金って……サラ金よりあくどいんだよね」

「ああ」

「そんなのに手を出さない方がいいよ」

「出すわけねえだろ。ただのバイトだ」

「バイト？」

「ほかのバイトも応募中。もう手は打った」

「どんな？」

登さんは薄笑いを浮かべて、答えなかった。

こうして同行することになったヤミ金は、店構えからして異質だった。

事務所はマンションの一室にあった。インターホンで来訪者の名前を確認してから、部屋のドアを開く。通された応接セットは高いつい立てで囲まれ、室内が見通せないようになっていた。

やがて、二〇代後半くらいの社員があらわれた。前歯が一本欠けており、地味なスーツを着ているにもかかわらず、堅気に見えない。回収会社の社員と共通するムードだった。

歯欠けがテーブルに置いた申しこみ書には、本人が金を借りている家族、親族、友人の連絡先まで書く欄があった。おれ読み書きできないんで、と登さんが説明し、いつものようにぼくが記入し始めると、歯欠けがどうでもよさそうに言った。

「学校行ってないのか」

「ろくに行ってないすね。鑑別出たり入ったりだったんで」

「へえ」

平板な口調だった。ひりひりした空気を発散しており、むかいに座っているだけで息苦しくなった。登さんがズケズケ聞いた。

「金利いくらすか」

「一〇日で五割」

「高いすね」

「一〇日で七割って店もある。そっちの方がいいなら、行けよ」

「つーか」

登さんが平然と言った。

「仕事回してくださいよ」

ぼくは思わず顔を起こした。歯欠けは無表情だった。

「なに言ってんだ、お前」

「そんな金利で借りたら、こっちはつぶれますよ。それよりおれ働かして、貸した金、あがりから持ってった方がよくないすか」

「読み書きできねえんだろ」

「それでもやれる仕事はあんでしょ」

登さんは薄笑いを浮かべていた。歯欠けの刺すような視線をものともしていない。申しこみ書の記入を終えると、歯欠けがそれを手もとに引き寄せた。ざっとながめてから、おい、とぼくに目をむけてきた。

「お前は金貸してねえのか」

「あ、はい」

歯欠けはなにか考えているみたいだった。ほどなく、テーブルからとりあげたボールペンを申しこみ書の上に構えて、再びぼくに目をむけてきた。

「名前と連絡先」

「え」

「サッサと言え」

言いたくなかった。登さんを見たら、感情を消した顔つきで見返していた。

仕方なく名前と連絡先を告げた。歯欠けがボールペンを動かし、申しこみ書の友人欄を埋めていく。書き終えたところで、もういっぺん、と命じた。復唱するとボールペンを放り出し、興味を失ったように言った。

「お前はもういい。帰れ」

歯欠けからどんな仕事を回されたのか、登さんは話さなかった。こわくてぼくも聞けなかった。ただ、夕食の席でのおばあさんとの会話から、朝早く出かけていることはわかった。取材だ、と登さんは澄ましていた。

そうこうしているうちに、高二の一学期が終わった。終業式の日に第四話の短編が掲載され、「神様がいた頃」第一回が掲載されるころには、七月が終わろうとしていた。

それから間もなく、ＮＨＫのトーク番組の打ちあわせがあった。恵比寿にあるイタリアンの店で、二ノ宮さんも同席した。先方はディレクターと放送作家。ディレクターは四〇歳くらいで、放送作家はもう少し若そうだった。

昼間ということもあり、アルコールは抜き。ディレクターたちは熱心に番組の説明をした。一〇代を中心に、約一〇〇人の若者が観覧し、台本で大まかな流れは決めるものの、その場のノリで脱線することもあるという。一時間の番組の中ほどで、休憩をとるのも型破りだった。均等に話題を振られたけれど、自然と登さんが答える回数が増え、途中から独演会の様相を呈してきて、その流れで、思いがけない情報を知らされることになった。

「倉田さんのお話はおもしろいですね。モテるでしょう」

「どってことないすよ、こいつに比べりゃ。アイドルとつきあってるんすから」

ちょっと、と思った。ディレクターたちが食いついてきた。

「そうなんですか?」

「初耳だね」

二ノ宮さんも乗ってきた。登さんはニヤニヤしている。ぼくはへどもど言った。

「つきあってるとか、そういうんじゃないです。仲がいい友だち程度で」

仲がいい友だち、という言葉に切なくなった。突発的な電話は途絶えていなかったが、だんだん間隔があくようになっていたのだ。ディレクターがたたみかけてきた。

「ちなみに、どなたですか?」

うまくはぐらかすような社交スキルはなかった。かすみ、と言いかけ、

「木崎ありすです」

そう答えたとたん、ぼくたちを除く三人が盛りあがった。真っ先に声をあげたのは二ノ宮さんだ。

「あの子はいいよ。いま、ＣＭやってるよね。あれ見た瞬間、ピンと来た。この子は売れる！　ってね」

「いや、実はですね」

放送作家となにか早口にしゃべっていたディレクターが、笑顔をむけてきた。

「お二人に出ていただく回に、木崎ありすさんも出演するんですよ」

「えっ」

「その週のテーマが若者のアイデンティティークライシスということで、どなたかアイドルに出てもらおうというのは、早い段階から決まってました。アイドルは偶像ですから、多かれ少なかれ実像とのギャップがあるわけで、それをおおい隠す虚構性や演技性が、テーマにふさわしいだろうと」

まあ、とくだけた口調になった。

「スタッフの中に、彼女のファンが多かったというのもありますけど。やはり、あのＣＭはインパクト大でした。それで興味を持って、資料をチェックするうちに、木崎ありすさんでいこうと決まりました」

放送作家が熱っぽくしゃべり出した。

「アイドルアイドルしてないところがいいですよね。自分を客観視してるというか。斜に構えてるのともまた違って」

「切りがないから、その辺で」

冗談っぽくディレクターにさえぎられ、放送作家が照れたように笑った。ぼくはすっかり興奮してしまった。もちろん、そのCMは知っていた。テレビにかじりついてリアルタイムで録画し、ことあるごとに見なおしていた。

モノクロのCMだった。狂騒的なジャズをBGMに、学校、中華街、教会と目まぐるしく変わる背景にあわせて、スケ番ルック、チャイナドレス、シスタースタイルと装いを変え、さまざまなシチュエーションで商品の清涼飲料水に口をつける。無声映画風のカクカクした動きで、一貫して無表情だが、最後だけ画面に色がつき、音楽も止んで、水玉のワンピースに真っ赤なリボンをあしらったかすみが、まっすぐこっちを見つめて挑発的に言う。

「好き」

打ちあわせが終わったあと、二ノ宮さんと近くの喫茶店に入った。最終話の締め切りの確認をしてから、そうそう、と登さんに顔をむけた。

「例の話、ＯＫだよ。打ちあわせのとき、口頭で伝えてくれればいいからって」

「あ、そすか」

　登さんの表情が明るくなった。二ノ宮さんが続けた。

「今後は直接、むこうとやりとりして。そっちでいっぱいいっぱいになって、こっちの原稿落とすとか、なしだよ」

「そりゃ、もう」

　完全に置いてけぼりだ。二ノ宮さんが笑いながらこっちを見た。

「入江君にはお目つけ役を頼もう」

「あの、なんの話ですか」

「あれ、聞いてない？」

「はい」

　そうして教えられた話は、ぼくにしてみれば青天の霹靂《へきれき》だった。M社から出ている週刊のマンガ雑誌で、恋沼《こいぬま》というマンガ家と組み、登さんが原作を担当して、マンガを連載することになったというのだ。二ノ宮さんがマンガ編集者時代の人脈を活かして、マッチングを成立させたらしい。

「引き受けてくれるマンガ家さがすのに、だいぶ苦労したみたい。原作者によっていろんなやり方あるけど、完全に口立《くちだ》てっていうのはぼくも知らないし。恋沼さんは確か、三〇代後半じゃなかったかな。ぜんぜんヒットが出なくて、あせってるんだろうね。田口君と組むことで、どういう結果が出るか。さすがにぼくも、始まってみないとなんとも言えない」

小一時間で喫茶店を出た。登さんは軽い調子で言った。

「バイトだ、バイト」

ヤミ金の仕事と、恋沼さんとの打ちあわせで、登さんは昼すぎまで、まったくたぐちにいつかなくなった。八月下旬から連載開始ということ以外話さなかったけれど、マンガ原作者としての仕事ぶりは、自ずとうかがい知れた。夜、恋沼さんから、頻繁に電話がかかってきたのだ。登さんは決まって舌打ちして出た。粘り強く対応していたものの、口調は慇懃《いんぎん》無礼だった。

「そうそう、人数は一〇〇人くれえで、格好はバラバラ。は？　バラバラはバラバラっすよ。上半身裸のやつもいりゃ、甚平着てんのも、トップクのやつも。だから、トップクは特攻服。説明したっすよね。そう。そうそう。色？　んなもん、やっぱバラバラっすよ。黒いのもいりゃ、白いのも赤いのも紫のも。つーか、これカラーで載るんすか。……だったら、色はどうでもいいんじゃないすか。はあ。そりゃまかせます。おれは話つくるだけなんで。は？　トップクの柄？　だから、それは……」

この調子で、二、三〇分はかかる。通話を終えるたび、登さんはうんざりしたようにため息をついた。ぼくを相手に愚痴ることもあった。

「世話焼けるぜ、おっさんは。絵ばっかシコシコ描いて、なにが楽しいんだか」

『トーマの心臓』を読んだときの反応からして、登さんがマンガを馬鹿にしていたはずはない。ヤミ金の仕事同様、マンガの原作も金を稼ぐための手段と割り切り、小説に全力を傾けるつもりだったのだと思う。


番組収録の一週間前、台本が送られてきた。本当に大まかなものだったが、出演者の名前の中に木崎ありすと印刷されているのを見て、胸が高鳴った。

収録当日の夕刻、待ちあわせ場所のNHK放送センター正面玄関にあらわれたのは、M社の広告部の担当者だった。

「すみません。二ノ宮は急な打ちあわせが入りまして」

小柄なその担当者は、ガーメントバッグを二つ手に持ち、ショルダーバッグを肩からさげて、汗だくになっていた。

関係者入り口でADに出迎えられ、控え室に通された。簡単な応接セットがあり、手洗い場もしつらえられている。テーブルの上には缶入りのお茶と、お菓子の盛りあわせが置かれていた。

担当者がガーメントバッグから黒いスーツを、ショルダーバッグから黒いマスクをとり出した。スーツに着がえ、お茶を飲んだりお菓子をつまんだりして雑談していたら、ノックの音がした。失礼します、とADがドアから顔をのぞかせた。

「そろそろ、スタンバイお願いします」

二人そろってマスクをかぶる。手洗い場の鏡に映した登さんが、自嘲気味に言った。

「このツラ、だんだん見慣れてきたぜ」

スタジオへは、沢渡《さわたり》という心理学の大学教授、ぼくたち、かすみの順に入ることになっていた。ADに先導されて廊下を進む。担当者とは角で別れた。スタジオ下手《しもて》側の会議室の中で、番組プロデューサーやかすみのマネージャーと一緒に、モニターで収録を見るとのことだった。

さらに廊下を進み、上手《かみて》側のドアに突きあたったところで、ADがぼくたちにストップをかけた。そのむこうから、司会者と女性アシスタントの話し声が聞こえてくる。

タイミングをはかっていたADが、目顔で合図してドアを押し開けたのと、どうぞー！と司会者が声をあげたのとは、ほぼ同時だった。とたんに、まばゆい照明と、拍手が押し寄せてきた。半円形に配置された長椅子に、約一〇〇人の若者がつめこまれ、その背後に何台ものカメラと、スタッフが陣どっている。

観客席と、番組タイトルが入った背景のセットにはさまれて、卓上マイクの載ったテーブルと、背もたれつきのスツールが横に並び、上手側が二つ、下手側がひとつ空席になっていた。そのあいだのスツールに、上手側から沢渡さん、司会者、アシスタントの順に座っている。ラフな服装の司会者とアシスタントに対して、沢渡さんはきちんとスーツを着ていた。謹厳そうな初老の男性だった。

スタジオに足を踏み入れると、観客がざわついた。台本の指示どおり、沢渡さんの横の席に登さん、ぼくの順に腰をおろしたら、失笑が起きた。沢渡さんが露骨に顔をしかめたからだろう。

「それでは本日最後のゲスト、木崎ありすさんです、どうぞー!」

上手側のドアが開き、かすみがスタジオへ入ってきた。その瞬間、観客がいっせいにどよめいた。かわいい! という声がいくつもあがる。ぼくは圧倒された。セットの前を澄まして横切っていくかすみは、衣装からして洗練されていた。

エンブレムのついたグレンチェックのブレザーに白いシャツをあわせ、ミニスカートもニーソックスもローファーも黒。天然パーマの長い髪を、ひとつ結びにして肩に垂らし、かっちりしたシルエットが、かえって線の細さを強調していた。

よろしくお願いします、と言い交わし、かすみがアシスタントの隣に腰をおろした。マスクにうがたれた二つの穴を通して、視線をとらえようとしたものの、ぜんぜんこっちを見てくれなかった。

番組は、「Who　am　I?」というその週のテーマの説明から始まり、倉田健人と木崎ありすの紹介VTRが流れたあと、座談に移った。

「ということで、テーマにあわせて三組のゲストに来てもらったわけだけど、間近で見るとかなり異様だね。まず、倉田健人さんに話を聞いてみようかな」

司会者が笑顔をむけてきた。

「やっぱり気になるのは、なんでマスクをかぶってるのか、ってことなんだけど」

「おれら、覆面作家すから」

登さんがあっさり言った。こもっているが声量があり、よく通る。そもそも、と司会者が続けた。

「なんで覆面作家なの」

「まあ、わけありで」

「そこはあんまり突っこまない方がいいのかな。サラッと流すことにして、沢渡先生」

呼びかけられた沢渡さんが、はい、としゃちほこばって応じた。

「最近の若い子たちって、素顔を隠したがる傾向があると思うんですよ。自分はなにになな人だから、みたいな言い方をよくしてて、当事者なのに他人ごとというか、なにかの役でも演じてるみたいで、ぼくなんかは違和感があるんですけど、先生はそういう風潮をどう考えますか」

「前提として、素顔とはなにか、そもそも人間に素顔というものはあるのか、という議論になります。心理学に、ペルソナという概念がありまして……」

集中力が急速に失われるのを感じた。空調がきいているとはいえ、目もと以外をマスクでおおわれている。暑苦しい上に息苦しくなってきたのだ。登さんが貧乏ゆすりを始めたのも、そのせいだろう。ほどなく、観客がクスクス笑い出した。ぼくはかすみから目をはなさなかったので、とうに気づいていた。かしこまって沢渡さんの話を聞いていたアシスタントが、怪訝そうにスタジオを見回し、あっ、と声をあげた。

「……ああ」

首をめぐらせた司会者が、苦笑した。その視線の先で、両手を膝の上に置いたかすみがうつむき、居眠りしている。口をつぐんだ沢渡さんは、苦虫を噛みつぶしたような顔をしていた。えーと、とアシスタントが司会者を見た。

「起こした方がいいですよね？」

「そうだね。ゲストの一人が最後まで寝てるっていうのも、新しいとは思うけど」

観客がまた笑う。アシスタントがブレザーの肩に手をかけ、ありすちゃん、ありすちゃんと遠慮がちに揺すった。その直後、

かすみが首をもたげ、おそろしく不機嫌な声を出した。

「なに」

「あの、収録中」

アシスタントの言葉に、徐々に意識の焦点があってきたらしい。何度かまたたきして

からしっかりした顔つきになり、悪びれない態度で司会者に申告した。

「寝てました」

「うん。知ってる」

そのやりとりに、スタッフも笑った。沢渡さんがいやみったらしい口調で話しかけた。

「私の大学の学生もね、あなたみたいによく寝てますよ」

「そうですか」

ケロッとしている。沢渡さんがますますいやみったらしい口調になった。

「若い人には私の話なんて、退屈なだけでしょうね」

かすみは考えるようにちょっと黙ってから、まじめに答えた。

「わかりません。わたし、若い人の代表じゃないので」

観客がドッとわいた。沢渡さんが頰を紅潮させ、からむように講釈を再開した。

「どこまで聞いていたか知らないが、社会生活を営む人間にとって、ペルソナは不可欠です。それを持つこと自体は、決して悪くない。ただ、外面的なペルソナを、内面的な自己に近づけるよう努力しなければ、真の個性化はあり得ない。心理学で言う自己や個性は、一般に考えられている自己や個性とは違い……」

いまにもあくびをしそうなかすみにむかってしゃべっていた沢渡さんが、途中からこっちへむきなおったのは、スツールがガタガタ鳴るほど、登さんの貧乏ゆすりが激しくなったからだ。それに対抗するように、沢渡さんの話はどんどんあてつけがましくなり、罵倒に変わる一歩手前のところで、登さんがうっとうしそうに言った。

「要は覆面なんかかぶってないで、顔出せって話すか」

「そんな次元の低い話はしていない。アイドルだの、覆面作家だのというペルソナの陰に隠れている限り、本当の成長は望めないと言っているんだ。批判にさらされても、ペルソナを盾にすれば自我は傷つかないかもしれないが、それはただの逃げだ」

「逃げね」

登さんが鼻であしらうように言った。

「ペルソナ、でしたっけ。それつけてるから逆に目の敵《かたき》にされることだってありますよ。現におれら、寺脇、あー」

マスクの穴から目をむけられ、総一郎、と答えた。登さんが沢渡さんに顔を戻す。

「寺脇総一郎ってクソ野郎に、しつこくからまれてるし」

「そんな人物は知らん」

「ふーん。意外に名前売れてねえな」

そのとき、カメラの死角から、ＡＤがボードを突き出してきた。〝個人攻撃はなし！〟と殴り書きしてある。登さんがぼくを見、ぼくはとっさに司会者を見た。司会者は悪そうな笑みを浮かべると、登さんに質問を投げかけた。

「からまれてるって、なにがあったの」

「おい。お前が話せ」

突然、パスを出してきた。司会者は相変わらず笑顔で、カメラの死角ではスタッフたちがあわただしくやりとりしていた。方針転換が決まったらしく、ボードを持ったＡＤが引っこむ。チラッと視線をむけると、その日初めてかすみと目があった。期待するようにぼくを見ている。応えたい一心で、しゃべり出した。

「『文学ミシュラン』で、ぼくたちのデビュー作が寺脇さんに黒星三つつけられたんですけど、黒星三つは贋作で、小説じゃないって意味で、あっ、『文学ミシュラン』っていうのは、文芸欄のコラムです、新聞の。もう、ボロクソに書かれました。それからずっと読んでたら、あそこまでボロクソなのは見たことないし、悪意があるとしか思えなくて、それから、そうだ。『深夜書店』もひどくて、『深夜書店』っていうのは、寺脇さんがやってるラジオ番組なんですけど、その中でぼくたちのことネタにして……」

元来、ぼくは口下手だ。テレビカメラの前で、大勢の人に注目されてしゃべるという特殊な状況に加えて、暑苦しさと息苦しさで頭が回らず、ふだん以上に話がまとまらなくなった。かすみも観客も、みるみるうちにだれていく。登さんがしびれを切らしたように、とにかく、と強引に割りこんできた。

「寺脇にゃぜってえ負けねえ。だろ」

「うん」

ぼくはホッとして言った。

「寺脇さんには」

いきなり、登さんがぼくのマスクに手を伸ばしてきた。あ、と思ったときには、

「絶対負けない」

エコーのエフェクトとともに、ロボットみたいな機械音声が飛び出していた。ボイスチェンジャーのスイッチを押されたのだ。登さんが手を叩いて喜び、かすみもうれしそうに笑った。観客も盛りあがる中で、沢渡さんが憤然と席を立った。

「なんだこの茶番は！」

「空気を変えましょう」

オロオロしているアシスタントをしり目に、司会者が朗らかに宣言した。

「ここでいったん、休憩です」

にわかに、スタジオが騒がしくなった。怒鳴り散らす沢渡さんのもとへ、スタッフが駆け寄る。司会者とアシスタントのもとにもスタッフが駆け寄り、話しあいを始めた。登さんは機敏に立ちあがり、ぼくを一瞥してから、サッサと上手側のドアへむかった。観客は思い思いに、伸びをしたり、しゃべったり、かすみをチラチラ見たりしている。ぼくとかすみはスツールに座ったまま、テーブル越しに見つめあっていた。立ちあがっ

て、そばへ行こうと決心した矢先、

「あーりーす！」

下手側のドアが勢いよく開き、すごい剣幕で男性が駆けこんできた。三〇そこそこで、ソフトスーツを着ている。マネージャーらしい。マネージャーはなにやらかすみにまくし立てていたが、すぐに観客が様子をうかがっているのに気づいた。威嚇《いかく》するようにあたりを見回し、ぼくに目をとめて、なんだこいつは、という顔をした。そして、かすみをせかしてスツールから立たせると、がっちり肩を抱きかかえ、下手側のドアのむこうへ消えてしまった。

後半の収録が終わったあとも、同様の光景が再現された。マネージャーがかすみを連れ去る勢いは、拉致《らち》さながらだった。

三日後、二ノ宮さんから幡ヶ谷《はたがや》のスペイン料理店に呼び出しがかかった。高そうな服がしわくちゃで、顔は脂ぎり、無精ひげも生えていた。

「ほら、前に話した小学生詩人。あの子の本づくりに追われててね。このあとも打ちあわせなんだ。とりあえず今日は用件だけ。連載、ご苦労さま。読者の反応が楽しみだね」

ただ、と早口に続けた。

「いまのままだと、ちょっと弱いんだよ。で、プロローグとエピローグをつけてほしいんだ。五編とも若者が主人公という以外に共通点がないけど、そうすることで統一感が出る。今月中に送ってくれれば、年内の刊行には間にあうから」

二ノ宮さんにしてはめずらしくわかりやすかった。ぼくたちはこの提案を飲み、話しあった。登さんが一文でさまざまなキーコンセプトをまとめ、それをぼくがふるいにかけていく。研究を経て定着したやり方だった。

その結果、多重人格の語り手と、精神科医の聞き手を設定する、というアイデアが生まれた。五つの短編は多重人格者が精神科医に語った話で、五つの話に出てくる五人の人物は、語り手の別人格だった、という結末。枠物語にしたわけだ。

さらに話しあい、三人称が混在している五つの短編の語り手を、すべて一人称にそろえることにした。機械的に置きかえただけではギクシャクするし、五人が同一人物だとにおわせる記述も、うまくちりばめたい。「神様がいた頃」第二回の執筆と同時並行だったので、きつい作業になった。

先に短編の改稿を終え、プロローグとエピローグも書いた。二ノ宮さんに原稿を送ると、さっそく翌日に電話がかかってきた。バタバタしてるから、と初めて会食は抜き。深く考えずにつけた『ドリーミン』という通しタイトルが、思いのほか好評だった。

「いいねー。売れそうなにおいがプンプンする。なるべく早くゲラにして送るよ」

その数日後、「神様がいた頃」第二回を脱稿した。優志と茜が母親の勧誘によって教団へむかうところがラストで、プロットどおりの展開だった。久間さんに原稿を送り、OKをもらったのが夏休みが終わる四日前。翌日、登さんの別の仕事に接することになった。

「ほらよ」

たぐちの二階でむかいあうなり、一冊の雑誌を渡された。マンガのキャラクターと、水着の女の子の写真が、表紙にひしめいている。その中から、作画・恋沼淳《じゅん》という文字が飛びこんできた。その横に何倍もの大きさで、爆音のララバイ、とある。あらためて見ると、恋沼さんの名前の上に、原作・ストロング倉田と書かれていた。

ぼくが「爆音のララバイ」を読んでいるあいだ中、登さんは貧乏ゆすりをしていた。読み終えて顔をあげると、半笑いで聞いてきた。

「わかったか」

「爆音のララバイ」第一話は、主人公アキラが荒れた中学校に入学するところから始まる。アキラは独自の価値観を振り回し、徹底して冷笑的にふるまう。目をつけられ、不良がかった上級生たちに呼び出されると、次々に吹っかけられる因縁を、中学一年生とは思えない弁舌で論破していく。逆上した上級生たちから袋叩きにされるものの、何人かを返り討ちにして、名をあげる。より不良がかった上級生に誘われ、暴走族の集会に参加するところで、以下次号となる。

恋沼さんの絵はタッチが荒々しく、暴力的な内容にあっていた。対するアキラのせりふは、妙に思弁的で、それが絵柄と不協和音を引き起こし、作品に独特な味を与えていた。アキラの言い回しや考え方には、疑いようのない特徴があった。ぼくは確信を持って言った。

「ホールデン」

「正解」

登さんがニヤッと笑った。

「おっさんも編集も気づかなかったが、お前にゃ見抜かれると思ってた」

「暴走族の世界でライ麦畑をやるんだね。新鮮味があるよ」

「ほめすぎだろ」

急に、登さんの顔つきが冷めた。

「おれは、これっぽっちも頭使ってねえ」

確かに、登さんの換骨奪胎能力なら、たやすいことだったに違いない。ぼくはそれ以上なにも言わなかった。

九月に入って最初の土曜が、ＮＨＫのトーク番組の放送日だった。おばあさんがそうしたいと主張したので、三人で見ることになった。登さんは気乗り薄だった。

「今回も覆面だぜ。気味悪いっつってたろうが」

「エヌエッチケーの番組にゲストで出るんだ。見逃すわけにはいかん」

当日、放送が始まる夜一〇時半まで、ぼくたちはたぐちの二階で『ドリーミン』の初校ゲラの著者校正をしていた。一〇分ほど前に下へおりると、掘りごたつの天板に突っ伏して、おばあさんがいびきをかいていた。

「おいおい」

登さんが顔をしかめた。

「洪水じゃねえか」

ぽっかり開いた口から、大量のよだれが流れ出ている。ふだんのおばあさんは、ガンを患っていると思えないくらい元気だったけれど、無防備にさらしている寝顔には、隠しようのない老いと衰えがあらわれていた。起こす？　と聞いたら、登さんに片手で退けられた。

「ほっとけよ。くだらねえ番組、見ねえで済む」

大急ぎで荷物をまとめてマンションへ帰り、すでに録画してある番組を見た。かすみが居眠りするシーンはカットされていた。事務所の意向というやつかもしれない。

ぼくたちがしゃべるシーンは、固有名詞に自主規制のピー音《おん》をかぶせた上で、ほとんどそのまま流された。見る人が見れば、だれのことをしゃべっているかは明らかだった。

翌週、ぼくはこわさと期待が相半ばする気持ちで、「深夜書店」を聴いた。寺脇さんは番組をしっかり見ており、のっけからその話題に触れてきた。

「逆襲ですよ、クラケンの」

「というと」

「ＮＨＫの某番組で、私のことをさんざん悪《あ》しざまに」

「公共放送でそれってありなんですか」

「そこは、ピー音をかぶせて。私の名前やこの番組名が出るたび、ピーですよ。しかし、私のことを知ってる人には丸わかりでね。ピー音をかぶせた意味がない。素通しになってるアダルトビデオのモザイクみたいなもんで」

「どんな比喩ですか」

アシスタントが笑う。ちょっと鼻にかかる美声で、寺脇さんが言いつのった。

「あの番組は教育テレビの中で、断トツの視聴率ですから。私の評判、ガタ落ちです。そこで、陰険な仕返しを考えました」

「陰険って自分で言っちゃった」

「寺脇総一郎の私怨を晴らす、新企画の発表です」

その企画が本当に陰険だった。一年を通して最低の映画を選ぶゴールデンラズベリー賞のむこうを張り、ゴールデンクラケン賞というのを立ちあげ、一年を通して最低の小説を選ぶというのだ。

「『ふたりの季節』は去年の作品なので、残念ながら対象になりません。そのかわり、クラケンの名前を賞に冠して、二人の罪過、もとい、功績を長くとどめることにしました。なにしろあの小説は、本当なら黒星を四つも五つもつけたい逸品ですから」

「『文学ミシュラン』には、だいぶ批判も多いようですが」

「そう。あれで私、文壇中を敵に回しました。しかし、作品はほめるより、けなす方が芸がいるんですよ。みなさんにも、今年読んだ中から最低の作品を選ぶだけではなく、その理由まで書いてもらいます。そこでいかに楽しませるかがポイントです」

「これまた物議をかもしそうですね」

「物議はかもしてなんぼです。冒険心なき者は、去れ！」

「だれに吠えてるんですか」

再びアシスタントが笑う。寺脇さんがもの慣れた調子に変わった。

「締め切りは一二月三一日の消印有効。年明け一発目にノミネート作品を発表して、二月最初の放送で最終結果を発表します。私の独断と偏見で、これぞ最低！　という作品を選ばせてもらいます。選ばれた作品を推したリスナーには、すてきな賞品が」

「トロフィーですね」

「いや。クラケンの等身大ポスターを、サイン入りで」

「いりませんて」

「あれえ？」

とぼけた直後、アシスタントと一緒に笑った。

「というのは冗談で、まともな賞品を用意しますので、ご安心を。みなさん、奮ってご応募ください」

まだ笑いの残る声で、アシスタントが言った。

「ひでえ企画」

怒るのを通り越して、あきれてしまった。やることがあまりにも大人げない。

ところが翌日、登さんにその話をすると、意外な反応が返ってきた。

「どうでもいいじゃねえか」

「腹立たないの？」

「寺脇がなにほざこうが、おれらのやるこた決まってる。腹立てるだけ無駄だろが」

その辺の割り切りは見事だった。ぼくはそこまですっぱり頭を切りかえられなかったが、九月下旬になって、寺脇さんの件をかすませるようなできごとが起きた。

その日は母が深夜勤で、ぼくはたぐちで夕食をごちそうになることになっていた。が、登さんが米をとぎ始めるのをしおに、買い出しへ行ったおばあさんが、いっこうに帰ってこなかった。イラついていた登さんは、やがて完全に落ちつきを失い、ぼくに留守番を命じるなり、店を飛び出していった。

電話がかかってきたのは、一時間ほどしてからだ。あわてて受話器をとりあげると、ブスッとした登さんの声が聞こえてきた。

「見つかった」

「いまどこ？」

「交番」

「えっ」

「食いもん買って帰る。牛丼でいいな」

「あ、うん」

帰ってきた登さんは、おばあさんを背負い、片手でベビーカーを引っ張っていた。中に二つ、持ち帰り用の容器に入った牛丼がある。おばあさんはべそをかいていた。

「どうしたの!?」

登さんはそれを無視して、うしろむきで勝手口に腰をおろした。おばあさんがべそをかいたまま、ぎこちない動作で登さんの背中から床へ移り、ペタンと座りこんだ。サンダルを脱ぎ散らかして茶の間にあがった登さんが、収納から布団を引っ張り出し、掘りごたつの横に敷いた。放心したように座りこんでいるおばあさんを見おろし、つんけんした口調で言った。

「もう寝ちまえ」

おばあさんが泣き顔で登さんを見あげた。

「ごめんよ、登。ばあちゃん、役立たずになっちまって」

「役立たずとか言うんじゃねえ！」

おばあさんがボロボロ涙をこぼした。登さんはいまいましそうな表情を浮かべると、プイッとむきを変えて、階段をのぼっていってしまった。オロオロしていたら、いっちゃん、と呼びかけられた。

「早く上に行っておくれ」

「でも……大丈夫？」

「あたしはいいから、あの子と一緒にいておくれ」

牛丼が入った袋をさげて、二階にあがった。登さんは憤然とした顔つきであぐらをかき、壁にもたれかかっていた。

牛丼を食べているうちに、登さんは黙っていられなくなったようにしゃべり出した。公団のスーパーを目指したおばあさんは、たぐちの横の路地を直進し、バス通りを横断しようとしたものの、信号が変わる前に渡り切れず、立ち往生してしまったらしい。何台もの車からクラクションを浴びせられ、べそをかいているところを、近くの交番の巡査に保護されたというのだ。

「近道しようとしたのがいけなかったとかなんとか、おまわり相手にグダグダ泣き言並べてよ。恥ずかしいったらねえ」

二日後、登さんは予定を早めて、おばあさんを都立病院へ連れていった。学校帰りに検査の結果を聞いた。腸に再発したガンはそのままで、さらに腰椎《ようつい》への転移が見られたという。その痛みが歩行を困難にしている、というのが担当医の見立てだった。

その日、夕食は家でとることになっていた。六時近くに登さんと階下へおりると、おばあさんが壁伝いに、勝手口へむかおうとしていた。

「おい。なにしてんだ」

おばあさんが首をねじ曲げ、妙に明るく答えた。

「買いものだ」

登さんが舌打ちした。

「おとなしくしとけっつわれたろうが」

「自分の体は自分がよく知ってる」

「また交番のやっかいになったりしたら、みっともねえつってんだ」

「あんなことは二度とない。大丈夫だ」

登さんが再び舌打ちした。

「勝手にしろ」

ぼくは木戸からおばあさんと一緒に路地へ出た。ベビーカーを押して左足で進み、いったん立ち止まって右足を引きつけ、また進む。足早に行き交う通行人のせいか、家の中より歩みの遅さが目立つ。じれったくなるようなスピードで数メートル進み、早くも息を切らし始めた。たまらなくなって話しかけた。

「買いものはこれからぼくが行くよ」

「ありがと。大丈夫だ」

「無理しない方がいいよ」

「大丈夫」

「でも」

「いっちゃん」

おばあさんがピタッと足を止め、ぼくを見あげた。うしろから来たサラリーマン風の男が、非難がましい顔で脇を通りすぎる。おばあさんがひたむきに訴えた。

「たかが買いものでも、あたしの務めだ。務めを果たせなくなったら、生きてたってしょうがない。とりあげないでおくれ」

そこまで言われたら止めることはできない。横断歩道を渡らなくて済むように、ロータリーに沿って迂回するルートをとったおばあさんと、マンションの入り口の前で別れた。ついていこうとしたけれど、大丈夫だ、と押し切られたのだ。

ベビーカーにすがるようにして歩きながら、人ごみにまぎれていくうしろ姿を見送った。丸まった小さな背中が頼りなくて、切なくなった。

「爆音のララバイ」は好評だった。ストーリーはアキラのホールデン性を前面に押し出して進む。暴走族に入ってからも、アキラは独自の価値観を貫く。その態度はさまざまな軋轢を生むが、卓越した弁舌と膂力《りょりょく》で立ちむかい、どんな状況でも屈服しない。それがアキラの評価を高めるとともに、また新たな軋轢を生み、ストーリーを前へ転がしていく。

回を追うごとに人気は高まり、雑誌の売りあげに大いに貢献して、ついに初の巻頭カラーを飾った。が、登さんはどうでもよさそうだった。

「おっさんがはしゃいじまって、うっとうしいったらねえ。んなことより、小説だ」

「神様がいた頃」はすでに、第三回の執筆に入っていた。第二回で母親の勧誘を受けた優志と茜は、ある教団へこっそり通うようになる。多数の信者の口を通して、教祖・白《しら》石《いし》の人物像が語られていく。白石には不思議な力がある。普通の人間では知り得ないことを言いあてられるのだ。第三回のラストで白石と対面した二人は、さっそく篤志の安否をたずねる。白石はまだ神のお告げが聴こえないと言明を避け、巧みな話術で二人をとりこみ、信者にしてしまう。

その後、回が進むにつれて白石の拝金主義が明らかになり、不思議な力もトリックではないかという疑いが生じて、第一〇回で二人と対決する、はずだった。

ところが、その線に沿って書き出したものの、ひどく難渋した。キャラクターが思いどおり動いてくれなかったのだ。

強引に書きあげ、朗読すると、登さんの反応もかんばしくなかった。

「なーんか、よどんでんな」

「優志たちが動いてくれなかった」

「なんだそりゃ」

このとき初めて、キャラクターの自律性について話した。登さんは不得要領といった顔つきで聞いていた。

「無理に登場人物を動かそうとすると、気持ち悪くなる。うまく説明できないけど、間違ってるのはわかるんだ」

「その感じはおれにゃわかんねえ。にしても、なにがいけねんだろな」

「なんとなく、白石がまずい気がする」

よし、と登さんが声をあげた。

「これまで書いた分、読んでみろ」

自分でも何度か読み返していたが、登さんの表情を見ながら朗読すると、印象がクリアになった。第二回まではやはり問題なかった。優志も茜も、周囲の大人たちも必死だった。必死さが切実さを生み、切実さが緊迫感を生んでいたのだ。その対比でボトルネックに気づいた。読み終えるなり、登さんがズバッと言った。

「白石が弱え、小物すぎる。もっとでっけえ敵にしねえと駄目だ」

「国家規模の悪人にするとか？」

「そういうんじゃねえ。もっと、こう……そうか、逆だ！」

「え？」

「白石をよ、根っからの善人にすんだ。金もうけなんざこれっぽっちも頭んなくて、マジで神さま信じてるし、人の役に立ちてえと思ってる。たまにあるよな、死に損なったやつが、気がついたらお花畑ん中歩ってて、川の手前から引き返してきたとかいう話が。要はありゃ、天国ってこったろ。白石は死に損なって、神さまに会う。何度も死ぬような目にあっちゃ神さまに会って、なんかかんかお告げを受ける。で、必死こいてそれ広めようとすんだ。損得勘定、一切抜きでな。貧乏しようがなにしようが、本人は屁でもねえし、下手に同情しようもんなら巻き添え食って、まわりまでどん底に落ちちまう。最強最悪の敵は、根っからの善人だろ」

それから話しあい、白石のプロフィールを一からつくりなおした。

白石は戦災孤児で、地べたを這い回るようにして育った。まともな教育を受けられなかったせいで読み書きできず、教典のたぐいはまったく読んだことがないけれど、並はずれた信仰心がある。だれ彼構わず、自分が信じる神の教えを説こうとするので変人扱いされているが、無私の人柄に少しずつ信者が集まり出し、いまではそのうちの一人が提供したアパートで暮らしている。そこに住みこむ信者もいれば、通いの信者もいる。優志の母親は後者という設定だ。

優志の母親みたいな専業主婦を除き、信者の大半は仕事を持っている。収入は基本的に教団のものとして共有されるけれど、強制ではない。白石の仕事はクズ拾いで、拠出できる額はもっとも少ない。

教団では週に一度の内部集会と、月に一度の外部集会がある。そこで白石が神のお告げについて語るのだが、みんな仲よくしましょうとか、欲張ってはいけませんとかいう内容で、外部集会の方は閑散としている。

しかし、訥々《とつとつ》としゃべっているうちに白石自身が感極まって泣き出すこともしばしばで、その説教には人の感情を揺さぶる力がある。信者はぽつぽつ増えており、全部で八つあるアパートの部屋は、すべて三名以上の信者で埋まっている。

次に、プロットを練りなおした。やはり全部で一〇〇のブロックになるように考えた。前回同様、篤志がどうなるかは決められなかったけれど、白石を聖なる愚者にしたことで、話に弾みがつきそうだった。全面改稿し、五日後に書きあげた。

母親に続いてその部屋に入ると、正面に白石が立っていた。背後の窓際に二十人ほど、信者たちがズラッと並んでいる。白石と隣り合っている体格のいい二人の青年は、なぜか手に鞭《むち》を持っていた。

「さあ、ごあいさつなさい」

母親に促され、優志と茜はぺこっと頭を下げた。白石は、薄汚れた中年男だった。ずだ袋のような服をまとい、髪は薄く、ひどい猫背で、小柄だった。しかし、口を開くと、その声はこちらの胸に染み入るように優しかった。

「すまない」

いきなりそう言われ、二人は面食らった。白石は目を潤ませていた。

「篤志がどこにいるのか、まだ教えていただけないのだ」

茜と顔を見合わせてから、優志はおそるおそる尋ねた。

「誰が教えてくれないの？」

「神様が」

いきなり、白石がずだ袋のような服を頭からむしり取った。あばらの浮いた上半身のいたるところに、みみず腫れが赤く走っている。ギョッとした二人を見据えて、白石が絶叫した。

「打てー！」

鞭を持った二人の青年が素早く進み出て、白石を打擲《ちょうちゃく》し始めた。空気を切り裂き、肉を打つ音が狭い室内に響く。白石が目を閉じ、何かブツブツ言いながら、緩やかに両手を差し上げた。その間も青年たちは鞭を振るい続けた。当たるたびにビリビリと、白石の体が震えるほどの激しさだった。

「先生は、ああして神様の声を聴こうとしていらっしゃるのよ」

呆気にとられている二人に向かって、母親が厳《おごそ》かな口調で言った。

「一真」

読み終えるなり、登さんがうなるような声を出した。

「いいな。すげえの来た！　って感じでよ。ばっちりだろ」

締め切りよりもかなり早くしあがった第三回は、久間さんにも好評だった。年末進行にあわせて、第四回の締め切りは一二月二六日ということになった。

かすみは、アイドルとしての地位を着々と築きつつあった。媒体への露出は増え続け、木崎ありすの名前はいまや全国区になっていた。

歌手活動も順調で、三枚目に出したシングルは、大きな新人賞の最有力候補と目されていた。もっともぼくには、そのよさがわからなかった。曲自体はそつなくまとまっているものの、かすみは音痴だったのだ。

一〇月中旬からは、主演ドラマの放送も始まった。高校生の男女が偶然同居することになるという、初回からすでに結末が予想できそうな設定だったが、ゴールデンタイムの放送で、いきなり高視聴率を叩き出した。

ぼくは、かすみの活躍を渇仰《かつごう》するように見守っていた。電話の間隔はますますあくようになっており、かかってくると天からの授かりものみたいに思えた。主演ドラマの放送が始まって間もなく、夜中の三時すぎにかかってきたときもそうだ。ぼくは舞いあがり、少しでも電話を長引かせようと、しゃべりまくった。

しかし、かすみは鼻息をくり返すだけで、相づちさえ打たなかった。寝てるんじゃないかと不安になり、ねえ、と呼びかけるたび、ん、とかろうじて反応が返ってくる。話が続かなくなり、沈黙が訪れた瞬間、かすみが唐突に言い出した。

「本」

「え？」

「本書いてる」

「本書いてるんだ」

「ん」

「自伝みたいなやつ？」

「観察日記、みたいな」

それ以上くわしいことは聞けないまま、電話を切られた。またひたすら電話を待つ日々に逆戻りかと、あきらめ半分に考えていたら、翌週になってとんでもないニュースが飛びこんできた。

ぼくは駅のホームの売店で、スポーツ紙を買うのを日課にしていた。芸能面にかすみの記事が載っていないか、チェックするためだ。その日もふだんどおり売店へむかい、ラックの前で立ちすくんだ。ズラッと挿された各紙の一面に、かすみと長身の男性のカラー写真が載っている。そこにデカデカと、〝熱愛〟の文字が重なっていたのだ。

一瞬遅れてわれに返り、飛びつくように購入した。ベンチに座ってむさぼり読む。熱愛の相手と報じられているのは、四つ年上の人気俳優。ドラマの共演者だった。使われている写真は、ドラマの制作発表の際のもので、制服姿で寄り添い、カメラ目線で微笑む二人は、非の打ちどころのないカップルだった。インドア派の二人のデートはもっぱら彼のマンション、という記事に、ぼくの部屋でかすみとすごしてきた時間を思わずにはいられなかった。

なんで言ってくれなかったんだ、と思った。が、電話ではあの調子だし、そもそも言わなければならない義務もない。

激しいショックで動けなかった。ベンチにへたりこんでいるうちに、こういう日が来るのをずっと前から知っていたような、奇妙な既視感がふくらんでいった。

　ぼくのことは二番目に好き、とかすみは言った。いつかいちばんになりたいと願ってきたけれど、その願いがかなうという想像には、どこか現実味がなかった。そしてとうとう、突然あらわれた男がいちばんになってしまった。

　その夜は、かすみの声や、しぐさや、表情や、体のぬくもりを思い出して、一睡もできなかった。目覚ましが鳴っても、起きあがる気力がわかない。いつまでも部屋から出てこないぼくをいぶかり、母が様子を見に来た。具合が悪いから学校を休むと告げたら、熱をはかられた。抜きとった体温計を確認し、母は眉をひそめた。

「熱はないみたいだけど。今日は休みなさい。ひどい顔してる」

　母が出勤したあと、やにわに行動を起こした。引っ越し前に教えてもらった番号を頼りに、かすみのマンションに電話したのだ。母親の声で留守番電話のメッセージが流れ、発信音が鳴った。何度もシミュレーションしたとおりに吹きこんだ。

「おひさしぶりです。入江一真です。かすみさんと話したいことがあるので、何時でも構わないから電話ください」

　その日の夜一一時ごろ、電話がかかってきた。ワンコールで出ると、母親の声が聞こえてきた。

「入江君ね」

「……はい」

硬い声音に悪い予感しかしない。母親が教え諭すようにしゃべり出した。

「かすみはね、昔のかすみじゃないの。すごく大事な時期なのよ。おつきあいする人だって選ばなきゃならない。はっきり言いますけど、あなたにこれ以上つきまとってほしくないの」

つきまとうという言葉の響きが耳を打つ。母親が少し口調をやわらげた。

「わかってくれるわよね、入江君なら。それがあの子のためになるってこと。あなただって自分のお仕事があるでしょうし、それに」

「ほんとですか」

我慢できずに口走ったら、母親の声音に硬さが戻った。

「なにが」

「あの、共演してる俳優と」

すると、母親が笑い声をあげた。華やいだ気分が伝わってくるようだった。

「こういうの、有名税って言うのかしらね。寄ると触るとその話で。ええ、本当よ。あの子も一八だから、遅すぎたくらい」

どうやって電話を切ったか、覚えていない。数日後、しばらく連絡がなかった二ノ宮さんから、呼び出しの電話がかかってきたときも、虚脱状態のままだった。指定されたのは前回と同じスペイン料理店。服はしわくちゃで、顔が脂ぎり、無精ひげがさらに濃くなっていた。注文を済ませるなり、二ノ宮さんが断定的な口調で言った。

「『ドリーミン』、このままじゃ駄目だ」

「えっ」

思いがけない発言に、ようやく正気づいた。面食らっているぼくと違って、登さんは冷静だった。

「ゲラじゃＯＫしてたっすよね」

「確かに、それなりにまとまってるし、そこそこの売りあげは期待できる。でも、ぼくが求めてるのは、そこそこの売りあげなんかじゃない。ヒット作だ。それにはまだ、なにかが足りない。で、読み返してピンと来た。夢がない！　ってね」

「は？」

「夢だよ、夢」

運ばれてきた料理に口もつけず、熱心にしゃべった。ぼくはますます面食らった。タイトルが『ドリーミン』だから、夢をテーマにした短編も入れるべきだというのだ。

「要は」

二ノ宮さんの話が終わると、登さんがやけに落ちついた声を出した。

「もうイッコ話書けってことすか」

「そういうこと」

「そうすると、年内に間にあわないっすよ」

「いたずらに刊行を急ぐより、腰をすえてかかった方がいい。夢をテーマにした短編が入ることで、売りあげが倍増する。間違いない」

居心地が悪かった。二ノ宮さんにむけられた登さんの目が、ひどく乾いていたからだ。ほどなく、

「了解っす」

相変わらず落ちついた声で言った。

「夢の話書きゃいいんすね」

「うん。ぜんぜん結果が違ってくるから」

言い渡された締め切りは、二週間後。それから毎日、アイデア出しに追われた。登さんが一文でさまざまなキーコンセプトをまとめ、それをぼくがふるいにかけていく。いっこうに成果があがらないと、見渡す限り広がる砂漠を、小さなスコップで延々と掘り返している気分になる。話しあいの合間に登さんはぼやいた。

「小説の夢なんざ、ろくなもんじゃねえ。出てきた瞬間、こりゃ夢だなってわかっちまう。んなもんだらだら読まされたって、おもしろくもなんともねえ」

けど、と首をひねった。

「イッコだけ、お、って思った夢あんだよな」

「どんな夢？」

「馬が目ん玉鞭で引っぱたかれる夢だ」

「あっ、覚えてる」

「あれ、どの小説に出てきたっけ」

しばらく考えたものの、思い出せなかった。のちにぼくたちは、その小説を特殊な仕方で再読することになる。しかし、そのときは、雑談を切りあげて話しあいに戻るしかなかった。

結局、アイデアを思いつくのに一二日もかかった。マジックリアリズム風の話だった。主人公は大介《だいすけ》という青年。大介は小学校卒業と同時に自宅に引きこもるようになり、一日の大半を寝てすごす。夢見るほかはなにもしないという生活を、二〇年も続けるのだ。

二日徹夜してどうにか書きあげ、二ノ宮さんに送った。翌日かかってきた電話で、絶賛に近い評価を受けた。

「いいね。いままででいちばんいい。これで一気に弾みがつくよ」

『ドリーミン』の追加分の初校ゲラが送られてきたのは、一一月下旬。それまでの約一か月半、かすみから電話がかかってくるかもしれないという期待を捨てきれなかった。

が、あれっきりだった。かたや俳優との交際は、各種芸能ニュースで既成事実として扱われていた。見聞きするのがつらすぎて、ぼくはかすみに関する情報をすべてシャットアウトしてしまった。

そのころから、「爆音のララバイ」単行本化の告知が、掲載誌で大々的に始まった。翌年一月に発売の予定で、「新年からフルスロットル！」と派手なキャッチコピーが躍った。

人気に乗る「爆音のララバイ」の原作を、登さんは楽々とこなしていた。既定路線はホールデン的なキャラクターの魅力で突っ走り、ときおりはさまる読み切りの回も、小説からもとネタを引っ張ってきて対処していた。

ある回は岡本《おかもと》かの子《こ》の「鮨《すし》」、またある回は北杜夫《きたもりお》の「天井裏の子供たち」、そしてまたある回はトーマス・マンの「トニオ・クレーゲル」という具合で、そのすべてをぼくは言いあてられた。習作時代より、はるかに換骨奪胎の手際が雑だったのだ。バレっこねえ、と登さんは言った。確かに、暴力の味つけがスパイスになっていたから、そう簡単には見破れなかったろう。物語に対する冒瀆《ぼうとく》に思えて、登さんの手抜きがいやだったけれど、面とむかって批判する勇気はなかった。

登さんは多忙だった。一一社に及ぶサラ金への支払いを、まちまちな返済日にあわせて事務所まで足を運んで行ない、放射線治療を受けるおばあさんの通院につき添い、恋沼さんとの打ちあわせをこなし、加えてヤミ金の仕事もあった。

ぼくの方は、学校の授業以外の時間は読書づけだった。かすみのことを頭から閉め出していたかったのだ。連載が始まってからゆとりがなくなり、登さんに朗読する習慣は途絶えていたので、自分の好みで本を選んだ。読むのはある人がほめる本ばかりだった。寺脇さんだ。

登さんは表むき、寺脇さんへの関心をなくしていた。しかし、ぼくは違った。毎回ゴールデンクラケン賞のお知らせが入り、ぼくたちは「深夜書店」でネタにされ続けていた。なにを言われるか気になり、聴かずにはいられない。そのうちにだんだん、寺脇さんが大人げないだけの人ではないとわかってきた。読書量が尋常ではないし、サブカルチャーへの目配りも行き届いている。「文学ミシュラン」以外にも、複数の雑誌で連載を持ち、媒体に応じて硬軟を使いわけつつ、圧倒的な知識量を示していた。

かすみの活躍を追ったのと同じ熱心さで、寺脇さんの文章や発言をフォローした。ある雑誌の著者近影で初めて見た寺脇さんは、真ん中わけの長髪で、薄い色つきの眼鏡をかけており、ひと重まぶたの端整な顔立ちには、祭司めいたムードがあった。知らない固有名詞が出てくるたび、もっと読まなきゃ、とやみくもな焦燥感にかられる。寺脇さんはぼくにとって、文学上の指導者《メンター》になりつつあった。

『ドリーミン』の追加分の初校ゲラを二ノ宮さんへ送ってから、「神様がいた頃」第四回の執筆にとりかかった。書いているうちに、白石の存在感がどんどんふくらんでいった。

白石はことあるごとに自分を鞭打たせ、苦痛の極みで神を幻視しようとする。白石が出会う神は、圧倒的な光だ。その光に包まれてお告げを受けたり、短く言葉を交わしたりする体験は多幸感をともない、世界は善だという思いに満たされるものの、対話は常に一方的で、抽象的だ。白石も信者たちもそれに甘んじてきたのだが、優志と茜が教団に来るようになって、状況が変わる。二人は飽くまで篤志に関する具体的な情報を求める。白石は二人のために、篤志に関する情報を神にたずねるものの回答を得られず、いっそう過激な苦行にのめりこんでいく。

白石の存在感がふくらむにつれて、優志と茜もそれに引きずられ出した。書くスピードがぐんぐんあがり、第四回のラストはこうなった。

「すまない……すまない……」

二人の信者に脇から抱きかかえられ、汗ばんだ、みみず腫れだらけの白石の背中が、廊下の奥へ遠ざかっていく。それを見送りながら優志は、ある決意を固めていた。茜も同じことを考えていたと分かったのは、アパートを出て、篤志がいなくなった公園で話し合った時だ。遊具が乏しい公園には、今日も人がいなかった。並んでベンチに腰を下ろしてすぐ、優志は言った。

「先生と同じことしなきゃ、駄目だと思う」

「あたしも」

「茜も？」

「ムチがいる」

「うん」

二人で公園の中を歩き回り、手頃な枝を探した。見つけた中で一番長いものを選び、短枝をすべて折り取ると、鞭みたいになった。

それを携えて茜の家へ行った。子供部屋に入ってドアを閉め、学習机に枝を置いてから、ジャンケンをした。優志が負けた。どれくらい痛いんだろうと思いながらトレーナーを脱ごうとしたら、待って、と制止された。茜が学習机から枝を取り上げ、決然とした表情で差し出してきた。

「脱がないからね」

「えっ、茜がやんの」

「優志は二番目」

「……分かった」

枝を受け取り、見つめ合う。深呼吸した茜が、クルッと背中を向けた。バンザイのポーズをとり、肩越しに振り返ると、目を見開いて絶叫した。

「打てー！」

「おいおい」

　読み終えるなり、登さんが言った。

「SMみてえになってきたな」

「まずい？」

「いや、まずかねえ。イケイケでいい感じだ。にしても」

　登さんがとまどったように、頭をなであげた。

「ちっともプロットどおりにいかねえな」

「優志たちが勝手に動いた」

「またそれかよ」

　登さんが顔をしかめた。気持ちはわかった。逸脱するたび、プロットを立てなおさなければならない。はっきり言って面倒だし、そのわりにうまく機能しているとは思えない。登さんが少し黙ってから、なあ、と呼びかけてきた。

「プロット、捨てちまうか」

「えっ」

「イッコ目も駄目、二個目も駄目。時間ばっか食って、使えねえ。意味ねえだろ。勝手に動いてる方がおもしれえんだしよ」

「うん」

プロットにとらわれるのをやめようと決めたとたん、のびやかな気分になった。ひたすらキャラクターたちの自律性にゆだねて書き進めるという考えには、先が読めないスリルがあった。

原稿を送った二日後、ミネルヴァへ呼び出された。久間さんは気づかわしげだった。

「当初のプロットからだいぶずれて来てますが……」

「おれら、やり方変えたんすよ。おい。一真から話せ」

「あの、書いてるうちに」

しどろもどろな説明になったけれど、久間さんは真剣に耳を傾けてくれた。話を聞き終えると、何本目かわからないたばこをとり出し、火をつけた。

「確かに、そういう書き方もあります。そもそもプロットを立てない作家さんもいますし。しかし、そのやり方は、ベテランでもリスキーです。大衆文学の最高峰と言われた作家さんが、連載小説の最終回で収拾がつかなくなって、担当編集者に丸投げしたなんて話もあるくらいです。もちろん、お二人がそんないい加減な作家じゃないのは知ってます。それでも、ひとつ言わせてください。小説はときとして、制御不能な怪物になる。甘く見たら、命とりになりかねません」

灰皿でたばこを押し消し、居ずまいを正した。

「まだ、ぼくが新人のころ、年が近い作家さんの担当になりました。うちのＰＲ誌で連載をスタートさせたんですが、彼もプロットを決めずに書き出すタイプでした。途中まではよかったんです。勢いがあって、原稿を読むたびにワクワクしました。でも、だんだん迷走し始めて、ぼくにアドバイスを求めるようになりました。奮い立ちましたよ。これからは二人三脚だ！　と意気ごみました。昼夜を問わず打ちあわせを重ねて、ぼくなりに頭を絞ってアドバイスしたし、彼もそれに応えようとしたんですが、作品は迷走する一方で、なにがおもしろいと思って書き出したのかさえわからなくなってしまった。結局、連載中止になりました。いまでも悔やんでます。つくづく思い知りました。編集者の力なんて、微々たるものです。作家の領域には立ち入れない。立ち入るべきじゃない」

自分に言い聞かせるような口調だった。気をとりなおしたように続けた。

「第四回、これでいきましょう。ギアが一段あがった感じで、熱がある。精いっぱい並走しますので、がんばってください」

「はい！」

ぼくたちは声をそろえた。久間さんの話に感銘は受けたものの、プロットの立てなおしは行なわなかった。

数日後、今度は二ノ宮さんから呼び出しがかかった。指定されたのは、芝公園のフレンチレストラン。煉瓦づくりの大きな洋館だった。マネージャーに三階の個室まで案内された。ヴィクトリアンスタイルの窓のむこうに、増上寺《ぞうじょうじ》が黒々と見え、その背後に明るく東京タワーがそびえ立っていた。

少し遅れてあらわれた二ノ宮さんは、ここ数か月の様子が嘘みたいにすっきりしていた。Ｐコートの下は、ネイビージャケットに白いパンツで決めていたけれど、相変わらず微妙に似あっていない。クロスがかかった丸いテーブルの、登さんの斜め隣に腰をおろして、アミューズをつまみ、シャンパンを飲みながら、いきいきとしゃべった。話題は前月に刊行された、小学生詩人の本についてだった。

「発売即重版がかかった。そのあともバンバン売れ続けてる。確実にミリオンいくよ」

テレビから遠ざかっていたぼくは知らなかったが、詩と、随想風の文章を組みあわせたその本は、実際たいへんな売れゆきだったらしい。シャンパンをワインに切りかえるころには、二ノ宮さんの顔はだいぶ赤らんでいた。『ドリーミン』だけど、と口にしたので、ようやくぼくたちの話になると思ったら、予想外なことを言い出した。

「大介を主人公にして、全面改稿しよう」

「えっ」

ぼくは思わず声をあげた。登さんは黙っていた。二ノ宮さんが熱っぽく続けた。

「読み返してピンと来た。これは長編にしなきゃ駄目だ！　ってね。大介を主人公にすえて長編にすれば、単なるベストセラーじゃなく、ロングセラーになるよ」

「あの、待ってください」

ぼくはあわてて言った。

「ほかの短編はどうなるんですか」

「うん、それなんだけどね」

二ノ宮さんが明るく言った。

「まず、大介を主人公にした長編を出そう。バーンと売れたところで、第二弾として短編集を出す。なんの工夫もなくポンと出しても、小ヒットが関の山だ。ここはあせらず、時期をうかがった方がいい」

二ノ宮さんがさらに熱弁を振るった。釈然としないものの、自信満々にまくし立てられると、だんだん気持ちが揺らいでくる。しかし登さんは、その発言で完全に二ノ宮さんを見切ったらしい。ボルテージがあがる一方の話を、

「二ノ宮さん」

そっけなくさえぎった。見ると、このあいだよりもっと乾いた目をしていた。

「いいからそのまんま、本にしてくださいよ。年内に短編集出すってとこから始まった話だ。ここへ来てちゃぶ台返しじゃ、筋通らんでしょうが」

「筋の問題じゃない。この世界は結果がすべてだ」

「約束守れっつってんですよ。それでどんな結果になろうが、構わねえ」

「田口君」

二ノ宮さんのまなざしに力がこもった。

「どんな本を、いつ、どのタイミングで出すか。ほんの小さな違いで、作家人生が決まってしまう。ここで判断を誤ったら、君たちは売れないまま終わるよ。間違いない。ぼくにはわかる」

「なんで」

「感じるんだ」

「アホくさ」

登さんが吐き捨て、勢いよく立ちあがった。

「これ以上話しても、らち明かねえ」

二ノ宮さんはどっしり腰をすえたままで、自信満々な態度を崩さなかった。

「ぼくには特別な力がある。早まると、きっと後悔するよ」

「おい」

登さんに呼びかけられた。白け切った顔つきだった。

「帰んぞ」

少しためらってから立ちあがった。ドアへむかうぼくたちに目をむけ、二ノ宮さんはしゃべり続けた。

「考えなおした方がいい。幸い、ぼくは気が長い方だ。二人でよく話しあって」

廊下へ出て、登さんがドアを閉めた瞬間、声が聞こえなくなった。

翌日、登さんはM社の編集部に電話した。編集長に会わせろとかけあうためだ。会談は数日後、M社の応接室で実現した。編集長は四〇がらみの、髪が薄い男性だった。銀縁眼鏡の奥の瞳がうるみ、どことなく悲しげな印象だった。

編集長はぼくたちが雑誌に寄稿していたことへの礼を丁重に述べた。玉稿《ぎょっこう》をたまわり、という言い方をされて、くすぐったくなった。

編集長の低姿勢に、登さんはあっさり態度を軟化させた。これまでの経緯をあらためて説明し、早くゲラの作業を進めて本を出したい、と伝えた。

「話が二転、三転するんで、そりゃ違うだろうと。いっぺん、確認しときたかったんすよ。わざわざお時間とらせて、すいません」

「いえ。こちらこそ、申しわけございません」

編集長は深く頭をさげ、顔を起こすと、率直な口調で話し始めた。

「二ノ宮は自分のやり方に強いこだわりがあって、ときとしてそれが行きすぎてしまうようです。私がいたらないせいで、お恥ずかしい限りですが、恥の上塗りを承知で内情をお話しすると、うちの雑誌は二ノ宮で持っているところがあって、なかなかおさえがきません。しかし、おっしゃることはもっともです。なるべく早く話しあって、事態を前へ進めます。ご指摘、ありがとうございました」

年明けに編集長から手紙が二通届いた。内容はいずれも、二ノ宮さんとの話しあいについて。こまごました文面から、説得に手を焼いている様子が伝わってきた。情けねえ、と言いはしたけれど、登さんは編集長をせっつこうとしなかった。

いちばんの理由は、経済的な状況が好転する見通しが立ち、小説の印税収入にこだわる必要がなくなったことだろう。「爆音のララバイ」単行本化にむけて、掲載誌はいよいよ盛りあがっており、相当な売りあげが期待できたし、事実そうなる。加えて、ヤミ金の仕事の実入りもあった。数か月後にどれくらい稼いでいたか知ることになるが、びっくりするような額だった。

ぼくの方も、ちゃんと本になりさえすれば、時期はいつでも構わないと思っていた。再校のゲラが出る手前まで作業は進んでいる。連載時のわけのわからない注文は影をひそめ、二ノ宮さんは曲がりなりにも、短編集のしあがりに満足してくれていると信じていた。

ところがすぐに、とんでもない事実を知らされることになった。

LESSON　6

その日、電話をかけてきたM社の編集長の声は、ただごとではなかった。そちらへうかがってご説明します、と言われ、登さんはアーケード商店街の喫茶店を指定した。

約束の時刻に喫茶店へやってきた編集長は、憔悴《しょうすい》し切っていた。薄い髪が乱れ、銀縁眼鏡の奥の瞳が充血し、いっそう悲しげに見えた。たずさえてきたビジネスバッグを開き、中から風呂敷包みをとり出す。結び目をほどく指が震えていた。

「本当にもう、なんと言っておわびすればいいのか……」

渡されたのは、『ドリーミン』の生原稿と、初校ゲラだった。唖然とした。両方ともいたるところに二ノ宮さんの字で赤が入り、勝手に表現を変えられ、文章が削られ、つけ足されていたのだ。添削を受けた、できが悪い生徒の作文みたいだった。

「なんだ」

登さんに聞かれて、

「原稿もゲラも、めちゃめちゃに変えられてる」

そう答えたけれど、うまく事態が飲みこめなかった。説明を求めて顔をあげた。編集長は恐縮しきった様子で、ぼくの手もとのゲラを指さした。

「それを決定稿として、お二人に見せるつもりだったようです」

「えっ、でも」

「ここだけの話にしていただきたいのですが」

スーツのサイドポケットからハンカチをとり出し、額の汗を拭ってから続けた。

「これまでもそのやり方でやってきたそうです。見こみありと判断した新人作家さんの作品に手を入れて、本人が言うところの決定稿をつくり、最後にそのまま出版するかどうかの選択を迫ると。異を唱えない作家さんもいらっしゃったとか」

「そんな」

ぼくには信じられなかった。

「勝手に作品いじられて、文句言わなかったんですか」

「実は、去年刊行されたある作品で改竄《かいざん》が発覚しまして、二ノ宮が過去に手がけた作品を精査したので、間違いないと思います。二ノ宮が改竄を認めた作品では、特定の語句があらわれる頻度や、漢字の閉じ開き、係り受けの癖が共通しています」

「作家も共犯すね、そりゃ」

軽蔑もあらわな登さんの言葉に、編集長が再び額の汗を拭った。

「このことが、あさって発売の週刊誌ですっぱ抜かれます。いま、わが社はその対応に追われていまして、私もすぐ戻らなければなりません。今回の件に関しましては、あらためておわびの席を設けさせてください。本当に、申しわけございません」

テーブルにつくほど深く頭をさげる。顔をあげると、充血した瞳がうるみ、編集長は泣きそうになっていた。

二日後に発売された、業界一位の発行部数を誇る週刊誌の特集記事によって、改竄の実態が明らかになった。

特集ではあの小学生詩人の本をとりあげ、独自に入手した少年の全作文と照合して、本人のそれとは異質な表現が、膨大に混在するのを突き止めていた。その箇所は五〇〇以上に及び、詳細な対応表も載せられていた。

さらに、二ノ宮さんと少年の母親の不倫疑惑も報じ、本人たちに直撃インタビューを試みていた。敏腕編集者Nとイニシャルで、写真には目を隠す線が入っているものの、特徴的なごつい体格は隠しようもなかった。

ただ、過去の作品の改竄については、一切触れていなかった。二ノ宮さんの決定稿を受け入れた作家が、週刊誌の版元からも本を出しているんじゃないか、というのが登さんの読み。確かにそれなら、双方のイメージを守ろうとしたという解釈が成り立つ。が、M社は調査の結果を公表しなかったので、だれの、どの作品に二ノ宮さんの手が入っているのか、真相は藪《やぶ》の中だ。

週刊誌が発売された三日後、編集長と再び会った。場所は赤坂プリンスホテルの中の中華料理店。金屏風《きんびょうぶ》が豪華な個室で、M社の常務も同席した。恰幅《かっぷく》のいい、五〇代くらいの男性だった。

円卓の座席はぼくから反時計回りに、登さん、常務、編集長となっていた。従業員が退出するなり、編集長は直立不動で謝罪の言葉を述べ始めた。そのかたわらで常務は、仕立てのよさそうなスーツの内ポケットからたばことライターをとり出した。ハンカチでしきりに額の汗を拭い、編集長が腰をおろすころには、クリスタル製の灰皿に何本ものすい殻が盛りあがっていた。

常務がようやく口を開いたのは、ランチコースの二品目が運ばれてきたあとだ。ぼくたちを見やり、君たちは、と高飛車な態度で語りかけてきた。

「まだ駆け出しじゃないか。大家と呼ばれる先生ほど、こちらの意見に謙虚に耳を傾けてくださるものだ。編集者の意見には、素直にしたがった方がいい」

発言の意図がわからず、ぼくはたずねた。

「それは、二ノ宮さんのゲラのまま、本にするということですか」

とたんに、常務が不機嫌になった。

「そうは言ってない。二ノ宮の指導に行きすぎはあった。二ノ宮は子会社に出向させる。それから、彼も降格になる」

編集長はテーブルクロスに視線を落としていた。もう片はついたと言わんばかりの態度で、常務が料理の大皿に箸を伸ばした。

「小さなことは忘れて、これからもがんばってもらいたい」

「小さなことって……」

その言葉は聞き流せなかった。編集長が顔を起こし、常務、と声をつまらせた。

「それは失言です。作家さんの原稿を好き勝手にしていい権利など、だれにもありません。とり消してください」

「だから」

常務がいら立たしげに、料理を盛ったとり皿に箸を置いた。

「処分はする。それで十分だろう。例の、なんとかいう小学生詩人の本ね。あれは世に出てしまったから、わが社の説明責任は免れない。しかし、まだ本にもなっていない作家のために、こんな席を設けるのは過分だよ。実績のある先生ならともかく」

憤然と鼻息を漏らし、ぼくたちに威圧的な視線をむけてきた。

「作家にとって出版社は、大事な顧客だ。しかも、うちみたいな大手をしくじるのは痛い。下手に騒ぎ立てない方がいい。わかるね」

「常務……」

「話はこれまでだ」

編集長をさえぎるときも、常務はぼくたちから視線をはずさなかった。大の大人に脅しをかけられ、ぼくはひるんでしまった。ずっと黙っている登さんに目をむけたのは、ぼくみたいにやられっぱなしでは済まさないはずだと、どこかで期待していたからだ。

案の定、瞳の明度が落ちているのを見て、ゾクッとした。暗いまなざしを常務にすえて、登さんがふてぶてしく言った。

「下請けはなにされても、ハイハイ聞いとけってか」

「そんなことは言ってない」

その直後、君、と声を張りあげた。

「なんだその口のきき方は。まるっきりチンピラじゃないか」

「おれがチンピラなら、てめえはなんだ。無駄に年ばっか食いやがって、わびの入れ方も知らねえのか」

「な……」

「編集長」

常務から目をそらさず、登さんが呼びかけた。

「せっかく骨折ってもらったのに、ぶち壊しすね。道理がわかんねえ、この、クソおやじのせいで」

あごをしゃくられ、顔を真っ赤にした常務が、破裂しそうな勢いで怒鳴った。

「貴様のようなやつは、出入り禁止だ！」

「上等だよ」

言い捨てるや、敏捷《びんしょう》に立ちあがった。登さんがクリスタル製の灰皿をわしづかみにしたのと、常務がおびえた顔で両手をかざしたのと、二人のあいだの空間へ編集長が滑りこんできたのとは、ほとんど同時だった。編集長は木の床に土下座し、髪が薄い頭をそこへこすりつけた。

「申しわけございません！」

ガバッと顔を起こし、涙でうるんだ瞳で登さんを見あげた。

「お腹立ちはもっともですが、どうか、どうか……」

登さんは、両手で頭をかばっている常務を見すえたまま、灰皿を持った手をゆっくり伸ばし、とり皿の上で逆さにした。すい殻がドサッと料理に落ちる。放った灰皿がテーブルにぶつかり、にぶく、重い音を立てた。登さんはビクッとする常務に構わず、土下座の姿勢で見あげている編集長に、乾いた目をむけた。

「そういうことで。お疲れさまでした」

こうして、M社から本を出す話は立ち消えになった。ぼくにしてもほかの選択はあり得なかった。自分が書いた文章をめちゃくちゃにされるのは、自らが蹂躙《じゅうりん》されるような屈辱だったのだ。

改竄をすっぱ抜いた週刊誌は、第二弾、第三弾と特集を組んだ。その反響は大きく、天才少年あらわる！　ともてはやしていたマスコミが一転してバッシングに走り、小学生詩人の一家は雲隠れしていた。

二ノ宮さんへの攻撃も止まなかった。お決まりの転落ストーリーが、本人の独特なキャラクターとからめて、あちこちの媒体で飽きもせずに語られていた。ぼくが二ノ宮さんの立場だったら、だれとも会いたくなかっただろう。

ところが一月下旬、当の二ノ宮さんから電話がかかってきた。飯でも食おう、となにごともなかったように言われて、面食らってしまった。

「だれが行くか」

登さんはにべもなくはねつけた。が、二ノ宮さんは食いさがった。

「今週金曜、夜七時。新宿コマ劇場前の噴水。待ってるよ」

電話を切った登さんは、あきれ顔だった。

「やっぱいかれてんな。まともな神経じゃねえ」

「……登さん」

「あ？」

「ぼく、行ってみる」

目を細められ、弁解するように言った。

「どうしてあんなことしたか、聞いてみたいから」

登さんが皮肉な顔つきになった。

「作家的興味ってやつか」

「別に、そういうわけじゃないけど」

どうでもよさそうに片手を振られた。

「勝手にしろ」

当日。遅刻してあらわれた二ノ宮さんは、黒ずくめだった。ブランドものとおぼしきコートもスーツもモックタートルも黒で、やはり微妙に似あっていない。登さんの不在にはまったく触れず、ぼくをゴールデン街のバーへ連れていった。

「こういうところも、たまにはいいだろ」

年季が入った木の扉の前で、そう言って笑った。

せまい店内はほぼ満席で、カウンターと言わず棚と言わず、雑多なものであふれていた。二人でカウンター席の端に体をすぼめておさまる。二ノ宮さんは店主に水割りを二つ注文するなり、明るい声で報告してきた。

「出向先では参考書を担当することになった。ここから手堅く、巻き返しといくよ」

乾きものをつまみ、水割りを飲みながら、エネルギッシュにしゃべった。聞けば聞くほど違和感がつのる。とうとう我慢できなくなって、二ノ宮さん、と呼びかけた。

「悪いと思ってないんですか」

「思ってるよ、もちろん」

沈鬱な表情だった。

「君たちの本を出せなかったのが、唯一の心残りだ。倉田健人には、なにかがある。それをいちばんいい形で引き出したかったんだけど、ついてなかったね」

「そうじゃなくて、勝手に作品いじったことを言ってるんですけど」

「そのことか」

二ノ宮さんがグラスをあおって、一気に半分ほど空けた。

「魔法だよ」

「え?」

「最後の最後に振りかけて、作品に特別なパワーを与える」

やっぱり変だ、と不安になった。二ノ宮さんが熱っぽい口調で続けた。

「前に、黒ヘルの話をしたよね。当時ぼくはサルトルに入れあげてたけど、『資本論』もコツコツ読んでたんだ。さすがにいいことが書いてあってね。特に印象に残ったのが、生産したモノが商品になるには、命がけの跳躍をしなければならない、って一節だ。編集者になってから、その言葉を何度も思い出した。何度もね」

水割りの残りを飲み干し、空のグラスを店主へ突き出した。そして、こっちへむきなおると、まなざしに力をこめた。

「売れない小説は、ただのモノだ。どうやったら売れるか、ひたすら考えてきた。過去の成功例は徹底的に分析したし、マーケティングも学んだ。そうしてつかんだ法則はひとつだけだ。とんでもない傑作が大コケすることはない。そのほかはもう、なんだって起きる。石が流れて、木の葉が沈む。そういう世界なんだよ」

店主がコースターに置いたグラスをつかみ、再び一気に半分ほど空けた。

「作品を世に送り出すのは、それこそ毎回、命がけの跳躍をするようなもんだ。できれば成功してほしい。最低でも大コケは避けたい。ぼくは、その手助けをするために、魔法をかけてやったんだ」

「そんなの……本気で信じてるんですか」

「うん？」

「そんな、魔法なんて」

「信じなければ、やってられない」

ひたむきな口調だった。舌足らずなしゃべり方のせいもあり、ひどく子どもっぽい言いぐさに聞こえた。

「だからって、勝手に作品変えちゃ駄目でしょう」

「断わっとくけど、無理強いしたことは一度もないよ。ぼくの魔法を信じるかどうか。

最終的な判断は、いつも作家にゆだねてきた」

「そんなことしなくたって、本当におもしろい作品なら」

「入江君、甘いよ」

二ノ宮さんの声が大きくなった。

「おもしろいから売れるなんて、そんな理屈は通用しない。ベストセラーリストを見てごらんよ。本当におもしろい作品、一〇年後、二〇年後も読みつがれる作品が、いくつある？　ぼくはね、いまでも世界を変えたいと思ってる。ただ、理想論でどうにかなるほど、甘いもんじゃないってことも身にしみてる。君も作家として生きていくなら、もっと正面から現実にむきあわなきゃ駄目だ」

そんなことを言われて、納得できるはずがない。反論したら、二ノ宮さんも反論してきて、どんどんぼくたちはヒートアップした。

すすめられるままおかわりを重ね、ハシゴする二ノ宮さんにつきあった。三軒目だか四軒目だかに入るころには、意識が朦朧《もうろう》としていた。目に焼きついているのは、真っ赤な二ノ宮さんの顔だ。どうしてそういう話題になったのか覚えていないけれど、そのとき二ノ宮さんは、少年時代に熱中した小説の話をしていた。『赤毛のアン』だ。

「図書館で借りてくり返し読むうちに、どうしても手もとに置きたくなってね。新聞配達で金ためて、やっと自分のものになった日は、うれしくてうれしくて、一睡もできなかった。本の綴じがばらけるまで読んだ。いまでもとってあるよ」

「おもしろかったです、『赤毛のアン』」

「だろ?」

カウンターの隣の席で、二ノ宮さんが顔をほころばせた。

「こんな図体だから、ガキ大将みたいに思われがちだけど、ぼくは内気で、人にまじるのが苦手だった。よく、一人で赤毛のアンごっこをしたよ。トタン屋根のおんぼろ屋を、あれは緑の切妻屋根の家とか、田んぼのあいだの水路を、あれはアンが舟で流される小川とか、想像して遊んでた。この話をすると、読んでないくせに馬鹿にするやつが多いんだ。読んでてもたいてい、あんな女子《おんなこ》どもむけの小説、って反応しか返ってこない。入江君みたいに、素直におもしろかったって言えるのはめずらしい」

「登さんもおもしろがってました」

二ノ宮さんがいっそう顔をほころばせ、ほら、と声をあげた。

「グッと空けて、ジャンジャン飲もう」

そこから、記憶が混濁する。意識をとり戻すと、建設中のビルの前にうずくまっていた。街灯が少なく、あたりは暗い。腕時計を見る。三時すぎ。スニーカーの底から寒さが這いのぼり、外気に容赦なく熱を奪われて、すっかり体が冷え切っていた。

ほどなく、全身がガタガタ震え出した。そのままだと凍死しかねないので、立ちあがってでたらめに歩き始めた。

やがて、線路に行きあたった。それに沿って進んでいくと、巣鴨の駅前に出た。財布をあらためたら、一万円以上あったはずの所持金が、一〇〇〇円を切っていた。どうしてゴールデン街からその界隈《かいわい》へ移動したのか、さっぱりわからない。

駅のまわりをうろつき、始発で帰った。着がえもせずにベッドへ倒れこむ。目を覚ますと、最悪の二日酔いだった。いつまでもだるさが抜けず、母に言われて病院へ行ったら、インフルエンザと診断された。それからしばらく、寝こんでしまった。

二ノ宮さんがやったことは、とうてい容認できない。新人作家の作品に勝手に手を加え、そのまま出版するかどうか選択を迫るというのは、パワハラ以外のなにものでもない。

それでも憎みきれないのは、『赤毛のアン』について語った際の、笑顔を見ているからだ。その後、二ノ宮さんと一緒に仕事をする機会は、二度となかった。

インフルエンザから回復してすぐ、「神様がいた頃」第五回の執筆にとりかかった。優志と茜が苦行に身を投じる、という方向性だけ決めて、キャラクターたちが動くにまかせて書き進めると、思いがけない展開になってきた。

お互いを枝で叩きあうものの、いっこうに神を幻視できず、二人は篤志のベルトを鞭がわりにしようと思い立つ。加えて、それまで服の上から叩かせていた茜が初めて裸になり、ジャンケンの結果、先に叩かれることになる。その場面がこうだ。

うっすらと背骨が浮き、左右の肩甲骨が尖った茜の裸の上半身を目の当たりにして、優志はドギマギした。片手を回して、長い髪を肩の前に垂らす仕草に、いっそうドギマギした。茜が反対側の肩越しに振り返った。

「手加減なしね」

「うん」

顔を前に戻し、バンザイのポーズをとって、絶叫する。

「打てー!」

優志はベルトを振りかぶり、思い切り振り下ろした。空気を切り裂く音に続いて、肉を打つ鋭い音が室内に響いた。

「ああっ」

茜が身をよじり、聞いたことのないような悲鳴をあげた。

同様の場面が延々と続く。読み終えるなり、おいおい、と登さんが顔をしかめた。

「完璧SMじゃねえか」

「ベルトはやりすぎかな」

「いや、そこはありだ。ガンガンやらした方がおもしれえ。つっても、最後までしばきあってちゃ、話が進まねえ。なんでこうなった」

「いるかどうかわからない神さまを、二人に見せるわけにいかなくて」

「にしても、このままじゃまじい」

話しあっているうちに、茜の覚醒、というアイデアが出た。苦行の末、茜だけ神を幻視することにしたのだ。この小説は優志の視点に寄り添った三人称で書かれているから、それならいるかどうかわからない神を直接描くことは避けられる。

ところが、その線で書き進めたら、難題にぶつかった。茜が幻視する神と、白石が幻視する神は、一致するのかどうかということだ。執筆を中断し、再び話しあった。

「茜が神さまに会ったら、真っ先に篤志のこと聞くよね。もし答えが返ってきたら、いつまでも答えてくれない白石の神さまとは別の神さまってことになっちゃいそうだし、答えが返ってこなかったら、白石と同じことやってるだけだから、わざわざ二回使って書いた意味なくなっちゃうし」

「別の神さまじゃまじいのか」

「何人もいることにしたら、話がぼやける気がする」

登さんが少し黙ってから、開きなおったように言った。

「この際、白石に答え聞かせちまうか」

「篤志がどうなったかってこと？」

「白石はさんざっぱらしばかれてきたんだ。ここらで、お告げ来たー！　ってなっても、おかしかねえだろ」

「篤志がどうなったか、ぼくたちもまだ決めてないんだけど」

「んなもん、あとから決めりゃいい。お告げさえ来ちまえば、別の神さまがどうのって話は、チャラにできる」

が、この線はすぐに行きづまった。「神様がいた頃」の生命線は、優志たちが激しく希求している神を、いるかどうかわからない宙ぶらりんの状態にとどめておくことにあった。白石にお告げが来た瞬間その生命線が断たれ、物語が緊張感を失ってしまったのだ。

「こりゃなしだな」

途中まで書いた原稿を朗読したら、登さんもそう言った。

「お告げが来ちゃまじい。白石はやっぱ、しばかれてねえと」

結局、茜の覚醒というアイデアに戻った。その線で書き進めると、いったん寄り道したことで、キャラクターに対する理解が深まっていた。

茜が神を幻視するようになる内的要因は、子どもらしい願望に、痛みから逃れたいという欲求がミックスされたものだ。必然性があるし、神の宙ぶらりん状態も維持できる。ところが、その内的要因に沿って書いていくうちに、まずい展開になってきた。

茜の願望と欲求が生み出した神は、茜の意にかなうお告げをくだす。篤志は神のもとで幸せに暮らしているとか、いついつまでに無事、家族のもとに帰るとかいうお告げだ。優志がそれを信じれば、お告げを得られない白石や教団は存在意義を失い、背景に退くことになる。しかし、それは違うと思った。そんな形で引っこめるなら、大々的に登場させた意味がない。

逆に、優志が茜の受けたお告げを信じないという展開を考え、その線で書いてみた。行きついたのは、ぶつかりあった二人の喧嘩別れ。茜と引きはなしたとたん、優志が精彩を欠くようになり、物語が失速してしまった。優志が茜の受けたお告げを信じないけれど、それを表立っては言わないという展開も考えたが、どっちつかずな感じでうまくいかなかった。

消去法的に残ったのが、茜が白石とまったく同じ神の幻視体験をするという展開だ。圧倒的な光に包まれてお告げを受けたり、短く言葉を交わしたりして多幸感を味わい、世界は善だという思いに満たされるものの、篤志の身になにが起きたかという具体的な事象については、なんの回答も得られない。回答を得られなければ、篤志が誘拐されてひどい目にあわされているとか、最悪の場合、殺されているかもしれないとかいう可能性は棚あげできる。優志と茜の願望と欲求にマッチしているから、展開として自然だし、白石や教団が背景に退くこともない。これだ、と思って書いているうちに、物語が予想外な方向へ転がり出した。

茜がまったく同じ体験をしたことで、二人は白石に対する帰依《きえ》を深め、住みこみの信者になろうと決意する。二人に同調して、優志の母親も家を飛び出す。

それで黙っていないのが、優志の父親と、茜の両親だ。なんとか説得しようとするけれど、三人とも耳を貸さない。優志と茜は学校へ行かなくなり、アパートに引きこもってしまう。優志たちをかばって、白石と信者たちはいっそうきずなを深める。業を煮やした優志の父親と茜の両親は、共同で訴訟を起こし、教団は法的な闘争に巻きこまれていく……。

「こりゃ違うだろ」

読み終えるなり、登さんがたまりかねたように言った。

「まるっきり横道それちまってる。神さま関係なくなってんじゃねえか。裁判沙汰はなしだ」

「ぼくは、ありだと思う」

登さんが意外そうな顔をした。

「なんで」

「優志も、茜も、白石も、優志の母親だって必死だよね。だったらまわりも必死にならないと、つりあいとれない。優志たちに負けないくらい必死で、教団から連れ戻そうとしないと。そしたら絶対ぶつかるから、裁判沙汰は避けられない」

あごをさすりながら聞いていた登さんが、ふーんとちょっと感心したように言った。

「どうせなら、ガンガンやらそうってわけか。確かに、その方がおもしれえ。裁判沙汰、ありだな。となると、優志の親父が弱え」

「弱い？」

「おふくろの方は教団住みこむってんでうちおん出たりして、イケイケだ。それに引きかえ親父の方は、普通の勤め人ではなから影薄いし、裁判起こすのも茜の親と一緒で、パッとしねえ。もっと暴れさせせねえと」

よし、と声をあげた。

「いっちょ、外に女でもつくらすか」

「えっ」

「てめえのガキが一人消えちまって、手がかりもねえ。世間の連中はおもしろがって、あることねえこと言うしよ。神も仏もあるもんかって気分になんだろ。そこへ持ってきて、女房とガキの片割れが妙な宗教にハマっちまったら、踏んだり蹴ったりじゃねえか。どっかの女にやさしくされりゃ、コロッと参っても不思議じゃねえ」

自然な展開だった。しかし、

「それだと、ドロドロしすぎないかな」

「ドロドロ上等。行けるとこまで行ってみろ」

その言葉にしたがって、教団は裁判に巻きこまれ、優志の父親が実は浮気をしている、という線で書き進めた。父親の浮気は物語の阻害要因にならず、むしろ、弾みをつけた。が、教団と世間の対立がエスカレートするにつれて、優志と茜の存在感が消えてしまった。主役と準主役が背景に退くのは、当然まずい。再び話しあった結果、茜の神格化、というアイデアが出てきた。同じ神がかりなら、中年男の白石より、幼い少女の方が見映えがする。教団が世間の注目を集める中で、茜にスポットライトがあたるようになるのだ。茜を広告塔としてかつぎあげる一派が教団内にあらわれ、それに批判的な信者たちと対立を深め……と書いているうちに、今度は優志の存在感が消えてしまった。

「クソッ、うまくいかねえな」

いくら書きなおしても最適解が見つからず、登さんがイラつき出した。

「あっちが出っ張りゃ、こっちが引っこむ。ぬらくらしやがって、つかみどころがねえ」

小説はときとして、制御不能な怪物になる。久間さんが言ったことは本当だった。入力に対して感度がよすぎる自己生成マシーンのように、個々のキャラクターの関係、思惑、それをとり巻く状況といった要素が密接にかかわりあって相互に影響を及ぼし、ほんの少しどこかをいじっただけで、ガラッと様相を変えてしまう。

話しあって書きなおし、朗読してまた話しあい、それを反映させてまた書きなおし、というサイクルをくり返した。ぼくはしきりに、登さんに聞いた道順問題の話を思い出した。爆発的に増え続ける道順のように、歯止めをかけない限り物語は、どこまでも増殖していく。どんどん深くなる森の中を、やみくもに歩き回っているみたいだった。いつの間にか、ぼくたちは迷子になっていた。

一月下旬に刊行された『爆音のララバイ』は、売れに売れた。アーケード商店街の本屋にも、駅のスーパーの本屋にも大量に平積みされており、表紙に記された原作・ストロング倉田という文字が、いっぱしの巨匠の名前みたいに映った。

登さんがその状況をどう思っていたかはわからない。これから毎月出るんだと、と言っただけだ。恋沼さんはこれまでにも増して、頻繁に電話をかけてくるようになった。登さんはそれをひどくうるさがり、どんどん指示がいい加減になった。

「喧嘩のシーンはいつものパターンすよ。人の来ねえ、薄暗《うすぐれ》え場所で、適当にワーッと。は？　んなもん、恋沼さんにまかせます。つーか、昼間打ちあわせしてんのに、何度も電話してくんのやめてくれませんか。いや、知りませんよ。そりゃそっちの都合でしょうが。やる気？　バリバリありますよ。いつでもおれはバリバリですよ」

あとで知ったことだが、登さんはこの時期、ヤミ金の仕事から手をひいていた。なにしろ『爆音のララバイ』は、四巻までで累計五〇〇万部近くも売りあげるのだ。それからの数か月で、借金もきれいに完済することになる。

一方、おばあさんの病状は悪化していた。二月頭の定期検査で、腸で再発したガンが大きくなっているのがわかったのだ。

そのころから、急速に衰えが目立ち始めた。料理の食べ残しが多くなり、家の中を伝い歩きするスピードも落ち、しばしば苦しそうに顔をゆがめた。

それでもいままでどおりの生活習慣に固執していたけれど、とうとうそれもかなわなくなった。駅のスーパーで買いものを終え、レジの行列に並んでいる最中、その場にうずくまって、動けなくなってしまったのだ。売り場の担当者から電話がかかってきたのは、登さんがさがしに出ようとしていた矢先だった。あわてて二人で駆けつけたら、おばあさんは従業員控え室のパイプ椅子に座り、うなだれていた。

「お孫さんが見えましたよ」

担当者に声をかけられて顔をあげた。すでにうるんでいた目から涙がこぼれ、頬を伝って、ひび割れのようなしわにしみこんだ。

「登、ごめんよ……」

あとからあとから涙がこぼれ、頬をびしょびしょに濡らしていく。担当者がテーブルからティッシュの箱を差し出すと、何枚か重ねて抜き出し、勢いよく洟をかんだ。いまいましそうな顔をした登さんが、担当者に頭をさげて、ボソッと言った。

「すんませんでした」

「いえ、ちょっと驚きましたけど。休んでいただいたら、だいぶ落ちついたようで」

翌日から、おばあさんは買い出しへ行くのをやめた。それがおばあさん自身の意志によるものか、登さんにきつく言われたせいかはわからない。たぐちで夕食をごちそうになる日は、ぼくがかわりに買い出しへ行くことになった。

登さんはすぐさま、バリアフリーの工事に踏み切った。たぐちの一階のあちこちに手すりがとりつけられ、段差がなくなった。茶の間の掘りごたつもふさがれて、その上に大きな電動式ベッドが設置された。客から見えるところにベッドなんて、とおばあさんはしぶったものの、座椅子に腰かけているよりははるかに楽そうだった。

付属のテーブルで新聞を読む以外は、リクライニングを倒してうつらうつらしていることが多かったが、ガラス戸が開くと耳ざとく聞きつけ、ウィーンと上体を起こして、いらっしゃい、ともつれる舌で声をかけた。大きながま口をテーブルに載せておき、ベッドに体を預けたままおつりのやりとりをする。そういう姿が興味をひいたのか、コンビニができてから遠のいていた客足が、ちょっと戻ったりした。

ガンの再発や転移は、おばあさんに知らされていなかったけれど、薄々気づいていたのかもしれない。二月下旬、妹のキヨさんがわざわざ鹿児島からやってきて、たぐちに二泊した。年のわりに大柄で、電話での印象と違って、おっとりした感じの人だった。

　ぼくたちはその時期、「神様がいた頃」第五回の最終的な話しあいに入っていた。トイレを借りに一階へおりるたび、おばあさんと、ベッドのかたわらに座るキヨさんが、親密に語りあっているのを見た。一日の大半をベッドの上ですごすようになってからも、おばあさんはパジャマではなく、きちんとした格好に着がえていた。服がぶかぶかになっているせいで、体の小ささが強調され、遠目には子どもと大人みたいだった。

　泊まっているあいだは、キヨさんが料理をつくった。薄味を心がけてきた登さんとは真逆の、くどいくらい濃い味つけで、ひさしぶりにおばあさんの箸が進んだ。

「昔は米もとげなかったもんだが」

「七〇年近く昔の話じゃないの。時効時効」

　そんなことを言いあい、二人で笑っていた。

　三日目の午前中、キヨさんは鹿児島へ帰っていった。おばあさんはひどくさみしそうだった。そのさみしさや、思い出話にどっぷりつかったことが引き金になったのかどうか、とにかくその日の夕方、おばあさんに異変が起きた。

　初め、それは悲鳴に聞こえた。顔を見あわせた次の瞬間、ぼくたちは同時に立ちあがった。階段を駆けおりると、おばあさんがベッドの上で泣きわめいていた。

「ばあちゃん！」

登さんが駆け寄ったら、ピタッと泣きやんだ。おびえたような顔をしている。登さんの背後にいるぼくを見るや、その顔がふにゃっとゆるんだ。

「あのね。モミジの千代紙がないの」

「え？」

登さんを気にするようにチラチラ見ながら、おばあさんが続けた。

「土蔵に隠しといたのに。キヨにとられた」

「ばあちゃん、なに言ってんだよ」

おびえたような顔に戻る。

「……だれ」

「あ？」

「あんただれ」

愕然とした。登さんも息をのんだ。いきなり、ぼくの肩をつかみ、階段の方へ引っ張っていくと、ひそひそ声で話しかけてきた。

「どうなってんだ」

「わからないけど……幻覚とか」

「幻覚!?」

登さんが大きな声をあげ、ハッとしたようにおばあさんの方を振り返った。おばあさんはときおり洟をすすりあげ、なにかブツブツ言っている。登さんがこっちへむきなおり、再びひそひそ声になった。

「お前の母ちゃんに、どうなってんのか聞いてくれ」

マンションに帰って、母の勤務先へ電話をかけた。内線を回してもらい、出てきた母は、ぼくの話を聞いてから、職業的な冷静さで答えた。

「譫妄《せんもう》だろうね。ガンの患者さんに多いの」

「妄想みたいなもの？」

「ちょっと違う。譫妄は寝ぼけてる状態に近い。ハッと目が覚めて、一瞬、自分がどこにいるかわからなくなることがあるでしょ？　あれが長く続く感じかな。肝心なのは、周囲があわてないこと。ゆっくり、はっきり、やさしく話しかけてあげて。たいていの場合、だんだんそれで落ちついてくるから」

不安になってきた。ゆっくり、はっきり、やさしく、おばあさんに話しかけている登さんの姿が想像できなかったからだ。礼を言って電話を切り、たぐちにかけた。すぐに出た登さんが、気の抜けたような声で言った。

「なおった」

「えっ、もう」

「千代紙がどうのってメソメソしてたが、ガキが入ってきた瞬間、もとに戻った」

スーパーで買ってきた弁当で夕食を済ませてから、執筆にとりかかった。悩み抜いた末、ぼくたちは「神様がいた頃」第五回を、優志、茜、母親の信仰心の尖鋭化、父親の浮気、裁判沙汰による世間からのバッシング、教団内の分裂といった要素をすべてぶちこんだ上で、こう展開させることにした。

優志にベルトで打たれるうち、あまりの苦痛に茜は失神してしまう。あわてて頰を叩くと意識をとり戻すが、優志の顔を見て怪訝そうに言うのだ。

「誰だお前」

ぼくたちが行きついたのは、茜の別人格化、というアイデアだった。しゃべり方は口の悪い男の子のそれで、別人格が出現しているあいだのことを、茜は一切覚えていない。そこで優志が二人のパイプ役を果たすことになる。

好きなように呼べと言われた優志は、別人格をサトルと名づける。失神した茜の肉体が一種の真空状態になって、サトルは天国からそこへ吸いこまれたという。優志に聞かれるまま、天国について語る場面がこう。

「すげえきれいで、すげえ広い」

「すげえすげえばっかりじゃ、ぜんぜん分からない」

「お前も、来れば分かる」

「どうやったら行けるの？」

「死ね」

「えっ」

「死ねば来られる」

「やっぱり、天国って死んだ人が行くとこなんだ」

「おれは死んでないけど」

　優志は反論した。

「サトル、死ねば来られるって言ったじゃん。変だよ」

「言った。けど、変じゃない」

「なんで」

「ほんとは、誰も死なないから」

　ある時点で人間としての生を終えたものの、成長や老化のプロセスのように、サトルの意識は切れ目なく天国での生へとつながっている。人間が死と呼ぶ現象を通過したことで、サトルは認識主体の不滅を感得し、それを子どもの語彙で優志に説明する。実はすでに篤志が死んでいるのではないか、という疑いを持ち始めている優志は、篤志が天国にいないか思い切って聞いてみる。すると、

「知らない」

「なんで!?　天国にいるんだろ」

「いるけど、知らない」

「だからなんで」

「すげえ広いから。どれくらい広いかっていうと、無限に広い。天国は無限で永遠なんだ。誰がいるか知ってるのは、神様だけ」

その後、寝入りばなの茜を無理やり起こすと、高い確率で人格がスイッチすることがわかり、そうして呼び出したサトルと優志は対話を重ねる。そこから得た知見によって、優志と茜は論理的に、篤志の無事を自分たちに納得させる。天国があり、神がいるなら、神隠しという現象も起こり得る。無限で永遠だという天国のどこかに、篤志はまぎれこんだに違いない。

第五回のラストは、二人が意気揚々とその考えを白石に開陳する場面だ。

「だから、篤志は大丈夫。天国にいる」

優志は自信たっぷりに言った。

「でも、よく分かんないんだけど」

茜が言った。

「神様は何でも知ってて、何でも出来るんでしょ。だったらサッサと帰してくれればいいのに。篤志が気に入ったから帰してくれないとか？　だとしたら意地悪だよね」

「神様の思《おぼ》し召《め》しは、我々には分からない」

白石が思い詰めたような顔つきで言った。もし、という考えが優志の頭に浮かび、そのことを口にしようとしたら、体の奥底から激しい怒りが湧いてきて、挑みかかるようなしゃべり方になった。

「もし、篤志がひどい目に遭わされてたら、絶対に神様を許さない」

「あたしも」

隣で茜がきっぱり言った。白石は、言葉を失ったように黙り込んだ。

読み終えると、登さんがボソッと言った。

「バッチリだろ」

そのわりに、表情が冴えなかった。理由はわかっていた。すべての条件を満たすために、サトルという虚数みたいなキャラクターを登場させたものの、その先の展開はまったく考えていなかった。考えられなかったのだ。

原稿を送った三日後、ミネルヴァへ呼び出された。久間さんは注文を済ませるなり、質問してきた。

「お二人は、『カラマーゾフの兄弟』を読んだことがありますか」

「ないっす」

「ドストエフスキーですね」

「ええ。彼の遺作です。ひさしぶりに読み返してみたんですが」

ショルダーバッグから、分厚い文庫本をとり出した。あちこちに付箋が貼られ、いっそう厚みを増している。手早くめくり、ここだ、とつぶやくと、はっきりした声で読みあげた。


無限の神がなければ、どんな善行もありえないし、そうなったら、善行なんてまったく必要なくなる

文庫本をテーブルに伏せ、顔を起こした。

「スメルジャコフという男が、カラマーゾフ兄弟の次男に言うせりふです。『神様がいた頃』には、このテーマと通底する部分があると思います。回を追うごとにそれが強まって、第五回でさらにギアがあがった感じですが、どうなんでしょう。これから、どんな風に展開していくんでしょうか。アウトラインだけでも教えていただけませんか。もし、いまの時点で決まっていればですけど」

救いの手を差し伸べられたように感じた。迷っていたら先に登さんが口を開いた。

「なんも決まってません」

神妙な面持ちだった。ぼくは思い切ってたずねた。

「このあと、どんな展開にすればいいと思いますか」

「その質問には、答えられません」

きっぱりした口調だった。

「ぼくにはその力も、資格もない。そこはもう、作家の領域です。お二人にがんばってもらうしかありません」

その返答は予想していた。しかし、不満だった。なにか思いついたことくらい聞かせてくれても、と思ったのだ。

「あ、そういえば」

久間さんが手帳を開き、ページを繰った。

「来月、帝国ホテルで、大きな文学賞の贈賞式と、祝賀パーティーがあります。いずれ正式な招待状を送りますが、お二人はああいうところに顔を出したことがないですよね？　同業の作家さんとお話しになったら、いい刺激をもらえるかもしれませんよ」

それまでもその手の案内は受けとっていたけれど、めんどくせえ、と登さんが言うので、出席したことはなかった。

が、そのときは、なんでもいいから作品のヒントがほしかった。登さんも同様だったらしく、行きます、と応じた。空気を変えるように、久間さんが話題を転じた。

「『爆音のララバイ』、二巻が出ましたね。すごい売れゆきじゃないですか」

「はあ」

はかばかしくない反応に、いたわるような口調になった。

「週刊連載はたいへんでしょう」

「いや、別に。おれ、なんもしてないんで」

登さんは本気でそう思っているみたいだった。

おばあさんの譫妄は、あの日から常態化していた。過去の記憶の中を漂っているらしく、現実にあるものをしばしばありもしないものに置きかえた。置きかえは恣意《しい》的だったが、ある程度の傾向が見られた。

台所を土蔵、勝手口を出たところを井戸、二階を紙漉《かみす》きの作業場と認識していることが多かった。店の土間を日本橋の三越だと言い張ったこともある。ひとつだけ固定している錯誤があり、線路は常に放水路だった。荒川の昔の呼び名だ。昏迷《こんめい》している最中に電車の音を聞きつけると、それが放水路の工事の音に変換される。またやってる、とうるさそうに言う顔つきは、真に迫っていた。

おばあさんがそういう状態になると、登さんはひどくいら立った。言うことをいちいち訂正して、何度も泣かせた。

「お前はいいだろ。マンション帰りゃしまいなんだから」

登さんは愚痴った。

「夜中はもっと質《たち》悪い。やれ千代紙がねえの、かんざしがねえのって泣きわめいてよ。

おちおち寝てもいらんねえ」

「ぼく、泊まりこもうか」

一瞬、登さんが絶句した。しかし、

「おれは、借りはつくらねえ」

すぐにいつもの調子をとり戻した。

翌日、書類を何枚か書かされた。登さんは都立病院の担当医に相談して、当時まだめずらしかった夜間の訪問看護を利用することにしたのだ。てっきり話がついていると思っていたら、初めて訪問看護のスタッフがやって来た晩、意識が清澄《せいちょう》だったおばあさんは、説明を聞くなり顔をこわばらせた。

「帰ってもらってくれ。子どもじゃあるまいし、そんなおもりなんぞ……」

「子どもみてえなことやっといて、なに言ってんだ。もう契約しちまったんだから、グダグダ抜かすな」

ひとしきりやりあったものの、登さんに押し切られた。それから週に五日、夕食を終える八時ごろ、訪問看護のスタッフがたずねてくるようになった。同時に、登さんに新たな習慣が生まれた。スタッフが来ると、にわかに落ちつきを失い、パリッとした格好に着がえて、出かけてしまうのだ。行き先は銀座のクラブだった。

「おれみてえに若えのはめずらしいから、どこでもチヤホヤされる。お前も行くか」

「やめとく」

「そうか」

登さんがつまらなそうに言った。

「『爆音のララバイ』の原作者っつーと食いつきいいんだが、倉田健人っつってもポカンとしてやがる。銀座のホステスなんて案外、たいしたこたねえぞ」

おばあさんが譫妄状態に入っていると、スタッフはまさに子どものおもりみたいな態度で接した。その様子は二階まで筒抜けで、登さんはいたたまれなかったのだろう。それがわかるから、銀座通いのせいで話しあいの時間が短くなっても、文句を言えなかった。考えてみれば、恋沼さんもぼくと同じストレスを抱えていたはずだが、そのときはそこまで頭が回らなかった。

限られた時間で「神様がいた頃」第六回の話しあいと、書きなおしをくり返した。ぼくたちは大局観のようなものを失い、なにがこの作品の肝かわからなくなっていた。判断はすべて久間さんにゆだねることにして、登さんが出したアイデアを機械的に作品化し、送り続けた。

茜も神隠しにあうという話を書き、優志の別人格、サトミというのが登場する話を書き、篤志をさらった犯人がつかまるものの、狂っていてなにも聞き出せないという話を書いた。そのたびに久間さんからミネルヴァへ呼び出され、第七回以降どうなるんです

か、という質問に答えられず、

「それだと、単なるつなぎの回になってしまいます」

同じ理由でボツにされた。

これに懲りて、次のアイデアは作品化する前に、ミネルヴァで聞いてもらった。徐々に困惑の表情を深める久間さんにむかって、登さんはまくし立てた。

「話しあってるうちに、日本中さがせば、天国見たのがほかにもいるんじゃないか、ってことになるんすよ。要は、あの世に片足突っこんで、すんでのところで生き返ったやつ、ってこってす。そいつらの意見集めりゃ、篤志の居場所がわかるかもしれないってんで、テレビのえらいさん丸めこんで生放送出て、その番組乗っとっちまう。細かく手順決まってるんすけど、そこは省きます。とにかく、これまでサトルから聞き出したこと洗いざらいしゃべって、心あたりある人は連絡ください！　つって、全国に呼びかける。もう、すげえ反響で、電話やら手紙やらわんさか来て、大半はいたずらなんだが、これは、ってのもまじってる。絞りこんだのが、全部で一一人。一人目は、北海道に住んでる六〇すぎのじいさん。日本が負けたあと、満州でソ連軍とドンパチやらかして」

「待ってください」

久間さんがたまりかねたように声をあげた。

「その話は、どこへむかうんですか」

「大丈夫っすよ。ちゃんと、おさまるとこにおさまるんで」

「今回は先まで考えました」

久間さんは少し黙ってから、提案なんですが、と慎重な口ぶりで言った。

「第六回はこう、第七回はこう、と一行で構いませんから、目いっぱいシンプルなプロットを、終わりまで立ててみませんか。あまり複雑にすると、収拾がつかなくなるおそれがあります。四月末日の締め切りまで、まだ間もありますし」

「全国編、駄目すか」

久間さんが眉をひそめた。

「トーンが違いすぎる。せっかく積みあげてきたものを、損なってます」

不満たらたらでたぐちへ戻り、ひさしぶりに第一回から読みなおした。だんだん冷静になってきて、第五回まで読み終えると、

「全国編、ねえな」

「うん……」

「ありだと思ったんだが」

久間さんの提案にしたがって、目いっぱいシンプルなプロットを立てることになった。

それくらい、と高をくくっていたけれど、かえって困難だとすぐにわかった。

物語をとことんシンプルにすると、核になるアイデアが残る。それが見つからないか

ら迷走しているわけで、あらためてそのことを思い知らされた。

しかも、まずいことに、登さんの発想力にはかげりが見えていた。マンガ原作での手抜きのツケが、そのころになって回ってきたのかもしれない。

ぼくはなにかヒントをつかめないかと、寺脇さんがさまざまな媒体ですすめる本を、手あたり次第に読んだ。指導者化がさらに進んでいたのだが、当の寺脇さんは、二月最初の「深夜書店」の放送である小説にゴールデンクラゲン賞を与えてから、ぼくたちのことをパタッと話題にしなくなっていた。新人もヒット作も、次々にあらわれる。デビュー三年目を迎え、一冊の本しか出していないぼくたちは、ネタにされる価値すらなくしつつあった。


三月半ば、鬱屈した日々に、雲間から光が射しこむようなできごとが起きた。かすみから電話がかかってきたのだ。

午前二時すぎ、子機が鳴った瞬間から予感があった。とりあげて、もしもし、と早口に言うと、耳慣れた鼻息が聞こえてきた。

「かすみ！」

「ん」

言いたいこと、聞きたいことがありすぎて、言葉にならない。すると、

「カール」

「え?」

「食べたい」

　いつも二人で食べていたスナックで、つまりはぼくの部屋へ来たいという意味だ。気が変わらないうちにとしゃべりまくり、約束の日時を決めた。

当日の土曜は曇りで、昼ごろから雨が降り出した。約束の午後三時より、だいぶ遅れてインターホンが鳴った。飛びつくようにして玄関のドアを開けると、フードパーカーとオーバーオールにスタジャンを着こみ、野球帽をかぶって、トンボ眼鏡風のサングラスをかけたかすみが立っていた。こんなに小さかったっけ、と思いながら、上ずった声で話しかけた。

「バレなかった?」

「なにが」

「電車で」

「タクシーで来た」

「あ、そうか」

「早く入れて」

ドアを閉めて鍵をかけるあいだに、かすみはサッサとスニーカーを脱いで廊下にあがり、勝手知ったるという感じで、ぼくの部屋へ直行した。引き戸を開け放ち、大きな声を出した。

「ヒーターつけてるんだ」

「今日は寒いから」

ぼくもダイニングを横切って部屋に入り、うしろ手に戸を閉めた。かすみはスタジャンを脱ぎ、野球帽とサングラスをとってベッドに放ると、体を反転させてドサッと腰をおろした。

「あー落ちつく、この部屋」

ぼくは落ちつかなかった。かすみは美しかった。天井からの照明を浴びて、もっと強い光に包まれているみたいだった。以前のように隣に座るのがはばかられ、カーペットに腰をおろしかけてすぐ、立ちあがった。

「麦茶飲む？」

「あったかいのがいい」

「日本茶でいい？」

「ほかになにがあるの」

「だいたいなんでも」

「じゃあ、アールグレイ」

「それは……ない」

「なんでもじゃないじゃん」

その調子でかすみがポンポン言うので、徐々にぎこちなさがほぐれてきた。手招きされて、ベッドに並んで腰かけ、壁に寄りかかる。前にはぼくがティーバッグでいれた紅茶と、カールの載ったお盆がある。

かすみはよくしゃべった。ずっと気にしていたことは、あっけなく片がついた。俳優との熱愛報道について、

「番宣だよ、あんなの」

「バンセンって?」

「番組の宣伝」

「彼のマンションでデートとか書いてあったけど」

「住んでるのが同じマンションだから」

「そうなの!?」

「芸能人が住めるマンションって、限られちゃうんだよね。たまたま一緒で、それを番宣に利用されただけ。ドラマのせりふ以外で口きいたこともないよ」

「だったらなんで電話くれなかったの」

「眠いから」

「そんな理由?」

あのねえ、と顔いっぱいで不満をあらわした。

「眠いの、とにかく。殺人的に。ドラマの収録中、一週間で一〇時間も寝てない。やっと終わってせいせいした。もう、あんなの二度としない」

それから、仕事の愚痴を並べ立てた。その矛先はすべて関係者へむけられ、一人残らずなで斬りだった。あーりーす！　と連呼するマネージャーのもの真似には、大笑いさせられた。熱愛報道がでたらめと知り、ぼくははしゃいでいたのだ。言うだけ言って紅茶を飲んでいるかすみに、冗談で話しかけた。

「そんなにいやなら、やめちゃえば?」

「やめるよ」

カップをお盆に戻し、あっさり答えた。

「わたし、むいてないもん」

かすみは真顔だった。ぼくは半笑いだったが、いくら見ていてもかすみの表情が変わらないので、うろたえた。

「嘘でしょ」

「ほんと」

「ほんとに?」

「うん」

「なんで？」

「まあ、いろいろ」

「でも……売れてるんじゃないの」

「売れてるのかな。よくわかんない。興味もないし」

今日はね、とまじめな顔になった。

「お別れに来たの」

「えっ」

「わたし、ドロンするから」

胸の前で、忍者が印を結ぶようなポーズをとる。話の展開が急すぎて、ついていけない。馬鹿のひとつ覚えみたいにくり返した。

「なんで？」

「いろいろあるんだってば」

「それじゃわからないよ」

すると、かすみが含み笑いをした。

「一真には言っとこうかな。えーと、今日って何日だっけ」

「三月二二日」

「じゃあ、あさって。三月二四日にわたしの本が出るの」

去年、最後にかかってきた電話で、交わした会話を思い出した。

「観察日記みたいな、って言ってた本？」

「そう。きっと大騒ぎになる。その前に」

含み笑いをしたまま、さっきと同じポーズをとる。ぼくは不安になった。

「どんな内容」

「『不思議の国のありす』って題名。読んでみて。芸名にあわせて、ありすはひらがな。わたしはいまいちだと思うけど、出版社の人はそれがいいって。芸能界を不思議の国にたとえるとか、ありがちだよね」

　ますます不安になった。

「大丈夫なの」

「なにが」

「たぶん、いろいろ書いちゃまずいこと書いてるんだよね。そんなことしたらただじゃ済まないんじゃないの」

「殺し屋に追っかけられるとか？　ないない、さすがにそこまでは」

「まじめに聞いてよ」

「まじめだよ。どんなことになるか、よく考えた。だからドロンするわけだし」

「どこに」

「秘密」

「力になりたいんだ」

かすみは少し黙った。再び口を開いたら、真剣な顔つきになっていた。

「逃げちゃおうか、二人で」

その瞬間、かすみと手をとりあって、さんさんと陽光が降り注ぐ砂浜を、笑いながら走る光景があざやかに浮かんできた。背後から、数え切れないほどの人群れが追ってくるものの、置き去りだ。子どもじみた想像だと思いつつ、夢見心地になった。

しかし、次の瞬間には、現実的な心配が押し寄せてきた。真っ先に思ったのは、「神様がいた頃」のこと。ぼくは懇願するように言った。

「その場所、登さんには教えていい？　小説の話しあいしなきゃいけないから」

かすみは、変な生きものでも見るような顔をしていた。

「一真、ほんとに作家になっちゃったんだね」

「え？」

「わたしいま、自分史上いちばんかわいい。一緒に逃げようって言ったら、ホイホイついてくる人、いくらでもいる。それなのに、小説って」

「だって、責任あるから」

「責任感だけで書いてるの」

「だけじゃないけど」

「いいよ、一真は。打ちこめることがあって。わたし、生まれてから一度も、なんかに夢中になったことない」

かすみはひどくさみしそうだった。

「もし、ぼくにできることあったら……」

「じゃあ、キスして」

「えっ!?」

「できるでしょ、それくらい」

ムードもへったくれもないけれど、本気なのはわかった。おそるおそる顔を近づけ、

「あの、目つぶって」

「なんで」

「やりにくい」

かすみがじれったそうな顔をした。

「一真がつぶって。わたしがする」

言うが早いか、両手を肩にかけ、唇を押しつけてきた。半開きの口から舌を挿しこまれる。ギョッとしたものの、その動きはおずおずしていた。同じようにおずおず応えた

ら、いきなりかすみの舌の動きが大胆になった。ぼくの舌の裏へ回りこもうとしたり、口蓋《こうがい》を強くこすったり、めちゃくちゃだ。やがてクスクス笑い出し、両手でぼくの胸を押しのけた。

「カールの味がする」

「かすみも」

「前もしたね」

「そのときも、雨が降ってた」

「そうだっけ」

「うん」

「すごい昔な気がする」

気持ちがたかぶり、声を張りあげた。

「かすみのこと、好きだ」

「それ、何度も聞いた」

またクスクス笑う。もどかしくてたまらなくなった。

「まだ二番目？」

「なにが」

「ぼくのこと、二番目に好きって言ったでしょ」

「そうだっけ」

「それも忘れちゃった？」

非難がましいぼくの気分をよそに、かすみはひとりごとのように言った。

「夢中になれるもの見つけたら、それがわたしのいちばんかも」

かすみは六時すぎに部屋をあとにした。一階におりて、相合傘でマンションを出、駅前のロータリーでタクシーを拾った。後部座席で手を振るかすみの姿が遠ざかり、雨にけぶる景色にまぎれて、見えなくなった。

二日後、『不思議の国のありす』が鳴りもの入りで発売された。かすみはそれっきり、行方をくらましてしまった。

その年のベストセラーになる『不思議の国のありす』は、芸能界という特異な世界の、いわば、参与観察の記録だった。その世界を駆動させるのは、徹頭徹尾、色と欲。かすみは淡々とした筆致で、それらを余すところなく記述していた。

業界の人間から受けたセクハラは数知れず、強要罪すれすれの行為もあった。ファンのセクハラはもっと直接的で、あらゆる機会をとらえてのぞこうとしたり触ろうとしたり、中には、車で強引に連れ去ろうとした連中までいた。

わたしがいまだに処女なのは、意志が強かったからじゃなく、運がよかったからだと思う。

かすみはそう書いている。

『不思議の国のありす』で特に注目されたのが、金にまつわる記述だ。事務所にずっと自腹で衣装を買わされていたとか、露骨につけ届けを要求されたとかいう話から、音楽賞がらみの賄賂《わいろ》の話まで、金、金、金のオンパレードだった。かすみが芸能界に愛想を尽かしたのも、事務所とレコード会社の金銭トラブルが大きかった。団体名や人物名はイニシャルだったが、関係者なら容易に特定できたろう。

かすみは自分についても赤裸々に書いていた。過密スケジュールをこなすために、眠気止めの薬を常用し、ほとんど依存症になってしまった。そこで、ぼくにとってなじみ深い話が出てくる。かすみは再び、世界の果てを訪れていたのだ。

のぺーっと平たい、灰色の世界。そこには前も来たことがあった。13歳の時、ママに入れられた精神病院で、薬漬けになって。そこでは全部ごっちゃになる。きれいなものも、汚いものも、うれしいことも、悲しいことも、全部。

13歳の時は、薬のせいでおかしくなったんだと思った。でも、違うのかもしれない。すごく敏感になって、ふだん見えないものが見えたのかもしれない。あれが世界の本当の姿なのかもしれない。

『不思議の国のありす』が発売された翌日、かすみの所属事務所はマスコミにＦＡＸを流した。本に書いてあることは事実無根で、法的措置を検討中である、という内容だ。が、それが実行に移されることはなく、結局すべてうやむやになった。

本の発売から数日後、以前教えてもらった住所を頼りに、かすみと母親が住むマンションへ行ってみた。ある程度は予想していたけれど、予想をはるかに超える騒ぎになっていた。

エントランスに蝟集《いしゅう》するマスコミが、そろいの法被《はっぴ》や鉢巻を身につけた大勢のファンとやりあい、それを野次馬が遠巻きにしている。その場に張りつき、断片的な情報を収集してわかったのは、かすみがそこにはいないということだけ。念のため訪れた実家の前でも、同様の光景が展開していた。もちろんそこにもかすみはいなかった。

かすみが消えたショックは、熱愛報道のときより大きかった。それでも小説は書かなければならない。

連日、登さんとプロットを話しあった。話しあいはいっこうに実を結ばず、見渡す限り広がる砂漠を、小さなスコップで延々と掘り返すという、例のイメージが何度もよみがえってきた。

やがて、ある疑念が生まれた。

いくらなんでもこんなに足踏みするのはおかしい。第五回までのどこかで、すでに間違えていたんじゃないか。

その疑念はどんどんふくらみ、それにつれて、最初から書きなおすのが唯一の解決策に思えてきた。リセットしたくなったのだ。あるいは、リセットしたいという欲求が先で、あとから疑念が生まれたのかもしれない。

いずれにせよぼくは、それ以上書く意欲をなくしてしまった。四月になったばかりのその日、話しあいの合間にぽろっと漏らした。

「連載なんて引き受けるんじゃなかった」

「あ？」

「きっと、このままじゃ駄目だ」

登さんの顔つきが険しくなった。

「ここまで問題ねえって、久間さん言ってたろが」

「もし、久間さんが間違ってたら？」

「ああ？」

「そしたらいくら書いても、うまくいかない」

登さんが舌打ちした。

「いまさらごたく並べてんじゃねえぞ。連載中止にでもする気かよ」

その考えに惹きつけられた。黙っていると登さんが、おい、と声をとがらせた。

「マジでそのつもりじゃねえだろな」

「正直に話して、お願いすれば……」

「へたれが」

吐き捨てるように言われた。

「そんなみっともねえ真似、できるわけねえだろ」

「インチキになるよりましだ」

しまった、と思った。登さんの瞳の明度が落ちたからだ。低い声で問いかけられた。

「どうしても久間さんが間違ってるってのか」

なにか言った瞬間、手が飛んできそうだった。登さんはぼくを見すえていたが、すくみあがっているので馬鹿らしくなったのだろう。暗い目つきが徐々に乾き、ほどなく、さげすむようなまなざしに変わった。

「直《ちょく》に聞く。はっきりさせようじゃねえか」

電話を受けた久間さんは、登さんの声の調子からなにか感じとったらしい。会ってお話ししましょう、と指定したのは、デビュー作の刊行日に連れて行ってくれた、山小屋風の居酒屋だった。登さんは電話を切ると、冷ややかな視線をむけてきた。

「久間さんも災難だな。お前のわがままに振り回されて」

わがままじゃないと思ったけれど、そう言い切る自信はなかった。

翌日、居酒屋で久間さんと会った。形ばかりの乾杯をしてから、話し始めた。おれは聞き役だ、と登さんは宣言していたので、もっぱらぼくがしゃべることになった。さすがに連載中止にしてくれとは言い出せず、ひたすら不安を訴えた。久間さんはたばこをすいながら、黙って耳を傾けていた。最後に駄目もとで頼みこんだ。

「『神様がいた頃』をどうしたらいいか、なにかアドバイスをくれませんか。どんなことでも構いませんから。作家の領域っていうのはわかってます。でも、このままじゃ、どうしても書けないんです」

久間さんはぼくをじっと見ていた。思いつめたようなまなざしだった。

その視線を浴びるうちに、決まりが悪くなってきた。発言を撤回しようとしたとき、久間さんが何本目かわからないたばこに火をつけ、おもむろに口を開いた。

「少し昔話をさせてください。実は、ぼくも小説を書いたことがあります」

「えっ」

これには登さんも驚いたらしく、声がそろった。久間さんが照れたように笑った。

「大学時代に、一度。実際に書くかどうかは別にして、文学部の学生ならだれでも、書いてみたいと思ったことはあるんじゃないでしょうか」

深くたばこをすい、煙を吐き出してから、続けた。

「学部の同級生に読んでもらったら、コテンパンにやられました。書いたのは一度きりです。なにしろ、その同級生の鑑識眼を、絶対的に信用してましたから。ぼくが一浪で、むこうは現役。こっちが勝ってるのは、わずかな人生経験くらいしかありません。同じ上京組とは思えないほど垢抜けてて、なにからなにまで趣味がいい。本でも映画でも、彼が認めないものをうっかりほめたら、コテンパンです。理路整然と、これこれこういう理由で駄目なのに、なぜわからないのか、とやられる。ぼくの小説を読んでもらったときも、理路整然と駄目な理由を指摘してきて、しかも、それがいつまでも続くんです。もういいからと言っても、やめてくれない。そういうところは融通のきかないやつでした」

なつかしそうな顔をして、再びたばこをすった。

「もとからべたついたつきあいじゃありませんでしたが、ぼくがD社に入って二年目、有名な文学新人賞をとったと知ったときには、この野郎！　と思いました。黙って書いてやがったのかと。でも、彼なら不思議じゃなかった。さっそく、編集者として会いに行きました。前に、連載中止にしてしまった作家さんの話をしましたよね。あれが彼です。うちのPR誌での連載が、二作目になるはずでした」

「あの、その人の名前は」

答えを聞いて、ああ、と思った。柳沢さんにすすめられて、その人のデビュー作は読んでいた。登さんが初めて話しかけてきた。

「なに書いた人だ」

内容を説明したら登さんも、ああ、という顔をした。子どもが妄想の中でこしらえるような悪夢的なイメージを、ユーモアを交えて細密に描き出した作品には、高い志が感じられた。彼は、と言いかけ、久間さんが絶句した。すわないまま短くなったたばこが、テーブルにボロッと灰を落とす。指先の熱さで気づいたのか、すいさしを灰皿に押しつけてから、絞り出すように言った。

「死にました。故郷に帰って、四年後に。自殺でした」

ぼくたちは声を失った。久間さんの表情は、いままさにその知らせを受けたかのように、固まっていた。

「書きためた原稿が何千枚もあって、それをご遺族に託されました。プロの目で見て、出版に値するかどうか判断してほしいと。自費出版も考えておられたようです。ところがその原稿が……ひどかった。そこには混乱のあとしかありませんでした。文字が言葉になり、言葉が文章になり、文章が物語になる手前で行き場を失って彼の中へ逆流し、書くほどに精神がむしばまれていったのが、ありありとわかりました。だれかの原稿を読んで、あんなにつらかったことはありません。正直に話してお返しすると、責められるどころか、お礼を言われました。しかし、ぼくは悔やんでます。いくらべたついたつきあいじゃないとはいえ、もっと密に連絡をとればよかった。そもそも、無責任なアドバイスをしなければよかった。二作目の失敗が、ぼくのせいだとは言いません。作品は作者のものですから。それでもやはり、ぼくは間違ってました。作家の領域に軽々しく足を踏み入れるべきじゃなかった」

三人とも黙りこむと、BGMのロックにまじって、人声がいっそうにぎやかに聞こえた。思い出したようにカクテルに口をつけてから、久間さんが話を再開した。

「ぼくにできるのは、作品に対して意見を言うことだけです。それ以上は自分に禁じてますし、その能力もありません。もっと優秀な編集者が、お二人につけばよかったんですが」

「いや」

「そんな」

久間さんがひたむきに語りかけてきた。

「いい小説を書くのは、至難の業です。プロの作家さんでも、その苦しさとむきあわず、小手先でごまかす方はいます。しかし、お二人にはそうなってほしくない。たいした力になれないかもしれませんが、できることならなんでもします。あと半分です、がんばりましょう」

「ここまではOKなんすよね？」

登さんの口ぶりがことさら軽かったのは、そうであってほしいという願望の裏返しだろう。マッチポンプだが、ぼくもまったく同じ気持ちだった。久間さんはしばらく黙ってから、噛みしめるように話し始めた。

「いただいた一回一回のお話については、ぼくなりに精いっぱい読んで、問題ないと判断してきました。ただ、本当にここまでがＯＫかどうか、すべて書き終わるまではわかりません」

「はあ!?」

　登さんがすっとんきょうな声をあげた。久間さんの口調が熱を帯びた。

「ぼくは、小説は可能性の束だと思ってます。ポール・オースターが作品の中で、小説の中心はいたるところにあって、結末を迎えるまで円周は描けない、という意味のことを言ってます。編集者はもちろん、作家さんも、書き終わるまで作品の全体像はつかめない。本当にすぐれた小説とは、そういうものじゃないでしょうか」

　そのとき、電撃的な悟りが訪れた。久間さんの話を媒介に、世界の果ての話と、道順問題の話とが、一挙に結びついたのだ。悟りというものの性質上、言語化するのは難しい。いま、あえてそれをすれば、こういうことになると思う。

　かすみの言う世界の果ては、中心が定まらず円周を描けない、未完の小説と同じカオスにある。一方登さんは、物語る行為を道順問題になぞらえたけれど、物語は道順問題としてはきわめて特殊で、事前に定まった始まりや終わりを持たない。完結した瞬間、真っ白な地《じ》に図が浮かびあがるように道筋が決まり、それによって事後的に始まりと終わりも決まるのだ。

共通しているのは、可変性と不確定性。どんな風にも変われるかわり、なにも確かに定まっていない。あの、見渡す限り広がる砂漠が、世界でいちばん高い山や、世界でいちばん深い海や、超過密な未来都市や、無限の宇宙空間に一瞬で変わり、さらに変わり続ける光景が、ぼくの脳内に広がった。その印象は、小説ってすごい！　ということに尽きる。だからやりがいがある、とは思えなかった。手ごわすぎる敵と戦っている気分で、途方に暮れてしまった。再びおりかけた沈黙を、わかりました、と登さんが大きな声で破った。

「なんとかしますよ、こいつと」

強い力で背中を叩かれた。久間さんがまじめな顔でうなずいた。

「本当に、ぼくにできることならなんでもします。遠慮せずにおっしゃってください。祝賀パーティーの招待状は届きましたか？」

はい、とぼくたちは答えた。

「文芸のパーティーとしては最大規模で、作家さん以外にも、大勢の関係者が集まります。顔つなぎしますので、なるべくたくさんの方と話してみてください。いい刺激をもらえるはずです。きっと、お二人なら大丈夫ですよ」

久間さんと別れると、登さんはむっつり黙りこんだ。帰りのタクシーの中で、唐突に言い出した。

「ドスなんとかのなんとかの兄弟が読みてえ」

翌日、駅のスーパーの本屋でドストエフスキーの『カラマーゾフの兄弟』を購入し、読み始めた。「神様がいた頃」のヒントをつかむ、というのが大義名分だった。

しかし、『カラマーゾフの兄弟』の朗読は、単なる逃避だった。ぼくは機械的に読んでいたし、登さんも集中力を欠いていた。やりたくない宿題を先延ばしにして、別のことにかまける子どもと変わらなかった。

朗読は遅々として進まず、たまにブザーが鳴って、中断させられるとホッとした。おばあさんは用を足すのに手間どるようになっており、登さんは階下へおりると、二〇分は戻ってこなかった。その間はちっとも楽しくない朗読をしなくて済む。

ところが、朗読を始めて数日後、ブザーで階下へおりていった登さんが、二〇分どころか三〇分たっても戻ってこなかった。おばあさんになにかあったんじゃ、と不安になった矢先、怒号が聞こえてきた。あわてて部屋を出、階段を駆けおりると、ベッドの上のおばあさんにむかって、登さんが怒鳴り散らしていた。おばあさんはボロボロ涙をこぼし、拝むように手をあわせている。

「どうしたの!?」

振り返った登さんは、青ざめていた。

「てめえにゃ関係ねえ」

「でも……」

ほったらかして上に戻るわけにはいかない。どうしていいかわからず立ちつくしていたら、登さんがゆっくりこっちにむきなおった。

「なに見てんだ、こら」

すさんだ顔つきだった。つばを飲みこみ、やっとの思いで言った。

「おばあさん、かわいそうだよ」

登！　というおばあさんの叫びを背に、あっという間に迫ってきた。すぐ前に立たれ、思わず階段の手すりにへばりつく。登さんが拳を振りあげたとき、ハッとした。ひどく悲しげな目をしていたからだ。するとなぜか、謝って許してもらおうとか、攻撃を避けようとかいう気持ちが消えた。固く目を閉じ、殴打に備えた。どうしても顔が横をむく。来る、と思い、いっそう固く目を閉じ、首をこわばらせた。

次の瞬間、舌打ちが聞こえた。圧迫感がふっと遠のき、こわごわ目を開けると、登さんは土間へおりるところだった。サンダルに足を突っこみ、ガラス戸を乱暴に開け閉《あた》てして、振りむきもせずに出ていってしまった。おそるおそるベッドへ近づく。泣き濡れた顔で見あげているおばあさんに、あらためてたずねた。

「……どうしたの」

涙声で語るのを聞いて、事情がわかった。おばあさんは登さんに純子さんとの和解を持ちかけていたのだ。

「純子は風来坊だ。あたしが生きてるうちに会うことは、もうあるまい。それはどうにもならんが、登は違う。あの子の口から許すという言葉を聞くまでは、死んでも死にきれん。なにがあっても、親子は親子なんだ。いっちゃんからも言ってやっておくれ」

おばあさんの腰には、クッションがいくつもあてがわれていた。腹筋と背筋の力が弱り、そうしないと体を起こしていられなくなっていたのだ。

かき口説くおばあさんの願いに応えたいと思いつつ、はかばかしい返事はできなかった。ぼくは言葉を濁し、あいまいな相づちを打ち続けた。

翌日、たぐちへ行ったら、登さんはブスッとした顔つきで、二階にあぐらをかいていた。お互い、きのうのことにはまったく触れなかった。

あのころのたぐちを思い浮かべると、いまでもどんよりした気分になる。ぼくたちは二階でだらだら『カラマーゾフの兄弟』を読み、おばあさんは一階で、着実に死へ近づいていった。なにひとつ建設的なことはできないまま春休みが終わり、ぼくは高校三年生になった。

二日後の四月九日。招待状を送ってもらった文学賞の祝賀パーティーが、帝国ホテルで行なわれた。

夕方五時すぎ、ぼくたちはともにジャケットスタイルで電車に乗りこんだ。帝国ホテルは、通りをはさんで日比谷公園のむかいにあった。堂々とした外観に圧倒され、正面玄関の脇に立つ、ドアマンの制服姿に気《け》おされた。

階段で二階にあがり、混雑するクロークの前を通過して会場に入ると、高そうなじゅうたんが敷きつめられ、高校の講堂の三倍は広かった。入り口の脇がドリンクコーナーになっており、給仕たちが列をなす参加者たちに対応していた。ぼくたちもそこに並び、水割りのグラスを手にした。

会場のあちこちに、料理を載せた大きなテーブルがあり、そのまわりに参加者たちが群がっている。その人数は五〇〇をくだるまい。参加者の多くがたばこをふかし、会場はたちまち煙でもやった。話し声がワンワンして、司会者がスタンドマイクを使ってなにかしゃべっても、静かにならない。登さんは、人だかりの少ないテーブルを選んでオードブルをつまみ、水割りを飲んだ。ぼくも同じことをしているうちに、水割りが空いた。すると、スーッと給仕が近寄ってきた。片手に持ったシルバートレイに、泡立つ透明な液体の入ったグラスが、いくつも載っている。かしこまった調子で声をかけてきた。

「シャンパンはいかがですか」

その後もグラスを空けるたび、スーッと給仕が近寄ってきた。すすめられるままシャンパンを飲み、水割りを飲み、ワインを飲んだ。身の置き場がなくて、登さんとしゃべりたい気分だった。

が、登さんはうるさい場所だと、聞こえが悪くなる。おまけに、ぼくは呂律があやしくなっており、大きな声で話しかけても、あ？　と聞き返されるばかりだった。妙に厚ぼったく感じられる頭で、パーティーってつまらないな、と考えていたら、

「倉田健人さん」

久間さんがビールのグラスを手に、近づいてくるところだった。今日もくたびれたスーツを着ている。立ち止まり、気づかうように聞いてきた。

「楽しんでますか」

「退屈っすね」

登さんがズバッと言った。久間さんがきまじめにうなずいた。

「そういうものです」

肩越しに振り返る。

「紹介したい作家さんがいます。行きましょう」

「だれすか」

登さんは名前や作品名だけではわからず、ぼくがその内容を説明することになった。

それを聞いて、ああ、という顔をした登さんは、おれはいいっす、と断わった。ぼくも同じ気持ちだった。自分たちが認める作家以外、会いたくなかったのだ。

久間さんはそれから何人もの名前を列挙した。しかし、ぼくたちが会いたい作家は、一人もいなかった。困ったような顔で、入り口へ目をやった久間さんが、あ、と小さく声をあげた。スーツやドレスの男女を引きつれて、着流しの初老の男性が入ってくるところだった。

「ちょっと、ごあいさつしてきます。よかったらお二人も一緒に……」

「だれすか、あれ」

結局、これまでと同じやりとりがくり返された。またのちほど、と久間さんがすまなそうにはなれていった。やがて、会場の一角に、その作家を囲んで談笑する輪ができた。久間さんもそこへ加わる。登さんがこっちに体を傾け、話しかけてきた。

「相手が売れてりゃ、インチキ野郎でもご機嫌とんなきゃなんねえ。リーマンのつれえとこだな」

「あの人の小説、つまらなかったよね」

「あ？」

「あの人の小説、つまらなかったよねって」

「ああ？」

「あの人の」

「一真」

登さんが眉をひそめた。

「飲みすぎだろ」

飲みかけのグラスをそばのテーブルに置き、会場を見渡した。

「おもしろくもなんともねえ。クラブ行こうぜ」

「え?」

「ここよかましだ。おごってやる」

なにか憂さ晴らしをしたかったし、未知の世界に対する好奇心もあった。出口へむかおうとしたとき、和装の女性を先頭に、ドレス姿の女性たちが入ってきた。四〇人からのホステスが、しゃなりしゃなりと行進する姿は、華やかな軍団みたいだった。

ホステスたちはサーッと会場に広がり、あっという間にとけこんでしまった。気がつくと、ノースリーブのロングドレス姿のホステスが、音もなく近づいてきた。髪を高く結いあげ、スパンコールのついたクラッチバッグを片手に持ち、大きく開いた胸もとに、真珠のネックレスをあしらっている。

「倉田先生」

センセ、という甘ったるい発音だった。おう、と登さんが応じた。

「先生、こういうパーティーにも来ちゃうんだ」

「あたりめえだろ。作家なんだから」

「こちら……」

まつ毛がそり返った目をむけられ、ドギマギして答えた。

「倉田、健人の方です」

「お噂はかねがね。こんなに若いなんて、意外」

名刺を渡され、会話が始まったものの、楽しくなかった。お義理で話しかけてくれているのがわかったからだ。登さんのところへ、ほかのホステスが二人やってきて、そっちの会話に加わり出したのを潮に、その場をはなれた。会場の隅にぽつねんと立っていると、スーッと給仕が近寄ってきた。

「水割りはいかがですか」

「ください」

主催者や受賞者がなにかスピーチしたが、内容は覚えていない。かすみはどうしてるだろ、とぼんやり考えていたら、

「一人ですか」

横あいからいきなり声をかけられ、ビクッとした。ビールのグラスを手に、久間さんが立っていた。

「田口さんは？」

「ああ、登さんはあの辺に……あれ？」

いると思った場所から、いつの間にか消えていた。キョロキョロしていたら、久間さんが先に見つけて指さした。

「田口さんは人目を惹きますね」

会場の中ほどに、ホステスたちに囲まれた背の高い登さんの姿があった。たばこの煙が立ちこめる空間の中で、そこだけくっきりあざやかだった。久間さんがいたわるように聞いてきた。

「こういうところは苦手ですか」

「苦手、みたいです」

「ぼくもそうです」

親しみのこもった口調だった。

「ゲラを読んだりしてる方が、何倍も楽しい。こういうところでないと会えない人もいるから、そうも言ってられませんけど」

そうそう、と急に声を弾ませた。

「寺脇さんがお見えになってます」

「えっ」

「遅れていらしたみたいで、さっきごあいさつしました。いやー、うれしかった。『神様がいた頃』をほめてくださって」

「ほんとですか!?」

　久間さんが力強くうなずいた。

「寺脇さんからああいう評価はなかなか聞けませんよ。せっかくの機会ですし、直接お話しになってみませんか」

「話したいです！　あの、登さんも一緒に」

　急《せ》きこむように言ったら、久間さんが笑顔になった。

「声をおかけしておきます。手を振りますので、それを目あてに来てください」

　あの寺脇さんが、ぼくたちの作品をほめてくれた。それはそのときのぼくにとって、唯一絶対の光だった。参加者たちのあいだを抜けて登さんのそばへ行き、ホステスたちの背中越しに呼びかけた。

「登さん、登さん」

「おお。どこ行ってた」

　ホステスたちがいっせいに振りむく。大きな声で続けた。

「寺脇さんがいるって」

　その瞬間、登さんの顔つきが変わった。ぼくは言いつのった。

「『神様がいた頃』、ほめてるって」

登さんが考えこむように黙った。ホステスの一人が言った。

「寺脇さんってだれ。お友だち？」

それを無視してぼくにたずねた。

「どこにいる」

「えーと、あっ、あそこ」

見回した視線の先で、久間さんが手を振っている。人の陰になっているのか、近くに寺脇さんの姿は見えない。登さんがテーブルにグラスを置き、ぼくもそれにならった。ぼくたちが無言で歩き出すと、背後から嬌声が追いかけてきた。

「先生、またねー」

「うちのお店にも来てねー」

人群れのあいだから、久間さんと寺脇さんが見えてきた。著者近影と同じ、真ん中わけの長髪で、薄い色つきの眼鏡をかけていた。豊かな髪にはつやがあり、肌も滑らかで、四〇代半ばとは思えない。細身の体に黒いスーツをまとい、黒いタイを締めている。背はさほど高くないけれど、独特な存在感があった。ワインのグラスを手に、倦《う》んだような顔つきでぼくたちを見ている。そばまで行くと、久間さんがあらたまった口調で紹介した。

「寺脇さん。こちら、倉田健人さんです」

「寺脇です」

耳慣れた、ちょっと鼻にかかる美声。ラジオの悪ふざけからは想像できない、落ちついたもの腰だった。

謎めいた作品でぼくたちを魅了し、次に仮想敵として研究をうながし、最後は文学上の指導者となった人が、目の前に立っている。登さんに視線をむけると、品定めするようなまなざしで寺脇さんを見すえていた。

ぼくが話さなきゃ、と思った。聞きたいことはいくらでもある。しかし、真っ先に聞くことは決まっていた。すがるような思いで、話し始めた。

「いま、悩んでるんです。『神様がいた頃』」

寺脇さんはワインを飲みながら、黙って聞いていた。登さんは飽くまで、品定めの構えを崩さない。久間さんは、この調子なら大丈夫と判断したらしい。目顔で合図し、さりげなくその場をはなれた。細長い背中が見えなくなってから、寺脇さんがグラスを持っていない方の手をあげ、しゃべり続けるぼくを制した。

「久間君の前では控えていた。単刀直入に、いいかな」

「あ、はい」

「『神様がいた頃』は、チャレンジングな作品だが、駄目だ」

「えっ」

「重すぎる」

その口調には一点の曇りもなかった。

「倉田健人の二作目にはふさわしくない。お流れになった、M社の短編集。あっちの方が二作目むきだった。三作目は『ふたりの季節』みたいな、軽妙さをとり戻した方がいい」

「黒星三つ」

登さんが初めて口を開いた。いまにも豹変しそうな、不穏な顔つきだった。

「ああ」

寺脇さんがどうでもよさそうに言い、ワインに口をつけた。

「気にすることはない。あんな格づけには、なんの意味もない」

「え」

ぼくは混乱した。

「ちょっと待ってください。それはどういう」

「おい」

登さんが低い声を出した。見るともう、瞳の明度が落ちていた。

「吐いたつば飲もうったって、そうはいかねえぞ。きっちり説明しろ」

暴力の気配は、強い磁場のようなものを発生させる。喧騒に満ちた会場の中で、そこだけエアポケットに入りこんだみたいだった。薄い色つきの眼鏡越しに、登さんをながめていた寺脇さんが、テーブルにグラスを置いた。

「ここじゃゆっくり話せない。場所を変えよう」

寺脇さんがむかったのは、最上階のラウンジだった。木を基調とした英国式のしつらえで、広く、薄暗い店内には、ピアノの生演奏が静かに流れていた。

黒服の店員に、人気《ひとけ》のない窓際の席へ案内された。窓の下に日比谷公園が広がり、その先へ視線をむけると、無数のあかりを窓からこぼす大小さまざまなビルのあいだで、国会議事堂が白々と見えた。

むかいあわせのソファーに腰をおろした寺脇さんが、横に立つ店員にむかって、ドライマティーニ、と告げた。

「君たちは？」

隣に座っている登さんに目をむけた。貫くようなまなざしで、寺脇さんを見すえている。ぼくはあわてて言った。

「同じものください。二つ」

「かしこまりました」

店員がその場をはなれると、寺脇さんが足を組み、ぼくたちを見やった。

「今日は覆面じゃないんだ」

「え、そりゃ……」

「私が君たちに目をつけたのは、あの扮装《ふんそう》が気に入ったからだ。マスクマンはプロレスの華だからね」

「プロレス？」

唐突な単語だった。寺脇さんが明晰な口調で続けた。

「プロレスはおもしろい。そのおもしろさは、虚と実のあわいを行くところにある。だれが強いとか弱いとか、そんな議論は無意味だ。野暮な上に、端的に間違っている。小説も同じだよ。『ふたりの季節』はいい作品だった。新人のデビュー作としては、出色《しゅっしょく》のできだ。しかし、そんな言葉を並べても意味がない。小説には、なんの力もないんだから」

「わかりません」

寺脇さんがなにを言おうとしているのか、まったくわからなかった。そこへ、ドライマティーニが運ばれてきた。それぞれの前に置き、店員が一礼して去った。寺脇さんがグラスを手にとり、口をつけた。ぼくたちは動かなかった。寺脇さんがグラスをテーブルへ戻し、透徹したまなざしをむけてきた。

「マラルメは、人間の必要は二つの道にわかれると言っている。一方が美学。もう一方が政治経済。私は生まれたときから、後者の道へ進むことを義務づけられてきた。政治経済の問題は、だれもがやりたがらないことをいかにやらせるか、だれもがほしがるものをいかに分配するか、その二点に集約される。解決手段は、強制力をともなう権力しかない。結局、この世界を支配しているのは力だ。あたり前すぎて、つまらない。だから私は、あえてもうひとつの道を選んだ。退屈しのぎにね」

「退屈しのぎって……」

ぼくは承服できなかった。

「小説は、それだけじゃありません」

「その考えを否定はしない。ただ、現実として、小説は無力だ。小説で世界は変えられない。もちろん日本も変えられないし、困窮する個人も救えない。私はね、小説と長年かかわってきて、竹刀《しない》で叩きあうような生ぬるさに、飽き飽きしてしまったんだよ。ここ最近の仕事は、はったりをきかせた私なりのプロレスだ。君たちとからんだのが、いちばんおもしろかった」

「ふざけんな」

登さんが言い放った。

「飽き飽きしたってんなら、やめりゃいいだろが」

「そうするよ」

寺脇さんがあっさり言い、窓のむこうの国会議事堂に目をやった。

「私はこれから、本来の道へ戻る。力が支配する、どこまでもリアルな世界へ。つまらないけれど、仕方ない。この先、小説はもっとつまらなくなるからね」

組んでいた足をおろし、テーブルに身を乗り出すと、預言者めいた口調になった。

「マンガにはもう追いつけない。ゲームにも水をあけられる一方だ。娯楽のチャンネルは増え続け、小説の存在感は減り続ける。さらに、別の要素も加わる。私の予測では、日本は間もなく未曾有《みぞう》の好景気に突入し、その後長く不況に苦しむはずだ」

「なんでわかる」

登さんがさぐるように聞くと、

「日本には決定権がないから」

即座に答えを返してきた。

「どんな状況でも、自国の権益を最優先にできない。操られているんだよ。それこそ、力によって。経済が右肩さがりに転じたとたん、娯楽分野の規模は急激に縮小する。その中でもっとも割を食うのが、小説だ。限られたパイの奪いあいでは、地味でとっつきにくい小説は、どうしたって不利になる。不況が慢性化したら、壊滅的なダメージを受ける。なりふり構わず売りあげを追い求め、話題性重視の、薄っぺらな、小説の名に値しない小説もどきが蔓延《まんえん》するようになり、関係者は全体の利益を考えて、そんな作品でも称揚せざるを得なくなる。さぞ息苦しいだろう」

　寺脇さんは冷ややかに微笑んでいた。黒いスーツに黒いタイが、小説を弔う喪服みたいに映る。失礼、と寺脇さんがソファーをはなれた。大切にしてきたものを踏みにじられて、呆然としてしまった。登さんに目をむけ、ギョッとした。魅入られたような顔をしていたからだ。いい小説を読んだあと、よく見せる表情だった。

「……登さん」

「あ？」

「大丈夫？」

　またたきするほどのあいだに、登さんがしゃんとした。

「お前こそ大丈夫かよ。泣きそうなツラしてんぞ」

「小説は無力だって言ってたけど、そんなことないよね」

　少し黙ってから、おれはな、と登さんが真剣な声を出した。

「いままで生きてきて、本気でおもしれえと思ったのは、小説だけだ」

「ぼくも！」

　うれしくなってペラペラしゃべった。が、たいして意味のあることは言えなかった。ドライマティーニを飲みながら、生返事をしていた登さんが、

「帰ったな」

「大物ぶったやつってのは、パターン決まってんだ」

グラスをテーブルに置いて、立ちあがった。

「行くぞ。こんなとこでぼさーっとしてても、しょうがねえ」

登さんが言ったとおり、寺脇さんはとっくに支払いを終え、消えていた。エレベーターで一階におりて、帝国ホテルを出る。登さんと並んで歩き、交差点まで来たところで、足を止めた。

「ぼく、ちょっと」

「クラブ行かねえのか」

「うん」

パーティー会場の二の舞になるのは目に見えていた。登さんが肩をすくめた。

「あさって、おっさんと飲まなきゃなんねえ。編集の肝入りで、四巻刊行の前祝い、だと。うざってえ。お前と飲む分にゃ気楽だが」

じゃあな、と登さんが背をむけた。きらびやかなネオンに映えるうしろ姿が、雑踏の中へまぎれていった。

翌日、「神様がいた頃」第六回のアイデア出しを再開した。寺脇さんに小説をおとしめられ、かえってファイトがわいた。登さんの意気もあがっているようだった。

ところが、登さんが口にするアイデアが、ことごとく使えなかった。愕然とするほど凡庸だったのだ。そのことにいちばんいら立っていたのは、登さん自身だろう。訪問看護のスタッフがやってきてもアイデアを出し続け、ぼくは却下し続けた。お互い意地になり、時間がたつにつれて、果たしあいの様相を呈してきた。

日づけが変わり、電車が止まり、やがて薄暗い窓の外から、始発電車が動く音が聞こえてきた。一〇時間以上ぶっ通しで話しあい、のどはカラカラだったし、空腹を通り越して胃は痛んだし、頭の中はたっぷり水を吸った綿をつめこまれたみたいになっていた。こうなったら、学校をサボってとことんやるつもりでいたら、

「一真」

登さんが呼びかけてきた。声はしゃがれ、頰もげっそりこけたように見える。

「お前、喧嘩したことあるか」

なぜかその質問を奇異には感じなかった。小学生時代のそれを思い出し、ある、と答えた。

「勝ったか」

「負けた」

「なんで負けた」

「もみあってるうちに押し倒されて、そしたら馬乗りで」

「そういうこっちゃねえ」

強い口調でさえぎられた。

「お前が負けたと思ったから負けなんだ」

「ひいたら負け、ってこと？」

登さんが張りつめた表情でうなずいた。

「とにかく、ひいたら負けだ」

その言葉をぼくは、不退転の決意表明ととった。仕切りなおすことになり、その場は別れた。

締め切りまで、残り三週間弱。粘り続けるうちに、起死回生のアイデアが生まれた可能性は、ゼロではない。

しかし、それを確かめる機会は失われた。その日の夜、登さんが逮捕されたのだ。

LESSON　7

手もとにある新聞の切り抜きで、事件はこんな風に報じられている。

人気漫画原作者を傷害容疑で現行犯逮捕

警視庁築地署は十二日、漫画原作者のストロング倉田（三四）＝本名・田口登＝を傷害容疑で現行犯逮捕した。同日午前零時ごろ、中央区銀座の飲食店で漫画家の恋沼淳さん（三七）＝木村《きむら》敏《とし》夫《お》＝に殴る蹴るの暴行を加えて、大けがを負わせた疑い。恋沼さんは付近の病院へ搬送されたが、意識不明の重体。なお、同席していた編集者も軽いけがを負った。

倉田は恋沼さんとコンビを組み、昨年から週刊誌で漫画「爆音のララバイ」を連載。既刊三巻は累計三百万部以上を売り上げるヒット作となっている。

倉田は別の十代の男性とコンビを組み、小説家としても活動。『ふたりの季節』でおとしデビューしている。

この事件はいくつものゴシップ誌でとりあげられた。それらの記事を総合すると、起きたのはこういうことらしい。

「爆音のララバイ」の担当編集者が、銀座のクラブに酒席を設けた本当の目的は、登さんと恋沼さんの関係修復にあった。恋沼さんは登さんに対する不満をさんざんこぼしていた。放置していたら、決裂は時間の問題だった。

が、登さんは恋沼さんとまともに話さず、ホステスたちと楽しくやっていた。恋沼さんはおもしろくなかったに違いない。悪酔いして、周囲がなだめるのも聞かず、登さんにからみ始めた。登さんは適当にあしらっていたけれど、読み書きできないくせに、というひとことで、暴力のスイッチが入った。

恋沼さんが払った代償は大きかった。頬骨にひびが入り、眼底を骨折し、鼻と肋骨も折れ、内臓が破裂して、胃の一部を切除することになった。止めに入った編集者も巻き添えを食った。通報を受けて、警察が駆けつけたときには、店の人間たちが遠巻きにする中、登さんはふて腐れたように酒をあおっていたという。

皮肉なことに、事件がおばあさんに活力を与えた。報道で登さんの逮捕を知るや、あちこちに電話をかけまくって弁護士を紹介してもらい、事件の三日後、面会が許可されるとすぐベビーカーを引っ張り出してきて、ぼくと一緒に留置所へ行った。おばあさんは泣きどおしだった。アクリル板のむこうに座っている登さんは、メモをとる警察官の隣で、困ったような顔をしていた。

「そう泣くなよ」

「だってお前……」

おばあさんはハンカチを顔に押しあて、すっかり薄くなってしまった肩を震わせていた。登さんがこっちを見て苦笑した。ぼくはぜんぜん笑えなかった。

久間さんからは何度も電話をもらっていた。久間さんは出版業界のネットワークを駆使して、情報をできる限り集めていた。

事件の二日後に意識をとり戻した恋沼さんは、登さんを訴えると息巻いているらしい。D社の顧問弁護士によると、実刑がつく可能性が高いとのことで、おばあさんが雇った弁護士も同じ意見だった。刑務所に入れられてしまえば、親族以外は面会できなくなることも多い。直接話しあうかわりに、手紙のやりとりをするという手も使えないから、このまま「神様がいた頃」の連載を続けるなら、ぼくが一人で書くしかない。

ミネルヴァで久間さんからそういう話をされたのは、おばあさんと面会に行った翌日。ぼくは迷わず連載休止を申し出た。小説を書くのは登さんと一緒。それはもはや絶対的な条件だった。久間さんが慎重な口ぶりで言った。

「田口さんの出所を待つあいだに、雑誌の状況次第では、連載の再開が難しくなるかもしれません。その場合、後半を書きおろしていただいて、単行本化にむけて動くことになりますが」

「それでお願いします」

　ぼくはホッとして言った。では、と久間さんが頭を切りかえたように言った。

「その方向で調整を進めます。いまのうちに一度、三人で話しあいましょう」

　二日後、久間さんと二人で面会に行った。登さんは部屋に入ってくるなり、きちんと頭をさげた。頭をあげてください、とうながされても、しばらくそうしていた。アクリル板越しにむかいあって腰をおろし、

「お元気そうで、安心しました」

「すげえ暇すけどね」

　そんなやりとりのあと、本題に入った。久間さんは、ぼくにしたのと同じ話をくり返し、最後にこう締めくくった。

「田口さんが自由になるころ、ぼくがいまの部署にいるとは限りません。しかし、異動になったとしても、必ず責任を持って引き継ぎます。お待ちしてますので、これからもよろしくお願いします」

「待たなくていいすよ」

「えっ」

　久間さんと声がそろった。登さんが真剣な顔で続けた。

「おれ、作家やめるんで。あとは一真にやらしてください」

「無理だよ！」

ほとんど悲鳴になった。あっけにとられていた久間さんが、通声穴すれすれまで顔を近づけ、早口に語りかけた。

「確かに、田口さんはなんらかの法的な制裁を受けるでしょう。だからといって、廃業することはありません。もし、事件のことを気にしてるなら……」

「気にしないわけにいかないすよ」

登さんが落ちついた声で言った。

「おれはデビュー前、一真の母ちゃんに約束したんです。恩を仇で返すような真似は、絶対しないって。おれと組んでる限り、一真も色眼鏡で見られちまう。そりゃできませんよ」

違和感を覚えた。登さんの顔つきが、だれかをたらしこむときのそれだったからだ。そもそもぼくは、この事件に釈然としないものを感じていた。登さんは常に自らのディスレクシアに開示的だった。おそらく、機先を制する狙いがあったのだろう。プライドの高い登さんにとって、容認しがたい弱点だったのは間違いない。が、そのことで毒づいた相手を半殺しにするのは、暴力のあらわれ方としてあまりに安直な気がした。要するに、らしくなかったのだ。

久間さんはなおも説得しようとしたけれど、登さんは頑として応じなかった。やがて、ずっと無表情にメモをとっていた警察官が、そろそろ、と面会の終了を告げた。

「……わかりました」

久間さんが無念さをにじませて言った。

「残念ですが、田口さんの意志を尊重します」

「すいません」

登さんは立ちあがると、もう一度きちんと頭をさげた。

留置所を出てから、近くの喫茶店に入った。久間さんは、運ばれてきたコーヒーに口をつけようともせず、強い決意を感じさせる口調で話し始めた。

「上に話を通さなければなりませんが、ぼくは、入江さんお一人で『神様がいた頃』を完成させてもらいたいと思ってます」

「無理です」

小声になる。久間さんが熱心に続けた。

「不安なのはわかります。ただ、これだけは言わせてください。この連載は、倉田健人のお二人に依頼しました。入江さんお一人になっても書いてもらおうというのは、異例なことです。連載にしても出版にしても、当然の権利じゃありません。そうしたくてもできない作家さんは、大勢いるんですよ。死んでしまった、あいつのように」

グッと身を乗り出してきた。

「うかがいたいのは、入江さんの覚悟です。お一人になっても、倉田健人名義で『神様がいた頃』を完結させた場合、わが社はデビュー作を出した版元として、今後も入江さんをバックアップしていきます。しかし、一人じゃ書けないとなってしまったら、手の打ちようがありません。選択肢は三つです。倉田健人として書き続けるか、無名の新人として一からやりなおすか、それとも書くことをあきらめるか。入江さんはどうしたいですか？」

真剣なまなざしだった。ことの重大さが伝わってきて、ますます腰がひけた。

「一人じゃ無理です」

久間さんはぼくから目をそらさなかった。ひどく長く感じられる間のあと、深いため息をついた。激しい痛みをこらえるような顔つきだった。

「残念です。本当に。編集者としても、読者としても。ぼくは、倉田健人の作品が大好きでした」

ギューッと胸を締めつけられ、やっぱりやります、と言いそうになった。すると、鮮明なイメージが浮かんできた。見渡す限り広がる砂漠を、小さなスコップで延々と掘り返す光景だ。そのとたん、気持ちがくじけた。とても一人では耐えられそうになかった。

「すみません……」

知らず知らずのうちに、涙がにじんできた。申しわけなさと情けなさでいっぱいだった。

三日後、「神様がいた頃」の連載中止が正式に決まった。電話で知らせてくれた久間さんは、気が変わったらいつでもご連絡ください、と切り際に言った。

何日かぐずぐずしてから、書きおろしの約束をしていた三社に電話をかけた。事情を説明し、書けなくなったことをわびた。どこからも慰留されなかった。中の一社は、何か月も前に担当者が異動になっていた。

こうして、ぼくたちは舞台から消えた。あっけないほど簡単だった。

五月八日。登さんが留置所から出てきた。介護が必要な家族がいるという理由で、保釈が認められたのだ。予想どおり、恋沼さんは民事訴訟も起こし、一〇〇〇万円を超す損害賠償を請求した。それが世間の関心をあおり、四月に刊行された四巻を含めて、『爆音のララバイ』の売りあげはうなぎのぼりだった。『ふたりの季節』にも動きがあり、ひさびさに重版がかかったりした。

たぐちに戻ってきた登さんは、二つのことに専念した。おばあさんの世話と、朗読だ。

事件直後におばあさんが見せた活力は、ろうそくが燃え尽きる寸前の、最後の輝きみたいなものだった。あちこちの手すりにつかまってトイレへ行くたび、息も絶え絶えのありさまだった。なにかあったらすぐ対応できるように、朗読はおばあさんが寝ているベッドのそばで行なうことにした。

『カラマーゾフの兄弟』はもう読む気がしなかった。ただ、尋常ならざる迫力は感じられたので、ドストエフスキーのほかの作品を読むことになった。ほぼ一年ぶりに図書館へ行くと、本条さんが心配顔で迎えてくれた。

「いろいろたいへんだったみたいだけど」

「はい。たいへんでした」

「柳沢さん、退職したわよ」

「えっ」

「第二の人生を始めるんだって。ずっとあなたたちのこと気にしてた」

「そうですか……」

ぼくのリクエストを聞いて、本条さんは『悪霊』をすすめてくれた。純粋な朗読は楽しかった。『悪霊』にはぼくたち好みの黒いユーモアがあり、登さんは何度も噴き出した。それを聞きつけると、うつらうつらしているおばあさんが目を覚まし、声をかけてくる。

「なに？　どうしたの？」

おばあさんはしょっちゅううつらうつらしていた。登さんが留置所にいるあいだ、二十四時間体制でつめていた訪問看護のスタッフが、それと知らせずにモルヒネを使用するようになっており、そのやり方を引き継いだのだ。登さんが言い聞かせるような口調になった。

「いま、本読んでてよ、それがすげえおもしれえんだ」

「なんて本？」

「ドス、ドス、なんつったっけ」

「ドストエフスキー」

「の、あー」

『悪霊』

「それだ。ドスなんとかの、『悪霊』」

「タカちゃん。すぐ忘れる」

おばあさんがこましゃくれた口調で言った。登さんがあたり前のように応じた。

「しょうがねえだろ。おれは忘れっぽいんだから」

「あんなに勉強してるのにねえ」

「頭のできが悪いんだな」

「いや、そんなことはない」

突然、おばあさんの口調が変わった。

「登は並みじゃない。なんでもできる」

おばあさんは譫妄状態と覚醒状態を、シームレスに行き来するようになっていた。過去の記憶に入りこむたび、ぼくたちを知っているだれかだと思って、話しかけてきた。店の土間の縄跳びを指さして、キヨ、帯脱ぎっぱなし、とぼくを叱りつけたり、ベッドの付属テーブルの上のリモコンを手にとって、テイちゃん、カステーラ食べよ、と登さんに笑顔で話しかけたりした。

この時期、線路を荒川と思いこむほかに、もうひとつの錯誤が固定化した。譫妄状態にあるあいだ、トイレが川むこうの尋常小学校になるのだ。

ぼくたちが朗読しているかたわらで、おばあさんはどっちに聞かせるともなく、学校行かなきゃ、と宣言する。苦労してベッドからおりると、あちこちの手すりにつかまって、這うようなスピードでトイレへむかう。ときおり肩越しに振り返り、シンタ、はみ出さないで、とか、ミチ、カエルがいるよ、とか声を出す。おばあさんは、集団登校の班長で、下級生たちに話しかけているのだ。その断片的なおしゃべりから、ぼくたちは娘時代のおばあさんに関する情報を蓄積していった。

農業と紙漉きで生計を立てる生家に、家族一〇人の大所帯で暮らしていたこと。一六歳で村をはなれるときも、放水路の開削工事は続いていたこと。小学校の成績は優秀で、同級生のタカシに好意を持っていたらしいこと。

子どもに返るとおばあさんは、前に言ったことを平気でくつがえした。ぼくは調子をあわせたが、登さんは毎回、まじめな顔で指摘した。

「それで、赤い丈長《たけなが》結んだらね、チヨがいちばんかわいい、って言われた」

チヨというのはおばあさんの名前。前はそこに別の子の名前が入ってたはずだけど、と思いつつ相づちを打ったら、

「いや」

登さんがあごをさすり、ベッドに横たわるおばあさんの顔をのぞきこんだ。

「前はキイがいちばんっつってなかったか」

固有名詞に弱い登さんが、おばあさんが口にする人名は絶対に忘れなかった。おばあさんは矛盾を指摘されると、堂々と言いわけを始める。

「キイちゃんもいちばんだけど、チヨもいちばんって言われた」

「いちばんが二人いちゃ、変だろ」

「変じゃない。ヤスイ先生がそう言ってた」

「なんつったんだ」

「みんな平等だから、いちばんも二番もありませんよって」

「いつ」

「終業式の日」

「そりゃ初耳だな」

「あのね、サッちゃんが総代に選ばれてね」

嬉々としてしゃべるのを、ふんふんと聞いている。その内容をちゃんと覚えていて、おばあさんがそれをくつがえすと、まじめな顔でまた指摘する。おばあさんは言いわけにつまると、えっとねえ、と上目づかいになった。そのたびに登さんは、楽しそうに笑った。

「考える気満々じゃねえか」

「考えてない。思い出してんの」

「思い出せそうか。言いわけ」

「言いわけじゃない」

おばあさんがむきになる。

「タカちゃん、うるさい」

意地悪な男の子と負けずぎらいな女の子が、やりあっているみたいだった。そばで聞いていると、ポカポカした陽射しに包まれるような気分になった。

しかし、おばあさんと一緒にすごせる時間は、確実に減っていった。食事は重湯《おもゆ》か生ジュースを口にするのがやっとで、用を足す以外はほとんどうつらうつらしていた。それでも客が入ってくると目を覚まし、ウィーンと上体を起こして、いらっしゃい、と声をかける。務めを果たすことが、おばあさんの気力を支えているみたいだった。

六月三日。事件の初公判が開かれた。ぼくは学校を休んで傍聴した。そんな場所であの子を見たくない、とおばあさんは傍聴しなかった。結果的に、それが幸いした。公判で明らかにされた、つらい事実を知らずに済んだからだ。

登さんに仕事をやらせていたヤミ金業者がつかまり、そのあおりで登さんは勾留中に再逮捕されていた。夜討ち朝駆けの、朝駆け専門のとり立て屋になった登さんは、暴力も辞さない強引さで抜群の回収率をあげ、途中から別の仕事をまかされていた。

裏ルートで入手した名簿をもとに、資金繰りに苦しんでいる企業へ片っ端から電話をかけ、法外な高利で融資を持ちかける。型にはめたあと、別働部隊にバトンを渡し、金になるものを根こそぎにするまで、徹底的にしゃぶりつくす。システム金融と呼ばれる手口だった。

検察官はヤミ金の悪質さを強調し、一〇代の非行歴とからめて、傷害事件前からの犯罪傾向をアピールした。登さんは一切否認せず、二週間後に早くも判決が出ることになった。

彼は投げてます、と弁護士はあきらめ顔だった。登さんが弁護士に指示したのは、おばあさんになにも言うなということだけだったのだから、無理もない。多額の損害賠償請求にも、あっさり応じていた。

判決期日が来る前に、アクシデントが起きた。トイレへ行くのが間にあわず、おばあさんが廊下で失禁してしまったのだ。キッと肩越しに振り返り、シンタはもう、と架空の下級生を叱りつける。登さんはひどくつらそうな顔でぼくに、帰れ、と言った。あと始末の最中におばあさんが正気に戻ったかどうかはわからない。が、おそらくどこかで自分の身になにが起きたか理解し、登さんと話しあったのではないかと思う。翌日たぐちへ行くと、晴れ晴れした顔つきでぼくに告げた。

「店をたたむことにした」

「えっ」

「そろそろ潮どきだ。つり銭を渡す手が、こう重くなっちゃ」

おばあさんが引きつった笑みを浮かべ、蠟細工《ろうざいく》のように白く、細い腕を持ちあげてみせた。

でよ、と登さんが話を引きとった。

「閉店祝いしようと思ってな」

「いつ？」

「天気次第だ」

「表でやるの？」

「ああ」

天気予報によれば、その週の土曜が梅雨の晴れ間になりそうだった。その日にむけて、ぼくたちは必要なものを買いそろえた。幸い、前日までの雨は当日の朝にはあがった。

ただ、すっきり晴天とはいかず、曇りがちな空模様だった。

閉店祝いの会場は、線路脇の空き地だった。学校をサボって、約束の午前一〇時にたぐちの勝手口へ行くと、二人とも木戸の前で待っていた。登さんが荷物を持ち、おばあさんはベビーカーにつかまっている。自分の足で歩くつもりらしい。

「大丈夫？」

心配になってたずねたら、おばあさんは決然とした表情でうなずいた。

「行けるところまで行ってみようと思ってな」

しかし、おばあさんの歩みは遅く、踏み切りの前まで来るのに一〇分はかかった。そこで登さんがストップをかけた。すっかり息を切らしていたおばあさんは、素直に背中におぶわれ、しみじみした声で言った。

「やっぱり、外の空気はいい」

空き地へ着くと、中学校に近い側にレジャーシートを何枚も重ねて広げ、地面に突き立てたビーチパラソルを斜めにさしかけた。日陰になる場所にクッションをいくつも按《あん》配《ばい》して、おばあさんが居心地よくすごせるようにしつらえた。一面の雑草はしっとり濡れているものの、レジャーシートを何枚も重ねているので、しみてくることはなかった。たまに吹く風はおだやかで、暑くもなく寒くもなく、ちょうどいい陽気だった。

準備が整ったところで、たぐちの閉店祝いが始まった。登さんが風呂敷包みを解くと、中からお重と一升瓶があらわれた。お重には登さんが腕を振るった料理がつめこまれており、一升瓶はおばあさんが指定した銘柄の日本酒だった。

「乾杯！」

日本酒を注いだぐい飲みをカチッとあわせる。おばあさんはそれを震える手で口もとへ運び、ちびっと飲んで破顔した。

「うまい」

「調子悪くなったら言えよ」

登さんが念を押した。クッションに埋もれるような体勢のおばあさんが、なんの、と胸を張った。

「もとはあたしもうわばみだ。とことん飲もう」

と威勢がよかったのは最初だけで、二〇分もしないうちに寝てしまった。

「まあ、がんばった方だな」

登さんが苦笑して、一真、と呼びかけてきた。

「持ってきたか」

「うん」

サブバッグからとり出したのは、奇跡的な傑作、と本条さんにすすめられたカート・ヴォネガット・ジュニアの『スローターハウス5《ファイブ》』。こうなるのを見越して、用意してきたのだ。

この小説の主人公、ビリーは、奇妙な時間旅行者だ。時間旅行の行き先を自分では選べず、悔いの多い人生をくり返し生きなおす羽目になる。その体験は悪夢のようだが、ときとして異様に美しい。とりわけぼくたちを感激させたのは、ビリーが戦争映画を見る場面。時間内浮遊が起き、悲惨な従軍経験を持つビリーの眼前で、映像が逆むきに流れ出すのだ。

負傷者と死者をいっぱい乗せた穴だらけの爆撃機が、イギリスの飛行場からうしろむきにつぎつぎと飛びたってゆく。フランス上空に来ると、ドイツの戦闘機が数機うしろむきにおそいかかり、爆撃機と搭乗員から、銃弾や金属の破片を吸いとる。同じことが地上に横たわる破壊された爆撃機にも行なわれ、救われた米軍機は編隊に加わるためうしろむきに離陸する。

時間内浮遊はなおも続き、傷つけられたものや人が、片っ端から傷つけられる前の姿に戻る。彼らを傷つけた武器も解体されて、みんな無害な素材に還り、兵士たちは若返って、ハイスクールの生徒になる。さらに、あのヒトラーも、若返って赤ん坊になってしまう。そこは映画をはなれた、ビリーの夢想だ。ビリーの夢想は止まらない。全人類が若返って赤ん坊になり、生まれる前の無へ消えていき、最後にアダムとイブの二人だけが残る。

壮大なビジョンに圧倒されて、朗読が途切れた。再開しようとしたところで、

「ストップ」

声が変だった。横をむいてハッとした。線路の方をながめて、登さんが泣いていたのだ。頬が濡れるにまかせて、涙声で言った。

「もういっぺん」

胸にこみあげてくるものがあった。気持ちを落ちつかせてからもう一度、異様に美しいその場面を読み始めた。

負傷者と死者をいっぱい乗せた穴だらけの爆撃機が……

読むたびに、不可逆な運命が巻き戻る。手法がポップだからこそ、現実のままならなさが際立つ。そこには哀切な祈りがあった。

やがて、背後の中学校で、チャイムが鳴り出した。生徒たちの話し声や歓声が、重なりあって聞こえてくる。不意に、おばあさんのまぶたが開いた。首をめぐらせ、泣いている登さんに目をとめると、怪訝そうにたずねた。

「タカちゃん、どうしたの？」

「なんでもねえ」

相変わらず涙声だ。登さんをながめていたおばあさんが、子どもらしい移り気で、線路を走る電車を見て、明るい声で言った。

「放水路をドン車《しゃ》が通る。いつもより多い」

首を横に倒し、今度ははなれた駅のホームを見る。

「学校終わったら、天狗の鼻を回って、みんなで日の丸プール行こう。今日もチヨがいちばんとるよ」

そして目を閉じ、クスッと笑った。

「ミチとシンタ、また喧嘩してる」

登さんが嗚咽《おえつ》した。そのかたわらでぼくは、不思議な感慨にとらわれていた。小説がどこから来たか、わかった気がしたのだ。

だれもが、かすみの言う世界の果てに生まれて、言葉を獲得し、カオスに秩序を与え、自らをそこへなじませていく。

おばあさんは言葉によって、線路を放水路と呼ばれる荒川に変え、電車をドン車と呼ばれる土砂運搬用の軽便機関車に変え、踏み切り通りを天狗の鼻と呼ばれる土手の突端に変え、駅のホームを日の丸プールと呼ばれる掘りあとの池に変え、中学校で騒ぐ生徒を幼なじみの子どもたちに変えた。そうしてつくり出したイメージの中で、みんなそろって日の丸プールへ行き、コイや、フナや、手長エビや、モクゾウガニのとりっこをするのだ。遊び疲れて、なつかしいわが家に帰れば、昔のままの姿で家族が迎えてくれる。

もちろんすべて、ただの虚構だ。しかし、その虚構が、死にむかいつつあるおばあさんをとり巻く世界を一変させ、いま・ここで生きるささやかな力になった。その力の源に、きっと小説のルーツがある。そのようにして小説は、ひいては物語は、あらゆる時代、あらゆる場所で、これまで生まれてきたし、これからも生まれていくに違いない。

そういう思いに、ひどく感動してしまった。しばらくして正気に戻ったおばあさんは、泣いているぼくたちを見て、泣くんじゃない、泣くんじゃない、とあやすようにささやいた。

おばあさんが亡くなったのは、七月初旬。場所は自分の意志で入った、都立病院だった。登さんは臨終に立ち会えなかった。葬儀にも参列できなかった。懲役二年の実刑がくだり、すでに服役していたからだ。

一方の恋沼さんは、怪我から回復した数か月後、ほかの原作者を立てて「爆音のララバイ」の連載を再開する。が、四巻までの人気を超えることはできず、尻すぼみに作品を終わらせてしまう。名前を見かけなくなって、何年にもなる。

登さんが刑務所に入ってから、一度だけおばあさんのお見舞いへ行った。そのころにはもう、話せる状態ではなくなっていた。葬儀の席で、たぐちがとり壊される、とキヨさんに聞いた。なにもする気になれないまま一学期が終わり、高校最後の夏休みが始まった。

LESSON　8

作家をやめたぼくの将来設計は、なるべく偏差値の高い大学に入り、卒業後は家庭教師か塾講師のアルバイトで生計を立てる、というものだった。ただ、肝心の受験勉強は、ぜんぜんやる気がしなかった。本を読む気さえしなかった。

だらだらすごすうちに八月になった。毎日、高校野球を見ていた。テレビが置いてある母の部屋で、引き戸を閉め切ってクーラーをかけ、寝転がって見る。興味がないから、うたた寝ばかりしていた。休日や夜勤だと、母も一緒に見ていたけれど、甲子園の試合の四日目だか五日目、うとうとし始めたぼくに、一真、ととがった声で呼びかけてきた。

「ゴロゴロしてないで、プールでも行ってきたら？」

「やめとく」

「じゃあ、どこでもいいから、出かけてちょうだい。腑抜けみたいな顔見てると、こっちまで腑抜けになりそう」

仕方なく外出し、図書館へ行った。適当な本を一冊手にとり、窓際のテーブル席に座る。頬杖をついて、パラパラとページをめくり始めて間もなく、また眠くなってきた。うつらうつらしながら、そういえばライオンの夢って見たことないな、と考えるともなしに考えていたら、突然思い出した。

「そうだ！」

うっかり大きな声を出してしまい、あわてて周囲を見回した。はなれたテーブル席に座っている中年女性が、抗議するように眉をひそめている。すみません、と頭をさげ、書架へむかった。目あての本を抜き出して席に戻り、手早くページを繰って、自分の記憶が正しいのを確かめた。

『ドリーミン』の追加の短編をつくっていたとき、馬が目玉を鞭で打たれる夢の話をしたことがある。そのときはお互い、どの作品で読んだか思い出せなかったけれど、それはドストエフスキーの『罪と罰』の主人公、ラスコーリニコフが見た夢だったのだ。

猛烈にもどかしくなった。面会できず、手紙も読めない登さんに、せっかくの発見を伝える方法がない。夕食の際、そういうことをくどくどしゃべると、黙って聞いていた母が、あっさり言った。

「テープに吹きこんで、送ればいいじゃない」

その発想はまったくなかった。

「……それって、あり？」

「知らないけど。聞いてみれば？」

「そうする。ありがとう」

どういたしまして、と母がひさしぶりに笑った。

元来アクティブではないぼくが、それからしゃかりきに動き出したのは、二か月近く死んだように暮らし、過充電の状態になっていたからかもしれない。

まず、登さんが入れられている刑務所の電話番号を調べ、問いあわせた。出てきた職員はとまどい気味だった。

「つまり、本の差し入れですか」

「いえ。本は読めないから、かわりに朗読したテープを送りたいんです」

「ちょっと、そういう前例がないので……」

「本は差し入れできるんですよね」

「はい」

「だから、そのかわりです」

理由を説明してしつこく訴えるうちに、何人か電話の相手がかわり、とりあえず現物を送れ、ということになった。

そこで、録音機能つきのラジカセとカセットテープを買いこみ、『罪と罰』をすべて朗読し、吹きこんだ。初めはラスコーリニコフが夢を見る場面だけ吹きこむつもりだったが、それは邪道だと考えなおしたのだ。

朝から晩まで朗読し、三日がかりで録音を終えた。一二〇分のテープで、一一本にもなった。作業自体はたいへんだったけれど、苦痛ではなかった。再読した『罪と罰』は、以前ピンと来なかったのが嘘のようにスリリングだった。

刑務所から電話がかかってきたのは、テープを送って二週間くらいしてからだ。直接会って事情を聞きたいというので、翌日、埼玉にある刑務所へむかった。

電車を四回乗りかえた上に、駅から三〇分近く歩き、汗だくになった。刑務所は田園地帯にあった。角に監視塔が建つ高いコンクリート塀にぐるりを囲まれており、見るからにものものしい。大きな鉄扉の脇の小さな扉をくぐり、古そうな建物に入って通されたのは、職員室みたいな場所の一角だった。

パーティションでしきられた空間で、応接セットをはさみ、制服姿の職員とむかいあう。職員はごま塩頭の大柄な男性で、どことなく太ったタヌキを思わせた。

電話でさんざん説明したにもかかわらず、ごま塩頭は登さんのディスレクシアについて、同じ説明をくり返させた。聞き終えるなり、なまりのある口調で言った。

「そんなやつ、昔はようけおった。文盲《もんもう》じゃろ」

「モン……あ、違います。勉強しなかったせいで読み書きできないわけじゃなく、すごくがんばったのに、どうしても上達しなかったんです」

「ふーん」

太い指でこめかみをかく。

「よくそれで作家になれたもんだ」

「はい。アイデアを出すのが登さんの担当で、書くのはぼくの担当でしたから。これ、ぼくたちの本です」

サブバッグからとり出した『ふたりの季節』を渡す。サラ金めぐりの経験をもとに、サイン本を用意していたのだ。ごま塩頭が本をテーブルに置き、聞いてきた。

「どんな内容だ」

「二つ入ってるんですけど、なんていうか……読めばわかります」

「小説にはとんと縁がないからな。昔、『宮本武蔵』には熱をあげたが」

「吉川英治《よしかわえいじ》ですか」

「お、知っとるんか」

「はい。おもしろかったです」

「ほおかあ」

ごま塩頭が相好《そうごう》を崩した。

「『宮本武蔵』にゃ夢中じゃった。あれ読んで剣道始めたくらいで……」

切れ目をうかがい、話題を戻した。

「テープ、登さんに渡してもらえましたか」

すると、ごま塩頭が首をねじり、おい、と胴間声《どうまごえ》をあげた。やってきた若い職員になにごとか命じる。しばらくして戻ってきた職員は、ラジカセを手にしていた。テーブルに置いて立ち去ると、ごま塩頭が再生ボタンを押した。その直後、ぼくの声が流れ出した。

……少年は馬の横を走りぬけ、前にまわった。彼は、馬が目を、ほんとうに目を鞭で打たれるところを見た！　少年は泣いていた。心臓がしめつけられ、涙が流れていた。振りおろされた鞭のひとつが顔をかすったが、まるで感じなかった。手をもみしだき、わめき、頭をふりふり、事のなりゆきを責めている白いひげの老人に抱きついた。女がひとり、少年の手をとって連れ去ろうとした。だが、少年はその手を振りきり、また馬のそばに駆けていった。馬はもう力尽きようとしていたが、それでもまた後ろ足を蹴りだした。

停止ボタンを押し、ぼくを見た。

「田口が、ここをあんたに聞かせろと言ってな」

「はい」

声が弾んだ。最初にタイトルと作者名を読みあげ、あとは本文の朗読だけだったのに、ちゃんと意図が伝わったのだ。ごま塩頭が堅苦しい調子で語りかけてきた。

「テープに違法性がないのは確認した。規則どおり、ひと月三冊までは許可する。本三冊分のテープということじゃ。ただ、あんまり長いのは勘弁してくれ。全部聞くのは骨が折れる」

「なんぞ不満でもあるんか」

「いえ。ありがとうございます」

登さんとのつながりを絶たれずに済んだことに、ぼくは安堵していた。

朗読したテープを登さんに送ると決めたら、遅まきながら受験勉強にとり組む意欲がわいてきた。さらに、二学期が始まって間もなく、胸がわき立つようなできごとが起きた。

ぼくはそのころ、本屋やコンビニに入るたび、写真週刊誌を立ち読みしていた。かすみに関する記事が、いつか出るのではないかと予想していたからだ。「お騒がせアイドル木崎ありす　都内某所でスクールライフを満喫！」というその記事を見つけたのは、学校帰りに寄ったコンビニ。粒子の粗いモノクロの写真に、目が釘づけになった。
五、六人で連れ立って歩いている写真だった。年格好はまちまちで、一人の男性は車椅子に乗っていた。驚いたのは、かすみがばっさりショートカットになっていたことだ。車椅子の男性の方をむき、笑っている。記事はこんな風に締めくくられていた。
「個性的な生徒サンが集まるこの高校でも、とびきり個性的なありすチャン。不思議の国からシャバに舞い戻った彼女の未来に、幸多からんことを！」

完全に雲隠れしたと思っていたが、通信制高校はやめていなかったのだ。かすみに聞いて、登校日が第一週と第四週の水曜だと知っていた。スクープによる反響を考えると、かすみが次の登校日に学校へ行くかどうかは微妙だった。

しかし、その可能性があると思っただけで、いても立ってもいられなくなった。駄目もとで行ってみよう、と決心した。

当日は、夏がぶり返したような暑さだった。二学期からは受験にむけて、授業は四時間で終わる。学食で買ったパンを移動の電車の中で食べ、一時ごろ小田急線の駅でおりた。

その高校は駅から徒歩で一〇分弱。屋上に電波塔がある校舎は四階建てで、出入り口は道に面したガラスドアのみ。まわりに塀もなければ門もなく、閑静な住宅街にとけこんでいた。

そのせいで、あたりをうろつく不審者の姿が目立った。大半は若い男性で、首からカメラをぶらさげたり、かすみの写真がプリントされたTシャツを着たりしている。

初め一〇人程度だったのが、時間とともに増えてきて、四時すぎには似たような風体のファンたちが、五倍くらいにふくれあがっていた。そいつらとは違う、とぼくは妙なプライドを抱きつつ、自動販売機で飲みものを買ったりしながら道のむかいに陣どっていたけれど、はた目には同類にしか見えなかっただろう。

やがて、ガラスドアを押し開けて、生徒たちが続々と出てきた。生徒たちは、色めき立つファンたちにうろんげな視線を投げかけ、駅の方へ歩いていった。かすみがあらわれたのは、出てくる生徒がまばらになり、やっぱり来てないのか、とあきらめかけたころだ。ありすちゃん！　と一人の男性が絶叫し、そろって出入り口へ殺到した。次の瞬間、

「おらあ！」

野太い声があがり、ファンたちがピタッと足を止めた。その前で、見事な禿頭《とくとう》の巨漢が、仁王立ちになっていた。

「だれがありすちゃんだ、この野郎！」

ダボシャツにダボズボンという格好で、腕の太さや肩の盛りあがりがプロレスラーみたいだ。

「とっとと帰らねえとしばくぞ、こら！」

ファンたちはひるみながらも、数を頼みに対抗した。やりあうダボシャツのうしろに、かすみは四人の生徒と固まっていた。男性二人に女性二人。一人は写真週刊誌で見た、車椅子の青年だった。度の強そうな眼鏡をかけ、顔をゆがませて、のけぞった頭をヘッドレストの上で極端に傾けている。チノパンの細い太ももには、やけに大きなリュック

サックが載っていた。

かすみが道のむかいにいるぼくに気づき、一真！　と笑顔で手を振った。ファンたちがいっせいに振りむく。どうしていいかわからず、小さく手を振り返したら、あっけらかんと呼びかけてきた。

「こっちおいでよ」

ファンたちは、それで気をそがれてしまったらしい。しばらくグズグズしていたものの、ぼくをいまいましそうに見たり、聞こえないようにダボシャツをののしったり、未練がましくかすみに声をかけたりして、三々五々駅の方へ引きあげていった。遠慮がちに近づいていくと、かすみになにか耳打ちされたダボシャツが、思いがけず親しげに話しかけてきた。

「君が作家のお友だちか」

「……はい」

返事が一瞬遅れたのは、約半年ぶりに見るかすみの変わりように、あらためて驚かされたからだ。ショートカットの髪は強くうねり、外国人の男の子みたいだった。おまけに、白い肌にスプレーで吹きつけたように、鼻のまわり一面にそばかすが散っている。素足に布製のトートバッグを肩にかけ、Tシャツにデニムのショートパンツをはいて、素足にスニーカーという服装も、少年っぽい印象を強めていた。

かすみから全員に引きあわされた。ひととおりあいさつが済んでから、ダボシャツがさばけた調子で言った。

「じゃあ、われわれはここで」

「はい。また来月」

「また来月」

かすみと五人が言葉を交わす。青年が、関節が曲がった手で肘かけのボタンを押し、車椅子を発進させた。ダボシャツたちがそのスピードにあわせて、ゆっくり駅の方へ歩き始めた。そのうしろ姿を見送ってから、かすみが振り返った。

「公園行こう」

むかったのは代々木公園。道中、かすみはしゃべり通しだった。

「雑誌見て、騒ぎになると思ってたけど、一真が来るとは思わなかった」

「迷惑じゃなかった？」

「ぜんぜん。うれしい」

思わず顔がほころぶ。ねえ、と呼びかけられた。

「わたし、変わったでしょ」

歩きながらチラッと横を見る。

「うん」

「そばかすは予想外だった。ストレスだって。依存症ぽくなっちゃって、しばらくたいへんだったから」

「あ、本読んだよ。おもしろかった」

かすみがにんまりした。

「作家っていいね。なんにもしてないのに、ジャンジャン印税入ってくる」

「そりゃ、ベストセラーになれば」

「そのお金で、一人暮らし始めた」

「そうなの!?」

「いつまでもママとべったりじゃ、お互いよくないと思って」

話しこんでいるうちに、渋谷に着いた。NHKの横を通り、イベント広場を抜けて、門を入ってすぐのベンチに腰をおろす。広い園内のあちこちに樹木が植えられ、その上に新宿の高層ビルが見える。ベンチのそばにもスギの巨木があって、座るとすっぽり影に入った。人が少なく、涼しい。かすみが大きく深呼吸した。

「公園って好き。落ちつく」

「知ってる」

「話したっけ？」

「一緒に日比谷公園行ったから」

ああ、とかすみが声をあげた。

「行ったね、日比谷公園。大昔」

「世界の果ての話、よく覚えてる。今度の本でも、あそこがいちばんおもしろかった」

「でしょ」

わが意を得たり、という顔をした。

「出版社の人には、わけわかんないから削れって言われた。わけわかんないからおもしろいのに。わたしね」

急にまじめになる。

「やりたいこと、見つけた」

「えっ、なに？」

「心理学。なにがわかんないって、人間くらいわかんないものない。自分のことだってよくわかんないし、だから知りたくなるんだろうな。高校出たら大学行って、ちゃんと勉強したい。学費貯めようと思って、テレアポのバイトもしてる」

「テレアポって、テレフォンアポインター？」

「そう。電話苦手だけど、仕事だとなんとかなる」

「ほんと変わったね。たくましくなった」

かすみがまじめな顔でうなずいた。

「アイドルやって、少しは根性ついたのかも」

それに引きかえ自分は……と考えていたら、まさにその話題を振られた。

「一真はいま、どうしてるの？　登さんが逮捕されちゃったの、週刊誌で読んだけど」

ぼくはその後のことを話した。かすみは熱心に耳を傾け、刑務所の登さんに朗読したテープを送っているというところで、へーと嘆声を漏らした。

「すごいね。コンビのきずな」

ぼくは黙っていた。ぼくが一方的にテープを送っているだけで、登さんからはなんのリアクションもない。答えようがなかった。かすみが自分の頭へ手をやった。ナチュラルウェーブのかかった短い髪を、クシャクシャにする。で、と手をおろした。

「倉田健人は解散なんだ」

「うん」

「一人で書く？」

「書かない。一人じゃ無理だ」

「小説書かないで、なにするの」

「なるべくいい大学入って、家庭教師か塾講師のバイトして」

「一真、すっごいつまんなそうな顔してる」

ぼくは口をつぐんだ。かすみはきまじめな表情を浮かべて、ぼくを見ていた。

傾きかけた陽射しを浴びて、天使の巻き毛みたいな短い髪と、つややかな頬がオレンジ色に輝き、鼻のまわりのそばかすが、金茶色に浮かびあがっている。顔を見あわせているうちに、強い気持ちがこみあげてきた。かすみの目を見て、真剣に言った。

「これからもずっと、一緒にいたい」

結婚という言葉は使わなかったけれど、ぼくはそのつもりだった。かすみにもそれは伝わったはずだ。ぼくを見つめ、じっと考えているみたいだった。あまりに長く黙っているので、もっとなんか言わなきゃ、と思った矢先、やっと口を開いた。

「駄目」

「なんで」

「きっと、いま以上はないから」

「どういうこと」

「わたし、だれかとずっと一緒にいられるタイプじゃないもん。結婚は、まあいつかするかもしれないけど、そのうち離婚するよ、絶対。何年もたってから、たまに思い出してあのころは、って、楽しくなることあるでしょ。一真とのことは、そうなる気がするっていうか、そうしたい」

そう言って、うん、と納得したようにうなずく。

「それがいちばんいい」

かすみがしゃべったことは、のちに現実となる。かすみは三四歳で結婚し、四年後に離婚する。現在は臨床心理士として活動するかたわら、一人で女の子を育てている。何冊か本を出しており、その中に書いてあった。

しかし、そのときのぼくには、かすみと一緒にいる時間を、これからも積み重ねていきたいという願いしかなかった。その願いが切実だからこそ、じわじわ絶望感が広がるのをおさえられなかった。かすみが一度言い出したことを、引っこめるとは思えない。不安を追い払おうと、言いつのった。

「もし、いつか駄目になるとしても、ぼくはかすみと一緒にいたい」

「それより、ここでお別れした方がいい。小説だって最高に盛りあがったあと、だらだら続いたらシラケちゃうじゃん。思い出の中でいつまでも美しくって、ありがちだけど、ロマンチックじゃない？」

絶望感がますます広がる。それでも反論しようとしたら、

「書きなよ、また」

サラッと言われた。

「一真の本、出たらきっと読む。ペンネームでいくなら、今度は覆面なしね。でなきゃ、わかんないかもしれないから」

顔つきから本気なのが伝わってきた。かすみの言葉には、二つの意味がこめられてい

た。ぼくが一人でも書けると思っていること。そして、もう会うつもりがないということ。絶望感が悲しみに、悲しみがゆっくりあきらめに変わる。終わりなんだ、と気づいてしまった。うなずくこともできずにかすみを見つめ返すうちに、危うくぼくは泣きそうになった。

渋谷公会堂の前で別れた。うちまで送ると言ったものの、断わられた。

「バイバイ」

手を振って、あっさり背中をむけた。ゆるい坂道を、しっかりした足どりで歩いていく。通行人がたまに振り返ったけれど、かすみは一度も振り返らなかった。

夕暮れの中、うしろ姿が徐々に遠のき、雑踏にまぎれて見えなくなった。その光景は、一枚の絵のように、ぼくの脳裏に焼きついている。かすみにまつわる記憶のすべてが、ときおりとり出してはながめる、宝ものみたいだ。やはりかすみは正しかったのかもしれない。いまではそう思っている。

およそ半年後、ぼくは九校受けた大学のうち、かろうじて一校に引っかかった。そこそこ有名な私立の法学部。ガイダンスを受けてカリキュラムを組むと、めったに大学へ行かなくなった。それまでやれなかったことをやろうと決めていたのだ。まず、小説以外の本を濫読《らんどく》した。

フロイトを読み、ユングを読み、河合隼雄《かわいはやお》を読んだ。カントを読み、ニーチェを読み、西田幾多郎《にしだきたろう》を読んだ。

それから、マンガを読んだ。大島弓子《おおしまゆみこ》を読み、竹宮惠子《たけみやけいこ》を読み、山岸凉子《やまぎしりょうこ》を読んだ。手塚治虫《てづかおさむ》を読み、つげ義春《よしはる》を読み、山上《やまがみ》たつひこを読んだ。

映画も見た。フェデリコ・フェリーニを見、ジャン＝リュック・ゴダールを見、ウディ・アレンを見た。黒澤明《くろさわあきら》を見、成瀬巳喜男《なるせみきお》を見、小津安二郎《おづやすじろう》を見た。

ジャンクとしか言いようがない本や、マンガや、映画も、浴びるように読み、見た。教育センターの図書館からは自然と足が遠のき、口座にプールしてある印税と原稿料で、書籍代や映画代をまかなうようになった。

もちろん、小説も読んだ。その中から、これは、という作品を朗読し、登さんにテープを送り続けた。

精神病院の婦長という仕事柄、母はもと受刑者と接する機会が多かった。その年の一一月に、こんな話を振ってきた。

「身元引受人じゃないと、いくらこまめに差し入れしてても、出所日さえ教えてもらえないの。なんならお母さんが、登さんの身元引受人になってもいいわよ」

さっそく刑務所に連絡をとり、その用意があることを伝えた。が、

「借りはつくらねえ、じゃと」

翌日、ごま塩頭から電話でそう聞かされた。登さんは飽くまで登さんだった。

ぼくは、急にあせり出した。このまま二度と会えないんじゃないか、と思ったのだ。登さんに独自の倫理観がなければ、本当にそうなっていたかもしれない。

電話がかかってきたのは、翌年の一月。夕方の四時すぎで、ぼくは大学から帰宅した直後だった。

「よお」

「登さん！」

すぐにわかった。

「いまどこ？」

「お前んちの下」

「えっ」

「改札の前だ」

電話を切って家を飛び出し、エレベーターが二階に着いてドアが開くや、また飛び出した。線路を渡る通路を抜けた先に、登さんが立っていた。クルーカットにりゅうとしたスーツ姿で、以前にもまして引き締まった体つきと相まって、あたりを払う威圧感を放っている。行き来する人たちは、だれも目をあわせようとしなかった。

登さんは、前に立ったぼくの全身をながめ、気安い調子で話しかけてきた。

「相変わらず垢抜けねえな。着がえてこい」

「なんで？」

「銀座行くぞ。おごってやる」

スーツの内ポケットからカセットテープをとり出し、こっちへ寄越した。ぼくが刑務所へ送ったものだ。登さんがたずねた。

「だれの、なんて小説だ」

「トルーマン・カポーティの、『冷血』」

「おもしれえか」

「すごいよ」

登さんが頭をなであげた。

「そんだけ検閲通んなかったんだと。ほかは全部聴いたぜ。おかげで退屈しねえで済んだ」

その礼ということだろう。しかしぼくは、銀座へ飲みに行くより、ひさしぶりに顔を突きあわせて朗読したかった。

「この本、うちにあるけど」

ためしに言ってみたら、登さんの表情が動いた。せっかちに質問を投げかけてきた。

「今日、お前の母ちゃんは」

「日勤」

「あと二時間は帰ってこねえな」

登さんはちゃんと覚えていた。

一緒に部屋へ戻り、『冷血』を読み始めた。冒頭の一文を読み終えるなり、

「くーっ！」

登さんが感に堪えないような声をあげた。

「やっぱいいな、生《なま》の朗読は」

朗読の合間に、お互いの近況を報告しあった。二日前に仮釈放された登さんは、更生保護施設というところに身を寄せていた。六月中旬の満期まで、そこの寮で暮らすことになる。駅四つしかはなれておらず、奇しくも目の前が荒川だという。寮には門限があり、銀座のクラブへぼくを連れていったら、金を置いて適当なところで引きあげるつもりだったらしい。

「門限破りでムショに逆戻りじゃ、アホくせえからな」

割り切った口調で言い、続けた。

「似たようなのが二〇人くれえゴロゴロしてる。きのう、保護司と職安行ってきた」

「いい仕事見つかりそう？」

登さんが片手を振った。

「あんなとこでさがす気はねえ。てめえの才覚でどうにかする」

門限まで間があるにもかかわらず、母が帰宅する時刻が近づくと、登さんは腰をあげた。

「まだいいのに」

「お前の母ちゃんに会いたくねえ」

しかし、ひさびさの朗読に対する未練が、表情ににじんでいる。

「この続き、読むよ」

自然にそう言っていた。登さんが虚を突かれたような顔をした。

「いつ」

「登さんの都合がいいとき」

「おれはいつでも暇だ」

「でも、就職活動が」

「んなもん」

鼻で笑った。

「その気になりゃ、チョチョイのチョイだ」

「じゃあ明日、寮に行くよ。どうせ学校の行き帰りに通るし」

登さんが少し黙ってから、さぐるように聞いてきた。

「大学生ってのは、暇なのか」

「すごく」

入浴したあと、門限の九時までが自由時間とのことだったので、そのタイミングで朗読しに行くことになった。改札へむかうあいだに、寺脇さんの話題が出た。

「あの野郎、ほんとにやりやがったな」

ぼくたちが作家をやめた年、寺脇さんは公募を経て、最大与党の東京選挙区の支部長におさまった。翌年からは深夜の討論番組のパネリストとなり、あらゆるテーマを舌鋒鋭く切りまくって、それまで以上に世間の注目を集めるようになっていた。二年後、衆議院議員総選挙で立候補し、当選することになるのだが、その布石だったのかもしれない。

翌日は、朝から小雨が降っていた。夕方六時半、寮の最寄り駅で待ちあわせた。風呂あがりのつるっとした顔であらわれた登さんは、スウェットの上下にMA－1ジャケットを着こみ、片方の手でビニール傘をさし、もう片方の手にプラスチック製のちょうちんみたいなものをぶらさげていた。二本の太い蛍光灯が、透明なカバーにおおわれている。

「なにそれ」

「ランタン。昼間買っといた。お上品に朗読、って場所じゃねえからよ」

登さんがむかったのは、駅から一分もかからない鉄道橋の下だった。後方をクロスして高速が走っており、ヘッドライトやテールランプの光が届くものの、読書をするには暗すぎる。ランタンが必要な理由が、これでわかった。

ゆるやかな土手の斜面の、比較的平らな場所へ腰をおろした。直径二〇メートルはありそうな橋脚に、並んでもたれかかる。目をあげると、視界を横切って遊歩道が広がり、その先を悠々と荒川が流れていた。黒い川面が圧倒的な水量で、しとしと降る雨を音ごと吸いとっているみたいだった。

登さんが前の地面にランタンを置き、点灯させた。リュックサックから文庫本をとり出して開くと、明るさは十分だった。白い息を吐いて、前日の続きを読み始めた。

朗読を切りあげたのは、九時少し前。別れ際にぼくからたずねた。

「次はいつがいい？」

「いつでも構わねえ」

「じゃあまた、明日六時半に、駅前で」

それから毎日、鉄道橋の下で『冷血』を朗読した。天候に関係なく、読むのはいつもその場所だった。鉄道や高速の騒音も、慣れれば気にならなかったし、暗い荒川を見晴らして、ランタンのあかりで朗読するのは、風情《ふぜい》があった。

『冷血』を読み終えたあとも、ぼくが選んだ本を朗読し続けた。日を追うにつれて、徐々に登さんの顔つきが崩れてきた。酒のにおいをさせて待ちあわせ場所にあらわれることも、しばしばだった。

四月に入り、フィッツジェラルドの『偉大なギャツビー』を読み終えた日も、登さんは酒のにおいを漂わせていた。その文庫は大学のそばの古本屋で買った。ぼくはいずれ一人暮らしをしたいと考え、なるべく古本屋を利用して、書籍代をおさえるようになっていた。

　ギャツビーは、その緑色の灯を信じ、ぼくらが進む前を年々先へ先へと後ずさりながらも、しびれるような幸福を約束する未来を信じていた。あのときはぼくらの手をすりぬけて逃げて行った。しかし、それはなんでもない——あすは、もっと速く走り、両腕をもっと先までのばしてやろう……そして、そのうちいつの日にか——

　こうしてぼくたちは、絶えず過去へ過去へと運び去られながらも、流れにさからう舟のように、力のかぎり漕《こ》ぎ進んでゆく。

口をつぐむと、登さんもしばらく黙っていた。やがて、荒川の南西の方角を指さし、ボソッと言った。

「あっこら辺に、ばあちゃんの実家があったらしい」

「そう……」

いらっしゃい、ともつれる舌で声をかけてくる、おばあさんの姿を思い出した。たぐちの跡地は、無機質な三階建ての店舗ビルになっていた。『偉大なギャツビー』の結びの一文が、身にしみるようだった。


それから間もなく、久間さんから電話がかかってきた。異動の連絡だった。

「実用書の部署へ移ることになりました。文芸をはなれたくなかったんですが、編集者はゼネラリストたれ、というのが社の方針でして。修業のつもりで行ってきます」

約二年ぶりにむかいあったミネルヴァで、久間さんはそう語った。やはりくたびれたスーツ姿で、大きなショルダーバッグを持っていた。

「入江さんは大学……」

「二年生になりました」

「学部は」

「法学部です」

「楽しいですか」

「よくわかりません。ほとんど行ってなくて」

久間さんが笑った。

「ぼくもそうでした。図書館や映画館に通いづめで」

たばこに火をつけ、聞いてきた。

「田口さんはどうしてますか」

答えあぐねていたら、安心させるようにうなずきかけられた。

「田口さんならどこでもやっていけますよ。入江さんは将来、弁護士ですか」

「それはないです」

家庭教師か塾講師のアルバイトで生計を立てる、という将来設計は、なぜか話す気になれなかった。

池袋で打ちあわせだという久間さんと、お茶の水橋のたもとで別れた。大きな通りがぶつかる交差点のむこうに、東京医科歯科大学がそびえている。神田川に沿って延びる駅のホームから、電車の発着を告げるアナウンスが聞こえ、橋の上は人の行き来が絶えなかった。久間さんが周囲の喧騒に負けない、はっきりした声で言った。

「ぼくは、丸ノ内線ですので」

「はい。今日はありがとうございました」

「こちらこそ」

久間さんが深く頭をさげた。ぼくが頭をあげても、その姿勢を崩していなかった。通行人がいぶかしげな視線をむけてくる。とまどっていたら、ようやく久間さんが顔を起こした。ぼくの目を見て、一語一語刻みつけるように言った。

「いまのは、入江さんに頭をさげたんじゃありません。入江さんが生み出すかもしれない、未来の傑作に頭をさげたんです」

「え……」

久間さんがふっと微笑んだ。

「では」

もう一度頭をさげ、きびすを返して歩き始めた。ショルダーバッグをかけた細長い背中が、人波にのまれていく。横断歩道の手前で右に折れ、見えなくなった。

ぼくはむきを変え、橋の欄干にもたれかかった。古書街へ行くつもりだったけれど、その気が失せた。ぼんやり神田川を見おろす。なんだか、近しい人の背中を見送ってばかりいる気がした。だれもが自分から去っていく。そんな思いにとらわれていた。

五月がすぎ、六月に入った。満期が迫ってきたころ、登さんが身の振り方を決めた。蒲田《かまた》にある金融会社で働くことになったのだ。

「フロントだ、組の」

登さんは平然と言った。寮で知りあったもと受刑者の一人が、舎弟みたいになっており、会社近くのマンションへ引っ越す手はずも、すでに整っていた。

ぼくたちは、それが最後の一冊になることを見越して、五月中旬から谷崎潤一郎の『細雪《ささめゆき》』を読んでいた。これまでに読んだ本から、谷崎には全幅の信頼を置いていたし、残された期間と作品の分量がつりあっていた。読み終えたのは、登さんが寮を出る二日前。幕切れのインパクトは、ぼくたちが読んできた小説の中で、間違いなく五本の指に入る。九〇〇ページを超える大長編のラストがこうだ。

……下痢はとうとうその日も止まらず、汽車に乗ってからもまだ続いていた。

「下痢かよ!」

読み終えるなり、登さんが叫んだ。

「下手したら全部ぶち壊しになんのに、なかなか下痢で終わらそうとは思えねえ。筋金入りの変態だな、やっぱ」

半笑いでつけ加える。

「おれらの朗読も、下痢で終わりか」

六月最後の土曜に、ぼくの部屋で飲むことになっていた。銀座でおごってやる、と言われたが、断わった。部屋で飲むのを承諾する際、登さんはひとつ条件をつけた。

「お前の母ちゃんがいねえ日にしろ」

そういうわけで、母が深夜勤のその日を選んだ。考えてみれば、二人きりで飲むのは、初めてだった。

当日の夕方六時、駅の改札で待ちあわせた。あらわれた登さんは、またもりゅうとしたスーツ姿だった。

公団のスーパー、駅のスーパー、名店街と回って、大量の酒とつまみを買いこんだ。カーペットでむかいあってあぐらをかき、缶ビールで乾杯する。

「一真。いくつんなる」

「二十歳《はたち》」

「万引きしてとっつかまえたときにゃ、中坊だったのにな」

そんな会話を交わしたりして、出だしは別れの宴《うたげ》にふさわしいムードだった。

しかし、早々に話題が尽きてしまった。登さんの顔つきはますます崩れ、黙って飲んでいると息がつまった。苦しまぎれに、筒井康隆の「バブリング創世記」の話を持ち出したら、乗ってきた。

「ありゃおもしろかった。よくあんなこと考えるよな。ドンドコドンだの、ドンタカタだのって」

「『虚人たち』もすごかったね」

「どんなんだっけ」

「原稿用紙一枚が一分で……」

その調子で、これまで読んできた小説の話をした。チャンポンで飲みながら、話し続けた。すっかり熱中し、階下から聞こえてくる電車の音が途絶えたことに気づかなかった。だから、ベッドのヘッドボードに載っている目覚まし時計をなにげなく見て、一時を回っていたときには驚いた。ぼくの視線を追うように首をねじ曲げた登さんが、おいおい、と声をあげた。

「こんな時間じゃねえか。もう、小説の話はいいだろ。野郎二人でツラ突きあわせて飲むのも芸がねえ。スナック行こうぜ」

せっかちに腰をあげた。

「おら、立て。飲みなおしだ」

むかったのは、中学二年生で初めて足を踏み入れたスナックだった。土曜の深夜、店はにぎわっていた。登さんはカウンターに頰杖をつき、女性客を品定めし始めた。その神通力は健在で、五分もしないうちにテーブル席の二人連れと飲むことになった。どっちも体の線が浮き出るミニのワンピースを着ており、片方が赤、もう片方が緑だった。

初めに、お決まりの自己紹介があった。むこうはお互いを飲み友だちと言い、登さんはぼくのことを近所の知りあいと言った。コンビで小説を書いていたことなどおくびにも出さない。それが妙にさみしかった。黙って焼酎の水割りを飲んでいたら、暗ーい、と隣に座った緑の方に引っぱたかれた。黙って手酌で飲み続けるぼくをよそに、三人は盛りあがった。二人がそろってトイレへ立つと、登さんがテーブル越しに顔を寄せてきた。

「店出たらばらけんぞ」

それを聞いて、いやになってしまった。あとの展開は目に見えている。登さんは片方と消え、ぼくは一人でマンションに帰り、そのまま二度と会うことはない。

ぼくたちのつきあいは、足かけ七年に及ぶ。それにふさわしい別れ方があると思っていた。が、登さんにとってはどうでもいいのだ。ぼくは二人が戻ってくるまで、立て続けに焼酎の水割りをあおった。

「ありがとうございましたー」

朗らかなママの声に送られ、店を出た。ドアの前で立ち止まり、ごにょごにょやっている三人を待つのがいまいましくて、先に階段をおりようとした。ところが、

「うわああああああ!」

いきなり足を踏みはずし、体が宙へ投げ出された。踊り場に転がり落ちるまでの数秒間に、奇妙なことが起きた。久間さんとお茶の水橋で別れた日から、あるいはもっと前からそれはぼくの裡に萌《きざ》しており、ちょっとしたきっかけで弾ける寸前だったのかもしれない。

まず、目の前から遠ざかっていく、いくつもの背中が見えた。男性もいれば、女性もいる。子どももいれば、老人もいる。どこにも行けない少年、というイメージが降るようにわき、みるみるうちにふくらんでいった。

その少年は、生まれ育った場所から出ていくことができない。広さはせいぜい半径

一〇〇メートル。少年はいわば、結界の中に閉じこめられているのだ。成人してもそこから出られず、去っていく人たちを見送り続け、とうとう一人になってしまう。その少年はぼくだ、と思った。同時に、右足のかかとが壁にぶつかり、体が斜めに傾いて止まった。にわかに、時間が通常の流れに戻った。甲高《かんだか》い悲鳴が二重奏で聞こえる。左肘をリノリウムの床につき、上体をねじって見あげると、登さんが階段を駆けおりてくるところだった。頭頂部に焼けるような感覚があり、そこからどくどく血があふれているのがわかる。顔をなで、てのひらを見たら、薄闇の中で暗い赤に染まっていた。あっという間に踊り場へ到着した登さんが、そばにしゃがみ、目をのぞきこんで、矢継ぎ早に聞いてきた。

「痛《いて》えか」

「あんまり」

「吐き気は」

「ない」

てのひらを見せた。

「血が出てる」

「おい」

登さんが階段の上を見あげて、大声で叫んだ。

「救急車呼べ」

女性二人が顔を見あわせた。

「店の電話借りて、救急車呼べっつってんだよ」

いったんこっちを見おろした二人が、また顔を見あわせた。登さんが舌打ちして立ちあがり、階段を駆けあがった。突っ立っている二人に目もくれず、勢いよくドアを引き開け、店に飛びこむ。すると、二人がそろって動き出した。ワンピースの裾をたくしあげ、階段を駆けおりてきたのだ。ハイヒールのせいでバランスがとりづらいらしく、片方にハンドバッグを引っかけた両手を、腰のあたりで広げている。ぼくの脇を駆け抜ける刹那《せつな》、赤い方がチラッと視線を寄越した。こらえきれないように噴き出し、それが緑にも伝染して、けたたましく笑いながら階段を駆けおりていった。少しして、登さんがタオルを手に、店から飛び出してきた。階段を駆けおりてくると、再びそばにしゃがみ、両手でぼくの頭をつかんだ。髪をかきわけ、前後左右へ慎重に動かす。

「そう深くねえようだが……。おい。ほんとに吐き気ねえか」

「ない」

登さんがぼくの頭頂部にタオルをあてがった。

「おさえてろ」

言われたとおりにしたら、ずきっと痛んだ。しかし、ぼくは別のことに気をとられていた。傷口をタオルでおさえたまま、しゃべり出した。

「思ったんだけど」

「あ?」

「どこにも行けない少年がいたら、どんな風に生きるだろう」

登さんがギョッとしたような表情を浮かべた。

「お前、なに言ってんだ」

「頭打って変になったわけじゃないよ。こう、限られた場所があって」

伝えようとしたものの、支離滅裂な説明になった。ジロジロぼくを見ていた登さんが、思い出したように言った。

「あの二人は」

「逃げた」

舌打ちして腰をあげる。

「動くなよ」

そのまま階段をおりていこうとしたので、

「登さん」

立ちあがりかけ、めまいがしてへたりこんだ。登さんがあわてて戻ってきて、かがみこんだ。

「動くなっつったろうが」

「登さん」

「なんだよ」

「また一緒に書こう」

口にして初めて、どんなにそれを望んでいるか気づいた。登さんがぼくをまじまじ見た。本当に変になっていないかどうか、さぐろうとしたらしい。ほどなく、

「できねえ」

そっけない口調だった。

「仕事にさしつかえない範囲でいいから」

「仕事って、あのな。おれはヤクザなんだ。お前とは住む世界が違う」

「ヤクザでもなんでもいい。一緒に書きたいんだ」

登さんがなにか言いかけ、口をつぐんだ。薄闇の中で、頰の輪郭と、光を集める瞳が際立ち、一〇代の少年みたいだった。

「できねえ」

声のトーンが変わった。食いさがろうとしたら、一切の構えを解いたような顔つきで言われた。

「おれは、逃げちまったんだ」

「なにから」

「小説から」

「え？」

登さんが立ちあがり、一真、と軽い調子になった。

「飲み方気ぃつけろ。酒でしくじったら、アホくせえぞ」

余韻も残さず、スタスタ階段をおりていく。下の踊り場でむきを変える瞬間、チラッと見えた横顔は、ひどくきびしく、そして、さみしそうだった。登さん！　と呼んだけれど、それっきりだ。やがて、遠くから、サイレンの音が聞こえてきた。


翌年、ぼくは町をはなれ、一人暮らしを始めた。その少し前から働き出した進学塾で、再デビューの前年まで講師を続けた。二度目のデビュー作は、どこにも行けない少年の話だ。小説へ昇華するのに、一七年もかかった。

登さんが最後に漏らした言葉の意味を、ぼくはいまだに考える。小説から逃げた、と登さんは言った。あんな事件を起こして自らの作家生命を絶ったのは、おそらくその結果であって、原因ではない。登さんはどこかで、小説の底知れなさに畏怖の念を抱き、そのことをはっきり、自覚したのだと思う。それがいつかはわからない。しかし、どんな場面でもうしろを見せなかった登さんが、初めておそれを認めたとき、自分で自分を許せなくなったのではないか。

もちろん、すべて推測でしかない。それが正しいかどうか、確かめる術《すべ》もない。が、倉田健人が解散しなかった未来を、ぼくはどうしてもうまく想像できないのだ。ともに人となる前、小説によってぼくたちの道は交わり、小説によってわかれた。それが二人の必然だった。そんな気がする。


ジョン・アーヴィングは作品の中で、語り手の作家にこう言わせている。

「小説は全きもの、完全なものになり得るが、実生活の物語は決してそうはならない」

ぼくも実生活の物語より、小説を上に見る。だから、登さんが亡くなったと知った夜、カナさんにかけた電話で、話してくれる以上のことは聞かなかった。

登さんがどうやって裏社会でのしあがり、歌舞伎町に組を構えることになったのか。どうやって二回り近く年のはなれたカナさんと知りあい、結婚することになったのか。どうやって肝硬変を患い、治療らしい治療も受けずに最期を迎えることになったのか。ぼくは聞かなかった。二度目のデビュー作を読んだ登さんが、たいへんな思いをして葉書を書いてくれた。それで十分だった。

ただ、その葉書を出さなかった理由は気になった。そこで、電話を切る間際、疑問をぶつけてみた。

「どうして登さんは、せっかく書いた葉書を出さなかったのかな」

するとと、カナさんがこともなげに言った。

「恥ずかしかったんでしょ」

「……ああ」

確かに、登さんはそういう人だった。腑に落ちたとたん、ずっと忘れていた記憶が、あざやかによみがえってきた。

デビューが決まり、たぐちの二階で受賞第一作の構想を練っていたころだ。浮かれていたぼくたちはしょっちゅう脱線し、将来、大作家になったら、という話題で盛りあがった。その流れで、こんな提案をしたことがある。

「いつか、ぼくたちの話書こうよ」

「おれらの？　どんな話だ」

「どうやって知りあって、どうやって修業したか、とか。新鮮味がある、すごくおもしろい話になると思う」

あごをさすり、なにか考える風だった登さんが、おもむろに口を開いた。

「イッコ、条件がある」

「なに？」

「おれが死んだあとにしろ」

「えっ」

「お前一人んなったら、なに書いても構わねえ」

「でも……なんで？」

「恥ずかしいだろが」

登さんは真顔だった。

「おれは長生きすっからよ。その話は老後の楽しみにとっとけ」

「わかった」

ニッと笑いかけられた。

「おれが死んでも、インチキなもん書くんじゃねえぞ」

そのときのぼくたちは、たった一冊本を出しただけで消えることも、登さんが四六歳の若さで亡くなってしまうことも、知らなかった。お互いにとってその会話は、単なる冗談にすぎなかった。

しかし、約束は約束だ。作家でいる限り、決してインチキなものは書けない。その約束はこれからも、絶対のルールであり続ける。

ぼくは、そうしてこの小説を書いた。

主な登場作品

夏目漱石　『坊っちゃん』（ちくま文庫）
　　　　　『それから』（新潮文庫）
筒井康隆　「バブリング創世記」（徳間書店、『バブリング創世記』所収）
　　　　　「トラブル」（中公文庫、『ベトナム観光公社』所収）
　　　　　『虚人たち』（中央公論社）
芥川龍之介　「羅生門」（新潮文庫、『羅生門・鼻』所収）
太宰治　「道化の華」（新潮文庫、『晩年』所収）
横光利一　「機械」（新潮文庫、『機械・春は馬車に乗って』所収）
柴田翔　「ロクタル管の話」（文春文庫、『されど われらが日々――』所収）
田中康夫　『なんとなく、クリスタル』（河出書房新社）
田中小実昌　「寝台の穴」（中公文庫、『ポロポロ』所収）
宇野浩二　「蔵の中」（岩波文庫、『蔵の中・子を貸し屋 他三篇』所収）
谷崎潤一郎　「鍵」（新潮文庫、『鍵・瘋癲老人日記』所収）
　　　　　『細雪』（中公文庫）
萩尾望都　『トーマの心臓』（小学館文庫）

ヘミングウェイ著　福田恆存訳　『老人と海』（新潮文庫）
サリンジャー著　野崎孝訳　『ライ麦畑でつかまえて』（白水Uブックス）
ボリス・ヴィアン著　伊東守男訳　『うたかたの日々』（早川書房、『ボリス・ヴィアン全集３』）
マーク・トウェイン著　西田実訳　『ハックルベリー・フィンの冒険』（岩波文庫）
ダニエル・キイス著　小尾芙佐訳　『アルジャーノンに花束を』（ハヤカワ文庫）
リチャード・ブローティガン著　藤本和子訳　「クールエイド中毒者」（晶文社、『アメリカの鱒釣り』所収）
ドストエフスキー著　亀山郁夫訳　『カラマーゾフの兄弟』（光文社古典新訳文庫）『罪と罰』（光文社古典新訳文庫）
カート・ヴォネガット・ジュニア著　伊藤典夫訳　『スローターハウス５』（ハヤカワ文庫）
フィッツジェラルド著　野崎孝訳　『偉大なギャツビー』（集英社文庫）

＊文献の選定に際しては、読みやすさのため現代仮名遣いの書籍を優先とし、作中の年代以降に刊行された版も選んでいます。

解説

瀧井朝世

久保寺健彦が連載小説『ハロワ!』の最終回に取りかかったのは、二〇一一年三月だったという。締切四日前、東日本大震災が起きた。「甘えなんですけれど、小説の最後に希望を持たせることに何か意味があるのか、小説の存在意義みたいなことを考えてしまったんです」と、以前インタビューで語ってくれた。

小説家が小説の力を信じられなくなる、それは作家生命にもかかわる危機的状況だ。だが久保寺はそこで折れなかった(後述するが、紆余曲折《うよきょくせつ》はあった)。その後に発表した『青少年のための小説入門』は、小説に存在意義はあるのかという疑問に対し、全力で応じている。読む側と書く側、両側からの小説への熱情があふれている。

一級の青春成長小説であり仕事小説であると同時に、ブックガイドとしても、小説執筆の指南書としても楽しめる一冊、それが本作だ。

成績優秀だが私立中学の受験に落ち、公立校に進学した入江一真。番長タイプの同級生に目をつけられ駄菓子屋で万引きするよう無理強いされたところ、店主の孫で不良青年の登に助けられ、そこから二人の物語が動き出す。二十歳の登は文字の読み書きに困難を抱えるディスレクシアだが一念発起して小説家を志しており、一真に小説の朗読を頼む。さらには共同執筆を提案、二人はコンビを組むことになる。性格も年齢も暮らす環境もまったく異なる二人が出会い、協力しあって何かに挑んでいくバディ小説でもあるのだ。彼らを結びつけるのは小説という一点のみだが、その結びつきは強固なものになっていく。

しかし、巻頭ですでに大人になった一真が登場、登とは長らく疎遠になっていたと明かされるため、読者はその事実を了解して読み進めることになる。つまり唯一無二だったバディ同士の出会いから別れまでが描かれていると予想できるのだが、読み終えた時に読者は、これは入江一真の〝始まり〟の話でもあると分かるはずだ。

ちなみに二人が出会うのが一九八〇年代という設定なのは、もちろん後日譚《ごじつたん》から逆算しているからだろうが、当時はまだディスレクシアについての認知度が低かったこと、音声ソフトなど本を読むための補助的なツールがなかったことも大きな要因だったそうだ。

先にブックガイドと書いたのは、作中、相当数の実在の作品、作家、引用が登場するからだ。各作品の特徴も話に盛り込まれるため、未読のものはもちろん、既読のものでも再読したくなる。相当な読書家でもある著者にとって選書は楽しい作業だったそうだが、もちろん好きな作品をランダムに選んだわけではなく、短い引用でもインパクトを与えられるかどうかは重視した。「絶対面白い自信があるし、センスがあると思ってもらえる作品を揃えたつもりです」とはご本人の弁だが、と同時に、好きだが驚きのないもの、二人の創作過程に組み込めないものは泣く泣く省いたという。登場作品に対する登の感想が実に率直で、辛辣だが的を射ていて笑ってしまうものも。また、「ずーっと引っかかってたんだけどよ、小説ん中でべらべらしゃべってんのは、だれだ」という疑問は、小説という形式にとって重要なポイント。「透明人間みたいなやつの正体がつかめれば小説が書ける」という登の直観は実に正しく、その気づきがあったからこそ、その後、横光利一の「機械」を読んで「信頼できない語り手」に気づき、二人で「機械じかけのおれたち」が生み出せたといえる。

彼らが創作のために実践する数々のトレーニング方法は、現実にも小説家を志す人にとっては参考になるはずだ。先行作品を数多く読み込むのは基本中の基本だといえるが、登が訓練と意識せずにやってのける換骨奪胎の話を作り出すのも、物語の起承転結や序破急、全体のリズムやトーンを身に付ける上で有効だろう。ユニークなのは読んだ本の一場面を、原文を見ずに文章化する「再現クイズ」。これは単なるゲームとしてもやってみたくなる。つまらない小説を読んで欠点を列挙する、読者の感想を聞くといったことも、多くの学びを得られるはず。創作にあたってのプロットを書き出す、主要キャラクターのプロフィールを年表にまとめるといった準備に関しては、作家の具体的な手順のひとつのケースとして読める。また、一真たちの場合は、二人でとことん話し合うのも訓練であり、利点だ。二人組の作家といえばエラリイ・クイーンなど前例も多く存在するが、合同作業のライブ感については、アイデア担当と文章担当に分かれていた二人組作家、岡嶋二人のエッセイ『おかしな二人』を参考にしたそうだ。

ただし、鍛錬を重ねてメソッドを編み出したからといって素晴らしい作品が書けるとは限らない。後半、二人は連載小説「神様がいた頃」で〝道順問題〟にぶち当たって迷走する。途中から読者も「この連載、無事に完成するのだろうか」という気分になるだろうが、それだけ創作は難しく、正解はないということが書かれているわけだ。また、職業としての創作活動の難しさも見えてくる。口出しはせず見守るタイプの久間と、コントロールしようとする二ノ宮という、対照的な二人の編集者の存在が強烈だ。二ノ宮の行動は明らかにやりすぎだし、デフォルメされているものの、作家に意見を言うタイプと言わないタイプ、どちらの編集者も実際にいる。どちらと相性がよいかは作家それぞれだ。

先行作品についても創作方法についても出版事情についても、リアリティをたっぷり盛り込んで構築されているからこそ、ディスレクシアの青年と中学生が小説を書くという一見ありえない展開でも納得させられてしまう。なにより、この小説自体が面白くなければ、作中の二人が面白い小説を書くという展開に説得力がなくなるわけだが、あえてそこに挑み、その高いハードルを見事クリアしているのが、本作の驚くべき美点だ。

作中時間の現在、一真は一人で作家活動をしている。登との活動が物語のメインのため、その後単独デビューするまでに一体なにがあったのか。そのあたりは詳しく書かれていないが、邪推するに、著者自身と重なる部分があるようだ。

久保寺健彦は一九六九年生まれ、一真と同世代である。はじめて小説を書いたのは小学校五年生の時で、大学時代には「就職しないで作家になろう」と決意していた。そのための近道だと考えて大学院の日本文学研究科へ進学し、横光利一を専攻。だが、大学院は創作ではなく研究の場だと気づいて中退し、進学塾で講師を務める傍ら小説を執筆する（一真も大人になって進学塾で働きはじめている）。

二〇〇七年に「すべての若き野郎ども」で第一回ドラマ原作大賞選考委員特別賞、「みなさん、さようなら」で第一回パピルス新人賞、「ブラック・ジャック・キッド」で第十九回日本ファンタジーノベル大賞優秀賞を受賞してデビューを果たす。これも、一真が単独で作家デビューする年齢と同じである。ちなみに『みなさん、さようなら』は、小学校卒業後は団地内だけで生きていくと決める少年の話だ。一真の二度目のデビュー作の内容への言及を読んだ際は、この作品を思い出さずにはいられなかった。

　国内外の小説も漫画も幅広く読み、作家を目指してからは創作入門書もよく手にしていたという。このあたりの話は二〇一八年にWEB本の雑誌の連載「作家の読書道」でインタビューしているので、ご興味があればネットで読むことができる。一真たちにとって重要な一作となる『ライ麦畑でつかまえて』については意外なことに高校時代に読んだ際はピンとこず、三十代になって読み返して良さに気づいたという。同じ本を何度も読む習慣があるそうで、ドストエフスキーは年一回読み返している。インタビューでは、そのほか本作に登場する作品にも多数言及してくれている。

　そうした読書体験の積み重ねがあるからこそ本作を生み出すことができたのだが、完成させるまでには試行錯誤があった。前作『ハロワ！』を刊行してから本作を書き下ろしの単行本で刊行するまで、実に七年かかっているのだから。というのも、アイデアが浮かんで書き始めても途中で詰まってしまう、イップスのような状態が四年間続いたというのだ。

　その後、本作の着想を得たわけだが、それは先行作品の影響が大きかった。まず、ベルンハルト・シュリンクの『朗読者』。戦後のドイツで、少年が年上の女性に本を読み聞かせるうちに恋仲になりやがて別れるが、後年意外な事実が明かされる話だ。これを読んで朗読という行為に惹かれたという。また、映画をめぐる映画である名作「ニュー・シネマ・パラダイス」が好きだったため、小説をめぐる小説の話、という構想もあった。イップス状態で苦しむなか、今度こそなんとか形にしたいと思い、参考にしたのはハリウッドの脚本家、シド・フィールドの『映画を書くためにあなたがしなくてはならないこと』という脚本術の古典。以前読んだ時は「そんなシステマティックにできるものじゃないだろう」と感じたが、提案されている五十六枚のカード（場面）を作る方法を愚直に真似することにして、五十六のチェックポイントを作り、それにもとづいてプロットを作成。何度も書き直したため、最終的にチェックポイントの数はもっと増えた。もちろん、それだけではなく、さまざまな苦労や努力があって、ようやく完成させたのが本作だ。

作中、評論家の寺脇が小説の未来について辛辣なことを言う。彼自身を単なる敵役で終わらせていない点がなんとも心憎いのだが、それでも彼の「小説は無力だ」という言葉は、小説を愛する人間としては反感を抱いてしまう。ただ、これは、著者があえて作中に入れておきたかった言葉なのだ。冒頭に書いた、震災後に著者が感じた小説に対する疑念がこの言葉に集約されている。そして、本書はそれに対する反論になっている。確かに一冊の本で世界を瞬時に一変させることは難しいだろう。それに関しては無力だ。でも一冊の本は、個人の心の世界を一変させる力を持つ。また、一瞬で変化させられなくてもじわじわ浸透する場合もあるし、一冊だけで変えられなくても、何冊もの積み重ねで効いてくる場合もある。そんな大ごとでなくとも、ささやかな気づきや学びや励ましを与えてくれることだってある。そもそも、そんなもの何もなくたって、夢中でページをめくる時間を与えてくれるだけで充分だと個人的には思っている。その間、感情を揺り動かしてくれるだけで奇跡的で、それだけでありがたく、必要不可欠な存在だと思っている。

物語の終盤、登と一真、登の祖母が三人で空き地でピクニックする場面がある。その際、一真は老女の言葉によって、小説のルーツらしきものに気づく。その発見に心打たれたのは、一真だけではないだろう。小説、しいていえば物語は、こんなにも自然に身近にあり、こんなにも必要とされているのだ。誰の中にも物語はある。そして、誰かの物語に触れられるひとつの形が、小説なのだ。

小説は無力ではない。全ページにわたって、本作がそれを証明している。

（たきい・あさよ　ライター）

本書は二〇一八年八月、書き下ろし単行本として集英社より刊行されました。

久保寺健彦の本

ハロワ!

ワケありな求職者たちが次々訪れる、ハローワーク宮台。新米相談員の沢田信は、一癖も二癖もある彼らの「仕事」探しに奮闘する。ハローワーク勤務・28歳男子の〝お仕事〟青春小説。

集英社文庫

青少年《せいしょうねん》のための小説入門《しょうせつにゅうもん》

2021年8月25日　第1刷　　定価はカバーに表示してあります。

著　者　久保寺健彦《くぼでらたけひこ》

発行者　徳永　真

発行所　株式会社　集英社
東京都千代田区一ツ橋2-5-10　〒101-8050
電話【編集部】03-3230-6095
【読者係】03-3230-6080
【販売部】03-3230-6393（書店専用）

印　刷　大日本印刷株式会社

製　本　大日本印刷株式会社

フォーマットデザイン　アリヤマデザインストア　　マークデザイン　居山浩二

ISBN978-4-08-744283-0 C0193